本书出版得到国家古籍整理
出版专项经费资助

[清] 邓显鹤 撰
弘征 校点

南村草堂诗钞

湖湘文库编辑出版委员会
岳麓书社

出版说明

湖湘文化源远流长，博大精深，是中华文化中独具地域特色的重要一脉。特别是近代以来，一批又一批三湘英杰，以其文韬武略，叱咤风云，谱写了辉煌灿烂的历史篇章，使湖湘文化更为绚丽多彩，影响深远。为弘扬湖湘文化、砥砺湖湘后人，中共湖南省委、湖南省人民政府决定编纂出版《湖湘文库》大型丛书。

《湖湘文库》编辑出版以“整理、传承、研究、创新”为基本方针，分甲、乙两编，其内容涵盖古今，编纂工作繁难复杂，兹将有关事宜略述如次：

一、甲编为湖湘文献，系前人著述。主要为湘籍人士著作和湖南地区的出土文献，同时酌收历代寓湘人物在湘作品，以及晚清至民国时期的部分报刊。

二、乙编为湖湘研究，系今人撰编。包括研究、介绍湖湘人物、历史、风物的学术著作和资料汇编等。

三、乙编中的通史、专题史，下限断至1949年。

四、甲编文献以点校后排印或据原本影印两种方式出版。

五、除少数图书以外，一律采用简体汉字横排。

六、每种图书均由今人撰写前言一篇。甲编图书前言，主要简述原作者生平、该书主要内容、学术文化价值及版本源流、所用底本、参校本等。乙编图书前言，则重在阐释该研究课题的研究视角和主要学术观点等。

七、对文献的整理，只据底本与参校本、参校资料等进行校勘标点，对底本文字的讹、夺、衍、倒作正、补、删、乙，有需要说明的问题，则作出校记，一般不作注释。

八、甲编民国文献中的用语、数字、标点等，除特殊情况外，一般不作改动。乙编图书中的标点、数字用法、参考文献著录规则等均按现行出版有关规定使用和处理。

《湖湘文库》卷帙浩繁，难免出现缺失疏漏，热望社会各界批评指正。

《湖湘文库》编辑出版委员会

前　言

本书作者邓显鹤，字子立，号湘皋，湖南新化人。曾国藩在所撰的《邓湘皋先生墓表》中开头便说：“先生自甫掇科名，即已厌薄仕进，慎然有志于古之作者。”身后为其作传、写墓表、诔文的甚多，仅缪荃孙编纂的《续碑传集》中，除曾文外，尚收有杨彝珍所撰的《邓先生传》、刘基定的《宁乡训导邓湘皋先生墓表》。罗汝怀所撰的《故修职郎宁乡学博新化邓先生诔》载《绿漪草堂文集》，见上海古籍出版社影印的《续修四库全书》。《清史稿》本传称其“游客四方，所至倾动。嘉庆九年举人。厌薄仕进，一以纂著为事，系楚南文献者三十年”。《清史列传》本传称其“笃于内行，博涉群书，足迹半天下。海内文人，多慕与之交……时因事至长沙，请诗文者络绎不绝”。梁启超在所著《说方志》中称“邓湘皋为湘学复兴之导师”，在《中国近三百年学术史》中又一再提及，如：“邓湘皋之极力提倡沅湘学派，其直接影响于其乡后辈者何若？间接影响于全国者何若？斯岂非明效大验耶!”

他当然不仅是一位杰出的诗人与古文家。姚莹在《南村草堂文钞序》中说：“湘皋以诗鸣湖湘南北数十年矣。乃其用心，则尤在坊罗遗佚，表章文献……世传《楚宝》一书，病其不实不备，乃穷二十年之功搜求考订，以求其实而补其遗……更求沅湘人诗选而集之，曰《沅湘耆旧集》，所为《凡例》言之详矣。是二书者，岂非楚中文献之大观哉！……其大者，尤莫如表彰衡阳王先生久晦之书，与顾黄诸老并列……其所为《宝庆府志》先民、遗民、从臣、迁客及胜朝耆旧诸传，尤多可歌可泣、为史传所遗之人。盖楚故也，而天下之大文系焉已。论者方之全谢山《鲒埼亭集》，旨哉，可谓知湘皋矣。”

但他毕竟是诗人。李元度《国朝先正事略》本传称他“八岁能诗”。陶澍在本书序中称“湘皋于诗，为之若性命”。曾国藩在《墓表》中称其“客游燕、齐、淮阳、岭南，所至悲愉抑塞，一寓于诗”。刘基定在《墓表》中云：“时南城曾宾谷中丞转运两淮，主持风雅，以东南坛坫自归。耳其名不远千里专致书币，延入幕府，凡一篇一集，悉属点定。每当高会广座，长吟短咏，应口雒诵，无不惊异，服其[illegible]雅。居淮上五年，挟其才遍游东南诸侯，所至适馆授餐，皆为上客，倾动海内。”

《南村草堂诗钞》卷首有三篇序言，分别为陶澍、程恩泽、欧阳辂所撰。陶澍虽时任两江总督，但他本来是以翰林入仕，史传皆言他以诗文著称于时，法式善谓其诗“各体皆工，而登临怀古之作，尤觉俯仰上下，苍茫交集，才学识兼擅其长，直可称为诗史”(引自符葆森《国朝正雅集》)。程恩泽在清代诗坛的地位，只要翻开各种清诗论著或文学史就知道了。欧阳辂毕生与邓湘皋“以诗相厉”，敝衣垢履，岸然公卿间，为法式善、钱楷、程恩泽、曾燠等人所极为推重，陶澍为刻刊《磵东诗钞》。三篇序皆是以名诗人的眼光来论其诗，均可自成一篇精辟的诗论。程千帆先生在读到岳麓书社的新刊本后曾来信云：“南村诗灵芬奇采，春海先生一序尤能发其微至。弟颓龄病榻，徐徐诵之，真足以起疾发聋矣。”现三序均已刊集中，对邓湘皋在诗歌创作上的成就与特色似已不必再来学舌了。

为三篇序所未论及的，是近世有论者或谓邓湘皋的诗宗宋，与同时的好友程恩泽、曾燠（宾谷）等人同调，开道、咸以后宗宋之风兴起的先河。实则，他在《复曾宾谷中丞论江西诗派书》（见《文钞》卷九）中已言“某言诗颇不喜辨唐宋之界，尤不服门户宗派之说。以为此事原无古今，惟有真气骨、真性情不随人作计者，能长存于天壤耳”。陶澍在序中说“湘皋之诗，导源于魏晋而驰骋于唐宋诸老之场”，是十分了解他的。他平生的确极喜杜诗，在这本《诗钞》中仅集杜五言诗便有五十二首，而宋江西诗派与杜诗又确实存在某种渊源关系。曾燠以诗观与地缘之故偏爱黄山谷，邓湘皋于江西数家中，亦“尤笃涪翁。以为唐之韩杜，宋之苏黄，如日月并丽，江河并流，浅者必欲区之以宗派，陋矣”。思之，清季自嘉、道、咸以后宗宋的诗风颇见流行，与诗人们目睹国运日衰，民生凋蔽而又深怀“煌煌经世平生志，出处须为天下计”（见《诗钞》卷二十一《同人集旧城南精舍送贺柘农侍御还朝》）的抱负有关。竞相以才学为诗，感时抒事，寄托他们在政治上的理想与追求。邓诗固然亦颇好拗句、险韵、僻典、奇字，在风格上也比较兀傲奇崛。因之，后人每有论及邓湘皋的诗，皆颇偏重其奇峭深刻，语言精警。符葆森在《国朝正雅集·寄心庵诗话》中称其“为诗以峭拔生涩为宗。其托意处，仍是《骚经》香草之遗”。徐世昌《晚晴簃诗汇·诗话》称“其诗尚峭拔生涩，时出警语”。近人汪辟疆在《近代诗派与地域》中云：“道、咸之世，清道由盛而衰……此期诗人之卓然名家者，如龚自珍、魏源、陈沆、程恩泽、邓显鹤、祁寯藻、何绍基、曾国藩、郑珍、莫友芝、江堤诸家，类皆思深虑远，骨力坚苍，每于咏叹之中，时寓忧勤之感，异时讽诵，动移人情。虽由诸家学擅专门，诗本馀事，然心境与世运相感召，遂不觉流露于文字间也。”真是句句都说到了点子上。列名中，湖南占了四人，馀三人皆是对邓湘皋极为崇敬的晚辈；龚自珍、程恩泽、郑珍、莫友芝等皆与他有厚交。地域之同与不同，皆不必称之为一个诗派；但意气相投，师友间互为影响是很显然的。

邓湘皋一生致力于诗，乾隆五十九年（1794）十八岁时即编有《种松草堂初集》，之后游客四方，陆续编有《相思草》、《十载删馀草》、《北上集》、《北上续集》、《信都集》、《观海集》、《过江集》（上下）、《新康集》、《过江续集》（上下）、《桐江草》、《章江草》等，总计约八千首，然均未刻行，嘉庆二十三年（1818）在桂林随所有物什俱毁于火。后经反复追忆，“或偶记一二语，则以意足成之”，又经删订存诗三百馀首，编成《湘皋诗存》五卷（以上均见道光《宝庆府志·艺文略三》所录《湘皋诗存五卷自序》）。这便是为何在邓湘皋“游客四方，所至倾动”、正值创作最旺盛时期的作品反而在这本《诗钞》中极少的原因。后来又于道光五年（1825）乘舟至益阳大栗港翻覆，行李尽失，仅于波涛中夺得诗稿数卷（见《诗钞》卷十三《四月十五日大栗港纪事》）。因之，现存这部《诗钞》，亦是诗人一生所作的水火劫夺之馀了。

本书二十四卷本通称刊于道光九年，《湖南省志·新闻出版志》亦采此说，这是不切实的，因为书中还有此后二十馀年的作品。卷之二十四便基本上是诗人逝世当年之作。卷末的《送光松秋试》则可能是诗人诗作的绝笔，秋试是农历八月九日入场，距诗人逝世仅一个多月。

陆续增补是过去雕板印书的优越处。陶澍在序中称其“频年携其诗往来江湖间，一厄于火，再厄于水，存者十六卷，因促之付剞劂氏”。揣知陶澍在道光六年为之写序后诗人回湖南任教职即抓紧进行，世称道光八年本即此十六卷本，《湖南省志·新闻出版志》所称的道光九年本乃系是年又增入了程恩泽序及有所增订而已。从卷之二十二《陶凫香观察梁见题拙集次韵奉答》所附陶的原作有云："廿卷新诗排已定，不须尘世论穷通。"可知其时已有一个二十卷本。现存的二十四卷本是诗人逝世后由其后人增刻与《文钞》同时印行，其侄邓瑶在其逝世后两月所写的《行状》中已言是二十四卷。

由于本书的二十四卷本是增刻本，又诗人已故，印数肯定不多，经百五十馀年世事沧桑，现有图书馆所庋藏的基本上都是由其从曾孙邓南骥于民国二十六年的重印本。重印本"十之八九"是用家藏原板而补刻了残缺之部分，但删去了程恩泽及欧阳绍洛两序而增入了一篇曾国藩所撰的《邓湘皋先生墓表》，与原刊本已有所不同。现在的点校本悉依初椠，以存原貌，于其虫蠹鼠伤处则以重印本互勘校补。由于原刊本已时见漫漶，重印本板片历经磨损，模糊之处更多，点校时只有反复研读，确审无误后方敢为之填正。其中亦有少数字疑为原刻舛讹及有数字从阙，当是原片漏校、漏补或补嵌脱落，凡所改、所添之字，一律外加〔〕号，以备读者稽考。

凡卷中所应改之古体字、别体字与避讳字，均一律径改以方便读者，不另加括号。亦有如将现通称"馀姚"而写作"虞姚"的，因"馀姚"原系舜支庶所封，舜姓姚，故名，而舜为有虞氏，故诗人写作"虞姚"，乃不加更改。因卷中长题甚多，有长至百二十字者，故诗题亦统一加标点。

本书曾于 1994 年 9 月由岳麓书社出版繁体字本，1997 年 10 月第二次重印，胡渐逵先生曾任责编为之不惮辛劳，多所赐教，谨此并志不忘。

弘　征

2007 年 12 月于长沙

目　录

卷第二

卷第三

卷第四

卷第五

卷第六

卷第七

卷第八

卷第九

卷第十

卷第十一

卷第十二

卷第十三

卷第十四

卷第十五

卷第十六

卷第十七

卷第十八

卷第十九

卷第二十

卷第二十一

卷第二十二

卷第二十三

卷第二十四

程序

余与湘皋同乡举未相识也。官湘中时，有友寓书于余曰："湘皋将来湘，湘中之为诗者莫湘皋若也。其五言古诗，冲澹若渊明，变化若太冲；七言古诗，直接韩苏；七言律诗，直接少陵，溢而为山谷、遗山。"余闻而震之。俄而曰："诗固可以形指而象索乎？"亡何，湘皋果来。交日益深，与论诗日益剧，乃出《南村草堂诗钞》属余曰："平生知己数人，君其一也，盍弁其首。"

余惟诗之流派，至今日益歧矣。为伪体、为谬种，姑勿论；论其言稍近正者，且有二端焉。凡自外入者言必侈，侈必骇耳目，骇耳目则人奔走不暇；自内出者言必粹，粹必惬乎己，惬乎己则人赏誉，必不至骇耳目，当其造端万物，始也见己之哀乐，不见人之是非，然后巧专而外滑消，故其诗成若鬼神也。使徇乎人，则必失诸己。宇宙之大，聪明才知之积，地有其人。竭平生之力力于诗，卒无所成就者，无他，皆徇乎人者也。己之外无道，己之外无性情。道尊则其言尊，性情正则其言正，知此，可以读湘皋之诗矣！

湘皋内行纯笃，读书知所别择。外和而通，内刚毅不可犯。又抑塞磊落，多所磨淬，故明足以析理，辨足以破幽。其发于诗也，引之而高，邃之而深，激之而厉以长，涵之而夷以婉，大之治忽之故，小之身世之感，无弗赅焉。皆足乎己而止，不外徇乎人，庶几所谓巧专而外滑消者也。

古今以诗传者，其本必不在诗，必其道与性情确然有以自立，然后其艺成，其言传，知此，可以读湘皋之诗矣！若执一诗斤斤焉曰：此古某某法也，是形指而象索也。以衡徇乎人者则得矣。下走之于诗也，始求其通，通则藩篱决；继求其介，介则边幅隘。盖历有年所，乃悟龙虎之吟啸，虫鸟之鸣号，不以无闻者而止，不以有闻者而改也。因以质之湘皋之诗，并序其首如是。道光九年正月古歙程恩泽①。

---

① 程恩泽（1785—1837），字云芬；号春海，安徽歙县人。清嘉庆十六年（1811）进士，选庶吉士，授翰林院编修。历官湖南学政、辛卯（1831）湖南乡试正考官、工部右侍郎。著有《国策地名考》、《程侍郎遗集》等。

陶序

余与湘皋交二十馀年矣。每晤则其诗境益深夐。语云："泰山之流，可以穿石。"湘皋于诗，为之若性命，如是虽欲逊而不肩于古人，其可得耶！湘皋之诗，导源于魏晋而驰骋于唐宋诸老之场，雄厚峻洁，磅礴沉郁，情深而意远，气盛而才大。足迹半天下，所交际多一时贤人大君子。而与同里硐东欧阳子尤契，深相应和。此也，陈葛天氏之舞；彼也，引穆天子之歌。如二龙在匣，发电色而干牛斗；如双鸟偕鸣，收雷声而百虫百鸟为之不啾也。湘皋尝赠余曰："君如江汉水，力敌长河大。"余于二君亦云：资水之发都梁也，芳风藻川，兰馨远馥。比出浦口，合夫夷，会云泉，千岩万壑，喷薄交输，礌而为七十二滩，邃而为四十八溪，泓而为二十四港，然后同声并力，以达于洞庭。在沅湘间独为一派，居然别开门户者，其源既清且远，无浑流以入之，故能昌其气而沛乎莫御也。然则湘皋之力据上游，以与欧阳子之诗同其浩瀚也固宜。

余与二君居皆滨茱萸江，郦注所言资水之变名也。湘皋尝辑《资江耆旧集》，垂成而毁于郁攸，余深惜焉！频年携其诗往来江湖间，一厄于火，再厄于水，存者十六卷，因促之付剞劂氏。湘皋抱负奇伟，慷慨尚气，卓然思有所建白。已既连屈有司，年五十矣，犹为选人。其资可以得县令，不乐就，方归为校官。盖其志事所在有不可磨灭者，吾敢仅以诗人目之哉！道光丙戌秋安化陶澍[1]。

① 陶澍（1779—1839），字子霖，号云汀，湖南安化人。清嘉庆七年（1802）进士，选庶吉士，授翰林院编修。历官安徽巡抚、江苏巡抚、两江总督加太子少保。著有《印心石屋文集》、《靖节年谱考异》、《蜀辅日记》等。

欧序

古今名诗者无虑千百，就中卓然可称者数十家而止。其品类趋尚各不谋，要未有不求其是者。严沧浪之论曰："诗非关书理也，而非多读书穷理不能极其至。"眇者泥于不关书理一言，挟枯寂之胸，求之空虚猥琐之地，言而无物，如管之嗃，不可咀也。其汩于糟粕者，乃搜剔诡僻、堆砌涂泽以为博。伯生所谓川人之庖，粗块大脔，浓醯厚酱，而饮食之味微。二者之于诗，犹枵与瘖然，事殊而患同，故仆生平不常与人言诗，惧触其所宗主而以为毁也。

子立与余交近三十年，顾独喜余言。余始识子立于都门而见其诗。继而子立游齐鲁、游吴中，数年一晤而诗格一进；继而游粤、游章门，又数年一晤而诗格又大进；继而重赴都门，自兖、自扬，与当世贤士大夫缟纻赠答，归而示其所作，则益复大进。乃知子立于此事无一时稍释，屡进而益工如此。盖其学无不窥，而性情之真至敦厚，足与古籍相发明。故其形为歌诗，因事揆象，适然若逢其故物，沛然意惬而理顺。使人诵之，知其人，知其性情，知其取精之多，而不以博淹矜。庶几先王六艺教士，使人发舒志意，引于缠绵恳挚之地，以著为骨肉朋友悲欢忧乐、是非惩劝之真者，遗意犹在，夫而后诗可存也。然则操觚而求一言之合，其易易哉！

夫诗至专集，不能无利钝也。取昔人之集，古今所共推者论之，其中宜汰者或十之二三焉，十之四五焉，甚乃十之六七焉。名愈高则疵愈甚。要其可存者人所不能至，则已独绝千古；其馀不过采辑者备致摭拾，以示不遗，存而不论可耳。暖姝之子，顾曲意哆咤，以为出自大宗巨手，则言言金玉科律，其亦谬矣！子立常为余言，平时侪辈酬唱，每一首出，众口交诩，则怃然曰："必老硐证可乃已！"其见信如此。近别子立四年矣。不复见其诗，然知其精进当不减曩时。于其集之付梓也，序以寄之。道光戊子仲冬至日同里欧阳绍洛[①]。

① 欧阳绍洛（1767—1841），后改名辂，字念祖，一字硐东，湖南新化人。乾隆五十九年（1794）举人。屡试进士不第，而诗名遍天下。尝言"作诗当自写胸中之天，不期与古人合"。一生落拓，为邓湘皋至友。陶澍出赀刻其《硐东诗钞》十卷以存。

卷第一

幽居

幽居倦人事，终日掩柴荆。今晨理故畦，策杖思一行。众芳亦已逞，园鸟时变声。桃李虽不言，似识主人情。葵堇有宿根，蓬蒿莽回萦。稍稍擢荒秽，欣欣露繁英。贫居甘抱瓮，循分寡所营。机心了不萌，举足无辱荣。藜藿吾已甘，永与汉阴盟。

励志

髫龄慕泉石，似得山水情。稍长志竹帛，树立期汗青。丈夫生世间，身世难两营。近规百年计，远念千载名。英华不再来，华发倏已盈。出处成蹉跎，俯仰愧此生。

此生无百年，而有千载事。廉蔺久尘埃，凛凛馀生气。人言动不朽，何者堪长世。惟恃此气尊，养之塞天地。能令沟中瘠，上掩金史贵。奈何夸毗子，草木甘萎悴。今古貉一丘，未死神已敝。奄奄泉下人，不少蜍与志。

感遇四首

郁郁孤松，盘盘涧底。峨峨高山，景行行止。方寸五岳，中有险夷。万流毕汇，清浊归之。食凫去翠，食鱼去乙。录短弃长，得一百失。大觉不觉，洪声无声。不闻不见，以葆其贞。

灵珀拾芥，顽磁引针。气类本合，异操同音。我有瑶琴，一弹再鼓。念以贻君，非君所许。鸱吓鹓雏，艾侣幽兰。乌白鹭黑，芝焚蕙叹。雉以文翳，鸠以拙保。不物于物，各宝其宝。

天高有穷，海深有底。岂无一日，使我见尔。貌妍有颦，璧美有椭。岂无他人，必尔知我？见不我怜，知不我思，不如不见，不如不知。啖梅酸心，啖榄苦口，味各有宜，物各有偶。

巢居知风，穴居知雨，物之所明，人不能睹。北地苦寒，南地苦暑，天之所限，人不能补。人所必争，天所必阻，人所必弃，天所必与。愚公移山，北平射虎。物不能违，天不能主。

游仙

银云织丝春欲老，洞门重封花不扫。阿环嫁去四千年，归抱龙雏茎琼草。上元夫人好云居，手把玉斧斫云腴，片片飞堕红珊瑚。刘彻好道不知道，夜半露泣金茎珠。茂林鬼哭汉宫月，人间无地埋仙骨。

古怨歌

洞房曲曲重门闭，罗衾半展和衣睡。蜡泪啼红不见人，隔院喁喁残语细。嫩寒纤月可怜宵，揽衣起立魂黯消。一双眸子晕秋水，盈盈泪渍红鲛绡。馆娃宫殿连云起，芙蓉帐冷薄于纸。琼花未许并蒂开，葳蕤泣抱香心死。明星煜煜秋河长，姮娥隐约明新妆。十二碧栏望不见，人间天上俱茫茫。蓬莱梦断潇湘渡，西那青鸟知何处？欲问天台无路寻，翠禽栖老相思树。

古意

郎住南山头，妾住北山脚。看见南山云，时向北山落。

欢心似环肉，侬心似环好。循环觅无端，相将以终老。

擘破柳丝丝，绾作同心结。只管长相思，不管长离别。

送郎向江浦，杨花飞复飞。郎逐杨花去，妾逐杨花归。

络纬吟

络纬惊秋声转急，寒月在天光在壁。深闺儿女共唧唧，竟夜咿哑当户织。软丝小镊纤手摘，双腕酸涩娇无力。织缣三丈素五匹，中有鸳鸯重什袭，为君绣作双飞翼。双双点点泪痕湿，寒衣寄到那著得。

破镜歌

菱花赤映胭支紫，幽光泣殉青铜死。凉蟾一夜飞上天，片片寒芒堕秋水。翠蛾委颊齏潮醺，自拔金钗掠晓云。双波潋滟容光减，竟日娇嗔泪眼昏。荷叶羞持谢元颖，多情莫照孤鸾影。明星澈夜烂银缸，十二碧栏风露冷。青闺冉冉须臾变，弃置秋风白团扇。年年相对理残脂，可叹新妆君不见。谁家明月照虚帏，破镜归时人不归。别有伤心说不得，土花化作重泉碧。

山居五首

久雨晚来霁，庭阶半涴泥。昏檠飞蠛蠓，老屋堕蛸蛴。洼地时成沼，荒园偶辟畦。几竿新竹子，高欲与檐齐。

近识山居趣，终年少出门。橘肥春嫁女，稻暖夜添孙。剖竹迎悬流，移花近晓暾。兴来无所诣，随意过江村。

比屋山之麓，中存太古民。牛羊归识主，鱼鸟熟视人。俚俗尊巫鬼，乡风重戚邻。连朝喧社鼓，酾酒往来频。

榛荆新剪剔，先世有幽园。败壁蜗留篆，空阶屋漏痕。檐颓时堕瓦，树小易移根。补植双松后，涛声耳渐喧。

地僻心弥远，荒凉世故疏。贫能驱俗客，病亦熟方书。习懒成高蹈，贪闲爱索居。敢希陶栗里，风味称吾庐。

春宵

春宵睡正浓，睡起日当午。卧闻响屐声，始忆三更雨。

深院

深院人悄眠，闲庭鹤独往。一双乳燕归，误触帘钩响。

得叔父伊犁家书

十年迁谪鬓毛斑，欲讯平安泪已潸。马角不闻生绝塞，雁书何自度重关。云沙西极人犹健，风雨南天路几湾。满眼烽烟况征战，伤心同盼大刀环。

秋猎

鹰呼大漠草茫茫，野戍荒凉古战场。猎火秋阴连塞紫，边云日落带沙黄。风干苜蓿秋肥马，天近穹庐夜雨霜。莫叹北平飞将老，封侯骨相本无望。

招云山夜坐

荒甃苔痕冷上衣，黄昏独坐掩禅扉。松阴满地月微漏，灯影当窗蛾乱飞。老树狸惊闻果堕，隔溪人语识僧归。经龛禅版容参悟，便乞空门避世机。

赁居

数椽茅屋路三叉，瓮牖绳枢短榻斜。满院乱莎鸣蟋蟀，几竿瘦竹护篱笆。庭荒树冷秋先到，村熟粱肥酒易赊。莫叹寄居情绪少，此身安处即为家。

村居四绝句

扁豆花压满架，鸬鹚船撑到门。今年酒价更贱，百铜钱两瓦盆。

稻草缚来堆乱，牛羊放去归迟。残年一顿饱饭，吃到麦子黄时。

茅盖三间草屋，竹编两扇柴扉。客至盘餐易办，秋深稻蟹初肥。

枣熟不嫌邻扑，租轻幸免官呼。除却进城投柜，闭门一事都无。

小园即事

枯藤编豆架，老篾缚茅亭。偶学灌园叟，闲翻本草经。土松浮菜甲，柱湿腐蕈丁。物候常如此，吾生亦委形。

废刹

废刹空山里，无僧有客哦。乱书供鼠穴，古佛结蜂窠。竹瘦穿篱曲，梅疏漏月多。始知岑寂境，尘世少人过。

斜阳

斜阳下寒江，人影上高树。时闻唤渡声，不见停舟处。隔浦一帆收，摇入芦花去。

宅前九峰如莲花削成，土人呼为旗鼓山，余易之曰小九华，诗以纪之

峨峨古梅山，北郭尤可爱。融结千屏风，联绵插天外。我家宅其间，绕屋皆螺黛。南峰灿可数，拔戟成一队。森森露苕颖，凛凛见风介。剡上班掷笔，圜穹荦投盖，旌旗竞飞扬，冠剑俨戴佩。一气青冥濛，层峦互钩带。馀势更超逸，郁郁不可耐。化作九芙蓉，缥渺开上界。遂令朝夕间，全家饱烟霭。穷乡溷樵牧，舆地失纪载。力欲侔九华，庋县等嵩岱。天河挂绿水，珠玉生唾咳。谪仙不可招，挥手发长慨。

送家大人之粤中省李氏姑母兼讯同堂诸父

一家兄妹各天隅，万里西南感索居。孤雁渐离边月影，时叔父已有赐环之旨。双鱼空寄大雷书。惊心骨肉存亡半，回首关山涕泪馀。凄绝漓江呜咽水，相思永夜助唏嘘。桂林有相思江。

叔父归自塞外敬呈四首

萧瑟西风两鬓斑，此生已分老榆关。不图马首真生角，可识刀头久系环。黧面风沙惊在眼，酸心骨肉喜开颜。悲欢无定犹疑梦，未信人间有路还。

回首关山明月团，故园惊别几回看。频经锻炼形先毁，未死妻孥卵尚完。荒徼有人埋鲠骨，中原无地著粗官。敝庐咫尺松楸在，满眼萧萧暮影寒。

更阑剪烛共声吞，絮语连宵泪有痕。四岳云兴终致雨，三生石烂旧消魂。秋风江上莼鲈美，廷尉门前鸟雀喧。料理白岩山下路，春深农事迫荒原。

葱肆年来费坐筹，买田阳羡愿难酬。伤弓倦羽应谋止，负郭荒畦尚有秋。归去来兮贫亦得，臣今老矣急何求。柴门此后无他事，一任人间斗土牛。

客行

客行日暮投荒村，廉纤细雨秋气昏。蹇驴碎踏乱山叶，寒蛩泣抱枯芦根。石泉激激落空涧，磷火星星生古原。今宵借榻定何处，唯有剥啄山僧门。

仙溪道中

秋风莽萧瑟，落叶雨声干。我自骑驴去，僧方倚树看。乱峰围古寺，斜日淡孤鞍。暧暧墟烟起，人家正晚餐。

病中枕上寄仲兄云渠

残灯相对记依稀，病枕凄凉泪欲挥。磨蝎自知生有命，骊驹谁唱客毋归。人情暖似秋馀热，心事颓如鹢退飞。碌碌自惭门户计，故园松菊未全非。

感事五首

妖星夜半吐欃枪，仓卒西南苦用兵。四海军储争赋纳，中原寇盗敢纵横。和衷暂屈军容座，威望高屯骠骑营。见说材官皆劲旅，可能一战答升平。

高秋霜重涩雕弓，军令分明气象雄。算出万全惟有抚，兵兴数载讵无功。初闻吉语来江上，又报前军出汉中。幕府终朝催草檄，书生自古要从戎。

连营突骑竞蜂屯，百万争糜内帑银。岂有将军皆偾帅，从来盗贼半饥民。云迷战地添新鬼，星陨高原失重臣。早晚甘泉需献捷，姓名还望上麒麟。

百年版籍隶兴朝，桀瓠烽烟久不嚣。铜鼓凄凉无葛亮，布衣慷慨有张翘。蛮溪夜静滩声冷，野烧春寒战骨销。改土昔曾劳庙算，忍将异类视顽苗。

沅湘千里接荆襄，天险秦关古战场。谁使避兵如避寇，应教擒贼早擒王。徐江白面犹磨盾，楚蜀黔黎正裹粮。好待长驱洗兵甲，诸君努力事戎行。

冬夜睡起

永夜迢迢一短檠，孤衾如铁梦难成。黑云埋月微逗影，冻雨打窗时有声。吟兴已阑肩独耸，愁怀无奈眼双瞠。今情古事都抛却，又拨寒灰坐到明。

仆居在梅山之北，志载多阙，生长其间，不能无述。暇日无事，记所尝游览者各缀以五字小诗，凡得二十四首

白岩

悬岩孕层冰，吐出皆琼屑。一片空明胸，人世无此洁。

笔架山

寥寥太古乡，造物贻此笔。且莫掞天庭，名山须著述。

小九华

九朵青莲花，天外看历历。世无李太白，嘉名谁汝锡？

髻子岭

卓午蔽天光，满涧松阴挺。时露一痕青，鬖鬖丫髻影。

招云山

朝见招云来，暮见招云去。来去云不知，濛濛山顶树。

将军石

插天一卷石，崭崭坚削铁。勿作领军面，想见介士节。

华盖岭

幢幢盖影垂，奕奕风前举。寄语舆中人，幸勿车上舞。

台上旁有印台

台上争趋承，台下共揶揄。累累肘后金，何若手中锄。

巾子山

十载腐儒冠，不受王阳荐。烧却头上巾，留得本来面。

许岭

何年许云封，挈家云际逝。日夕牛羊归，云中闻犬吠。

棣木岭

幽处露炊烟，寥寥村色静。寄谢武陵人，桃源在人境。

棘木凹

当路莫栽棘，棘长钩人衣。年来披斩尽，满地木棉肥。

叶公山

好龙不识龙，真龙不世间。诸梁骨已朽，门对叶公山。

龙牙洞

乖龙惯遭谪，蜕此蜒蜿迹。风雨何时归，腥涎满四壁。

双井

清绝清湘源，万里分一派。汲得双井泉，欲下涪翁拜。

梓木冲

楚材珍杞梓，种以遗子孙。谁知百年来，塞路成荆榛。

松堂老屋

乾坤两茅屋，四壁莽蓬蒿。先生饥不死，气与荆衡高。

南溪

溪云止复行，溪月翳还吐。时见溪边人，濛濛隔溪语。

月峰

帖天一痕眉，返照开金碧。赢得儿童欢，拍手叫冰魄。

峡山

空峡不逢人，但闻杵臼响。隔水两茅茨，闲鸥日来往。

十里铺

三家共一村，三村共一市。莫讶入山深，距城才十里。

穿石

树影深复深，溪流曲更曲。何处一声钟，上有古天竺。

龙岩

怪石衔玲珑，寒泉泻幽咽。开遍岩上花，中有太古雪。

岩泉

潺潺山下泉，方沼一泓澄。泽物莫遽言，保此在山清。

叔父客广州寄呈一首

绝域零丁久滞留，玉门归后又营幽。百年半作天涯客，万里还为海外游。老去虞翻原肮脏，谪居玉局自风流。兹行更要夸奇绝，未信人间仅九州。

过舍后野人家

打头老屋万山阿，杯落荇箐莽薜萝。傍水湿云飞不起，背岩残雪积初多。洼田晚熟禾生耳，庭树中空鸟作窠。便欲买山容我住，结邻长伴病头陀。

山居二绝句

山居习静久忘机，偶记邻家豆荚肥。乞得苗条亲手种，夕阳影里荷锄归。

数椽茅屋傍山隈，绕屋扶疏树几梅。镇日掩关人不到，卧看雏鹤啄苍苔。

里谣三首

黄狐嗥嗥白狐咷，去年割麦今割苗。风吹草低见白骨，饥鹰来攫如人号。东家卖田西家买，以璧假许誓言在。不知何与秦人事，商於六里相欺绐。秦虽绐，君勿虢，亡秦者胡乃胡亥。阿房一炬虎狼亡，纷纷狗兔同菹醢。

黄蒿三尺迷孤坟，中有若敖之馁魂。纸钱一陌飞不到，狐狸夜穴秋枫根。单宗弱族远莫致，坐令白骨呼烦冤。官如天帝谒如鬼，我生无力通钱神。呜呼！天门高高虎豹蹲，仰视圜苍如覆盆。

鸺鹠叫暮天黄昏，忍令母子相噬吞。蛟龙失水虎添翼，豺狼乱窜狐兔奔。为鬼为蜮不可得，中夜太息手自扪。呜呼！清河豪猾横乡里，颍川大姓谁能棰。安得拔薤州官来，扑杀此辈如鼠耳。

拔薤谣

莫拔薤，拔薤伤君手。君手伤犹可，薤长势则那。一解。莫拔薤，拔薤将及我。及我势犹可，薤本固则那。二解。薤本虽琐，薤族则夥；匪薤族之夥，除恶不果。三解。种苗东皋，惟莠骄骄。区芋于畦，唯草宅之。匪草匪莠，害我南亩。四解。治心去惑，治苗去螣，治国去贼。五解。

龚氏山斋得叔父高琼间书怅然有寄

瘴乡天气异中州，水气昏昏日夜浮。潮上三更都作雨，云飞六月忽成秋。坡公渡海方营室，王粲依人正倚楼。闻道鲸波犹未息，惊泷何处是安流？

招云山坐月

四围虫语答僧呗，满院松阴生昼寒。坐久不知天已暝，乱山合沓月如盘。

岁暮杂感

谷口全家隐，躬耕倚薄田。荒凉逢恶岁，风雪逼残年。邻索租牛券，囊悭赁酒钱。艰难图一饱，俯仰亦堪怜。

老屋寒溪上，当门一堵墙。牛宫通废宅，鸡栅聚空廊。腊鼓村声冷，荒年稻饭香。寂寥吾已惯，幽愿奈难偿。

三百馀年宅，人家共几何？衰宗生聚少，他县死亡多。门户支持懒，光阴冷淡过。连旬困薪米，久已废吟哦。

媵腊人情暖，庄荒节物新。乡风时近古，俚俗讳言贫。馈岁争携榼，酬神亦请邻。那能都屏绝，随例往来频。

卷第二

杂诗

饥寒迫腐儒，富贵逼巧宦。营营百年内，龌龊等焦烂。冷暖不自知，宛转相熬煎。有如扑灯蛾，馀焰无几恋。光阴瞥电过，黄壤欲谁炫。君看拥八驺，何如骑款段。

衣成必缺衽，宫成必缺隅。世界本缺陷，物情忌盈馀。城南求美田，金屋贮妖姝。贪人以身殉，志士惜此躯。所争务其大，浩浩天为徒。万物皆备身，缺一已非夫。

干将不中用，铅刀乃一试。纷纷令仆才，群诧希世瑞。佳人在空谷，被服荷与芰。蛾眉画未成，谣诼争相忌。宁知汉宫宠，复作长门弃。何如办盐齑，对镜扫寒翠。东家方催妆，倩汝理巾笥。

兰艾不同佩，鸮枭不同行。揵揵黄鹞子，拟身干凤皇。凤皇正苦饥，竹实亦久荒。怜彼细而黠，携之近朝阳。幸免辱匕俎，岂谓有文章。嘴爪莫遽矜，老鹗方高翔。

读书二十年，意在博青紫。所志既日下，其词更卑靡。涂饰滋巧伪，下与俳优比。以此博公卿，所抱可知矣。伟然七尺躯，效颦乃如此。

古人不及见，可以读其书。来者我不知，一笑将何如。感此思有言，欲语仍踟蹰。我境古已历，我怀古已摅，当其下笔时，焉能与古殊。陈陈践刍狗，覆瓿空嗟吁。后世有子云，子云计已迂。删后本无诗，况敢疑典谟。

月夜泊君山作

银河直泻天万里，秋风袅袅波初起。大湖无人江月高，一点君山镜光里。罡风吹下轩辕台，霓旌恍惚空中来。老鼍蹴浪冯夷舞，惊猿响答清且哀。九疑联绵片帆转，鼎湖龙髯去不返。百蛮天远碧无情，翠华惨淡巫云散。谁与弭节回云軿，是耶非耶风泠泠。苍梧梦到望不到，烟螺九点镵天青。帝子不归湘水绿，斑斑血泪啼湘竹。怨魄骚魂万古沉，问天不言山鬼哭。

登岳阳楼

高浪载天浮，湖光满郡楼。巴陵今夕月，终古洞庭秋。寥落孤征雁，苍茫万里舟。湘君何处是，渺渺不禁愁。

过襄阳书寄家遁溪丈

终古沧桑几劫灰，行人过此一徘徊。依然汉水浮天去，不见庞公上冢回。荆楚岁时思续记，襄阳耆旧有馀哀。我来欲伴鹿门隐，莽莽平芜但草莱。

吕堰驿

野戍苍凉古雍西，中原回首重凄迷。斜阳闪闪在牛背，瘦石棱棱怯马蹄。乱后荒墟添堡砦，耕馀废地长蒿藜。剧怜死事王行敏，寂寞寒祠乌夜啼。谓王巡检翼孙也，贼犯吕堰，巡检死之。

渡河北望

太华高悬接太行，关河迢递郁相望。平沙北走连天白，野塞西衔落日黄。驿草萋萋埋斥堠，墟烟漠漠散牛羊。两河父老欢相告，沿路王师卷旆忙。连日见楚蜀大军北回。

龌龊四首

我欲东游观蓬莱，扶桑一跃天门开。云旗闪灼百官集，初日焜耀金银台。神洲东隔几万里，欲渡却被风吹回。不死之药何由致，茂陵风雨空尘埃。文成徐福皆妄耳，世上安有神仙哉！龌龊复龌龊，不如坐看门前溪水绿。

我欲西走事从军，万里列堠如云屯。咫尺龙沙蹴葱雪，燕然勒石铭殊勋。祭酒布衣诸生耳，飞而食肉今无人。卫青天幸事亦偶，数奇猿臂空悲辛。功名富贵终何益，名姓底用图麒麟。龌龊复龌龊，不如下泽逍遥共驰逐。

北方佳人绝代姿，蜚纤垂髾玉为肌。嫣然一笑倾人国，阳城下蔡纷狂迷。高堂烧烛作夜宴，主人坐拥千蛾眉。酒筹未罄烛始跋，狐狸夜啸鸺鹠啼。邯郸才人厮养卒，鸦抱彩凤吁可嗤。龌龊复龌龊，不如乱头飞鬓称粗服。

南有都会百货区，犀象玳瑁文贝俱。红毛乌鬼扬帆集，百万一掷争讙呶。我生不及西域贾，庑下寄食侪佣奴。就器求赢算亦得，安能俯首从屠沽。匹夫怀璧诚罪耳，坐令象齿徒焚躯。龌龊复龌龊，不如粗茶淡饭饱亦足。

赠驴

竭来燕市影伶仃，长路风尘记几经。如汝人才何患蹇，为谁鞭策总难停。关河落落身将老，铃铎琅琅响怕听。萁豆啮残容易饱，故山苜蓿正青青。

悯鹤

浩荡江天侣白鸥，偶然尘梦被勾留。难酬阆苑传书愿，未洗羊家对客羞。公等但供耳目玩，此来宁为稻粱谋。长安衮衮乘轩者，谁是青田旧日俦。

嘲柳

丝丝缕缕太郎当，镇日迷离大道旁。未到深秋已摇落，才舒青眼便轻狂。尖风瘆雨飘零泪，万转千回儿女肠。纵使灵和真擅宠，蛾眉共嫉亦堪伤。

忆松

老干腾拏劲骨撑，曾经万劫抱孤贞。贮胸惟有太古雪，作响都无凡木声。幸不辱封还故我，定谁移植感平生。空山偃蹇无人到，一别支离岁几更。

题赵北口旅壁有怀伯仲两兄

天涯兄弟惨离群，北道迢迢倍忆君。三晋中分河曲水，孤城遥望楚天云。断桥柳色摇秋影，瘦马鞭痕滄夕曛。料得西堂频入梦，可能剪烛共论文。

赵北口早发

咿喔鸡声远，郎当铎语忙。征人影在水，残月白于霜。犬吠渔村火，风吹蟹舍香。酒旗摇树杪，隐约似潇湘。

晓发河间遇雨

燕南赵北苦奔驰，蓐食宵征匹马迟。破壁一灯鸡喔喔，颓云万里雨丝丝。空过姹女摊钱处，不见贤王被服时。赢得征衣共鞍驮，淋漓浑似鸟黏黐。

冀州途中见麦熟

始我来燕京，春尽月及病。飘流曾几日，触热复东骋。行行届麦秋，郊原浮浪影。一望黄云屯，漫漫遍四境。此邦古都会，子妇勤劳等。想见唐魏民，好乐俗交警。我家世耕菑，作苦图一饷。续乏祈福习，麦神名。充饥惭画饼。儿时放学归，狂走跃蚱蜢。釜出馋涎流，锤截刚牙猛。八口共荒餐，一饱真天幸。中流倏风波，变态逐萍梗。齐师籍鲁人，晋粜遏秦请。习苦饱已谙，积逋纷难屏。矧闻湘楚间，今夏骄阳炳。老亲狷狭性，食贫弥骨鲠。不受尹台遗，肯乞斋夫拯。料知尘满斛，一日食还并。食贫贻亲忧，得不愦生瘿。庶几宿麦登，或可贷闾井。饥来驱我出，仆仆风尘逞。怆深负米心，望倦倚门颈。何时萸溪旁，负郭田二顷。谷口耕子真，马磨躬许靖。忍饥待食麨，敢望谋五鼎。

秋夜观津城野眺

绝塞寥寥雁影疏，荒城登眺晚风馀。星河夜永浮空出，场圃人休墐户居。燕市酒徒犹有墓，汉家戚畹久成墟。纷纷田窦浑常态，独向天涯吊望诸。窦氏青山，望诸君墓，俱在武邑境。

睡起书感

辄唤奈何千古事，谁能遣此百年身。此生入世定何著，好梦回头恐未真。八极虽宽偏碍我，一身以外总输人。支离攘臂成何用，尚费人间十束薪。

月夜陪座主韩树屏先生登黄鹤楼

那能鹤背恣遨游，且向矶头共泊舟。老子兴来乘月往，大江波静际天流。烽烟楚蜀新消后，雨雪关河欲暮秋。满眼穷阎无限感，荆门郢树不胜愁。

保靖道中有寄

竟日行山顶，沿溪又一村。年荒新鬼大，地僻土官尊。蛮语才通姓，民田讵易屯。疮痍望收恤，法令莫滋烦。

舟行西溪乱滩中，惊浪奔雷，三峡之险，无以过也

蛮谿山高阻以幽，蛮溪水驶不容舟。乱峰千叠雷怒吼，哀猿一声人白头。二酉书徒弃空峡，五丁力不迥奔流。嗟尔远客自轻险，何怪曳足惭少游。

抵家呈伯兄昆化、仲兄云渠

飘泊真如雪里鸿，别来泥爪遍西东。身惟有骨千金值，心本无城万事攻。久客乍归疑是梦，劳生方壮已成翁。可堪听雨苏家

约，一穗残灯照眼红。

丙寅冬月病危甚，稍愈赋呈两兄

药气朝烘祷佛烟，连床风雨度残年。巫医杂遝诸魔扰，人鬼凄惶一枕眠。虫臂鼠肝原是幻，瓦完璧碎亦凭天。阿奴碌碌何须惜，为念慈亲一惘然。

大名道中守岁示谭吾肩瑞同年

更阑不能寐，感叹成今夕。今夕复何夕，年华坐虚掷。那堪别岁心，重以远行役。扣门揖主人，檐流声淅沥。岂无一樽酒，酸风号四壁。离离远柝寒，闪闪孤灯碧。咿喔听晨鸡，不觉东方白。

我亲届古稀，子亲更近耄。朝夕欢相守，尚非亲所好。何况远别离，终岁违色笑。念子我所师，跛鳖骅骝导。贤愚分不同，而乃同潦倒。成立未可期，别离已屡悼。哀哉禄仕心，有如风中纛。两家小儿女，今夜共喧闹。亦解忆长安，泥足行方踔。

早过赵北口

四望渺无际，疲驴又晓征。板桥霜迹冷，芦舍蟹灯明。渐觉炊烟出，遥闻犬吠声。趁墟人扰扰，知是鄚州城。

送欧阳磵东绍洛孝廉重之永平

射虎山头鸭子河，残碑凭吊几摩挲。重临碣石窥沧海，已分浮生老薜萝。秦代长城天堑险，汉家诸部列侯多。不封亦是寻常事，可怕邮亭醉尉呵。

哭杨荪圃兴植丈四首

词坛落落苦吟身，六十年来老斫轮。四海相望馀几辈，九原可作更何人？名场寂寞存知己，逆旅仓皇践梦辰。君卒于安化旅次，时戊辰五月也。惆怅国门西去路，平坡山色尚嶙峋。

匹马曾从二华过，晓寒疏雨落关河。君秦中秋怀诗，有“高阁晓寒瞻二华，小楼疏雨梦三湘”之句，为时所称。酒倾燕市淋漓尽，诗变秦声感慨多。万里风霜欺病骨，百年天地付悲歌。倦游更作蛮荒客，铜鼓凄凉吊伏波。晚岁客粤，有《粤游草》。

放眼青冥首自搔，肯将傲骨屈闲曹。君殁后选浏阳教谕。生逢磨蝎天能厄，死作吟囚鬼亦豪。肮脏原无食肉相，穷愁不废著书劳。只今寂寞空山里，已化苍松万斛涛。

谁知小别竟长捐，同病相怜一泫然。君与余同病痁。剩有残编兼弱息，不教成佛定生天。文章后死能无责，衣钵何人可共传？地下唱酬诸老在，翻嗟尘世逊黄泉。

余少多病，颇阅灵素书，迩来稍稍习之，世遂谓余能医也。因忆坡公“文章何足云，执技等医卜”之句，怃然有作

此事难能非臂折，于人小补亦心期。著方孙邈蛟龙妒，卖药韩康妇女知。岂有参苓推冢帝，不妨名姓唤牛医。儒林传后存方技，未识他年位置谁。

秋夜二首

独坐忽不乐，起视夜何似。西风忽忽来，始觉秋鸣耳。秋气逼窗户，撼撼振寒卉。关河浩无垠，岁月忽已委。胡马恋故群，依依心万里。仰视南飞雁，翩翩渡湘水。

惊飙酿霜威，夜气薄严肃。开门望星光，睒睒明残烛。病骨怯闻秋，欲语先瑟缩。呼童移短檠，且复理简牍。寒蛩咽颓垣，琐琐声断续。搅我羁旅魂，感此心振触。

独坐

独坐闲庭似戒坛，苔痕藓晕冷侵阑。荒虫抱蓼知秋苦，病鹤惊霜怯晓寒。傀儡功名千古戏，盐虀风味一生酸。鳏鳏情绪凭谁共，又看天边月影团。

中秋对月有怀仲兄在楚闱

泠泠玉露飞清霜，滚滚银涛秋正凉。相思一夜蟾蜍影，照见诸天佛顶光。千里美人共明月，十年老女犹靓妆。广寒宫殿知何似，袅袅吹送天风香。

九日客冀州寄怀叔父，兼呈宁瀛海云鹏刺史

一门叔父老中郎，镇日耽吟两鬓霜。罗雀已成扃户冷，催租犹为索诗忙。陶家花放应无酒，陆氏田芜尚有庄。瀛海山东癸卯乡试出叔父门。却笑阿咸更牢落，每逢佳节滞他乡。

偕瀛海刺史赴宣化途次赋呈

去郭无多路，环城共几村。土饶民力富，俗俭古风存。驺从鞭呵止，人家笑语温。儿童争夹道，不识长官尊。

车中谣

郎郎当当牛铎声，膈膈膊膊鸡乱鸣。主人催客出门去，行三十里天未明。

欲鸣不鸣寒鸡声，欲落不落残月明。城中宴客烛未灭，城头打鼓交五更。

冻缰在手指欲堕，寒涕落地冰有声。车轮不角马无角，郎不能归努力行。

飞狐岭

朔风卷地云无色，十月边城已结冰。古戍荒荒催落日，平沙莽莽下饥鹰。狰狞虎卧岗头石，闪灼星摇树杪灯。自哂浪游何所似，便呼行脚打包僧。

蔚州驿舍寄碉东

荒城严柝怕重听，蜡泪初干酒乍醒。鼎鼎年华双逝鸟，茫茫人海一浮萍。穷边月射霜花白，破庙灯摇鬼气青。剩有北平飞将在，不堪两鬓已星星。

冀州除夕，一灯独坐，百感并来。因忆外大父毛松邻先生“孤衷百事感，长夜一灯寒”之句，辄成六首

琴剑飘零惯，天涯岁又殚。孤衷百事感，长夜一灯寒。内外家风旧，关山行路难。羊昙今夕泪，不独为公弹。

节物乡风异，相看苦忆家。年华蛇赴壑，世事鬼含沙。天意宁如此，吾生况有涯。箧中漫刺在，久已厌京华。

永念牵裾别，丁宁属早归。恐伤游子意，怕见泪痕挥。定省频年旷，平安两字稀。久未接家书。椒盘新检点，昨夜梦莱衣。

牖户飘摇甚，绸缪仗两兄。连床风雨夕，十载别离情。马磨馀家具，鸰原愧此生。终期念明发，日月共斯征。

儿女看人长，深闺此夜心。归期凭镜听，别思恼虫吟。栖燕营荒垒，将雏望好音。长安春已近，莫漫泪沾襟。

几载燕台路，人情我旧谙。微名鱼上竹，生意茧包蚕。鸡肋抛难割，蝇头觅亦惭。薄田何日买，负耒老湘南。

羁怀简林铁山中枢县尉

休息终无日，飘流剩此身。羁怀如中酒，荒市不成春。独□〔寐〕时惊魇，闲行每避人。新诗持似汝，聊复托芳邻。

淀河舟中夜坐

七十二洼水，孤舟此惯经。潮回时作雨，天阔乱飞星。湖海频年老，鱼龙逐队腥。沧溟犹有路，未敢怨飘零。

登天津城楼书寄谭吾肩、晏湘门贻琮两孝廉

频年人海叹劳劳，又向沧溟听晚涛。河北繁华推此地，天涯聚散感吾曹。身如出岫云难定，心似棼丝手自缫。独倚栏干频怅望，元龙意气尚粗豪。

笙歌声里驻行舟，丁字沽前暮霭收。两岸人家多在水，一天烟月正登楼。远帆历历津门树，平渚昏昏海国秋。为报周南留滞客，无心我已学闲鸥。

重抵冀州呈瀛海刺史

被放行吟笑楚囚，飘摇身世久依刘。浮生幻态同蕉鹿，陈迹终年旋磨牛。射去虎头都是石，梦来蚁穴或封侯。闲云出岫心原懒，未碍人间汗漫游。

秋夜

所思独不见，起视夜何其。寒月澹如此，客心吁可悲。诗才穷愈拙，秋信病先知。自顾浑无奈，扪怀欲语谁。

闺意

香消宝鸭寒，院静游蜂冷。底事惊闺尨，风吹庭树影。

铁山送腌菜

作客年来为口谋，偶谈乡味已涎流。分来旨蓄香逾洁，芼以姜橙脆更柔。百瓮饱偿寒士籍，一畦荒忆故园秋。此生食肉原无相，已分盐虀送白头。

五君子诗并序

杨荪圃丈作《四君子诗》，谓孙白沙明经起栋、吴建轩进士思树、兰柴明经柡、曾云溪别驾艾也。先生交四子深，酒垆之感，殆难为怀。戊辰春在都出以示余，辄欷嘘泣下，而先生亦于是岁归道山矣！余与诸君子同里，读其诗诸君子可知，即杨丈可知。因续作《五君子诗》，并寄　东、湘门两君子。　东为杨丈老友，湘门其弟子也。嗟乎！冥契既逝，发言谁赏？安得复起斯人而一质之也。时己巳九月，客冀州书此。秋风凛烈，实怆心怀，落月朦胧，如见颜色。

孙白沙明经

神龙性难驯，怒隼羽易铩。咄哉白沙翁，豪气横当代。啖名竟何裨，垂堂乃忘诫。二句即用白沙寄褚筠心学士诗中语。亡命走关西，脱身羁海外。生餐雪窖毡，老恋卢龙塞。三尺喙尚存，历劫身不坏。同时有欧吴，流辈几人在？纷纷少年场，直等之自郐。疏狂世欲杀，累囚天所械。险语厌众同，狺声起群吠。坐此百炼钢，片片堕云碎。白沙乾隆癸酉拔贡，己卯以科场事谪辽西，嘉庆戊午始放归。生平负气傲岸，既困于法网，乃举其抑塞奇诡之气一泄于诗，崛强生硬如其为人。归后巢毁卵破，无以为家，益发愤无聊，使酒骂坐，不乐近人。寻客死广西，诗稿为盗攫去，诗人之穷无有如白沙者。弟石溪学博起楠亦工诗，秦小岘侍郎瀛序其诗，至拟之继茶陵而起。世知有石溪而不知有白沙，为可慨也。

吴建轩进士

六经遭秦劫，大道日榛莽。汉代重笺训，贾郑犹近古。我怀吴夫子，两目光如炬。枯坐四十年，思去天尺五。奇文收昔遁，快义发新睹。测天规羲和，步地隘章竖。摩挲古彝出，叱逐狞雷舞。稽古亦何荣，适与世事阻。官如午梦残，债可恒沙数。止舍辨骊驹，狗曲遭谩侮。哲人遂已萎，此道委如土。建轩乾隆辛卯进士，出大兴朱竹君学士筠门。其学以强记精思为主，自言生平以道家胎息、禅家枯坐法，遂精通古人之意。于书无所不窥，自经史外泛衍百家传记，旁及道藏、佛经亦能默记成诵，尤精于天官星算推步之法。当大兴以古学倡天下，门下多续古士，建轩独退然不自有，竹君乃自以为弗及，然世之知者鲜矣。性迂缓，官岳州教授，晚授新泰知县，甫三月挂吏议赔累巨万。穷老以终，其著作亦散佚不可问矣。

吴兰柴明经

猖狂阮步兵，潦倒稽叔夜。古人如可作，高风讵相下。觥觥兰柴翁，奇气谁能假。心如骐骥腾，气可风云诧。虎头殊不痴，猿臂真善射。何期蹇修乖，佳人老不嫁。盐车困太行，一蹶邈难驾。生平千万篇，空作黄河泻。一第何足溷，屡举乃遭胯。多才犯众忌，矧乃肆狂骂。黄祖幸不逢，得免吁可怕。兰柴为建轩母弟，才气横逸不可一世，尝以诗受知于褚筠心学士。廷璋称其近体为七字长城，与孙石溪学博齐名，时称孙吴。老于场屋，以拔贡生终。性懒放，恃才凌厉，多所轻忽。晚应乡举，为监司某所辱，发愤卒。

曾云溪别驾

男儿誓捐躯，慷慨办一死。堂堂古丈夫，一一垂青史。英英别驾君，杀身报天子。宇宙久承平，妖逆西南起。桓桓征南帅，百万鞭棰指。负弩誓前驱，所至辄披靡。贼势倏猖獗，孤军相角犄。龙蛇厄运逢，其年在丁巳。百战剩孤城，臣力止于此。生不能杀贼，全家共死耳。尚闻振臂呼，死当为厉鬼。乾隆乙卯，辰州苗蠢动。嘉庆改元，上命贝子福康安公往剿。别驾时以忧居里，与贝子有旧，乃星夜赴贝子营陈战守策，贝子倚之如左右手。逾年，贝子薨，补贵州贞丰州州同。所部仲苗相继叛。州同故驻册亨，土城单薄，别驾率兵民坚守四十馀日，已而城破，乃手刃其妾四人，巷战死，幼子及亲丁死者凡九人。余为作传。

杨荪圃孝廉

嗟余生已晚，老成日颓堕。岿然诸老中，犹及见一个。卓哉关西翁，豪气老不挫。炯炯双眸子，火色眉间播。骨相岂终屯，多才例坎坷。平生五千卷，无补一日饿。遂令鸡栖车，屡岁风尘堁。蹉跎就选人，倏忽歌楚些。告身润幽窾，长物馀土锉。作志我无惭，谀词公所唾。吁嗟后死责，欲语悲无那。荪圃乾隆癸卯举乡试，屡厄礼部。嘉庆戊辰大挑二等，当得教职，其年五月归里候选，以痢卒于安化之马辔市，距家仅二百里，而吏部已选君浏阳教谕，告身与舆榇遂同日抵家。君邃于经学，尤长《三礼》。诗宗法唐贤，间亦出入七子。状貌修伟，磊落自喜，卒不获一命以终。余痛之甚，为志其墓存箧中，当俟其孤之成立而归之。

九日寄故园诸兄弟

故园终岁寄当归，得共登楼愿又违。加饭弟兄馀马磨，试砧儿女感牛衣。寒灯夜月慈乌语，废垒深秋冷燕飞。知道沈郎如旧否，天涯憔悴减腰围。

卷第三

曹州道中寄从兄湘南

廿年曾此寄萍踪，又束征装向海东。下邑人谁尸畏垒，天涯身自逐飞蓬。飘零尚剩胡公绢，辛苦难谋吕肆葱。见说居民存直道，清贫犹话长官风。

历城书寄王馨叔馀孚孝廉

瘦马鞭痕趁早曛，天涯泛泛忆离群。半空晴拥华山树，华不注山在济南城东。一角青垂岱岳云。冀北尺书徒滞我，济南名士共推君。范家尘甑知何似，想见亲闱涤厕裙。时侍其尊公砎轩先生莱芜学舍。

黄县道中早发

天末寥寥数点星，关河东指是沧溟。蓬瀛影接无边碧，泰岱山馀未了青。海卷云涛随日涌，地饶鱼蛤带风腥。我来欲鼓成连操，怕有蛟龙隔岸听。

蓬莱阁纪游九首

阁在山城北，海水龁其腹。狂吞恣未已，馀怒势一束。孤峰割云根，万牝咽虚縠。潮来地欲浮，潮退地疑缩。盈缩咫尺间，朝夕自往复。大地积一气，于此偶停蓄。观澜纳万川，见少渺一粟。太息拘墟俦，井干踔泥足。

振衣挟策上，遂至避风亭。四面广且洁，诸岛如环屏。炯炯初日出，万里皆澄清。海水时汩没，天风响泠泠。即此悟仙境，有如梦初醒。所嫌疥壁诗，徒以污山灵。我欲仆此石，高咏穷沧溟。成连不可接，无由移我情。

其南为龙宫，苏寺踞其顶。颓垣杂瓦砾，坏磴积泥泞。我来谒荒祠，四壁腥风冷。当年广德王，曲徇坡仙请。起蛰鞭鱼龙，鬼神钦骨鲠。我无玉局才，焉敢望侥幸。既此一瓣香，未必公首肯。再拜下山来，萧萧短鬓影。

寺前列层城，迤逦成平坡。矗立六怪石，排列如头陀。或云陨星化，三台仍其讹。相传石为陨星所化，阮芸台侍郎碑刻三台石，仍俗说耳。日夕望居民，烟火千万家。海门落照红，战艘卧平沙。缅昔胜国末，盗贼如乱麻。此地最惨酷，杀掠遍山阿。迩来二百载，四海靖鲸波。颇闻闽粤间，稍稍烦天戈。制乱贵未形，召之不在多。敬告守土吏，请听采风歌。

东出朝海庵，石径斗以耸。梯空恣寻搜，遂及千仞洞。窅窅不测深，逼仄未嫌壅。悬岩缒而下，始如鸟入笼。挐云臂初伸，触石根疑动。炬然鬼火寒，衣湿岩流重。晚潮如山来，砰湃声汹涌。临崖三五辈，遥望生怖恐。我愿必到此，中道敢移踵。心夷无险途，志定有馀勇。

鼓勇策之进，西得弹子窝。碎石光的皪，烂若排玑珂。中立两石母，盘踞如青螺。窃闻诸岛间，稍稍出渔歌。云有三神山，眷属皆仙娥。风雨不可即，羽卫环蛟鼍。我无生天分，侧足罹尘罗。安得抱此石，自结云水窠。海枯石倘烂，我得亦已多。大笑问坡仙，袖中能几何？

北望烟雨迷，云是田横岛。炎飙扇海水，孤屿已不保。惜哉五百人，性命轻如草。卓彼鲁仲连，蹈海志益矫。千秋节义魂，日月光皎皎。吊古发幽情，悲风来浩浩。

神州几万重，弱水几万里。世岂有神仙，蓬莱乃在此。今年徐福行，明年祖龙死。真人果长生，山鬼不来矣。连弩射之罘，刻石颂功烈。如何汉武贤，而欲蹈覆辙。文成五利诛，神仙不自保。咄哉东海翁，空卖如瓜枣。

学仙既不成，浮海亦不果。二者吾谁从，庶几择其可。伊余抱微尚，失足溷尘堁。未知诸天中，何罪膺谪堕：坐令磊落胸，如蚕自缠裹。神仙事渺茫，海水日掀播。虚闻一苇杭，坐使歧途左。故山近句漏，中有丹砂颗。长生未可学，死籍落犹颇。笑谢安期生，归鼓资江柁。

海镜亭观日出放歌

赫羲鞭龙火云紫，天鸡叫日出海底。天光日光并一洗，不知是天复是水。初如一线金缕起天末，忽如万斛火齐涌金阙。飙飙炎炎倏明灭，欲出不出光郁发。上烛九天，下瞩九渊，陆离光怪，莫可言宣。我疑此时海水烧已干，大叫龙伯呼天门；又疑馋龙被灼怒焰炽，猝起格斗相噬吞。曜然捧出十丈莲花盆，炯炯初出掀天垠。高穹厚地同一燔，须臾离海忽距跃，莲花满眼空中落。散作万顷光闪灼，红日一丸海一勺。噫吁嘻！踆乌疾飞迅如驶，羲驭当空无停趾，百年只如旦夕耳。安得三万六千日，与君相对长如此。

将去蓬莱先夕复谒苏祠

斜阳灭没月当头，碧海青铜照夜游。地与人同浮一影，我生公后又千秋。拏空翠盖犹横岭，破碎云根尚枕流。想见婆娑登眺处，新诗夜夜舞潜虬。

海镜亭宴集留别席上诸君

此生到处足淹留，且向樽前共唱酬。文字可能惊海外，神仙才许住瀛洲。潮生野屿寒凝雨，风撼涛声怒作秋。犹欲荡舟三岛去，海天浩荡学闲鸥。

去蓬莱城十里，宿吴氏
椿荫草堂，主人出纸索诗，赋此为赠

昔我闻蓬莱，谓是神仙岛。积想可能到，梦幻徒颠倒。天风忽渺茫，吹堕海东表。万山叠青翠，一水自萦绕。始进觉逼仄，渐行讶窈窕。沿溪渡板桥，得路即深造。穷海届仲春，气候暖尚早。似知远客来，催此新绿袅。行行望前村，炊烟出木杪。青松缭土垣，石室精且好。土人砌石为屋，精洁可爱。中有太古民，忘机狎鸥鸟。鲍家两小女，丫髻明眸姣。开门肃客入，登堂拜公媪。稍闻饼饵香，饥肠惄如捣。似闻此中云，难为外人道。我生托浮萍，世味谙苦蓼。尘埃困羁鞅，林壑惬幽抱。安得二顷田，容我海东老。明朝过劳山，愧我徒草草。

明湖

短芦蕺蕺柳丝丝，鼓角喧阗出水陂。一个明湖几名士，荒亭来读少陵碑。

岁暮寄云渠

季子频年嗟负米，阿兄终岁咏采兰。挫针治繲难糊口，啜菽饮水不成欢。白日暗将两鬓换，寸心时有百忧攒。安能郁郁久居此，头上峥嵘岁又殚。

检行箧得松邻先生官靖州训导时，与学正茶陵谭希斋先生声元往复手札，凄然有感。因各赋一诗，寄呈云渠

我学公所授，我身公所出。我生公已老，我壮公甫殁。悠悠中外亲，无补公毫发。公乎国之老，耆旧谁与匹？著述千秋垂，艰难一身孑。嗟我永负公，宅相惭门阀。消瘦阿巢颊，仿佛袁公额。显鹤幼养外家，舅氏从母皆言状貌似公。云封笛恻怆，寒泉语呜咽。尚想腰植鳍，永念衣传钵。痛哭州西门，典型竟中绝。

古人旷不见，阅世飞鸟过。悠悠双逝丸，迅疾如转磨。希斋吾仲师，云渠客靖州，从先生游三年。和璞出磨磋。发为古文章，其气不可挫。私淑到阿奴，闻风起顽懦。喜我天外来，慰公井底坐。丙寅余过永顺，谒公署，公喜致书云渠，有“愁人正向井底坐，好客忽从天外来”之语。伊昔铎渠阳，高贤得两个。岩岩百蛮城，寂寂一毚卧。转瞬十七年，存殁悲无那。两家共漂零，入口长饥饿。而公有贤子，门风庶不堕。哀哉老中郎，墓草无人莝。外祖无嗣，家凌替亦甚。

史髯指画兰竹小幅索赠

故人知我家湘浔，日对兰丛斑竹林。写此幽芳三尺短，增余别思十年深。天寒岁暮荒江影，怨女逐臣空谷音。便拟披图问归棹，楚天万里愁人心。

出都马上口占留别欧阳艺垣（俶）、晏湘门两孝廉

几年挟策素心违，又束征装出帝畿。阅世劳劳尘梦短，知交落落晓星稀，九阍有路天谁问，四海无家我独归。一事关心倍惆怅，倚闾吟望苦慈帏。

次日复寄一首

涿鹿风尘久惯经，残阳瘦影太伶仃。栖栖道左马如狗，泛泛天涯絮化萍。无可奈何生有命，不如归去梦初醒。古梅谿洞吾能记，邵岭资云绕郭青。

宿迁道中遇中秋，忆去年客都门偕刘芑汀（贻孙）、谭吾肩、黄伯良（本骐）、晏湘门踏月痛饮城南延秋轩。今事隔一年，吾肩、伯良先期归里，芑汀、湘门留滞都门，余以孑然一身栖栖道路，对此良宵，不胜聚散之感。因忆坡公“悠哉四子心，共此千里明”之句，作诗分寄四子

高烧银烛夜迢迢，记得城南载酒邀。劝客尊罍弦拉杂，昵人儿女态妖娆。中年聚散嗟吾党，万里阴晴共此宵。同有天涯沦落感，不堪相忆各魂消。

入清河界，竟日行堤上避水，灾黎聚居于此，感而有作，即以告官斯土者

一线残堤万户遮，平畴千里属鱼虾。搴茭沉玉无长策，断雁哀鸿剩几家。嫩堰正愁冬日柏，洼田忍说岁租加。书生满眼忧时泪，借箸徒劳感鬓华。

抵扬州

绕郭垂杨绿尚稠，酒垆云散迹空留。斯人聚会知何日，终古繁华说此州。十里虹桥春入梦，二分明月澹宜秋。缠腰骑鹤知无分，输与烟波一钓舟。

平山堂晚眺二首

淮阳万户枕东溟，洲渚昏昏水气腥。山色模糊看不了，隔江遥露一痕青。

百年台榭莽蒿莱，何况沧桑几劫灰。犹有芜城秋色在，满林黄叶送诗来。

九日江氏园看菊

忆昨天街采菊还，萧萧木叶满尘阛。谁知佳节悲秋意，又在江南落照间。三径晚风疏客鬓，一篱寒雨梦家山。明年此会仍何处，记否虹桥第几湾?

邗江杂咏

枯荷帖水蓼花疏，水国风烟澹欲无。两岸萧萧听不得，秋声

如雨落菰蒲。

归去一首

归去沧溟任所之，此生只合老书痴。壮怀倦似投林鸟，诗思棼于乱茧丝。五夜泪痕灯影觉，一秋心事蓼花知。明朝散发湘江上，醉撷芳蓠读楚辞。

舟中叠前韵

不见三生杜牧之，春风豆蔻剧情痴。鳏鱼晓夜瞠双目，病茧缠绵恋一丝。末路功名等儿戏，中年哀乐畏人知。那堪萧瑟天涯夜，听唱吴侬白纻辞。

瓜口同周梦岩作楫孝廉作

萧瑟西风上鬓毛，天涯寥落感吾曹。自惭梦笔才先退，敢道登楼气尚豪。云树远浮瓜步雨，秋声寒咽广陵涛。吴中乡味莼鲈美，一醉凭君解佩刀。

泊金陵

一叶蒲帆指石城，暮云无际与天平。秋生泽国难为客，山到秦淮便有情。终古兴亡奈何帝，过江风味可怜生。伤心呜咽寒潮水，消尽华年是此声。

雨后燕子矶题壁

石槛层层俯曲隈，他乡岁晏此低徊。山围天堑盘空出，秋拥江声动地来。故国烟花馀废垒，旧家门巷久荒莱。乘风莫向朱楼去，局蹐尘泥亦可哀。

守风荻港

解缆已连朝，系缆仍故处。封姨若相仇，抵死留人住。五年客京华，涸辙困井鲋。兹来数归期，如泉日奔赴。逆风翻江涛，倒卷向西注。初疑牛渚怪，扬幡竞驰骛；又恐靖南魂，百战泄馀怒。我舟惧颠沉，矧敢问归路。因思贫贱身，未免妻孥恶。恶归亦无欢，委心任来去。打鼓何氏郎，高唱公无渡。陆行畏虎豹，水行畏蛟鼍。愁山复愁水，得过行且过。人生役衣食，有如灯扑蛾。所得诚无几，所失良已多。而况以身殉，薄命轻风波。嗟哉孝子身，发肤惜痒疴。如临深履薄，矧敢知其他。古人一日养，三公无以加。今人一饭需，屡岁经险坷。古今人相越，行潦与黄河。一语三太息，多言徒取诃。

次日风大顺复得一首

守风日祝风，风来又惶怖。亦如贱望贵，既贵乃多惧。叩舱呼舵师，且作半日驻。舵师默无语，瞠目发微怒：君如怯风波，且可闭门住。我言闭门好，出门计良误。饥驱宁得已，薄命天所付。死生一凭君，探怀得新句。

野泊

暧暧墟烟月一痕，维舟古岸客声喧。灯明远市星光乱，潮落空江雨气昏。沙际孤鸿惊断缆，芦边一犬吠荒村。资阳归路三千里，厌听吴音聒梦魂。

江行暮景

拏舟苇畔自延缘，到眼青山作态妍。小港潮回孤艇阁，背江风峭一帆眠。蓬飞野渚疑秋雪，乌带斜阳下暝烟。缺月纤纤云翳翳，晚霞作势欲烧天。

宿石子岭次日冒雪抵家

北风卷地声萧萧，仆夫忽作故乡谣。解装下马入野店，到家不及百里遥。心知隔旦便可发，奈此寒夜长迢迢。荒鸡知我归思切，绕村咿喔鸣通宵。夜深倏觉寒刺骨，照眼银海光摇摇。蓐食急装束襆被，披衣自起施征镳。出门不辨天一色，但见冻玉垂柯条。霏霏轻翔木屑下，点点乱坠荷珠跳。诸天雨花空际堕，大地絮影风中飘。盖尽荦确坡头路，时露断板溪边桥。微闻涧底响屐齿，知有人迹来寒樵。故山今秋岁颇恶，荒村瘠土忧焚熇。得此瑞雪胜珠玉，已卜乐岁宽征徭。五年归客自京洛，素衣缁尽朱颜凋。却喜此心原不染，满腔肝肺冰雪浇。胸中何有有寒唾，随地吐出皆琼瑶。（冷）〔泠〕然著我玉山顶，风骨凛凛馀清标。归见故人赖有此，顾影岂惜苏卿貂。黄昏望见灯火近，喜动邻里声喧嚣。老亲惊见但呜咽，怜我久别神不焦。膝前小儿好眉眼，昔去方抱今垂髫。语余妻孥持酒至，未饮已觉寒威消。更阑促膝坐兄弟，如礐石炭频添烧。酒阑雪止天亦霁，起看斗柄回东杓。

还家四首

久客如逃亡，还家苦逻旖。二百年先宅，夷作荒废陇。瓦砾积阶除，瓜蔓延斗拱。亲朋不我遗，稍稍劳问踵。男儿取金印，三族增光宠。我惭落魄归，何足为乡重。不见东家儿，闾里仆从拥。昨日上冢回，哗声若雷动。

咫尺近松楸，一上先人垄。断碣卧颓垣，蓬科蔽孤冢。儿时拜跪处，但见荒草茸。悲来思无端，雍门涕泉涌。九原亲故多，蒿薤声相踵。宰树郁苍苍，鬓发行种种。

行行过松堂，未至神已耸。当年手植松，大可逾数拱。筐箧祖泽存，蠹简黄尘壅。仲氏我经师，讲学厌周孔。砚田□□〔自耘〕耡，亦足供侍奉。独怜阿奴愚，知退苦不勇。下策良可哀，照影惭拥肿。门户要安全，碌碌吾无恐。松桂堂为先大父读书处，仲兄授徒其中。

招寻遍山涧，遂至龙牙洞，道旁儿童观，依依似迎送。溪流响潺湲，禽鸟发清哢。苔印屐齿痕，膏流钟乳冻。摩崖剔苍藓，永念西州恸。壁间有松邻先生摩崖诗。循溪上山颠，比屋鸡犬哄。我爱山中人，青山对耕种。石炭斫山骨，松花覆檐栋。亲戚悦话言，儿女杂嘲弄。安得比邻居，永抱汉阴瓮。日夕下山来，空中响鸾凤。

三月初十日往扬州纪别

暂归苦不乐，预作别离悲。别离亦不免，而我独当之。我归已岁暮，我行及春杪。会短苦别长，离绪心悄悄。去家倏五年，还家止三月。生年当几何，此别太卒卒。路旁两杨柳，飞花拂征衣。征衣有时寄，游子几时归。归来自有时，飞花恐迟暮。不见林间鸟，朝夕勤返哺。

老父发皤皤，泪下如零雨，念我当远行，收泪作好语。阿母更无言，色惨但微喘，慰爷兼怜儿，佯言相劝勉。再拜出门去，欲语舌已喑。十步九回顾，凄绝此时心。切切语妻孥，依依向兄嫂。欲知行人心，但看堂前老。阿兄执我手，阿侄揽我裾。牵挽一路行，哽如中钩鱼。回首柴门边，斜日黯西照。何时买田归，溪边老渔钓。

四月八日，距金陵百里，逆风狂甚，舟人峭帆乱流而行，濒覆者数矣。余弃舟行乱苇中十馀里，至泊舟处，则针鱼嘴也

一浪掀舟出，一舟穿浪入。出入与浪争，风狂浪愈急。怪云如山颓，咫尺天水帖。轰若千辆奔，势如万弩集。长年急收帆，转柁嗟不及。横风截江来，瞥如飞鸟戢。欢声动满船，已向沙际立。舍舟自延缘，出险犹战慑。人生足风波，世事戒轻捷。夸言仗忠信，祸患悬眉睫。寄语操舟人，慎勿矜利涉。

桃花庵寻桂

曾唱江南采莲曲，又歌淮南招隐章。天公吹送蟾蜍影，居士卧闻木樨香。已老岩阿寻药物，且餐金粟礼空王。未知广寒宫殿里，诸天何罪谪吴刚。

中秋前一日得家书，知仲兄已得子矣，诗以志喜

壬申八月中，日躔寿星次。得我仲氏书，开函喜不寐。吾兄有厚德，固宜获贤嗣。商瞿举子迟，家世久成例。先高祖年六十生曾祖岩隐赠君，先祖松堂赠君年四十始生家君，今兄又将四十矣。书来符吉梦，英物啼已试。硗硗峙头玉，灼灼分眉翠。佩弦推何祥，堕地知是瑞。朋来六男子，三年弱其二。先是兄有一子名阿会，周岁殇；今春伯兄子阿魁亦殇。得此骥子兴，咄咄跨群驷。料知堂上情，含饴颜稍霁。有子万

事足，坡公语非戏。未须祝贤良，翻恐太聪慧。阿殿今七龄，颇能识奇字。我生困奔走，正缘读书累。生儿要愚顽，庶免造物忌。但令任耘耔，差足供征税。长成自可期，优劣非所计。函诗代汤饼，归日谋欢醉。

简硐东

摇落我为枯树赋，凄凉君作断蝉吟。卞彬能决犬羊性，公冶才通禽鸟音。妄语难钤儿辈舌，高言宁厌众人心。良工莫漫示人朴，流水高山有碎琴。

重阳雨中酬史仲仁麟，兼呈乐元叔钧、唐子范张禄两孝廉

去年重阳初识君，落魄相逢风雨过。今年重阳又风雨，一枕凄凉共酣卧。流光冉冉谢九秋，晨星落落馀几个。佳节那堪各飘零，华年坐掷成老大。吾侪守气戒吟哦，不幸乃以诗名播。人言秋士易感悲，天厄风人例穷饿。嗟我自少苦饥驱，仆仆风尘长轗轲。应科走马诚可耻，乞米干时亦无奈。九死一生渡江来，风月虹桥许参坐。更有临川老才子，不嫌顽石相磨磋。诗瓢复喜得唐球，一洗胸中尘垢涴。君家阳羡山水窝，负郭平畴种黄糯。入市菘莼晚更肥，经霜菰蒋脆易挫。他年负耒容我老，二仲相携同入座。结邻合号三家村，移具只需一驴驮。笭箵鱼具及时办，蓑笠农衣随意作。床头漉漉酒新篘，溪畔鳞鳞鲜可佐。偶耽游兴理蜡屐，各勤生业躬马磨。儿顽脚健足薪水，妇瘦腰轻任舂簸。官租易办免鞭笞，文字无辜且酬和。不知阶级定谁尊，但无礼数容我惰。人生行乐需及时，有鼓弗考行衰懦。君看北邙风雨寒，墓草几辈行可莝。如今且办买山钱，醉歌不觉踏瓮破。

晴江秋雪歌

秋气泬寥秋天晴，秋江袅袅秋波生。一丛葭乱老秋水，几缕湿云飞不起。漫天卷地风萧瑟，幻出江南一天雪。江南花事秋可怜，芦花争似杨花妍。杨花化作白蘋冷，中有美人双鬓影。几度经秋见雪飞，芦中人兮归不归。我望湘江烟雨里，不见伊人见秋水。年年一舸载秋烟，梦与群鸥抱雪眠。雪消花落人何在，苍苍者葭白皑皑。赢得萧萧雪满头，醒来依旧上南楼。南楼望见雪深处，月白江空天欲曙。

九日半花村看菊

吾庐三径久蒿莱，惆怅餐英梦不回。雨雨风风仍对此，年年岁岁为谁开？坐来野店茅棚月，踏破苍阴石径苔。犹有杜陵诗老在，不嫌潦倒共倾杯。谓吴縠人祭酒。

有忆

新诗绮语为谁留，孤负三山与十洲。鲛室有珠都是泪，海天无月不成秋。茫茫消息愆青鸟，泛泛浮沉任白鸥。天上人间相见否，梦魂飞渡海东头。

卷第四

野宿

野宿寒江侧，拏舟傍古祠。村荒疑近鬼，天黑畏闻鸱。薄命频轻险，谋生正苦饥。白头方怅望，一夜鬓添丝。

池州道中口号

十上不闻名，晚依钱尚父。何物称朝官，望断梅根浦。

了了九芙蓉，亭亭开绿水。佳句未寂寥，可惜太白死。

泊樊口

依旧长江绕郭流，落帆樊口此勾留。难寻漫浪云山叟，又见空明月露秋。过眼波涛惊白发，多情鼓角忆黄州。未能九曲亭前住，输与寒溪猿鹤俦。

将至苏溪寄呈家遁溪丈

黄叶落满空山里，昏鸦乱噪秋林颠。客行半岭寻宿店，僧立斜阳呼渡船。背水濛濛见古刹，隔溪袅袅生炊烟。明朝便拜德公榻，一话五载云山缘。

野兴二首

嫩肥薯蓣紫姜芽，一架蕣蕣扁豆花。生怕邻家黄乳牯，多添老篾缚篱笆。

秋稼收馀竞涤场，乱抛稭杆卧牛羊。门前碌碡无人管，直待明年麦子黄。

同仲兄步郡城望六岭诸山

郡城半山上，矗立西南隅。余年十六七时应试游六岭诗。儿时历游处，满目皆荒芜。不到已十年，重来意踌躇。岂无桃李花，烂漫如火荼。徒令眼光眯，未觉心绪纾。嗟我虽有口，唫呷如寒鱼。道逢相识人，瞠目不敢呼。岂徒畏谣诘，颇复惭揶揄。抚今追昔欢，怆怀忆吾徒。共扶大雅轮，各握灵蛇珠。茝兰气馥烈，芬芳袭衣裾。宁知数年来，零落晨星疏。殁者化异物，存者长饥驱。既伤隔泉壤，复此阻音书。俯仰皆陈迹，念之重欷嘘。君看岭头云，此是黄公垆。

新康途中杂诗

浓岚罨画四围遮，幂苈荆榛拂帽斜。一阵蜜蜂喧耳畔，回风乱扑藤萝花。

溪畔家家昼掩扉，饭香时节无人归。门前水碓偶然落，惊起一双鸂鶒飞。

抒情赠答王再成明府馀英，并示令弟馨叔孝廉、殊甫明经馀萃

灵珀拾纤芥，顽磁引寸铁。风云共遥天，楚越同一室。鹤昔少年时，渴想交英杰。侧身望四海，虚意排天阅。宁知技五穷，坐见鼓三竭。卞和璞自剖，殷浩空书咄。亦有名公卿，相赏到蓬荜。岂无虚声采，奈耻事干谒。身世共浮沉，年华坐消歇。谁怜爨下桐，一笑腰间玦。英英王使君，东海谁与匹。汉貂光七叶，家声旧勋阀。龙文百斛扛，长鲸独手掣。季虎与昆龙，才皆万夫敌。我昔交叔子，闻名久耳热。君时贡金闺，射策百眼刮。帝命宰湘南，求治资敏达。贱躯东西征，随风任飘瞥。栖栖如狗马，仆仆天涯辙。穷冬落魄归，襆被生虮虱。君时宰新康，循声正洋溢。缄书忽见招，剥啄柴门雪。失喜往诣君，两脚泥滑汰。君闻足音至，倒屣不及袜。走拜元宾父，尘积一朝豁。生平所未见，待我如子侄。一榻同卧起，朝夕时促膝。偶游蜡屐从，每饭醴酒设。前唱亦后喁，左提而右挈。并交名父子，群季情好昵。以兹托宇下，七见月圆阙。款款中膈吐，恋恋回肠热。高情风月迥，素履冰霜洁。为政尚严明，亦恐近苛察；为政贵宽宏，亦恐藏奸慝。相期在千秋，相勉非一律。馀事及诗文，小儒舌都结。高论穷羲娥，狂歌动林樾。贻我锦绣段，椒兰气芳越。雄词起顽懦，壮志倏激烈。有如久病夫，一旦蒙湔祓。当今亟需才，庙廊重儒术。朝论贵得人，逸民大甄拔。矧君绾铜章，报最皇仁悦。会当绳祖武，谓其高祖司农公。煌煌把麾钺。重以诸季贤，骅骝幽蓟刷。相将贡承明，落落布清秩。贱子亦何知，苦吟类寒乞。身将隐渔钓，志欲老薇蕨。思谋二顷田，诛茅事耕垡。频年客江南，青山望一发。追思去年游，几葬蛟龙窟。此行复何营，魂梦心胆裂。

本为谋食鸟，敢望摩天鹘。君言太矜宠，我意良抑郁。行矣怯风波，欲语先呜咽。极知语琐琐，奈此心切切。援毫申此词，相思情入骨。

读佛经呈王砎轩学博丈善宝

众生天地内，扰扰风中轮。动若蛾扑灯，静如虱处裈。益以贪淫杀，因之悲欢嗔。吾生有大患，血肉堕此身。稍遵岐亭戒，少解宿世冤。破除绮语业，摆脱烦恼根。学佛学其心，此是不二门。哓哓演说间，文殊已多言。

归兴四首

拟向荒园筑草庐，诛茅今始辟榛墟。阶前待种竹千个，屋角宜开水一渠。未要索赀嗔录事，漫劳题赞赋郊居。借车载具无多具，尚有床头百本书。

岂是东屯与北崦，草堂废宅剩疏檐。一间茅屋愁风破，两颗松株费手添。辛苦廿年才有此，荒凉四壁亦何嫌。爱他远岫窗前列，依旧青青露两尖。

绕屋流泉满绿畦，别开新径剷蒿藜。墙东鸡栅催儿树，郭外龟田趁雨犁。八口商量安井臼，一家生计办盐齑。自惭消受村居福，幂苈岚光罨画溪。

久分荒林择一枝，贫居风味趁幽栖。奴无当伯容私赎，驴有东家许借骑。异事争夸十亩麦，狂吟仍断数茎髭。北山猿鸟休相讶，游兴年来已渐疲。

留别砎轩丈六首

翁昔官莱芜，长吟泰山麓。开轩面徂莱，照见须眉绿。我时客信都，低头溷尘俗。侧闻齐鲁儒，群奉孙明复。贤郎何自来，慰我羁旅独。己巳客冀州，始识公子馀孚。每持煨芋诗，三日共浣读。峨峨丈人峰，五载心驰逐。不知此生缘，可许见齐憋。宁期海上翁，飞渡湘水曲。

湘水清无伦，秋染深见底。翩然一叶舟，来啜湘中水。生平注骚心，王丈有《离骚集注》。惊见楚山喜。我闻倏距跃，遥望三百里。舂粮隔宿裹，夜月一帆驶。未见辄自怼，见之复自鄙。岂惟雄诗坛，实乃严素履。岿然鲁殿尊，拟欲铸金祀。如何又言别，使我思不理。

当代盛风骚，宗盟遍海内。性灵与博雅，断断画两派。尊韩未免夸，师岛毋乃隘。譬之权门隶，挟册踞公廨。而欲盗时名，千秋宁瞶瞶。谈诗峻格律，此语仙凡界。真意绵绵存，四大终不坏。内心道之基，谎语佛所戒。何期采刍荛，实以成公大。翁出《煨芋岩诗集》属编。

圣门垂四教，言文居其一。力行与忠信，交修四者备。文人半无行，请学尤易伪。晋宋下人才，纷纷等儿戏。谄贾牝后污，入洛家声坠。荷锸诚无谓，好锻亦多事。必其中不足，乃恣为骄肆。邈矣鸾凤音，渊清冰玉粹。

五岳起寰中，齐楚各峙一。远携岱宗烟，来拂岣嵝碣。山灵喜相语，兹客名耳热。吁嗟屈贾死，美人不世出。妖怪足南荒，芳兰气消歇。谁开紫盖云，一跃沧海日。济胜惭我具，摩崖仗公笔。前盟未可寒，他日成几佛。寄语衡山灵，为翁扫精室。翁约游衡山，以事牵未果。

嗟嗟王夫子，此别会何时？不恨别翁早，但恨见翁迟。翁言性命通，隔世精神驰。何况齐楚间，宗盟奉盘匜。闻言增颜甲，语重未敢期。两广虽云劲，再败已不支。兕甲纵尚多，敦盘屡告疲。小胜未可骄，大敌当已羸。念当为此别，樽酒手重持。他年遇中原，视此策书辞。

资江归舟杂诗

茱萸滩下青溪滩，一路秋山好卧看。残暑未收霜尚早，泼空老树绿成团。

溪流曲折响泠泠，两岸人家静掩扃。一片乱山遮去路，夕阳红入蓼花汀。

野处

野处安生业，躬耕奉老亲。室无叱狗妇，邻有借驴人。赤脚婢行汲，蓬头儿负薪。心期但如此，分作太平民。

书室前二松，余与仲兄补植，已成阴矣。癸酉秋，筑室伐去其一，既不获已，将谋为书架，以寄爱护不忘之意，诗以志之

已见森森匝地阴，纵寻斤斧我何任。当门芝草锄难免，入耳

涛声响渐沉。三径蒿莱萦旧梦，树乞之招云山寺。十年风雪负初心。只应裁作邺侯架，万卷丛中老艺林。

问讯

问讯正惊猜，仓皇一骑来。青天潜鬼魅，白日走风雷。道路传闻异，官书火急催。同仇臣子职，谁是济时才？

河北

河北音书隔，长淮风日低。乡心凭去雁，归梦恼荒鸡。抚髀空皮骨，传言但鼓鼙。不才甘废弃，未敢怨羁栖。

癸酉扬州守岁二首

峥嵘岁月似流丸，揽镜萧萧影渐斑。过梦鸡年无足玩，用子厚“不足把玩”语，余今年亦三十七岁。来骑鹤地更多艰。贫原故物何劳送，病不多诗拟尽删。丘壑未成身又出，定知猿鸟有讥讪。时将北上。

缚得黄茅屋数间，膝前儿女话团栾。奉来新妇屠苏饮，今冬奉两亲移居新宅，复为从子瑛娶妇。忽忆征人雨雪寒。永夜思家难入梦，衰年作计在承欢。况闻群盗连河北，老眼临风泪未干。时滑贼新破，乡里多讹传，老亲书来，深以河北路梗为虑。

将赴礼部试，有劝余为科举之学者，作此示之

零落残脂久不施，安排新样学蛾眉。蒸砂那便能成饭，画饼犹思暂已饥。力挽强弓愁手怯，坐看垂钓怕心痴。区区璞玉频遭刖，无术栽他卫足葵。

归鹤篇并序

廖复堂都转寅蓄二鹤于题襟馆，失去其一，匝月复归。主人喜甚，属宾客作诗以纪其事。为赋《归鹤篇》，时甲戌正月廿有五日也。

春寒兀坐扃重扉，雪花如掌交纷霏。小奚拍手走相告，故鹤踏雪寻巢归。狂喜奔视犹未信，一一爪印双苔矶。丹顶初露翎微长，似与初去差争肥。缡褷弱羽重拂拭，崛强傲骨仍支离。忆尔别日届残腊，天寒岁晏百草腓。主人别尔如别岁，魂梦眷眷吟霜髭。江湖满地谁乐土，矰缴举足多危机。青天碧海消息杳，已分后会难重追。岂意小别三十日，春风花信来如期。出塞文姬返汉阙，间道赵璧还秦围。或云孤雏怀旧侣，引吭悲唳求其妃；或云瘦马恋场藿，伏枥俯首甘鞭笞。珊珊骨格宁有此，俗论忖度徒訾訾。良禽择木臣择主，神物结契知音希。使君况是赵清献，日分廉俸调清徽。樊笼虽苦江海乐，恩重未忍长乖违。亦如国士感知己，念此贤主心依依。嗟我飘泊同癯鹤，对客不舞形神疲，泥爪东西落葭菼，未免菰蒋空调饥。江山如此岂不大，失足所触皆藩篱。三年亭馆此栖托，徘徊吞啄时低眉。一饱可得亦已足，独惭久恋鷦鷯枝。蓬壶信杳天路远，逸翮有待春风吹。隔朝江头残雪尽，我亦望北冲寒飞。

二月二日，复堂都转招同人宴集题襟馆，即送北上，各以本姓为韵，率成四百四十字

春暖积雪融，呼童扫门径。闲从素心侣，依依共觞咏。旧巢几度经，新侣三生证。掎裳度回栏，步堞滑曲磴。殽核纷杯槃，茵席杂椅凳。论年伯仲齿，忘分鸾鸥并。人推海内豪，数合周才盛。是日会者十四人，赴会试者九人。清谈屑玉霏，才语雏鹤应。吟诗杂

仙心，默坐入佛定。杰句累累珠，幽响声声磬。佳客古邹枚，贤侯今韩孟。自言筮仕初，领邑界楚邓。都转席间谈宰叶故事，叶故楚邓交也。军书既频集，羽檄乃飞迸。民力杼柚空，官厨瓶罍罄。涕泣感父老，仳傶收妇媵。妖星堕欃枪，赤手捕枭獍。谓都转擒获教匪首逆刘之协事。高牙节屡迁，旧梦魂犹怲。迩来久承平，小丑倏强横。普天愤同仇，诸将悉用命。已闻鬼章获，又报凯歌庆。多士盈朝廷，天子今神圣。追缅致此由，疾风思草劲。侧闻庙廊间，下诏求谏诤。延揽遍英豪，束帛急征聘。时豫东畿辅三省逆匪告警，克期底定，中外政治肃清。于于奏蹢踵，翘翘招弓乘。荒榛擢兰茗，顽矿出朗莹。阳春回有脚，珠玉走无胫。吉士庆汇征，幽闺炫妆靓。入宫群美妒，检箧馀脂剩。自媒贞女耻，贱售贤者病。未闻采宿瘤，翻自弃盼倩。调乐莲裳也，莲裳不赴公车。贱子来湘中，屡岁频蹭蹬。谬算踏破瓮，失声嗟堕甑。往蹇困蒺藜，坐井类槛阱。余三筮皆得井卦，今春复为莲裳筮，得困蹇。四圣既屡告，多言毋乃佞。况求一夫目，那敢决负胜。晋师既三败，汉治须再更。尚意王明福，一改猿鸟性。使君金鉴悬，朗抱冰壶映。广厦庇寒毡，庾楼发清兴。佳名贺书升，吉谶符镜听。竟夕角觥筹，隔朝整鞭镫。再拜荷公言，短策绕朝赠。

渡河有述

沙阔海云黄，天低野日白。莽莽浑河流，一片无情色。生涯乞水鳞，心事退飞鹢。谁言丘壑姿，复具青冥翮。时会苦牵率，卤莽事行役。传闻畿辅间，流亡遍郊陌。小丑烦诛除，王师甫休息。哀鸿中泽嗷，窜兽草间匿。安知道旁儿，对面非盗贼。天子悯灾黎，下诏求安宅。怆怀监门图，蒿目沟中瘠。书生昧时势，欲言惧非职。揽辔望天末，日暮行方迫。

出都前夕与吾肩话别

人海茫茫逐转蓬，离怀无那此宵同。九门车马如流水，三月莺花又恼公。镜里飞腾看短发，天涯寥落数归鸿。江云陇坂关河隔，只恐相思梦不通。时余仍返扬州，吾肩更拟西行。

再别吾肩

天涯闲杀两头陀，十载金台电火过。西县漫为穷鸟赋，南山羞作饭牛歌。流光冉冉遽如许，世事悠悠可奈何。归去古梅溪洞好，迟君同卧万山阿。

卢沟桥

十载都门怯影单，此行慷慨跨征鞍。荒凉日色当关暗，幽咽河声带雨干。北阙真成天上远，西山犹作故人看。归与尚有千秋业，白首陈编兴未阑。

重过冀州

酒徒燕市镇纷纷，落魄何人共薄醺？魂磊填胸浇不得，一杯还酹赵王坟。

晚晴入河南界

连朝吟兴促归鞭，回首中原夕照边。河水黄萦沙碛外，太行青落马蹄前。路旁双堠复只堠，天际墟烟杂戍烟。莫怪流亡尚郊陌，工师新破蔡州旋。时官军新破滑县。

九日得铁山书

惊心白雁又南翔，载得榆关帛数行。京国昔年同一梦，天涯今日几重阳。飘零幽蓟称仙尉，流落江淮剩楚狂。满眼西风追吹帽，料应双鬓已如霜。

寄唐子范宜兴时依其妇家朱氏。

寄食君甘作秦赘，依人我久类楚囚。生涯刺促鱼乞水，世路艰阻陆行舟。事未了心先已了，人言愁今始欲愁。甚欲相酬无别语，岷江西上湘东头。

题廖生皋读书说剑图

蟫以食字仙，龙以跃津化。神物天所珍，未把光已射。男儿破万卷，肝胆快倾泻。高坐拥百城，长驱指中夏。失势溷厮徒，得途逞高驾。人生正如此，世事吁可怕。英英廖公子，秋隼凌高华。爽态浮眉宇，英风入叱咤。食牛气岂小，㖿弩势难下。边韶腹有笥，湛卢品无价。即今弱冠馀，已是古人亚。空山恣偃仰，霜林抗风榭。形影互酬对，书剑相枕藉。气可冲牛斗，香先馥兰麝。渊渊金石声，勃勃风云夜。当今亟需才，王师甫休暇。妖逆虽殄除，馀党罪不赦。时滑城虽破，首恶馀党尚未尽获。况闻萑苻薮，窃发伺峨罅。君才如骅骝，重远未可卸。要当斩群丑，一纵青冥靶。我老惭蒯缑，低头受凌跨。已分蠹鱼干，槁死邺侯架。安得二顷田，诛茅结村舍。卖刀买犊牛，焚砚事桑柘。看君图麒麟，容我老耕稼。

偶感

堂堂白日似离弩，浩浩霜花争上头。失马翁焉知非福，不龟手或以封侯。天道可知奚待问，吾生如此将何求。安能更待婚嫁毕，岳云笑尔几时休！

偶成

萧萧短发懒爬梳，竟夜唫呷如寒鱼。谁能弭耳争投骨，几见捷足夸驶车。次公狂论非关酒，杜老奇穷坐着书。甚欲弃捐文字债，耽吟结习未全除。

卷第五

山居七绝句

昌黎眷眷五楸树，子美低徊四小松。东坡屋角青黄想，三老风流约略同。

万钱买宅一钱无，一笑今晨入此庐。移居更让遗山老，惭愧人诗两不如。

南邻墙远筑自直，故宅井洁汲不浑。春风初语帘前燕，好月恰当山对门。

阳冈地暖健筋骨，茅舍心安宜老亲。叱狗不闻怜妇拙，击鲜戒溷念儿贫。

尽室躬耕依谷口，有时上冢随庞公。馀日关门唯睡美，起看日高三丈红。

客至不轑丘嫂釜，春来一赛社公祠。邻翁倩写租牛券，黠婢偷作催花辞。

稻熟且任行官刈，园荒时督獠奴锄。偶然得句唤阿买，醉起自课添丁书。

效遗山学东坡移居八首

昌黎构一屋，谋之二十年。东坡盖雪堂，辛苦风日煎。丈夫属有愿，广厦千万间。大言庇四海，妻孥无完椽。吾侪小人耳，所志在一廛。蛰虫坏户居，垤蚁卜邻迁。我穷不如物，劳费动万端。一钱不天来，裕之语可怜。谁为杜陵叟，使我开心颜。

老屋三间馀，劣可蔽风雨。颓椽惧倾压，木石相撑拄。前厨后床榻，嘲杂喧子女。西偏一隙地，埘埘鸡豚聚。蓬蒿满藩溷，粪壤积庭庑。贫居固吾分，何以安老父？阿母为我言，尔父曾有语：吾心安宅安，不为一室苦。但恐妨儿读，打头神不举；又恐佳客来，一榻无下所。松园有故址，看汝牵萝补。松园为先大父读书处。

前岁我南归，一椽乏栖泊。去岁我北行，买地谋改作。食墨龟既许，杂遝施斧凿。今朝重归来，门巷迥非昨。庭除既修整，墙宇亦轩拓。入门拜老亲，举室声欢跃。两兄命洗盏，剪烛呼我酌。为言筑室难，拮据几荒度。辛苦图一安，穷鸟欣有托。鹊巢便鸠居，失喜增惭怍。仰荷贤兄劳，差容家弟乐。此乐殊未央，幸勿问归橐。

周览巡廊檐，一一位置妥。井灶安在右，臼磨置在左。前房储酒浆，罗列尊与斝。南荣庋图籍，郑重加封锁。东偏屋半间，几榻颇闲雅。雪壁无点尘，预备佳客坐。西偏树鸡栅，家具堆碎琐。其北为书室，儿童语音夥。开轩面南山，依旧烟鬟婿。容膝幸易安，仰屋歌聊且。只愁于门大，隘不容驷马。

种树须十年，十年人已老。老犹见共成，及时种宜早。我园有双柏，大者已合抱。森森众木中，势欲凌晴昊。其旁多隙地，杂植梨与枣。墙根数丛竹，抽梢放林杪。篱边一株柳，竟日临风袅。所嗟松园松，困彼狡童狡。先人所手植，零落悲秋草。会须补千株，苍髯宜寿考。桃李虽成阴，易成还易槁。君看岁寒心，不在颜色好。

在昔松堂君，长哦对松饮。有时醉且眠，一榻松风枕。松花十里香，蜗居一亩荫。苍官成至交，交久情愈淡。丘壑忽改观，木石遭斧錾。堂构吾敢承，爽垲分已僭。竭力营安居，政恐髯翁厌。而况逆旅中，安能容久占。我居亦多事，过眼风光暂。所恃非高明，庶几免鬼瞰。

欧子硐东。今诗雄，一廛寄资涘。日日望我归，同饮资江水。唐子霍君。负奇气，足迹溷城市。晏子湘门。年最少，幽怀郁兰芷。我归二子偕，两月共卧起。昨闻晏子病，医药须料理。前日欧子来，打门惊倒屣。唐子亦踵至，夜深语未已。戚戚悬壶翁，家遁溪先生。踵穿东郭履。颇见此客不，觇胥猜僮婢。两君隔城居，翁复距百里。遁溪先生住苏溪，距余家百里，今春访家君，来余家住旬日云。奈何久不来，来亦遂去矣。得酒且相过，隔溪呼短李。雨枫茂才。

遗山赋移居，颇自具诗胆。猥言学东坡，人屈诗不减。我今更愧元，人诗两不敢。勉强一效之，语涩气已歉。二公在天壤，白璧无一玷。劲气亘南北，山岳屹不撼。如何粉饰儿，衣冠优孟俨。黠婢学夫人，非分诚窃忝。我生千载后，贪味拾馀沛。不独爱其诗，其人实可范。舍人而论诗，毋乃先自贬。效颦吾不能，此心常凛凛。

故巢

故巢何处可依栖，旅燕重来迹已迷。失雨乖龙方割耳，垂阴苦李自成蹊。鹅笼鼠穴事多怪，猿臂鸢肩数不齐。依旧傍人门户住，蜀冈冈北竹西西。

重过山寺宿

几载曾游地，重来一款扉。树如人渐老，僧踏月初归。坏壁添村画，残幢缀衲衣。天明看佛胛，不似向来肥。

古谣

盗与主人习，盗至犬狺狺。烹犬以谢盗，盗逸犬乃冤。犬冤犹自可，盗憎主则那。

新城厌粱肉，旧城无斗粟。新城厌纨縠，旧城无尺幅。新城日丝竹，旧城日歌哭。

渡镇江

长空飞渡卷轻舠，踪迹飘摇付一篙。两点金焦明夕照，半江烟雨咽寒涛。惊心世事同沧海，回首西风感鬓毛。赋命也知穷薄甚，归途日逐梦魂劳。

省廖石生观察思芳于苏州三首

执手无他语，相看痛失声。狱成甘一死，诏下许重生。臣罪真粗莽，天王本圣明。尚闻蠲宿垢，望尔答升平。

锻炼形先毁，支离骨仅存。无功劳荐剡，不杀荷天恩。失马宁非福，寒灰尚可燔。白头亲健在，好为定惊魂。

痛定还思痛，风波咫尺寻。市中宁有虎，众口竟销金。生死凭公论，平反费圣心。伤弓惊倦羽，归去有丛林。

复堂都转为先大父作松荫堂记，赋谢二首

零落苔花屋数椽，先人旧泽已云烟。筑谋终岁无长策，买宅从公索奉钱。杜老千间惭未报，中郎片石感重镌。平生风义兼师友，玉溪句。岂独衔悲到九泉！

敢言乔木庇诸孙，尚有枌榆里社存。卌载仪型留手泽，百年风雨护荒园。新添髯树涛声壮，重荷公言世德尊。惭负华亭旧仙客，可怜未卖岳云根。

邗上遇唐丈陶山观察仲冕出示诗集，奉题其后

我初读公诗，累累两角总。蹉跎三十年，鬓发行种种。典型重枌榆，耆旧悲丘垄。萧然客江淮，闭户嫌傝㑌。宁期飘泊踪，及睹老成重。胸怀云梦阔，骨采荆衡耸。示我陶山诗，未读神已竦。徐徐挹其澜，望洋心恟恟。古彝出宝盉，奇木斗栿栱。琢云石流腻，滴月盘走汞，铿铿钟撞鲸，乙乙丝抽蛹。三闾郁风骚，

七泽波澒洞。烟花湘南山，风雨岱西冢。太夫人葬岱西陶山。誓墓衷郁伊，表哀涕泉涌。古心虽自鞭，世路往辄壅。宦况艰土牛，诗怀棼鸟氄。十年官始迁，万卷书空拥。一官成一集，一集珍百珙。嗷嗷中泽鸿，唧唧寒窗蛩。琐碎入风谣，歌泣杂悲恐。岂徒称诗雄，抑亦箴官冗。公才未易量，公德已世踵。作宰承庭诰，值庐荷天宠。谓公子镜海检讨兄弟。方夸同朝荣，未许还山勇。伊余复何知，走僵汁流湩。舌咋惊欲挢，手挛束如拲。敦盘莒附齐，博约颜苦孔。公方大张楚，我已厌得陇。野鹿疲奔驰，江鸥怯飞㧐。誓往湘江滨，买田自耕耩。待公成功归，三径锄荒茸。废地莳梨栗，平畴刈稻穜。相与赋比邻，高歌共笑唪。挑灯成鄙词，曙鼓声声动。

杂诗八首

凤皇觅竹实，下与燕雀伍。龙媒就刍秣，下与驽骀侣。贵贱各有营，贪廉同一取。盐车困大行，钦䲹响钟鼓。绝粒事所难，养贤道已古。生重义或轻，力食天倘许。不见梁伯鸾，全家寄皋庑。

朝骑匹马去，暮逐车轮奔。堂堂王侯府，狺狺虎豹蹲。昨过丝竹繁，今来鸟雀喧。魏其既失势，武安方贵尊。骑驴上邯郸，牵狗出东门。变幻有如此，赫赫安足论。所以曳尾龟，宁作泥中蟠。

巍巍燕王宫，郁郁黄金台。华堂生荆杞，车马空尘埃。死骏骨未贾，功狗祸已胎。子裳衅裘带，灌夫争酒杯。树以直见伐，兰以香见摧。障面元规尘，惊心长孺灰。灰死可再然，尘障何由开。

古无民与兵，荷戈把犁锄。古无士与农，负耒亲诗书。兵民途一区，捍患无良图。士农业一殊，化导无真儒。迫民以养兵，民瘠兵亦癯。病农以养士，士伪民益愚。民癯迫饥饿，民愚惑妖巫。遂有不逞徒，纠结蟠里闾。跳梁肆螳臂，屠戮烦天诛。哀哉蚩蚩氓，何以复古初！

世道日趋薄，权势相攀援。流离任昉孤，寂寞翟公门。侵晓朱轮过，策骑如云屯。借问此何人，疑是卫霍孙？堂堂朱家奴，弟灌兄乃爰。其气盖关中，宁假游扬言。龌龊曹丘生，多言毋乃烦。而能令公喜，名实非所论。

论交介如石，石亦多巉岏。论交淡如水，水亦有波澜。春秋恶屡盟，可寻亦可寒。所以古道交，老死绝往还。

圣人疾殁世，老氏恶虚声。忠孝本至性，周孔无奇行。汲汲求自见，捷足终南争。岂无一时誉，亮非千秋评。羊裘钓大泽，稍稍堕气矜。循流至党锢，祸变相因仍。古人一至行，断非以为名。割爱附李杜，范母非人情。而况本庸奴，狗苟而蝇营。终古无姓名，吾思鲁两生。

鹰鹯逐鸟雀，敛翼朝凤皇。疾恶固天性，不虞有祸殃。啾啾百鸟群，巧言莠如簧。乌白变鹭黑，李仆代桃僵。剪翎送樊笼，铩羽何由扬。哀哀故山鸟，中夜起彷徨。憾无凌风翼，送汝归故乡。载诵昌黎诗，感叹摧肺肠。

有感二首

头颅四十日当中，照影衰颜半已翁。鲁国自夸新纳鼎，楚人无奈总亡弓。一秋归思乌皮几，万事灰心马耳风。犹有闲情删不得，帘钩时送玉丁冬。

一错真成铸六州，狂吟已卜此生休。经年消息无黄耳，弹指风光易白头。豪竹哀丝同一感，断云零雨不禁秋。海枯石烂寻常事，未抵人间半日愁。

游摄山二首

天令顽健便游踪，佳士名山快意逢。但使林泉轻两脚，可无云海荡层胸。点头顽石都成佛，破壁苍松半化龙。一笑鞠劳苗可掘，回头惭负最高峰。山有最高峰，时廖生同游，病脚肿不能上，故戏及之。

悬岩削壁背长江，复道离宫面面窗。万壑风云浮古刹，六朝花雨剩残幢。僧塔为萧梁时建。僧闲碑试双钩拓，寺僧出碑拓数种。经罢钟听一杵撞。便欲买山容我老，几时扫迹返行骢。

以藤杖寄矸轩老人，仿东坡寿乐全故事媵之以诗

赤藤为杖世所珍，枯岩搜剔未沉沦。寄与海上狎鸥叟，来自天台雁荡滨。稍输湘竹斑斑点，曾托觅湘竹杖。已化苍松鬣鬣鳞。助公济胜游山具，岳灵相望了前因。

一纸殷勤重寄将，青蚨三百尚堪偿。孤踪似我瘦露骨，劲节如公直以方。矫首自应观物化，吹藜还欲借馀光。千人石畔君知

否？带得生公一瓣香。杖得之虎丘僧寺，时乙亥中秋也。

淮阳秋感十首

摇落西风影欲单，乱书堆里自研钻。剧怜短鬓秋先到，苦说归山梦已残。老我光阴熟羊胛，累人口腹愧猪肝。莫嫌楚客多萧瑟，哀怨骚音总易酸。

生计真如鱼中钩，天涯泛泛一回头。他乡目断无归雁，故国江空有狎鸥。聚铁总难镕一错，著书翻悔到千秋。苍茫身世无穷感，翘首青冥我欲愁。

昨岁淮民欲化鱼，蛟龙蠢蠢正移居。临危枉自陈三策，伏阙谁人读八书？万户嗷嗷祈命日，诸公衮衮退朝初。更闻长吏衙斋卧，一为勘灾到里闾。

谁起潢池费剿除，坐令赤子化萑苻。同仇且喜擒元恶，伴食真宜废腐儒。哀痛日闻宣室诏，流离谁绘监门图。两河父老休悲泪，宵旰连年议免租。

锻炼飞残六月霜，星芒夜夜动干将。汉廷终不诛长孺，宋室惊闻赦鬼章。得马岂容终指鹿，补牢何事又亡羊。故山多少忘机鸟，浅渚平沙任颉颃。

建鼓求亡事偶然，纷纷蚁蚋趁腥膻。当途尘易因风播，垂死灰难避溺然。未必桃僵甘李代，信知人厄有天全。却惭海上孙宾石，枉泛鸥夷万里船。

白头元老镇南都，坐啸江淮靖海隅。不信摊钱谣姹女，可容篝火托妖狐。宵衣五夜方筹策，露布三秋正献俘。多少疮痍待收恤，还凭相国一陈谟。

富媪含灵自化生，太仓陈腐本充盈。九重正厌桑羊术，诸老休持食货衡。周室泉刀原世守，汉家盐铁莫轻更。书生一饱无馀事，未要区区较绌赢。

门巷萧条薜荔深，薰莸兰艾总苔岑。空山忽露金银气，上界争喧鸾凤音。小草原非医国手，大悲可有救时心。谁知独鹤天寒夜，坐对残缸拥鼻吟。

弃置宁甘老不才，北山猿鸟漫相猜。名原画饼何能啖，心似然炉渐已灰。江上莼鲈恋盐豉，故山松菊莽蒿莱。朝衣未抵莱衣好，归着斑斓奉寿杯。

邗上赠答姚子寿上舍椿，即送归松江，兼简沈狎鸥孝廉培

江淮频年浪栖泊，犯尽长江风浪恶。沉沦天遣溷厮徒，只合低头受羁缚。朝来逐队邗江边，眼明忽睹公孙贤。狂喜奔告通名姓，乐郎少华。为结题襟缘。翩翩公子文章伯，才名四海今无敌。追金琢玉百炼钢，岂有攻错须顽石。平山堂下一携手，相望千秋期不朽。可怜役役为饥驱，破费精神营入口。纷纷吾榻可胜移，所不耻者识紫芝。惜君行又戒归棹，使我不复云龙随。瓜州东望松娄路，孤艇冲风渡江去。若遇江东沈隐侯，相思共指江天树。

为子寿题尊公一如方伯秋山赌墅图

曾闻忧国鬓如丝，跕跕飞鸢堕水时。百战功成身已老，万山深处坐弹棋。

买山归去一楸枰，经卷茶铛过此生。见说西川遗老在，白头相对哭先生。

公子才名今北海，先公风表昔东山。平泉木石都无恙，荒径榛菅手自删。

苔花屐齿旧巢痕，乔木摩挲泪欲吞。今日披图秋一幢，风流争说谢公墩。

得湘门凶问数月矣，一哀出涕，未能成诗。兹检遗集，泫然赋三首以代哭

十年京国托知音，风雪归舟共苦吟。恶耗突来犹拟误，生才如此竟何心。便倾泪雨成枯海，从此高山有断琴。忍向居邻问羊仲，他年卜筑我何任。尝与湘门及硐东、吾肩为卜邻耦耕之约。

太息西州宿草陈，只鸡相约倍伤神。与湘门约，归时往酹杨荪圃丈墓未果。九原可作轻馀子，一梦无端遽在辰。替更何人压公等，生如许赎百其身。呕心刘蜕秋风冢，忍见遗文泪满巾。湘门去岁以诗质余，有“那更蹉跎到巳辰”之句。余即讶其不祥。

龙蛇厄运泣潜虬，海内惊闻貉一丘。未必顽仙胜才鬼，尚留

一卷许千秋。故人剩有荒台哭，死骏空教上相求。翻羡黄泉多旧雨，夜台风露共咿嘎。

陶山丈刻湘门遗集成，因广前诗意复成一首，即呈唐丈

骏足市来空有骨，通眉呕出只馀肝。一编岂遂成千载，璧碎终当胜瓦完。投溷浣薇凭好恶，寒郊瘦岛总辛酸。怜才谁似唐夫子，不独泉台泪暗弹。

赠别陶云汀澍给谏七首

湘漓出阳朔，异流而同归。茑萝施松柏，殊柯而交枝。气类本来合，臭味泯差池。我为阿里卒，俯首供鞭笞。君从天上来，煌煌把钺麾。阶级岂不殊，贵贱非所知。一笑怀中事，区区千载期。

兰省清要地，台画首谏诤。骨采称此官，神闲而气定。当其释褐初，已有得人庆。迩来出所学，一一孚天听。峨峨豸冠尊，肃肃风声劲。勉思贤臣贤，上契圣主圣。

朝廷重民瘼，军国责所需。东南财赋区，敝劫尤可虞。涸地未易漕，波臣忧其鱼。贾生治河策，晁错平准书。生平湛经术，疏瀹为菑畲。知人帝则哲，亦赖臣工谟。勖哉伫新政，区区非转输。

三闾风骚乡，接武凡几个？嗟余生已晚，老成日颓堕。岂无差勒俦，难禁尘氛涴。卓哉唐夫子，陶山丈。兰茝香远播。君如江

汉水，包络沅湘大。更有名父子，随风珠玉唾。同声德不孤，又得鉴湖贺。谓唐镜海、贺耦耕两太史。镜海，陶山先生子也。彩毫耀天衢，杰句起衰懦。贱子亦何知，苦吟坐寒饿。他年张楚军，尚想执鞭佐。独嗟东冈老，周希甫太守。大雅倏摧挫。伤哉同叔生，晏湘门孝廉。奄忽一棺卧。车过腹空痛，轮动草可莝。流涕赋大招，苦语不成些。

我昔见先公，兀傲据试席。辛酉乡试与尊甫萸江先生会于锁院。孤罴卧深丛，一叱万夫辟。说经便腹边，谈天雕龙奭。我时不听荧，快若啖牛炙。一语识醆蔑，握手重奖掖。蹉跎二十年，永负文章伯。望哭州西门，累累宿草积。遗文散云烟，涕泣追手泽。感君仁孝言，忆我风雨夕。谁能沉铁网，一索蛟龙宅。君出先公诗卷属编，皆散佚而仅存者。

我友欧阳子，磵东。豪气横当代。海内岂乏才，辄等之自郐。独喜称子贤，快若痒爬疥。我时未识君，耿耿胸积块。都门一握手，狂歌三尺喙。兹来慰羁魂，何异嘘宿惫。相期在千秋，相契如针芥。惜哉沙甫抟，归与瓜已代。临别且何言，欲语真无奈。

小洋距小淹，相去二百里。小洋余所居。小淹君所居，在安化石门潭上。两家傍溪居，共啜资江水。人生数面亲，况乃同桑梓。我怀萸溪云，归负老农耜。缅惟天上人，败絮殊可耻。讵知丈夫心，昼锦非所喜。他年成功归，打门惊倒屣。送君一帆风，来往三日耳。我本无宦情，君勿恋朊仕。此意不可忘，息壤犹在彼。

云汀席上晤吴兰雪舍人嵩梁，索湘门遗集，因出其庐山纪游诗见赠，云以相易，感而有作

十载相思忽漫逢，耽吟结习未全慵。即看两卷各千古，忍教死骏易生龙。海内词坛定谁长，故山吟社有荒踪。匡云湘月都萧瑟，并化庐山九面峰。

伊墨卿太守秉绶典湖南试时，其年仆始应举，今十八稔矣。乙亥客扬州，太守见仆诗，介所知欲下交，时太守卧病，仆亦苦痁，未及见也。已而太守死，余感其意，兼服其贤，作一诗存集中

当年持节驻湘滨，五色空迷事已陈。适郑可能识鬷蔑，爱班终未忽崔骃。文章颍上推前哲，俎豆桐乡有部民。循吏儒林均不朽，风流何止作诗人。太守客死扬州，邦人奉栗主于三贤祠，配享宋欧苏两文忠、国朝王文简三公，以其守扬州时有惠政也。

次韵答仲仁见寄

飘泊真惭漫浪游，萍踪无著黯离愁。多情已厌桑三宿，好梦空镕铁六州。香茗分无纤手奉，娇红难为晚春留。黄金一掷浑闲事，薄幸年来已白头。

自笑

此生自笑太憨顽，客里光阴强自欢。佣值不偿终岁债，买书权废隔朝餐。诗如筑室谋难定，病想逃空兴未阑。一事年来尤作达，故山无此好花看。

别子范

东坡本蜀士，老爱阳羡田。子今恋阳羡，买田亦无钱。无田何足恋，赖有闺中贤。子范绵竹人，就婚宜兴朱氏，贫不能归，内子亦贤而能诗。唱于共喁喁，同作秋吟蝉。宁知贫赋身，共命良可怜。君母亦白发，望君眼将穿。恶归胜美游，莱彩当锦旋。新妇未拜姑，办装更宜先。西川米价钱，倘易谋粥饘。我行子空留，魂梦相拘牵。努力作归计，待子岷江边。莫作东坡翁，买田托空言。

别石生

与君五年交，已作四度别。一别一回肠，此别尤凄绝。风波卒然来，噤口不敢说。突烟形已毁，贯械肠空热。流离橐底饘，仓皇夏门卒。狱气徒干斗，怪事空书咄。今皇旷荡恩，渗漉到猵狘。汤网有漏禽，尧天多温日。比闻三宥恩，悉自圣意出。追缅对簿初，国人皆欲杀。刀锯在斯须，已分蕴碧血。不死真殊恩，投荒实臣节。圣人御宇心，实望万类活。多福贵自求，抚躬益战栗。西风扑面来，征帆指天末。临行怅不发，欲语先呜咽。余行不足念，子身未宜忽。挥手从兹去，感叹情入骨。

舟过嘉兴

近海潮通市，沿堤水抱村。小桥横荻汊，孤棹倚芦根。转漕官艘急，迎年腊鼓喧。独怜徐孺子，风雪正关门。

烟雨空无际，盈盈四望平。山光真入画，水气欲浮城。残岁萧条过，孤帆卤莽征。飘流何所极，赢得一身轻。

嘉兴访徐老钝世钢

深巷无人到，跫然自叩关。别来今几日，相见有馀闲。烟月桐君影，风尘楚客颜。此行殊不恶，饱看浙西山。

除夕杭州旅舍二首

天涯寥落苦吟身，客里惊看物候新。岁序堂堂蛇赴壑，愁怀黯黯雨侵人。且抛诗卷衔杯稳，莫遣霜花入鬓频。明发扁舟江上望，西湖烟景漫相亲。

异乡情绪黯然伤，况值辛盘献岁忙。梦里波涛惊楚泽，中宵灯火忆维扬。叩门倦似投林鸟，比户欢迎祀灶羊。奉到屠苏倍惆怅，倚闾遥念客程长。

卷第六

元旦晓起登吴山

令节天涯惯，登临又此邦。一山青满郭，万户绿浮窗。酒忆春堂献，钟听古寺撞。凭栏高处望，归路几之江。

游西湖至净慈寺

万峰插天天帖水，一棹到寺日斜曛。湖南湖北莽烟雨，渔兄渔弟老溪云。冷泉时见野僧汲，古塔几经兵火焚。匆匆过眼又抛去，笑尔人事何纷纭。

南屏山绝顶望湖上诸山，用东坡腊日孤山访惠勤诗韵

东见江，西见湖，山光塔影看有无。南高峰并北高矗，两两相对如相呼。其馀罗列皆僮孥，云鬟雾鬓供嬉娱。飞来灵鹫才仿佛，隐隐绉绿相萦纡。湖光山色涵精庐，南屏坐对孤山孤。试登绝顶肆远目，落日万顷迷菰蒲。我生役役真顽夫，游屐才著日已晡。未知此生当几緉，所至绘作湖山图。抱图归卧入梦馀，清风飒至觉蘧蘧。山耶湖耶景易逋，旧游历历重追摹。

次日出太平门，访周瘦生锡于东乡。瘦生所居名清风明月桥，叠前韵为赠

屋前山，屋后湖，清风明月无时无。三年幽梦今始遂，拍掌大笑沿溪呼。狂走觊胥惊妻孥，竞起问讯声欢娱。到门不辨路远近，但见溪水交迴纡。隔溪茅屋即君庐，入门一笑兴不孤。酒阑忽忆扬州梦，邗沟夜雨鸣寒蒲。同客扬州五年。可怜重会非壮夫，男儿四十日将晡。安得从君结茅屋，虎溪续写三笑图。此生万事等唾馀，且喜主人如卫蘧。作诗草草宽吾逋，此景他年当细摹。

次日再叠前韵奉别

铜官渚，巴丘湖，湘月照见归帆无？今晨端坐忽不乐，鹧鸪天末相鸣呼。十年浪走弃妻孥，所至龌龊无可娱。此乡信美非吾土，况乃心绪多郁纡。孤山南上望吾庐，青山万叠白云孤。湘南一角钓游处，春雨活活抽新蒲。我生本是耕田夫，出作入息旦复晡。胡为失足浪自骋，一饱无分遑他图。别君去矣囊无馀，他年一介倘使蘧，甚勿索句如索逋，使我俭腹荒涩难搜摹。

自杭州至常山舟中得诗七首

迎岁社鼓喧，恶游客怀乱。凌晨渡钱江，始觉耳目换。江行何逶迤，青山夹两岸。似知远客归，含睇送青盼。回首西湖山，仙人古楼观。寺深云树遮，峰高塔影断。隐隐市声远，历历沙鸥散。潮平水不波，风暖冰已泮。一笑归去来，扁舟舞葭菼。

短蓬如鸡栖，四面组篾索。身外无馀地，一龛受羁缚。我生困奔走，聊以代行脚。君看大江中，官艑高楼阁。破浪势良便，

颠沉政已虐。咄哉阳侯威，可倚亦可愕。何若坳堂舟，随风任飘泊。逼仄我所惯，平安天可托。仲氏寄书来，怜我病且弱。亮非舟楫才，深恐蛟龙攫。殷勤约归途，慎勿欺海若。仲兄书来，谆谆以取道浙江为属。我言父母身，冰渊凛深薄。风波无地无，可虞未可乐。涓涓不敢忽，敬之慎履错。

游山苦无具，买山苦无钱。不如洗两眼，看此春山妍。山灵不我拒，连日相招延。早起开篷窗，初日照澄鲜。我时对山卧，呼吸皆岚烟。前峰迫我起，后峰挟我眠。远者招我出，近者揖我前。袅如当风柳，静若出水莲。舟行山亦移，岭断云复连。遂令一日闲，领受干婵娟。古称富春山，照影良可怜。笑谢羊裘翁，此行宁非缘。钓竿倘可借，吾将终老焉。

我爱陶渊明，读书观大意。索解不求甚，妙义真解谛。持此意观山，一切可捐弃。区区蜡屐徒，穷搜极幽邃。何异俭腹儿，偶得窥中秘。断断一字间，琐碎夸强记。名山三百六，安得一一至。一山必一游，老死无终暨。我持一卷书，青山对扬觯。山亦不在名，饮亦不求醉。但得无弦趣，了此一生事。必待婚嫁期，此愿何时遂。

越山静如女，越水明如镜。可怜越溪女，日与山水竞。凌晨解轻缆，日夕理归榜。含睇回曼睩，宜笑呈巧倩。传闻胜朝来，其党有九姓。嗟彼亦赤子，伊岂无人性，世业类惰民，甘心沦贱媵？作俑彼何人，终古置陷阱。吾闻罪不孥，王政许变更。谁能改弦张，一拔苦海命。

越西数大郡，金华最难理。吴公守其间，政治无溢美。望之不居中，作郡非所喜。宁知富春山，差胜红尘里。我昨过兰溪，计日亲杖履。居人为我言，公服已进豸。监司有专城，高建衢州棨。我舟倏西发，公节仍东弭。一官权分巡，两地遥领耳。古人一相思，千里片帆驶。别公已八年，距公未百里。如何觌面悭，渺若隔弱水。一见尚无缘，况敢他有启。回首谢师门，吾生可知矣！时座主吴棣华先生守金华、兼权分巡道，舟过未及见。

常山隔玉山，两判行台省。两水亦异流，其势难合并。茫茫四海阔，大地一丸影。伟哉江河流，万古南北逞。二水独称尊，提纲揭群领。其馀若襟带，各自缠腰胫。圣人相地宜，因之画疆井。托地量居民，布若星棋整。耕凿安其乡，老死真天幸。胡为浪自骋，飘泊萍逐梗。流水有归处，人事无止境。明当发常山，滑汰犯泥泞。

野泊

片帆濛濛水云里，尽日曲折随溪行。野汀船泊四五个，隔岸钟打三两声。冲波野鸭背人去，觅食老鸦踏雪轻。春光如此无聊赖，嗟尔远客方南征。

章江舟中却寄元叔

出门恋父兄，还家恋师友。征帆向西发，别泪倏东首。行行冰载途，忽忽风摇柳。凌晨过彭蠡，挂席向江右。仙阁高矗矗，章水清浏浏。照影惭须眉，临风涤瑕垢。此邦古南州，临川更才薮。谚云："临川才子金溪书。"槃槃乐夫子，声望春鲸吼。多才陆士衡，疾恶朱伯厚。名场矢遗三，世路坂折九。平生轻公侯，垂老屈升斗。才名四十年，画饼亦何有。贱子托素心，神交吁已久。得识元紫芝，两鬓各衰丑。缅惟渡江初，乞食颜重忸。叩门拙言词，仰面局肩肘。煎肠冰炭急，捷足狐兔走。失喜见似人，奉心羞嫫母。扬州号佳丽，主人托耆旧。廖复堂都转。风雨淮南山，烟月竹西酒。金兰足宾从，萧艾杂纷蹂。不嫌请处囊，翻喜纳自牖。噌嗒魏室钟，歌呜秦人缶。前唱后必喁，众弃君独取。更有南丰翁，相赏及敝帚。曾宾谷中丞过扬州，见仆诗大称誉。抚躬益自惭，往事伊谁咎？聚散沙偶抟，哀乐骨易朽。飘零纥干雀，仓卒东门狗。干将惧缺折，古鼎遭击掊。丰狱铁永埋，荆山璞谁剖。永怀芒刺背，欲语箝在口。失马塞上翁，忘机汉阴叟。错铸定几州，退耕怀十亩。誓往湘江滨，诛茅耨葱韭。儿顽给薪水，妇拙安井臼。检箧缉莱衣，压槽漉香溲。菽水仗兄贤，陔兰娱亲寿。北窗纷图籍，筐匣尘封钮。寻源导九派，探穴窥二酉。羊牢补未迟，蠹简习还狃。齿折幸舌存，面唾甘心受。终期狎鸥盟，安问佩龟纽。回首广陵灯，穷年日相守。卜地舟无麦，莲裳太夫人尚未归葬。谋生星在罶。何时刀唱环，负郭锄握手。吴楚地匪遥，沮溺耕当耦。寄声望报章，慎勿当覆瓿。

二月初七日新喻舟中大雪

天公作意与春竞，二月忽放穷冬花。深红浅绿无颜色，秾桃纤柳纷披斜。荒荒野岸吠村犬，黯黯远树号栖鸦。吁嗟归路尚千里，羡尔曲径山人家。

我忆故园桃李树，屋角几株亲手栽。主人经年不归去，东风忍冻吹将开。无端滕巽肆狼籍，坐见锦玉蕤尘埃。不能护汝应舍汝，纷纷移植何为哉。

二月十二日过袁州

二十四番空有信，三千里路欲消魂。春过两月花无影，斗大一城山对门。

萍乡道中

残雪初消柳放芽，篼舆终日踏泥沙。晚来一片斜阳影，黄遍野田油菜花。

次韵题柳宜斋太守迈祖出山图

郎官清要邻兰台，九天咳唾何欢咍。儒林循吏可同传，蛮府远郡需公才。汲黯厌淮且卧治，廉范便蜀何暮来。此邦甘棠有遗躅，国人望岁非今才。吾郡有甘棠渡遗迹。

先生之行中朝服，先生之学俗于咍。名门礼法有家传，当代公卿无此才。人师品共经师贵，出山泉即在山来。如公落落无不可，百八十年吾见才。

贱子当年客燕台，鸡栖狗马在嘲咍。名场屡蹶原非命，时论难凭本不才。贾生独被吴公赏，师圣新从茂叔来。犹忆天街风雪夜，漫漶怀刺谒公才。庚午冬谒公于都门，是年来守吾郡。

寄题房师许莲舫先生绍宗四时行乐图册子

杏林骑马

五云楼阁晴如绮，九陌春风花十里。走马来看及少年，青骢白面红云里。归来夜值承明庐，红杏枝头丽藻摅。玉堂旧事凭谁记，补入瀛洲学士图。

莲室闻香

人天宝座金轮王，须眉百亿生毫光。声闻果证妙色相，幻作万朵莲花香。太华高高立天外，花开十丈如幢盖。他年归卧华山颠，消受妙莲花世界。

东篱采菊

高人爱花例怕俗，西风为洗凡眼肉。山衙无事且饮酒，日对萧萧两丛菊。先生胸次陶渊明，谓我不俗老门生。亦有阿通好儿子，他年取次舁舆行。

西山探梅

屋前青山屋后湖，绕湖梅花三百株。开门一笑花在眼，江天雪地云模糊。读雪斋先生斋名。中雪皜皜，天公作意催花早。怪来诗骨如许清，此生只伴梅花老。

后七绝句

今代高人徐孺子，为余写作耦耕图。图成又被饥驱去，寂寞空山猿鹤呼。

石犹生口悲何语，棉定奇温痛已迟。堕地永无怀橘日，避驺空有泣缯时。

凤集手原非吉梦，螺称扁讵忍嫌名。井干藤绕犹无恙，老树一片号风声。

三丧并举舟无麦，八口长饥甑有尘。难得东坡丝百两，敢求子敬粟盈囷。

鲍永家难容叱狗，子舆室不恕蒸藜。何似援琴牧犊子，行年七十尚无妻。

更阑兄弟剪烛坐，三人各瘦何人强。杜句。伯老仲衰季多病，无言相对但神伤。

子美饥驱下同谷，吾肩入秦。虞翻老去寄蛮荒。硐东客粤。伤心更有张元伯，湘门死三载矣。访死怀生泪万行。

此生一首呈伯仲两兄

此生已分老岩阿，种蓼斋成矢弗过。闭户各寻高士传，耦耕共举力田科。闻名忍听螺呼蚬，废读悲看蔚是莪。倾尽泪河无处洒，对床僵卧两头陀。

武冈道中

重岨齐秀宛相迎，一棹资巫放流行。斜日昏昏乌柏影，荒江谷谷鹁鸪声。省民二字见《宋史》。谿峒多殊俗，古县都梁有废城。地志水经惭稡辑，山川欲说已忘名。

即席呈柳太守、许刺史两大夫时聘修《武冈州志》

儒林文苑循吏传，仕学虽殊理则同。未须飞盖卅六日，柳公守吾郡七年，许先生回翔牧令且十馀年矣。安得如结十数公。慈祥一洗酷吏酷，覆翼兼及穷鸟穷。立德立功期不朽，流传亦藉文章工。黄河诘曲三万里，浑浑泡泡众派同。两先生文得其气，二公皆秦人，能古文。一弹丸地溷乃公。零陵先贤传莫续，都梁汉隶零陵。楚狂小子计亦穷。吁嗟实事不求是，枚皋虽捷胡由工。州人急于成书，议以半载蒇事，故云。

客武冈署中，吾肩继至，于是与吾肩别四年矣。余既叠遭大故，偷息人间。吾肩往返秦陇，足履九边三万馀里，今春复就选入春试于京，垂翅而归，颓然老矣。哀痛馀生，于邑相对，遂形于言

相逢且莫讶衰翁，满眼秋风断梗同。世事只应观壁上，馀生真合老裈中。萧萧鬓发三千丈，莽莽关河几万重。一着麻衣无处换，穷途我百倍君穷。

与吾肩对榻夜话

鹤凫长短漫相侔，得失鸡虫不自由。中圣中贤同一醉，屠龙屠狗各千秋。侏儒饱死朔饥死，泾水清流渭浊流。只有大悲观自在，镜中花影水中沤。

苦忆

苦忆阊门道，然疑直至今。此囚无死法，有鸟号冤禽。风雪三年别，关河万里心。情知无好梦，不敢望来音。

老髯

老髯意气剧飞动，锻炼摧残剩死灰。霖雨几曾兴四岳，妖星空自望层台。青天荡荡渺无极，白日堂堂不再来。欲叩九阍呼帝

座，狺狺虎豹漫相猜。

武冈东塔寺旁，有故明傅忠节公墓，旧志失载，寺僧夷为菜圃。嘉庆丁丑，房师许莲舫先生牧武冈，重修州志，显鹤实襄其役。乃从常德府志采出言之先生，修其墓，为文以祭。既详述其事于碑阴，且谓事发自显鹤，宜有诗，谨赋此诗纪之。傅公名作霖，武陵人，事载明史何腾蛟传

武冈城东东塔寺，旁有废冢无人识。去声。残碑剥蚀困樵牧，名姓没灭长幽闷。天怜忠骨沉埋久，碧血模糊两行字。劫火燔馀二百年，六丁飞掣精魂出。大书殉难傅忠节，血痕点点收葬地。吁嗟明社久沦覆，天佑皇清主神器。渡江五马同羊劫，在野群蛇空蚁沸。江南残局已不支，何况永明真儿戏！传闻桂林告警时，老臣主守无他议。瞿忠宣公式耜。仓皇出走制中珰，王坤。迫胁宫车随悍帅。刘承允。可怜假息游釜中，纷纷水火争同异。公时羁绁秉戎政，调停中立非阿媚。亦如史何用列镇，思以众志回天意。《腾蛟传》谓公与刘承允善，故骤迁尚书。余谓公之善承允，亦如阁部之用刘高，中湘之用郝李，皆不得已之苦心，不宜加以微词也。桓桓征南仁义师，定南王孔有德。貔貅百万从天至。斗溪一战鼓声死，城上已树迎降帜。天乎一木可奈何，自办一死无馀事。斗溪之败，承允议降，公勃然责之。城陷，公衣冠端坐，赋《天乎》一章而死。诗有"炼石有心嗟一木"之句。当时礼葬虽盛节，仓卒毋乃难求备。萧萧古寺窜鼪鼯，黯黯荒丘御魑魅。圣朝教忠隆旷典，表闾封墓蒙通谥。忠节。累累华表屹道旁，而此一抔永潜瘗。更无片石识谁某，岂有铭志书勋位。征文考献纷訾謷，残墨依稀见他志。东阳太史莅兹土，首崇风化褒节义。残编蠹简恣搜讨，藓印苔痕遍摹记。精神正直能感通，袍笏想像来仿佛。揆圭测影正域兆，伐山凿石铭埏隧。煌煌大字书蝌蚪，屹屹丰碑蟠赑屃。黄童白叟竞倾观，里神社鬼争迎伺。呜呼列镇讫明亡，安国骄蹇尤横恣。勒石记功彼何人，都人好恶胡乃蔽。按传，上瑞劝何忠诚立十三镇，卒为湖南大患。荼毒之惨，甚于张、李。刘承允虽小差，降款后卒以诛死，本末无足观矣！乾隆中，州人犹有追立安国公遗泽碑者，今碑立武庙中，可毁也。先生用心良独苦，表微诛奸别忠伪。堂堂忠节灵爽凭，篿卜龟从神不贰。先生既履得墓地，复用珓卜法，三卜俱协，于是国人皆信公墓在此矣。君看墓前双柏影，勃勃英风作生气。嗟余望古眼忽明，岂有笔力能垂世。挥毫鼓懦赋长歌，请附贞珉告来裔。先生议立祠墓前，将邮书武陵，求公后奉祀云。

偕许丈景堂封公灿，宿云山胜力寺三昼夜，每晨起坐院中，见脚底白烟一缕，蓬蓬出石际。老僧曰："云起矣！"已而蓊然满山谷。乃叹云山之名不虚也，赋五字小诗纪之。山在武冈南，相传为秦时卢生炼丹处也

到山不见山，一半云里住。枯僧踏云来，微辨云中路。笑拍云封肩，寻至云起处。

一峰抉云飞，一峰负云走。云止峰亦停，青天露肩肘。破空两瀑流，云际作雷吼。

不见避秦人，但踏秦时路。路转得前溪，泠泠涧泉注。一片白云影，流向人间去。

昨从云外来，今向云中宿。云中不见云，一缕寒烟续。却上山顶看，薶却山下屋。

策杖踏云行，云多竞相逐。幽禽比云间，引我出溪谷。望见寒樵归，挂得云两束。

朝宿云山脚，暮宿云山顶。三夜宿云中，满腹贮云冷。归示下界人，吐作云山景。

宿七十一云峰阁

一峰一云间一塔，乱峰丛杂云飒遝。云腰峰顶立一衲，导上七十一峰阁。山关不扃云自阖，抱云闲卧云满榻。云中老鹳作人呼，惊起寒猿相响答。悄然不寐同怖鸽，满寺钟声已鞺鞳。

下山复得四首

二客荷云归，云欲留客住。蓬蓬万山中，失却来时路。却记上山时，默识云边树。

山灵知客意，唤醒痴云梦。七十一飞龙，出谷齐相送。云中咳唾声，下界闻鸾凤。

满把菖蒲根，白云自封裹。偷置怀袖间，片片碎云堕。携得一痕归，和云种阶下。

莫怪下山迟，回头增眷眷。我归云亦归，共此心一片。留得出山颜，他日好相见。

重过武冈州署看牡丹呈莲舫先生

依然万朵玉生烟，恰恰新开谷雨前。坐拥姬姜原是福，买栽池馆定何年？晴烘晓日玲珑影，醉倚东风澹沱天。留住万家春锦绣，得沾馀馥亦前缘。

飞来琼岛慰相思，隔岁风光似我期。鼎鼎流年重驻足，溶溶深院一留题。致身富贵应须早，学画燕脂悔已迟。犹喜此来依绛帐，赏春为补未完诗。

威溪吊潘章辰、梦白两先生并序

潘君章辰名映斗，前明癸未进士；梦白名映星，明季诸生，武冈人。鼎革后，兄弟偕隐威溪，国朝屡征不起。为诗文俱有法度，余缉其文行作传入州志。方谋之刺史许公，请入乡贤祠，会许公离武冈未果，其诗文亦多散佚。此州人士表章前贤，当必有起而任其责者。爰题此诗，为他日采择云。

孑孑威溪山，二鹤昔巢此。鹤去巢已空，遗此一溪水。天网张八纮，皇途遵九轨。朝起茹芝翁，夕致采薇士。鹤兮独不闻，偃蹇空山里。至今威溪旁，余芳袭兰芷。我来访遗迹，怀古独仰止。高风二墨俦，颓俗中流砥。想见千秋胸，泠泠涧泉洗。廉顽立懦功，正可百世祀。穷乡昧节义，薄俗眩朱紫。遗文付云烟，片石没荆杞。吊古发幽情，溪风日夕起。

卷第七

过白云岩山下未及登，诗以自嘲

青山作势飞，一半云勒住。白云浩如海，遮断山去路。山停云复行，云欲流山去。看山遍海内，此境不易遇。区区州里间，咫尺自违忤。正如东家某，狎见未足慕。乃知狃所习，耳目多蔽锢。难免白云笑，尚冀青山恕。归当践前盟，勇往缚双屦。山灵似相许，抉云半面露。

自都梁抵粤西

瘦马凌兢怯晚征，万山中断见孤城。荒溪月黑虎争渡，古驿风腥人悄行。怪鸟啁啾时类鬼，蛮花琐屑不知名。剧怜久客归无日，更问炎南路几程？

晚行遇雨

松杉矗矗与云齐，万壑千岩绕一溪。暝色欲来山雨急，人家更在数峰西。

宿大溶江口占示从子瑛

楚山粤水路绵绵，绝峤相看一惘然。自叹虞翻原肮脏，谁知坡老惯迍邅。萧条斑竹千林雨，黯淡苍梧九点烟。怜汝远来无限意，孤舟同宿瘴江边。

次韵答李丈松甫比部秉礼雨中见寄

积雨连月病弗出，卧看魑魅争火光。纷纷蛮触战蜗角，斩斩户牖开蜂房。此中可容卿百辈，老眼洞视垣一方。何似枯僧不闻见，闭门扫迹坐相忘。

独秀山

巨鳌戴神州，荒徼弃岭外。元气所不统，万类恣诞怪。帝怒炎纲倾，作镇奠南戒。突兀崒一山，万古无与对。岂惟依傍绝，深恐宙合隘。直从平地起，上与云霄会。玉立森万峰，一扫琼瑶碎。叠彩与宝积，曾不之蒂芥。伏波亦劲敌，二副未敢背。屹立一巨人，撑住此世界。傲岸征骨力，整严见风概。所嗟落蛮荒，溷迹近城阓。望秩典未崇，岳渎封已太。正如布衣尊，顿失万乘贵。藐焉混中处，气欲齐嵩岱。矫首叫帝阍，六龙展时迈。明禋荐牲幣，崇爵晋珪玠。巍巍坐堂皇，肃肃俨冠佩。非徒云亭禅，直拟鹑火配。泽物兴云雨，捍灾御魑魅。慰彼望岁心，发我仰止喟。山乎其勉旃，具瞻独可畏。

伏波山

危峰插漓江，斗与独秀对。突如两军遇，三舍未肯退。蜂拥万貔貅，拔戟各一队。奋起相格斗，雷霆摆碕磕。势将震中原，争长雄海内。百战屹不撼，劈分此两戒。旁睨壁上军，何啻百十辈。喘汗走且僵，空杠偃戎旆。登坛盟晋楚，奉盘陋曹郐。伟哉造物奇，施此大狡狯。何时新息侯，移节驻幰盖。遂令专此山，俎豆常不废。漓水东北来，直下如飞濑。孤根捍其冲，舂撞声砰湃。终古流不去，砥柱天南界。似恋秀峰孤，匪寇求婚配。两贤不想厄，妒极转成爱。弥天与凿齿，谁敢轻殿最。放子出一头，并掀青天外。所争亦无几，韩豪孟稍隘。面目虽各殊，真气同不坏。山乎幸少敛，物固难两大。

题李春湖中丞宗瀚湖上山庄

一丘一壑地大好，湖东湖西楼相望。成阴树木自课种，庋架图书手校藏。林峦四面为我态，鸥鹭竟日看人忙。吾侪得暇便来过，山光水色相低昂。

次韵和松甫丈书感之作

休论障面庾公尘，且乞樽前自在身。世事荒唐争卖鬼，神仙狡狯亦欺人。青山但喜扶筇健，白发何妨对镜新。成佛生天都不管，未应纤芥累吾真。

叠前韵酬松甫丈二首

几年不踏软红尘，赢得萧萧懒病身。习苦寒虫惟抱蓼，投怀穷鸟自依人。旧游过去都成梦，好句传来境忽新。便许金丹授枕诀，淮南鸡犬亦登真。松翁以高密李石桐重订《唐贤主客图》并大集见赠。

衣生虮虱釜生尘，惭负昂藏七尺身。十亩闲闲投老计，百年鼎鼎未归人。悲秋宋玉摽摇甚，作诔张凭涕泪新。为语山公谅稽叔，绝交虽隘不嫌真。宋陈与义诗："绝交虽已隘，益见叔夜真。"

湖西庄次韵

卜筑杉湖里，盈盈一水西。榕深微露寺，村静远闻鸡。随意莓苔坐，新诗垩壁题。自然祛俗累，云鸟亦安栖。

幽径重重绕，回廊步步深。棋声闻隔院，鹤影踏疏林。种竹宜新雨，分花喜昼阴。何妨近城市，虚寂本川岑。结用范蔚宗语。

小松山房图为李慕韩上舍宗潮题

我读松甫诗，千里劳梦想。我见松甫翁，三日神惝恍。天风吹送海涛寒，万斛松声自磨荡。卧听老鹤作龙吟，时有雏音答清响。小松以松名山房，四壁写作松千章。自言手植三百本，高者盈尺低如秧。空山一夜战风雨，挐空已见鳞[illegible]张。毕宏韦偃不世出，妙手何处来倪黄。同时翁梁皆老辈，健笔扫出松根苍。图为覃溪山舟两先生题帧首。昏昏晓月挂岭峤，暧暧远树迷层冈。空堂白昼展卷坐，云岚满眼生阶廊。君家太丘世德长，王槐窦桂争芬芳。即今一树看百�，孙枝竞作虬龙翔。揽君此图三太息，我有松堂图不得。先人手泽委荒烟，忍令一炬同榛棘。嘉兴徐钝莽为余画先祖《松堂读书图》，今春携来粤中，毁于火。故山松楸渺何许，归梦已在苍官侧。醒来耳畔馀松风，唧唧寒窗吟促织。

仆来粤，日在病中，懒不作诗。松甫丈屡叠人字韵见寄，夜来枕上复作一首，为道来诗语意之美，亦见仆之无意于诗久矣

心迹翕然两绝尘，穷年矻矻苦吟身。先生此事有千载，当代同工无几人。出土古彝光黝黯，着花老树色鲜新。雌声我已甘缄默，肝膈为君一吐真。

春湖中丞和人字韵诗，用沈昭略“且食蛤蜊”语。客有误读蜊字为去声者，因再叠一首即呈中丞

三年桂海涤嚣尘，入世何堪溷此身。且食蛤蜊知许事，解呼雌霓亦无人。穷边鬼物逢应惯，天上巢痕扫又新。惟有东坡知此意，南山北阙两非真。东坡与赵德麟邂逅诗：“南山北阙两非真，东颍西湖亦已陈。”

中秋夜独坐，是夕为先孺人讳辰，哭寄家兄云渠

凄凉月色作中秋，幽咽寒虫泣海陬。此生此夜成万古，一东一西照两囚。便应永废王修社，何忍重登庾亮楼。是夕春湖中丞邀同人看月湖西庄。多恐年年风雨恶，九泉无路烛潜幽。时月为云掩。

十六夜又作一首示瑛

飘零桂海怆羁孤，竟夕兀坐如囚拘。鲜民之生不如死，我辰安在独何辜。月犹多恨容光减，棉定奇温泪眼枯。先夕梦太孺人为不孝制棉襦。怜尔同来千里外，寒灯永夜伴欷嘘。

秋夜寄云渠

迢递资湘一水违，相思此夕减腰围。百年未半颓然老，五亩就荒胡不归？夜雨松楸时作响，故乡鱼稻渐添肥。云渠书来，今岁有秋。朝来怯向南楼望，旅雁成行故故飞。

硐东约明岁家居，学悬壶之术，诗以坚之，即送其归里

燕云岭徼逐飞蓬，廿载相从两寓公。世事隘如钻角鼠，生涯怯作叩头虫。谋身只合归葱肆，学易何妨托酱翁。衰病更名宜百药，故山秋雨长芎䓖。

再送硐东

仆仆炎南岁几更，重来吟眺更关情。青山也惜诗人去，绕郭层岚送出城。

病中遣怀复叠人字韵

劳生仆仆走风尘，且向蛮荒寄此身。病亦怜才常恋主，方能却老恐欺人。腥风怪雨惊心惯，药铲茶铛活计新。见说丹砂出句漏，何如踵息任天真。

不寐叠前韵寄硐东

过眼驹光一隙尘，天涯无处着闲身。还山已觉少馀味，去国何曾见似人。夜鼠喧腾猫睡稳，旧畦荒废仆更新。生涯谷口相宜甚，输与躬耕郑子真。

与春湖中丞别月馀矣，闻其已发广州，计日可到，病中重叠前韵迟之

索居三日满襟尘，一卧经秋见在身。白发忍心欺病骨，黄花耐冷待归人。形容应讶别来瘦，诗卷争看去后新。时中丞以《静娱室诗稿》见示。便遣长须沽酒伺，万钟何似一瓢真。用旧句。

松甫丈招游壶山看桃花，因集栖霞寺

壶山之山疑仙壶，绕壶桃花三万株。东风一醉花满树，壶天烂漫花模糊。先生爱花时载酒，坐使蛮峤成仙都。维时春气正妍暖，蓓蕾初拆含葩腴。嫣然一笑恣诞漫，忽讶万点唇施朱。云鬟缟袂相媚妩，花香鸟语供清娱。天怜穷乡太寂寞，点缀光景赏诗逋。东坡过岭惜未到，漫山粗俗遭欺诬。嗟我南来怯霾雨，闭户瑟缩如囚拘。相逢但见似人喜，矧乃绝代倾城姝。今朝风日独清美，照耀山谷如云荼。栖霞咫尺豁回纡，倚天古柏撑烟孤。公来把酒对花坐，摩挲旧句埋荒芜。席间，先生为余诵往年《壶山感怀谢蕴山中丞》旧作。后来前度风景殊，岿然独立天南隅。我今憔悴百不如，安得从公乞蹇驴。市两瓻从一奚奴，舁舆荷锸偕于喁。看花例无官长骂，醉倒且任村童扶。谁能更待三千岁，坐阅白日奔狂车。壶山壶山、下有长眠不醒之痴魄，酩酊醉骨真吾徒。山下有雷酒人墓。

往于扬州逆旅见一人，貌类荪圃丈，问之为歙人，鲍姓。因市酒与饮，谈吐亦豪，别后殊悒悒也。每以语湘门，劝作一诗以志虎贲典型之感。无何，湘门夭逝。比来桂林，遇新建朱新筠，乃绝类湘门，振触前言，弥深于邑。一夕梦湘门如平生欢，次日朱君适至，感而成诗，以践冥诺。子桓有言：既痛逝者，行自念也

斯人难替已无俦，地下侯芭共唱酬。楚相岂无优孟假，中郎尚有典型留。十年一别扬州月，五岭重吟桂树秋。历劫此身犹见在，支离病骨更谁侔？

五月初三夜梦中书所见，醒而不遗一字

碧绿春山卵色天，松杉万壑矗云烟。不知殿阁沉沉处，一笑拈花第几仙？

夏夜雨后月出，闻更鼓声聒耳，不复成寐，起坐庭中，漫成一律

卧听急雨倾盆声，起看缺月窥疏棂。门前湖水长一尺，城上楼鼓打三更。草根湿萤飞又落，土壁短檠暗复明。顽仆睡浓呼不起，渴思茗饮自煎烹。

偶作

漫穷宙合驾尻舆，斗室心游物化初。隐几嗒然吾丧我，观濠安必子非鱼？已无豪气供挥斥，偶有闲情易断除。一卷黄庭一禅榻，便将天地作蘧庐。

病中偶书二绝句

见人我相原非法，堕烦恼障不耐渠。须识西来真面目，本无文字有何书。

病维摩诘安心法，饥来吃饭困来眠。耳根已不闻狮吼，何况半偈野狐禅。

避俗

避俗思逃世，无憀人事何？周旋多礼数，酬答费吟哦。哀乐中年逼，光阴浪迹过。江干有茅屋，庶往共牵萝。

漫兴

萧疏短发不禁搔，攘臂支离兴亦豪。败鼓皮宁堪入药，故车脚未敢言劳。饥犹索米东方朔，贫有辞金北郭骚。吾舌尚存图一饱，全家谷口姓名逃。

卧病

卧病经时一榻横，起巡庭院一闲行。芟馀草过雨还活，别久书重读似生。疾俗太深缘少福，种花无分尚多情。年来万事俱抛却，惟有新诗取次成。

榕树楼晚坐

水气浮空潋，湖云着意酣。天如人中酒，我与佛同龛。古戍双榕树，秋声一草庵。自怜行脚遍，便合老湘南。

春湖中丞许为先子书墓志铭，泣以诗先之

幼读先圣书，礼经垂至教。忘亲与诬亲，二者等蒙诮。然而信且仁，传之贵典要。煌煌碑版垂，千秋日星耀。点画惜波撇，匪独文章妙。所托非其人，即等之不孝。哀哉贱子心，欲语先悲悼。

悲悼前陈词，孤儿泣汍澜。我翁古遗直，志节埋九原。至性薄晴昊，纯孝尤所难。坐今蓬藁终，潜德何由阐。东海王彦方，砑轩学博。京兆柳公权，宜斋太守。北方两学者，其言信可传。王状柳则铭，恻怆数千言；尚欠中郎书，片石未敢镌。世岂无工此，工者或未贤；而况势分隔，求有不得焉。情事痛未申，旦夕摧心肝。

常恐抱此憾，委化随云烟。此志公所谅，此情公所怜。

当代数书家，张照。王澍。各擅能。碑版走四方，缣帛充门庭。近者许老中，推诸城刘。大兴翁。；桐城姚。及钱唐梁。，亦海内所称。先生赅众妙，力与古人争。唐楷庙堂虞，隋真启法丁。二碑皆中丞斋所藏。庋架皆至宝，璀璨如列星。临池一规杌，典则昭前型。千秋风雅堂，宁仅以书名。名书正不易，世已无率更。心正则笔正，艺也与道精。渊然见风骨，外直中藏棱。张王不可作，此事归先生。

昨岁我山居，病卧黝室中。萧然仲蔚宅，四壁埋蒿蓬。先生遣奴来，打门致书筒。我病忽若失，千里远相从。岂徒服公贤，而亦有私衷。吁嗟人子职，生事葬则终。未葬不释服，古义今已蒙。峨峨道旁碑，矗矗凌穹窿。斯岂匹夫分，三尺封已崇。贱贫命则尔，敢以非礼供。顾惟表哀心，贵贱理则同。苟无仁者粟，何以妥幽宫。死父公未见，哀此小子穷。乞公如椽笔，光我九泉翁。衔哀申此辞，揽涕来悲风。

客居

客居何敢为名高，身世飘摇任所遭。愁绪似丝棼不理，病根如草蔓难薅。杯蛇床蚁情同幻，鼠穴槐柯梦亦豪。世议方宽吾自隘，青山到处等奔逃。

寄呈座主韩树屏先生六十韵

能国须君子，型方仰大臣。声名隆斗岱，骨采屏嚣尘。阀阅荆州冠，文章吏部伦。负薪怜楚相，抱璞握和珍。扬马才劲敌，巴巫地本神。青冥凌隼鹗，逸足骋骐麟。诂训经明贾，贤良策对诜。龙门宜著史，凤阁职传纶。慎不言温树，清惟假奉缗。皇华才奉简，白笔早垂绅。元礼丰裁整，江都奏议醇。御屏诗瑰丽，子舍意周谆。遽尔辞觚陛，飘然返汉滨。几年将母愿，一旦望云伸。彩锦娱莱夕，兰陔洁膳晨。可堪风雨集，又见绋纶新。再阅王阳坂，还寻析木津。旧巢痕未扫，重巽命方申。汲郑心尤壮，于张气益振。喧啾看鸷鸟，炳蔚仰祥麟。谔谔藏圭角，棱棱惜笑嚬。朝宁烦补衮，道已惮埋轮。投鼠何嫌器，披肝敢犯鳞。人犹半疑忌，天独鉴贞纯。转漕利通济，衡文论过秦。残碑摹蜾匾，顽矿剖瑞珉。虎节豺群避，奇才绝塞抡。筹边庭诰在，作县宰官贫。先公宰甘肃碾伯，有惠政。凿空乘槎使，垂髫问绢身。政争传拔薤，习久化歙豳。鄯廓唐疆远，丰岐周俗谆。遗氓祀朱邑，多士服苏洵。判牍字难灭，棠阴迹未湮。桐乡添涕泪，畏垒足酸呻。公视学陕中，过碾伯，问先公时故吏、父老犹有存者，为言当日善政，或相与泣下。公作《重过碾伯》诗，极沉痛。善业原根孝，名流自有真，如公生命世，惟帝哲知人。赩奕蛇盘笥，回环绶叠银。九卿先六太，两制拜弥旬。礼乐虞廷职，斋祠泰畤禋。读书兼习律，执法务施仁。遂起司天宪，行当秉国均。霜威严柏府，湛露浥枫宸。自我十年别，邮筒万里询。祥金期跃冶，窳质费陶钧。屡举悲罗隐，虚名误沈彬。抚躬呼负负，失路叹踆踆。奔走空皮骨，遭逢况厄屯。漂零巢毁卵，渝落絮黏榛。楚粤双鸿爪，乾坤一鲜民。此生良自断，往事更谁陈。已办游山屐，惟馀漉酒巾。嘘枯非乏术，雕朽竟无因。偃蹇栖南徼，依稀望北辰。黄花崇晚节，丹陛表同寅。走卒知君实，儒林式贺循。寒禁松柏茂，老助桂姜辛。廷论将推富，舆情欲借恂。星云资黼黻，鸟兽待调驯。望近长安日，阳回薄海春。卿云歌八伯，圠块浩无垠。

病起示诸生

两年萍迹寄杉湖，蛮峤风烟怯影孤。旧病来同不速客，新诗涩似乍吹竽。伤弓鸟已闻弦警，失水鱼犹吐沫濡。敢拟传经居大泽，长头高足有生徒。

绝句

将军门下报恩子，丞相堂前骂坐人。一样天涯谋食鸟，热肠冷面恐非真。

寄呈房师蒋丹林先生祥墀，即送哲嗣笙陔殿撰立镛还朝时笙陔典试广西，先生居太夫人忧南归。

记逾五载别清标，绛帐迢迢望碧霄。正有丝纶夸世掌，暂令风雨辍同朝。欧公归作泷冈表，陆贾来乘岭外轺。不道天边名父子，江干寂寞念渔樵。

当年剪拂有馀荣，每向人前道姓名。岂谓陆庄荒到底，自怜一错铸难成。龙门价倍佳公子，饭颗吟逢太瘦生。至竟昌黎能荐士，尚容东野不平鸣。

朵殿云看五色飞，别裁机杼本庭闱。能教照乘珠皆朗，况运成风斤共挥。报国名家期不朽，登山临水送将归。文星夜夜光南极，早有寒芒动少微。

朝天双节拂云开，信宿宾鸿望北回。此去元灯悬百粤，早时清望重三台。鹏飞鹢退原由分，社栎山樗自不材。归及晨昏念沦落，人间犹有未寒灰。

红叶二首

火云层叠拥残丛，望里江村一抹红。素节自持原不染，炎官失势尚如烘。薰天气焰秋馀热，过眼风光色是空。惆怅绿芜何处是，误他蜂蝶绕匆匆。

吴江夜雨打孤蓬，渔火星星黯落枫。醉舞商飔依野寺，乱随流水出深宫。帆归远浦馀霞外，家在寒山夕照中。秃树柴门时不扫，杜鹃啼罢剩残红。

黄叶二首

惊秋一叶陨严霜，傍水依山万树黄。曝背最宜蓬发媪，打头恰趁濯船郎。荒荒野日寒鸦影，翳翳西风古渡旁。恰好茅檐近郊外，爱他萧瑟点秋光。

此生踪迹滞他乡，塞北天南客路长。沙碛断云看黯淡，榆关瘦月照荒凉。冲风驿舍千行柳，回首柴门几树桑。老去归根尚无着，鬓丝惭对菊花黄。

前诗成，有馀意未尽，因再各赋二章，且邀松甫丈同作

减却千林万绿丛，霜飔一夜变嫣红。世情竞尚繁华好，天意聊施点缀工。寂寞穷乡夸衣锦，飘零陈迹舞旋蓬。临池郑老书应遍，可有新诗付塞鸿。

江北江南照眼同，霜风剪剪雨濛濛。婆娑已分空山槁，绚烂还随晓日曈。才子锦心秋始放，残年冷面酒初中。林泉留得冯唐在，白发酡颜相映红。(红叶)

绝巘平芜次第黄，疏林明灭点秋光。茫茫衰草连天合，滚滚寒沙卷地忙。赛社客归行窸窣，趁墟人散影微茫。乘风莫便漫空舞，多少人家未涤场。

迷离瘦影月昏黄，梦里青山是故乡。绕舍几株新画本，盖头一把旧茅庄。江湖满地菰蒲老，风雨经秋稻蟹香。欲向荒村讯归路，寒鸦点点澹斜阳。(黄叶)

戏用进退格再赋红叶二首

霜天寥泬露华重，照眼春花一样红。废苑雁来秋色老，荒林鸦噪晚烟浓。寒天看烧孤村外，落日寻诗古寺中。几处停车遍吟眺，吴江冷雨正愁侬。

飘骚几片压孤篷，楚水吴山极目同。断雁远沉霞脚雨，残僧醉打日斜钟。一林鸦柏迷离影，几树乌桲冷艳风。镇日空山谁作伴，耐霜留得两株松。

自笑

自笑平生百不如，耻随流俗博时誉。马牛一任呼庄叟，丘壑惟宜置幼舆。堕地悔悬六蓬矢，归耕拟读九农书。如何浪泊威名振，老去方思下泽车。

忆菩保兄弟

联翼鸲雏语梦中，而今竟见角犀丰。憨痴幸不如阿叔，朴拙无妨似乃翁。尔雅虫鱼都已了，毛诗章句□〔遂〕谁通。先人厚泽贻谋在，会见吾闾有日充。云渠举子迟，以篿卜文昌庙中，有“惟有梦中相近问，凤雏联翼美王孙”之句，已而连举二子，先君尝喜诵之。

感事偶占

事有难言无可说，老之将至更何贪。文章乞食实奇辱，贫贱骄人空美谈。并世相亲惟冷月，多生结习是瞿昙。年来行脚天涯遍，归看湘山百尺岚。

狮蹲阁从老僧月照手乞得邓子与先生诗迹，寄示硐东并书后

武冈邓子与先生，国初时寓居新宁，与一念和尚交好，皆前明遗老也。其手迹在新宁颇多，人不知惜。吾友欧阳硐东馆其地，见而宝之，士夫家始有收藏者。十年前，硐东为余言，先生哭一念诗存老僧月照手，每思一造访，卒卒未暇；然乡贤文献之思，未尝一日忘也。嘉庆己卯冬，归自桂林，过夫彝，舣舟古寺旁，问之土人，即所谓放生阁也。即狮蹲阁。入门，照师固无恙，急索此卷观之，摩挲不忍释手。照师以余为能爱惜者，因以归余。逾年携往粤中，命工钩勒上板，寄照师悬之阁中，而以原卷装成一轴，藏之以垂久远。按先生结衔，自署都梁，照师又言其曾官故明岷藩长史，其为武冈人无疑。卷尾书辛亥二月，无朝代年号，以其时考之，辛亥为康熙十年，距今才百五十年耳。丁丑余纂修武冈志，州人已无有能举其名姓者，旧志亦不载，无从立传，独赖此数行诗迹，岿然于兵燹风霜之馀，令人想见

其风采。然非硐东之赏鉴，照师之珍藏，及余之搜求好事，再越数十年，将遂化为烟云，而子与名姓长湮灭不彰矣，可深叹哉！此诗之存，安知非鬼神呵护之灵，有以默相之也。既为书后，复声以诗，并寄硐东同作。先生名祥麟，号鹿岩，子与其字也。

狮蹲阁上古禅林，照眼红光喜独寻。一纸存亡铜狄泪，百年兴废老僧心。襄阳耆旧无家传，宋室遗民有谷音。等是乡贤文献感，怆怀先绪更难禁。余先世著述，兵燹后荡然无存。

卷第八

杂感八首

蓬巷困节士，广堂奉顽躯。藜藿习饥肠，纨绮便柔肤。志满精已销，形瘁神益腴。所争非旦夕，所遇才斯须。千秋日月光，乃在两饿夫。

死魄无长圆，昃离不再旦。来日当大难，去日无足玩。楚凡等存亡，椎锥各利钝。乐极悲亦生，功成过已半。与为明堂欂，曷作沟中断。

驱车出里门，太行阻前途。泻水置平地，寸步成江湖。厝薪昧先几，绸牖鲜良图。三人呼市虎，哲者亦已愚。佩玉而长裾，不利走与趋。

束蒿以为梁，编荻以为辐。翼翼垂重阿，煌煌丹两毂。岂不足观美，所忧在倾覆。大圜运斗枢，厚舆秉坤轴。簸扬尔何神，瞻相毋乃蹙。

哑哑觅食乌，下有孤鸦雏。槃槃干霄材，中有涧底樗。激流水多浑，遵道途已迂。弯弓逐前禽，不如守故株。仰面求他人，不如守故吾。

芳兰馥深丛，临风自赏叹。谁令幽谷姿，规作耳目玩。青山饰黄金，鱼鸟惊且窜。孤芳媚群卉，宁作秋草烂。吁嗟南华图，可吊不可赞。

平生有心交，连年困凋丧。迢迢天一方，恻恻增惆怅。关河音书阻，传闻恐虚妄。饥寒固其理，触事待谗谤。死者长已矣，生者何由访。

少读移居诗，力田不吾欺。辛苦踏沟车，手足亦已疲。空仓噪乾雀，举室长苦饥。生理实自隘，造物宁有私。赖古多此贤，慰情良在慈。

雨中游隐山，春湖中丞先已在寺，雨止遍寻六洞，得诗四首

出城闻雨声，到寺雨未已。宁知幽人踪，先坐雨声里。打门一笑迎，滑汰泥满履。濛濛咫尺间，不辨云与水。三年谋一游，一游窘如此。回头语山灵，吾穷可必矣！

山灵若有会，淅沥声渐住。要令世外人，遍领山中趣。须臾露阳曦，曜若天初曙。云鸟亦喜欢，烟岚竞吞吐。鲜红岩际花，历乱烟中树。顷刻分阴晴，百年等朝暮。不见栽秧田，当年棹歌处。地即古西湖，今为民田。

古人不及见，独有文字传。君看壁间人，瞬息已千年。馀此数行字，灭没随云烟。当其掏肝肾，如我今日然。名姓有不识，

何由辨愚贤？却让少室人，洞为唐李渤辟。万古此洞天。不朽自有由，匪独金石坚。文字不足恃，何况势位焉。显晦亦偶耳，役役良可怜。吁嗟招隐字，斗大如新镌。

我读招隐篇，备悉隐者情。山中难久留，百怪咆吼鸣。宁知赋反招，乐此猿鸟声。古人招之出，一语三丁宁；今人招之入，掉头百不应。乃知古与今，固大相径庭。惜哉高士孙，乃以充隐名。

偶成二首

老氏同尘知黑白，庄生齐物等彭殇。南锥北椎各利钝，续凫断鹤谁短长？未必牧田均食肉，宁知臧谷久忘羊。鹍鹏鸴鷃休相笑，梦里黄粱已遍尝。

水本学泅非学溺，丝还能素亦能缁。蠙衣乌足臭腐化，涧樗社栎斧斤遗。馀名岂足润枯骨，朽壤犹堪蒸菌芝。委形委蜕终何有，曳尾自作泥中龟。

题杨古心太守兆璜西湖泛月图，重用东坡腊日游孤山访惠勤僧诗韵

天在水，月在湖，西湖之月人间无。月光难得西湖大，况乃佳节相招呼。一官湖上携妻孥，何若司马偕清娱。快哉公等乐复乐，放眼未觉湖山纡。扁舟一棹如蜗庐，孤山孤绝冰轮孤。兴酣朗诵坡老句，船过槭槭鸣菰蒲。揭来岭外贤大夫，古心由金华移守柳州。命俦啸侣朝及晡。酒阑示我西湖卷，眼中了了明浮图。此欢此会如梦馀，余往岁游西湖，用坡公孤山韵往复数叠。旧游枨触惊蘧蘧。作诗

无术追亡逋，淡妆浓抹谁能摹。

送古心罢官之杭州

落魄相逢气益振，酒龙诗虎性难驯。一麾万里才三月，五岭百年能几人？蛮徼荒唐争卖鬼，江乡风味正催莼。似闻白傅辞杭守，清绝桐庐好结邻。时闻座主杭州守吴棣华先生有退休之志，先生守金华时，古心其属吏也，故末及之。

次韵答松甫丈见赠

廿年曾已读公诗，把卷登堂幸未迟。铸佛正宜师贾岛，赏音何意许钟期。赠诗有“欲把黄金铸子期”之句。吟怀健比摩秋鹘，律法严同入篾丝。拟向韦庐乞同社，好花时节一来斯。“终然可乐业，时节一来斯”，韦苏州句也。先生诗学左司，自号韦庐，故用其语。

李布衣春回图

幽人心迹绝嚣尘，丘壑何乡可置身？记取郊行趺坐处，幕天席地草如茵。

谢家赌墅墩何在，沈老郊居宅几更。何似莓苔随意坐，本无人赞亦无争。

题李东函传煦青琅干馆图

侍郎清节世无伦，牧堂先生。东函侍郎之子孙。旧家门户虽落寞，风骨凛凛犹嶙峋。尘埃溷迹令人俗，来泛潇湘看楚竹；为爱萧疏三两竿，写向茅斋寄高躅。炎荒九月馀炎溽，黄茅瘴里纷追逐。今晨触热过君门，飒飒清风满庭屋。顿教毛发怯寒凉，已觉须眉生净绿。君家玉笋班亭亭，会看解箨凌青冥。咫尺千丈未可量，要令芒角枯肠撑。我生居近湘君室，万绿丛丛对修洁。自从浪走弃家山，归梦时闻湘水咽。九疑西去君山南，中有松庐旧草庵。当时择地栽数本，翕翕近已齐苍髯。径须补植三万个，期以千亩价清馋。他年归去倘相忆，载酒来就此君谈。

病中有述二首

鬓丝禅榻影颓唐，越峤风高又早霜。未到秋来先已病，合安心法别无方。忙中事错闲方悟，梦里诗成醒旋亡。乞食叩门犹不免，饥驱或许托柴桑。

蹉跎生计久劳劳，多病年来况屡遭。小字便宜呼百药，妄心那更梦三刀。交无可缔何须绝，名本羞争不待逃。已办归耕寻谷口，贫家臼磨有亲操。

湖东楼看山作呈春湖中丞

青山可惜隔城住，排日环城觅山路。高人作计招之来，不放山光出城去。先生筑楼杉湖东，四面峰峦共争赴。遂令终日与山居，卷幔开棂动相遇。群峰缥渺摇空濛，叠嶂青苍莽回互。偶然一角破孱颜，恰有微云巧遮护。各呈面目相妩媚，竞作烟岚互吞吐。就中一峰独横绝，天骨挺立无依附。有如狷客与狂徒，时露故态不嫌牾。先生拄颊时吟哦，杰句已得江山助。清才浓福不易兼，造物于公能不妒。乃知天意为山乞主人，特破成例一相付。性情况是山泽癯，落落尘缨宁足污？嗟我动足即万里，过眼名山似亲故。揭来岭外三载居，叠彩栖霞亦屡驻。终嫌卤莽负前盟，裹粮十日乏胜具。却喜臭味无差池，踪迹虽疏神不忤。作诗投公兼问山，山灵一笑惊相顾。细看此亦山中人，莫教再被风尘误。

铜鼓歌同春湖中丞作

四金六鼓稽周官，范金代革古未闻。铜鼓之制始何代，荒郡迫野时一存。顶平镜面腰稍束，彭亨穹腹如坐墩。云雷回互工镂刻，缀以两耳撑双环。殊形诡状不一态，蛙黾欲跃瞻蜍蹲。旁无款识缺年代，考古谁复穷其源。粤稽东京铸马式，得自骆越有明文。创始不在周秦后，伏波诸葛徒纷纷。颇闻蛮中最宝此，千牛一面称雄尊。象林乌浒事剽夺，往往强弱相咀吞。獠狑犵獞畏都老，获鼓胜获十万军。想当春雷一启蛰，花裆竞集骈肩跟。金钗叩罣争留遗，海蚆细屑如云屯。椎牛磔犬媚淫鬼，歌呼叫饮倾匏樽。芦沙赢㲉同鞈鞺，联臂杂遝攒猱猿。猝然召众共格斗，此鼓一震群酋奔。畏鬼好杀固其俗，嗟此异类皆黎元。历汉而后几千祀，日南九郡俱称藩。时清剑戟铸农器，锻冶未到埋荒原。土人掘得质完好，斑驳新濯苔沙痕。皴皮露骨腥涎滑，逼视不敢生手扪。漓江瘦日一回射，但见点点丹砂瘢。酋器堕落亦偶耳，岂亦呵护烦鬼神。萧梁去汉尚未远，贡献早已夸殊珍。见《南史·阳颜传》。名滩呼岭竞附会，铜鼓滩、铜鼓岭皆粤中地名。俚俗矜尚尤难言。古来说此如聚讼，石湖误志他何论。范石湖《桂海衡虞志》谓鼓为伏波所遗。近时竹垞更好事，谓仿和鼓之金錞。岂知酋众以意造，象形取义都不根。旁引春秋内外传，援彼据此毋乃烦。朱竹垞《铜鼓图跋》谓铜鼓初铸时，实折衷和鼓之金镈，援引甚凿。我思彝器重三代，不惟其物惟其人。太学石鼓历万劫，汤盘禹鼎齐羲轩。煌煌四首六十字，照耀星日昭乾坤。神物在世不销铄，所贵点画垂不刊。末学读书不识字，借此亦得窥一班。枵然顽质了无有，以荐天庙殊非伦。黄茅青瘴足荒怪，丛祠远蔽恍榔村。阴房社鬼利人死，时有野媪来收魂。妖巫鸡卜博醉饱，假以愚俗滋淫昏。承平不复思将帅，迩来稍稍忧髦蛮。此辈可縻亦可惧，穷边况易藏奸顽。吾侪杀贼苦无具，衮衮高节驰熊轓。舞干卖剑洵美语，几见坐啸清边尘。东山亦是苍生望，蒲牢一吼鸣鼍蘷。噌吰顿废蚓窍响，我其持布过雷门。作歌不用夸博古，敢告守土辞非谩。

殿官生日

尔生之岁我方北，归日逢人贺得雄。瞥见丰犀好头角，顿思世业付儿童。题门岂料嘲凡鸟，述德真惭负梦熊。先君梦虎乳子于宅，已而生阿殿。至竟衰宗望贤子，蹉跎切莫学阿翁。

当年啼笑惜呕哑，二老含饴竞自夸。抱膝珍同珠在掌，授书喜见墨涂鸦。为怜阿姊提携惯，生怕蒙师督责加。今日看渠长似我，椿萱无荫护兰芽。

夜坐

数尽铜壶夜漏签，一灯独坐口如箝。诗低已被俗人爱，住久渐令僮仆嫌。陇蜀俱抛无可望，熊鱼虽好讵容兼。此生何事烦詹尹，早决行藏不待占。

幼子

幼子方三岁，丰肌面似瓜。能言兄已逊，稍慧姊争夸。远客惟思汝，终年未见爷。近闻随伯父，学读日哑哑。

舒子式习型明经过访，即送其归辰州，兼寄哲昆子翼习仪同年

廿年前已缔神交，资溆迢迢一水遥。忽漫相逢如梦对，黯然言别又魂销。怜君老卖成都卜，顾我同吹吴市箫。等是蛮荒谋食鸟，孤飞无力怯云霄。

长公一第共迍邅，归赋兰陔大被眠。努力各为门户计，伤心同废蓼莪篇。子式与余同岁遭大故。天涯浪迹无长策，谷口躬耕有薄田。此去好酬听雨约，可堪回首瘴江边。

桂林秋感十首

埸来炎徼两秋霜，九郡边形入望长。桂岭瘴连梅岛黑，漓江日照海云黄。悠悠牛角钻诚隘，历历珠崖采易荒。身世飘摇无限感，恍榔影里立苍茫。

茫茫泥爪印飞鸿，误我行藏类转蓬。浪说文章能报国，可怜须鬓已成翁。上书无状陈同父，坐废难甘冯敬通。老去壮心时一涌，床头尚有气如虹。

中年一饱更何求，杜老悲歌泪未收。暵谷可禁周女泣，市箱奚止楚人忧。诸公衮衮新龙节，万里迢迢古象州。務面花裙皆赤子，书生宁第为身谋。

筹边善策要重论，荒岁豺狼竞突奔。卖剑买牛非异事，为羊求牧莫轻言。花田憔悴珠娘馁，铜鼓噌吰土目尊。稍喜经生知报

国，肯图民瘼达重阍。

法令原期猛济宽，斩蛟拔薤语非谩。鬼章不杀终胎祸，吕母虽降岂易安。纵使化鸠犹恶眼，可堪养虎更加冠。老臣忧国当深计，莫但从容博好官。

南征一曲久凄凉，蜒雨蛮烟共化疆。十道远归唐节度，九真新系汉降王。楼船下濑无铜柱，越使还朝有橐装。凭轼请缨吾欲老，安边至计颂今皇。

闻说洪流又决渠，天南回首重踌躇。蛟龙势恶方争窟，鸿雁声哀未奠居。万古一河无善策，中原千里忍为鱼。群公共负匡时略，可使支祁不剪除。

一线衰宗共几何，嗷嗷雁户遍岩阿。飘零骨肉音书绝，生死关河涕泪多。宿莽只今还野哭，青山何处可高歌。为儒漫道荣三族，忍使茕嫠泣女萝。余族多寄居粤西者，近闻流亡更甚。

故交落落指黄垆，迢递东西隔海隅。一任蜀鹃啼百粤，更无洛犬向三吴。天涯有侄依蛮府，京国何人忆酒徒。差喜居邻羊仲在，漫天诗兴败催租。硐东书来，深以索租为苦。

家园寂寞掩柴扉，风木摧残泪共挥。卒岁弟兄吟蟋蟀，幽房儿女感蛜蝛。石田赎后秋租薄，宰树成行墓草腓。衰病更无他药疗，故人书到寄当归。

仲兄举第三子诗以志感

喜见双双老蚌珠，岂期玉树茁三株。无妨鲁钝如痴叔，转恐聪明逼老夫。婚嫁他年原易了，田园此日未全芜。只悲地下含饴愿，不及生前一抱雏。

送别谭氏女

我生托母慈，鞠育难具述。授室如婴儿，调护未稍歇。爱汝如爱我，堕地加诸膝。晨昏共卧起，左右时提揭。汝性颇聪颖，汝生更多疾。稍长学刺绣，亦或弄笔札。又以汝羸弱，不忍加呵斥。有时卧连旬，竭蹶谋参术。祈禳走巫觋，请祷遍仙佛。汝食母始怡，汝瘥母逾恤。盈盈十三馀，鬖鬖发覆额。绾以双角髻，宛然姣好质。姑娣竞相夸，姊妹或私嫉。悲风陨危柯，寒乌叫凉月。哀哀生我恩，倏忽悲永诀。我时同阿伯，一痛肠迸裂。忍死卧苫块，自分当殄灭。汝性更肫笃，泪尽继以血。哀号雏鷇音，邻里为呜咽。又恐我不胜，饮泪向前说。悲切不可闻，一语几吞噎。痛定重思痛，缅颜我苟活。阿伯为我言，此子至性别。得毋衰门女，诸郎非所埒。淑慎如女贤，固宜有良匹。婚姻重母族，男女急家室。而况阿姨老，新妇宜早谒。会当了此愿，佳期诹今吉。我时炎徼归，闻言增怵怵。挽车心虽期，牵犬计已拙。贫家荆布难，仓卒百无一。乃季月十四，其日天大雪。缸缠红照眼，肌粟寒砭骨。念汝长中闺，娇弱未出阈。何堪风雪中，百里泥滑汯。鸡鸣迫就舆，云从望晨发。阿姊为汝妆，阿母蒙汝帕。阿妹执汝手，相将不忍割。诸姑暨伯姊，一一吞声别。汝伯虽刚肠，怜汝亦恻怛。而我实生汝，能不凄以绝！却喜往汝家，姻娅非秦越。汝翁我姨兄，汝婿我姨侄。祖姑与祖母，实一乳所出。匪惟性情同，面目亦仿佛。拜见汝祖姑，如祖母未殁。同堂有从祖，与我如鹣鳌。谓吾肩。见汝如见我，父执不宜避。蹇修我姨姊，实祖母所悦。谓杨氏表姊。见汝如见母，抚摩更凄切。汝姒皆名门，长者为尹姑。与汝姊妹行，中表情尤昵。谓其冢姒杨氏姨姊之女也。所悲汝姑亡，未及侍巾栉。事翁如事姑，内则礼无缺。我闻古人云，妇贽宜枣栗。枣以戒逸惰，栗以严斋栗。蘋蘩荐馨香，米盐供琐屑。言动苟一乖，失意嗟永讫。见曹昭《女诫》。三姊长一龄，先汝嫁十日。兄女三姑适陈氏。昨闻邻媪言，贤声已洋溢。汝伯亦有光，汝行胡可忽。勉哉崇令名，妇道期无失。上慰祖母灵，下免亲知咥。结褵申此辞，切切语难悉。

归来

归来无事此闲居，懒废形骸类涧樗。旧友渐同秋叶陨，新诗还共酒杯疏。中年尚有难休事，垂老犹多未见书。且喜故园松菊在，悠然吾亦爱吾庐。

即目

竟日无人至，凭栏小阁东。闲云难作雨，高树不离风。俭岁鱼虾少，童山草木穷。惟馀仲蔚宅，四壁莽蒿蓬。

览旧作

肝肾终年自镂锼，枯肠经得几回搜。一吟奚止两行泪，千首宁当万户侯。已觉酸咸殊嗜好，可能臭味别薰莸。纷纷目论争馀子，耳食何曾到九幽。

书感

薄幸而今剩死灰，闭门终岁少人来。难除孤癖原非福，饶有诗狂未是才。俭岁米盐难作达，欢场丝竹易生哀。年来万念消磨尽，底用空山猿鹤猜。

寄怀王矸轩丈

煨芋诗老七年别，八十衰翁万里天。只有我来公不出，此生再见恐无缘。

有叹

瞥眼风光局又残，回头敢诮腐儒冠。羌郎转土焉知秽，巧妇巢苕自谓安。瓮里声喧犹共舞，穴中梦醒已非官。纷纷寒乞夸车驶，可叹公孙坐井观。

除夕五首

生计萧条惯，光阴迅速催。一年流水去，万事逼人来。海内谁知己，空山老不材。坐看儿女长，风木有馀哀。

荒村希馈送，礼杀俗犹淳。窃食奴私祭，分餐妇饷邻。女娇怜嫁早，儿瘦念家贫。旦日两头屋，还来迭主宾。

家督长公任，艰难主妇偕。团年容一饱，新俗，除夕阖家聚饮谓之团年。祀灶且持斋。邻叟能占岁，村童喜上街。米盐粗已了，静掩半扉柴。

僻处吾庐在，天涯浪迹经。乾坤双鬓影，风雨一茅亭。闻见甘卑陋，衣冠尚典型。南山当户立，依旧两峰青。

五载前今夕，高堂笑语温。欢声喧子妇，乐意到鸡豚。手口存馀泽，松楸剩泪痕。白头兄弟坐，相对暗悲吞。

卷第九

樗树

偃蹇双樗树，乾坤一菲材。同为雨露养，幸免斧斤摧。我自神其拙，天宁惜不才。君看梁栋木，多少老山隈。

春夜坐雨

听风听雨耐深宵，噤瘁诗魂黯欲消。一半春光又抛去，可怜明日是花朝。

野竹

野竹数丛亲手种，闲来时复凭栏看。不知别后新添笋，一夜抽梢绿几竿。

哭柳宜斋郡守三首

柳氏家规世所崇，剖符岂但似文翁。十年作郡贫如故，一病逢辰命竟穷。画像几家思白傅，瓣香终古祝南丰。那堪老眼无多泪，风木悲馀再哭公。

海内词坛老斫轮，一麾犹是苦吟身。如公岂合终为郡，遇我何曾似部民。白首忘形呼小友，青山相约结比邻。伤心夜雨泉台路，特仗先生大笔伸。先生为先子作墓志。

可怜垂死坐空床，执手名山待细商。先生临危时，以平生诗文见属论定。后世谁知丁敬礼，此生难负蔡中郎。尚思岸帻登铃阁，无复行厨过草堂。好待严诗编杜集，两家风雨共珍藏。

白龙洞石壁上有唐李渤留别南溪诗云："常叹春泉去不回，我今此去更难来。欲知别后难忘处，手种岩花次第开。"诗极清惋。庚辰六月六日与春湖游见之，手拓数纸归，因次韵追和一首

春去春归自几回，神仙洞府少人来。谁知小劫千年后，重见层岩花乱开。

龙隐岩

皇娲鞭龙龙不职，谪向海滨化为石。海枯石烂四万年，霹雳一声山洞辟。龙飞上天石化云，蜕壳鳞鳞挂岩脊。至今阴雨天昼暝，时有腥涎垂四壁。人生扰扰物化馀，造物何者非陈迹。惜哉俗士难攀髯，少见多怪群惊惑。会当呼龙还耕云，只恐龙归人不识。

隐山二首

桂山不一奇，森若束春笋。刻上势峻削，气象颇骄蹇。兹山以隐名，可以觇所蕴。深邃中若虚，敦庞外弥谨。譬彼有道人，曾不露畦轸。徐徐探其源，怀抱无穷尽。观窍悟众妙，栖神守元牝。洞有元元像，俗呼老君洞。何须五千言，即此可伸引。如何腐史迁，作传侪孤愤。今古貉一丘，贤愚同泯泯。太息语山灵，吾其赋

招隐。

我本无宦情，而亦非达官。不隐亦何为，隐固非所难。但恐生理窄，愁苦非一端。连年困婚嫁，力竭心亦殚。昨得仲氏书，喟然发长叹。辛苦把犁锄，意谓博一餐。凉飚涤龟田，空仓雀声乾。即今二百指，忍坐视饥寒。念当谋薄禄，忸怩难为言。赧颜对山灵，何由谢讥讪。隐矣焉用文，吾将从所安。

春湖中丞有游山之约，诗以促之，兼呈韦庐老人

粤山甲天下，奇诡不一态。环城数十里，拔戟自成队。高如老衲寒，孤似狷士介。有时露媕婀，亦或伤破碎。虽嫌乏逶迤，终喜绝雕绘。此皆吾畏友，宜奉若蓍蔡。如何三年来，曾未修一拜。偶然奉盘盂，亦遇而非会。山灵岂我拒，我实坐自外。秋风栉双鬓，两脚痒爬疥。终期践前盟，努力了此债。游山如取人，当窥中所异。横侧亦貌耳，百真妨一伪。我观西南山，面目大抵类。俨然一望间，敢谓得大意。要当十日住，庶可穷阃邃。貌取失子羽，轻信终为累。吾师大圣人，毁誉要亲试。

读书戒孤陋，奇疑共赏析。游山何不然，禽向无孤迹。吾党二三子，随身几两屐。脱略外形骸，商量列殽核。木落石气青，露零霜月白。凉飚健筋骨，腰脚增气力。群峰瘦孱颜，遥望神已陟。况得王子猷，王春城明府，临桂人。乡导途可识。荷锸我先从，舁舆君自适。相将赋于喁，摵摵风欹帻。

选山先取奇，选友先取淡。山奇自不平，友淡自不厌。二者

皆以实，虚名非所艳。岩岩桂林山，天外倚长剑。觥觥中丞公，古谊若龟鉴。得一已足多，而况二者兼。吾生亦何幸，妄厕毋乃滥。博采公不遗，上交我已僭。重以群季贤，如佐史立监。规我之所短，亦宜各自砭。毋为北山讥，庶免鬼神瞰。我订游山约，先作游山诗。无奈诗境少，还就山商之。山灵睨我笑，颇复责我痴。不见韦庐翁，千首琼琚词。其中游山作，鬼神莫能窥。子曾一省读，懵不知师资。策杖又不勇，大言将欺谁。再拜谢山灵，裹粮焉敢迟。誓当从今日，遍探粤山奇。请持韦庐编，奉为先路师。走告韦庐翁，谰语笑脱颐。

奉酬松甫丈题拙作游山诗后

人生快意图一饱，眼中只觉看山好。看山赚得诗肠鸣，狂吟忽动香山老。先生随身一短筇，倚天照海千芙蓉。置身已到太华顶，觅句肯效酸吟虫。千首新诗在人口，叱逐山灵百怪走。眼空四海更无人，那有千金珍敝帚。只今键户无一事，卧看秋山扫寒翠。偶闻蜡屐便神飞，有似不饮喜人醉。作诗我矜亦我嗤，矜我山癖嗤我痴。平生万事落人后，正坐一癖痴何辞。只惭济胜苦无具，况复惊人乏奇句。山灵大笑欲何为，可怜孤负双芒屦。

庚辰八月十五夜雨

广寒高处不胜愁，冷雨凄风遍海陬。岂独攀髯普天泣，鲜民今已五中秋。

同春湖中丞步出北城，至虞山庙，小憩南薰亭

出城面虞山，信步循北渚。荒荒野日沉，黯黯寒花吐。陂陀

度岩扃，伊轧鸣烟舻。危亭踞江皋，破庙依山股。层崖仙掌擘，阴窦鬼工斧。行穿龙蛇窟，坐见麋鹿侣。坏磴窜鼪鼯，野田茂禾黍。回首苍梧云，翠华渺何许。斑斑丛竹林，历历湘江浦。元阙郁嵯峨，仙官肃葆羽。合沓万灵趋，惨淡百神舞。犹疑张虞韶，恍惚哭二女。凄怆古帝魂，幽咽薰弦谱。空山众窍答，古殿一铃语。帝子归不归，飒飒灵旗雨。日夕回征车，临风独延伫。

重九前一日朱氏宅看桂，用东坡定惠院东海棠诗韵

旧家门户馀乔木，桂岭之桂君家独。桂城丹桂，惟朱氏宅二株，皆百馀年物也。为花作主未全贫，能致吾侪尤不俗。诸公破晓踏香来，岂谓嚣居即幽谷。萧萧庭院阒无人，但见清阴覆茅屋。中秋已过又重阳，一笑朱门吃残肉。岂知造物留相待，今朝才到十分足。等闲一洗椒茝芳，天然对峙邢尹淑。君看邻院几株存，隔墙微露空槎腹。载酒难寻处士庐，款关欲看谁家竹？隐山六洞今亦繁，山僧有约揩病目。时同人约以异日看老君洞桂。平生正坐好事穷，得陇何敢再望蜀。故山炊桂良可哀，梦魂飞对茅檐鹄。瞥电韶华眼一空，悲秋情绪肠九曲。攀援有地聊淹留，人世纷纷几蛮触。

九日集李氏招隐园复用前韵

平泉宅里饶石木，朅来高伴秀峰独。筑园佳处名招隐，天教隔尽尘埃俗。款门尚许造子猷，载酒时思就山谷。一年佳会是重阳，百岁荒丘几华屋。泥饮莫辞老瓦盆，饱吃未厌花猪肉。回看座上失朱颜，懒叩禅关寻白足。瘴乡天气苦炎蒸，节序秋深尚和淑。丛丛老桂蔽峰腰，艳艳幽花吐岩腹。楼高收得过江山，邻近吹来隔墙竹。把螯忽忆江南秋，登台远纵天涯目。流光冉冉疾轮

蹄，旧侣迢迢隔吴蜀。尺书空盼南来鸿，归梦已逐西飞鹄。坡公自恋孤山孤，东坡九日泛舟，至劝师院诗云：“欲访孤山支道林。”杜老兼悲曲江曲。少陵九日曲江诗云：“百年秋过半，九日意兼悲。”明年此会还几人，醉把茱萸自挼触。

松甫丈见示芙蓉诗，甚佳，适春湖中丞桂花诗亦至，即用其韵成一首，兼索一觞，为此花生色

野人寂处如僧寺，连日看残数番桂。朝来忽见娉婷姝，绰约丰姿惊绝世。拒霜冷艳淡宜秋，照水孤芳浓扫翠。烟笼鬓影态自闲，雨湿啼痕娇不媚。汉宫佳人放三千，隋苑虹桥迷廿四。萧萧蓬户耐寒心，脉脉痴愁中酒味。谁将国色当婢媵，岂有霜葩辱姬侍。木樨以芙蓉为婢。褰裳解佩落谁家，露冷霜凄馀我辈。荒凉池馆独低徊，寂寞门庭几兴废。回思旧时诸姊妹，金屋妆成欢共对。天涯沦落感韶华，镜里婵娟惜憔悴。怜卿和雨更和风，伴我经年复经岁。多情坡老自沉吟，韵事斜川能踵继。且留巧笑慰诗人，待展重阳作高会。

余既作芙蓉诗，乞松甫丈为花设一觞，夜来枕上闻风雨声甚厉，又恐花不我待而先生之未果也，复用海棠韵诗以促之

百年一瞬同草木，老尽世人非我独。用苏句。对花不饮奈花何，花亦憎人难免俗。欲为名花乞一觞，底须成例夸金谷。先生日夕伴花居，湖上萧萧几间屋。园官菜把犹易供，看花不要携竹肉。坐拥倾城纵无分，得沾剩馥亦已足。只愁秋雨来无期，未免佳人叹不淑。日来闭户对髯奴，百转饥肠搅枵腹。卧听阶前淅沥声，

起看庭畔萧疏竹。已分荒凉谢九秋，何忍摇落瞠双目。明妃曲罢泣辞汉，花蕊词工空怨蜀。村姬唐突浪效颦，险韵推敲谁刻鹄。白发听残懊恼歌，黄鸡唱罢凄凉曲。火急为花作主人，莫教花谢徒摩触。

松甫丈见诗即招饮池上，即席仍次前韵

众香国里莲称木，芙蓉一号木莲。点缀秋光此花独。淡妆浓抹总相宜，神清骨冷无由俗。集苏句。娟娟美人隔秋水，脉脉含情在空谷。风凄露冷惜幽姿，不待称觞向金屋。诗人结习自多累，一例周妻与何肉。可怜排日为花忙，竞把诗筒付奚足。花亦知为悦己容，顾影娉婷倍清淑。先生大笑谓我馋，未可负此枵然腹。斋厨风味趁蔬笋，胜友招邀当丝竹。嗟我三见此花开，快事今番才慰目。有花有酒便欢偕，何苦纷纷争洛蜀。尘寰扰扰等战蜗，野水荒荒看浴鹄。君不来时蹇谁留，若有人兮湖之曲。东篱处士亦愆期，隔岁离愁增拨触。时已九月中旬，菊花尚未大放。

十七日集湖西庄，时菊花已半开矣

诗人眼界严，看花例怕俗。西风知此意，催放几丛菊。含苞惜幽姿，避热开恐速。连宵霜意浓，稍稍吐清馥。孤标抱心远，古艳带秋肃。回看池上花，未免斗繁缛。嫱施匹姬姜，虽美终非族。娟娟娉婷姿，相对谢芳躅。春湖中丞芙蓉诗，有“东篱亦是姊妹行，耐冷霜华真一族”之句。

娉婷嗔我语，赪面若有诉。君诗太谲诡，低昂不足据。我生坠色相，馋眼易迷误。偶然评骘间，未可遽喜怒。而况三代下，焉有真毁誉。要知色即空，是心无所住。花开何自来，花谢何自

去。吾言亦戏耳，非迷亦非悟。

秋风亦已厉，秋雨亦已频。瑟瑟打霜天，萧萧看花人。人花相对闲，无愧隐者伦。如何东篱姿，翻效西家颦。黄华秉金德，红紫徒纷纷。世人重艳冶，涂饰巧乱真。遂令荒凉秋，变作锦绣春。君看靖节后，几个无怀民。

前年花发时，我病君去粤。去岁我重来，君马又北刷。连年与花违，两地增凄切。岂知今年秋，风雨共佳节。花亦知媚主，亭亭自修洁。而我三度看，郑重不忍别。明年岂无花，蹉跎那可说。用东坡守岁诗中语意。君即拥花居，又恐我飘瞥。花开自年年，容华坐消歇。含情对孤芳，莫惜醉眼缬。

十九日复集湖西庄看菊，以“采菊东篱下，悠然见南山”分韵得“山”字

爱公占得好湖山，剥啄朝朝拟叩关。浊酒几番容我醉，黄花竟日伴人闲。斜风细雨淡相对，野鸟孤云倦自还。饮罢此身何处去，吾庐三径久榛菅。

次日复和诸君韵作十首

佳节悔轻过，黄花忍寒待。将开故迟迟，一半才蓓蕾。萧疏两三丛，已足洗庸猥。赏心不在多，慎勿轻捃采。

渊明赋归来，终日理松菊。占得杉湖秋，寒葩散幽馥。共保晚节心，一洗凡眼肉。可怜墙外人，车马日蹙蹴。

买庄杉湖西，结屋杉湖东。即用韦庐集中语。东西隔一湖，濛濛烟雨中。泛棹一来过，中有靖节翁。相对澹无言，绕舍秋几丛。

秋丛在何许，矮屋疏笆篱。辛苦日抱瓮，花开力已疲。自吟还自赏，门外那得知。主人亦有言，戒尔勿轻窥。春湖中丞诗云："莫任野芙蓉，轻窥汝藩篱。"

野菊种亦多，丛生遍原野。琐屑拾碎金，揽之不盈把。本非陶家派，烂入西江社。尔生亦何幸，莫怨寄篱下。

独饮难为醉，独吟难为酬。所酬非所期，不如姑且休。我有素心侣，浩荡海天鸥。安得挽之来，道里阻且悠。

幽赏兴未已，暝色来苍然。湖上三两家，袅袅生炊烟。仆夫起致词，欲去仍留连。留连复何味，眷此将残年。

残年迫旅人，捷若离弩箭。霜花遇秋士，宛转相悲恋。放手即一年，一年才一见。一见一回老，百年能几面。

我有先人庐，远在资江南。连年困奔走，荒径谁锄芟。古人贵投簪，无簪我何贪。所贪细已甚，对花得不惭。

我惭花不嗔，知我疏且顽。亦欲买山隐，无此好溪山。溪山即大好，仓皇买实难。且醉花间觞，乐此半日闲。

次日复拈山字得一首

借得杉湖屋数间，栖迟聊以养疏顽。烟岚不肯放人去，鸥鹭将毋妒我闲。曾为看花入诗社，偶然好事款禅关。三年蛮徼吾何恋，一半难抛湖上山。

哭房师许莲舫先生八首

贤哲生非偶，吾犹幸及门。如公复不寿，天道竟何论！楚粤音书阻，关河涕泪昏。空馀老弟子，凄绝一招魂。

弱冠才无敌，登瀛众共惊。天教成吏隐，世仅以诗名。缟纻降千辈，风尘困一生。从官非本意，流俗况交倾。

一自试牛刀，频年束带劳。艰危循吏传，歌哭楚臣骚。先生宰武陵时，屡为上官所厄。竟尔终蛮府，卒官凤凰厅苗疆司马。何曾薄马曹。眼前寒乞驶，几辈建麾旄。

苦忆登堂日，于今十七年。不嫌长孺戆，翻许子渊贤。载酒容狂醉，买山分奉钱。穷途知己泪，此后更谁怜？

昨接五溪札，临危日望余。尚思一执手，同续未成书。先生锐意著述，尝嫌方志冗杂，牧武冈时，招余住幕中共成《武冈州志》。改官司马后，又欲采苗疆事成书，昨病中手札见招，累千馀言，谆谆以此事为属，盖距易箦时仅一月云。此意遂终古，传闻已突如。报函犹在路，西望重欷嘘。报书去后数日，而先生凶问至。

一官成底事，万里痛流离。老病元宾父，零丁中散儿。无山可归骨，举室况啼饥。闻说公私责，累累尚共追。

更忆柳夫子，宜斋太守。风流两使君。此生同已矣，后死复何云。各有千秋业，何堪一例焚。桐乡俎豆在，未敢薄斯文。

得失寸心许，渊源师友偕。九原如可作，兹事岂容乖。志墓真无愧，遗书幸未埋。寝门无限意，老泪不胜揩。

独坐

附郭几家山压屋，帖身老伴影随形。县官卧打放衙鼓，村僧醉讽消饭经。萧萧两鬓不禁白，炯炯双眸为底青。但见似人原可喜，更无人至户常扃。

杉湖萍舍六首

桂岭宜人处，幽居托一廛。秋凉三日雨，夜色一湖烟。避客时佯醉，修生喜坐眠。沉冥吾自惯，不敢怨迍邅。

竟日门常掩，耽吟首自搔。爱闲贪得病，习懒误称高。归计无三亩，浮生有二毛。诗成夸仆辈，据案亦堪豪。

避嚣仍近市，息影且垂帘。病为看山减，诗因哭友添。官书校常误，村味赁难兼。一饭无馀事，低徊正自嫌。

欲去重踟蹰，频年此索居。室添无益费，友责未回书。风味园官菜，形骸涧底樗。爬搔双鬓影，对镜久慵梳。

抚剑雄心在，凭栏且放歌。高门来鬼瞰，僻巷少人过。身世嗟浮梗，光阴老刹那。沅湘芳草地，归去有青蓑。

休息知何日，羁栖又早秋。应门无赤脚，问事有长头。莫漫书三纸，真堪铸六州。趑趄傍人户，身世复何求？

冬夜寄云渠

故山风雪饱黄精，回首贫家岁暮情。生计但谋长柄械，天涯空对短灯檠。劳劳婚嫁催儿女，落落江关老弟兄。归日只应开口笑，泪河禁得几回倾。

冬月初三日，偕同人出北门，周览回龙洞望夫山，薄暮涉皇泽湾，循虞山归，时久雨不出已匝月矣

平生坐一懒，学道苦不果。惟有丘壑心，向往志犹颇。久雨快新霁，两脚如炙粿。不谓诸君豪，精进勇于我。肯来即素心，信步无不可。却陟回龙巅，一览尽蓬颗。遂历望夫山，周围眺原野。红叶蔽村坞，隐隐青山下。阳乌一回射，烂漫烧如火。炊烟林间出，去鸟天际堕。所见虽无奇，所得亦已伙。归途涉皇潭，落叶迷前浦。涧边窸窣声，似共寒潮语。寒潮拥之去，宛转翳复吐。感此幽咽情，怜彼飘零苦。飘零何足惜，岁月遽如许。别来才几时，耳目异听睹。辘轳寒不运，川梁济无所。曲屈历洞穴，潆洄出洲渚。欹碑字卧苔，古殿阶生秬。斜阳咽荒凉，邻笛增恻楚。寺多旅柩，是日有饭僧于此者。众去独踟蹰，坐枕虞山股。

初五日游中隐山，山在城西五里，洞窟三层，透迤明敞，为桂林诸洞冠，以其距城稍远，故游者少至

游山喜深邃，过邃不可耐。譬之机警士，其中多暗昧。我游桂林山，洞窟藏万怪。束炬偶深入，险中图一快。所得不偿劳，兴尽神已惫。兹山旷奥俱，绕郭此为最。穹窿似堂皇，轩拓俨公廨。窗棂放光明，庭宇扫埃壒。释山大宫小，占易明用晦。未论测高深，先已谢幽暧。有如磊落胸，坦白无纤芥。抱负虽渊冲，表里绝障碍。直从宫墙外，洞见寝室内。山上复有山，回环各异态。楼阁辟玲珑，房栊分向背。森森拄栌欂，簇簇垂幢盖。绝顶一凭眺，大地如列卦。胸吞无尽藏，眼豁无边界。惜哉万古奇，永弃八荒外。韩苏所不到，四壁苦遭疥。恍疑开辟初，阴以待我辈。名岩彼何人，未洗山灵秽。宋吕愿忠题名吕公岩。誓将买山隐，一起千载废。日夕狂吟归，村犬争迎吠。

初七日游漓山水月洞，观石湖放翁石刻，因至开元寺寻唐人舍利塔碑，不获，步南溪眺望而返

桂林绕郭皆层岚，邦人老死难穷探。客中远索近转失，掎摭诸子遗迦聃。饱闻漓山水月洞，中有玉简藏云龛。三年居此岂不久，咫尺未到能无惭。冲寒决往遂深造，历历恍若夙昔谙。圆规倒映虹影跨，重阿翼翼开谺谽。象形曰象名亦俚，俗呼象鼻山。想见皓魄澄空潭。是时隆冬正严栗，岩壑瘦露青巉巉。滨江背郭一回眺，天光水色相泓涵。同侪袖手怯寸步，昨会七子今馀三。连日会者七人，兹游惟春湖中丞及朱秀才与余三人耳。区区游历亦不果，责以远大将

何堪！乃知丘壑要胸有，强作解事非所耽。却寻范陆纵横迹，古人狂兴先我酣。放翁游辙几时到，遗此尺幅如新缣。照眼骊珠千百颗，漓江下瞰蛟龙馋。飞梯竞欲双手揭，一字奚止千琅函。遥遥异代两夫子，摩挲四壁呼与谈。琅然谷音相响答，得非甫白感至诚。如此至宝存者几，得陇望蜀毋乃贪。稍闻开元有函记，佛光夜夜围精蓝。俗僧鄙陋不知惜，神物化去辞瞿昙。我来访古重惆怅，惟见废塔馀空嵌。褚碑荒诞讵足辨，寺有赝褚书《金刚经》碑，乃马氏旧物。蛮乡耳目良易弇。逡巡佛阁不忍去，欲落未落日西衔。元岩尚有少室迹，归路径踏南溪南。白龙洞有唐李渤诗刻，元岩、南溪皆其所命也。

十九日游七星山，遍寻龙隐、月牙、元风、栖霞、弹子、省耕诸洞，薄暮集栖霞寺，尽醉而返。时余将归邵中，已促装矣

重黎南宅明都火，炎精失职骄欲堕。魁杓一夜下大荒，化作妙莲花七朵。群山腾掷西南来，左股径割东蓬莱。神仙狡狯不可测，咫尺焜耀金银台。云阶月窟无处觅，但见千门万户迷离诶荡呀然开。星君排云列仗出，灵妃玉女争趋陪。呼龙耕云云化石，瑶草莖去从新栽。澒洞元气泄不得，中有万古未凿之胚胎。关门猘猘虎豹守，欲上却被风吹回。鞭笞不到鸾凤背，自哂凡骨非仙才。噫吁嘻！九疑联绵浩如泻，斑斑竹泪苍梧野。鼎湖龙髯杳莫攀，云軿惨淡虞山下。七星山对面即虞山。烟螺几点青濛濛，斜阳万里催归听。碧虚亭畔一延伫，苍茫四野来悲风。眼前快事无过酒，欲挹天浆斟北斗。人间那有二华君，隔旦江头又挥手。

浩歌

读书废半途，登山自压返。生平万事不如人，兹事岂亦天所限。天生两脚畀双眸，双眸炯炯脚力遒。不游不读何为哉，负此七尺良可哀！君不见，贵人两眼小如豆，罗列珍玩评新旧。又不见，权门两脚如奔轮，青山到老无还辕。我不识权贵，亦不知轩冕。眼光未昏脚不蹇，羊肠险道尚堪攀，牛毛细字犹能辨，不游不读何为哉？坐令白骨生青苔！吁嗟乎！有眼不读人间未见书，有脚不踏万里奇山水，井中蛙、辽东豕，争似醯鸡居瓮底。世上宁无识字夫，天涯不少迷方子。枵然大腹坐车中，佣奴固是常佣耳。

得家书却寄云渠

经年盼到雁书迟，出处差同计总非。难了事多贫未已，望援人众愿尤违。垦田岁晏无租入，故陇秋荒有泪挥。至竟还输家弟乐，劳君镇日寄当归。

到家

蓬蒿满径掩柴扉，门巷萧萧足迹稀。一树梅花犹未放，耐寒留待主人归。

与云渠夜话

空仓不掩雀声干，茅屋无烟夜色寒。剩有石田供祭少，频过凶岁作人难。榆槐叶尽村儿泣，机杼光微邻女叹。漫道为儒芘三族，救荒何策恤茕单。

除夕前日，柳海山涵枉过，时扶其尊公宜斋郡伯柩归甘肃，问其行橐，惟残书两簏，敝衣一箧而已。贱子岁暮归来，萧然四壁，无以为赙，泣送以诗

剥啄柴门岁正阑，麻衣惊见泣汍澜。从教南国棠阴满，无补西华葛帔单。作志林宗原不愧，先生遗命以铭志之文见属。故交范叔本来寒。那堪万里秦关路，风雪漫漫指贺兰。

卷第十

南村八首并序

余村居之南有小溪，西南流入资江。溪旁田颇腴美，近买得数亩，构屋溪上，将偕两兄躬耕，有终焉之志。以其在村居之南，遂命之曰南村云。

渊明卜南村，子瞻咏东坡。两贤各千载，出处同坎坷。生长自田间，少小亲农蓑。迨壮舍之去，妄意希鸣珂。十上不一售，废然返山阿。作郡惯送人，徒为路鬼呵。老矣复何言，请从力田科。

穷乡苦瘠薄，丰岁常无年。村南独腴美，恃此山溪泉。我昔侍先君，经过为留连。嗟哉眉山翁，空爱阳羡田。四邻诧奇事，忽此买一廛。一廛未云多，已竭囊中钱。不知龟背毛，何由刮成毡。贫居依稼穑，力耕仰古贤。庶遂谷口愿，永赋归田篇。一饱敢遽期，吾志将老焉。

学易自弱龄，三筮得井卦。妄意养不穷，岂知涸渐废。心泉竭已久，无术垦荒秽。不谓置一弓，获此蒙泉溉。万里清湘源，何年分一派。石穴闷太古，混沌凿无械。绠修汲愈深，泉洌甃不坏。溽暑当蕴隆，履亩甚矣惫。修橦一飞舞，雪窦涌滂湃。瀌瀌响田塍，滔滔满沟浍。回瞻我亩东，油油已可爱。瓢饮何足夸，行当高廪庤。田有石井，甚雨旱不竭溢，以桔槔出之，可溉数十亩。

一椽不辞陋，乃在青山麓。青山虽无奇，秀此千章木。殷勤十年计，一旦森在目。翳翳墙下桑，萧萧篱畔竹。青黄屋角垂，红紫檐前馥。松花一飘来，谡谡声满屋。辛勤谁所植，坐享我何福。可怜苏长公，日望老同叔。联床宵听雨，列架晨展牍。岂意终天馀，竟卜水南筑。我齿近渐豁，君发早已秃。颓然两老翁，相对清如鹄。

陶公昔穷困，一饭尝饥驱。束带厌见人，甘心抱犁锄。孤怀咏贫士，乐志赋移居。后来和陶作，雅抱推髯苏。嗟此两夫子，高风百世无。我今亦何幸，有此田与庐。清晨荷锄出，落日归徐徐。萧然四壁静，乐此夜月虚。高咏两公作，悠然意有馀。想见千载士，浩浩真吾徒。其贤不可及，贫亦何让与。

溪流旧无名，南行入资水。名之曰南溪，义与南村比。自吾先世来，三百年居此。凡此溪上民，非姻即邻里。吾祖所自出，聚族有诸李。穷乡诚朴陋，我其敢歧视。东李诸文学，犹及见先子。迩来零落尽，存者亦老矣。幸无堕盟好，仍世为昆弟。葛藟芘本根，桑梓思敬止。

先君少迍厄，力田杂佣保。哀哉藜藿肠，终岁不一饱。季父宦曹南，分俸润枯槁。生平狷介性，不以贫故挠。晚岁遘家祸，薄田鞠茂草。老母将众雏，无米炊难巧。八口倚十指，旦夕忧肠绕。生儿亦何益，徒以累翁媪。悲风从天来，泪尽呼苍昊。昔绌今有馀，苦语痛欧老。嗟嗟负郭田，为计胡不早。

归老非难事，难得好儿子。三复坡公言，责望情无已。传家一经训，累叶亲文史。我虽败絮拥，宁遂渐历齿。所虑宗绪衰，上累先人美。命俨与示符，昔贤非一理。归于望成立，不在拾青紫。诗书古菑畲，疏瀹为耒耜。浮荣诚不希，亦欲祛庸鄙。我老劣无成，衰宗须继起。勖哉念先德，毋贻门户耻。

硐东诗集编成率书其后

上仙剑舞雪花翻，大将旗挥铁骑奔。天下几人能学杜，当今此事要推袁。我行我法空依傍，独往独来无系援。奚止张吾大国楚，好凭一战霸中原。

哭陈敬之上舍之善，即示其从弟子谐茂才之弼

一纸仓皇泪并吞，人生到此复何言。祝予岂但悲吾党，请命犹思叫帝阍。终信夫君无死法，谁知鬼伯解催魂。上池古水原难遇，独恨专科妄立门。

惊坐陈公气本豪，循循内行更堪褒。早孤天恤韩灵敏，薄俗人知龙伯高。真见尘昏埋玉树，情知心醉为醇醪，翻嗟肉食生何益，碌碌尸居愧尔曹。

追维往事最难抛，十载绸缪胜漆胶。岂谓范张成死友，自怜管鲍本贫交。闭门几度留晨醉，剉荐时闻响夜庖。肠断昨宵同坐处，新诗百首尚亲钞。余至城多主君家，君爱余诗，每见余稿必手录也。

岂是前生未了因，伤心不独为嘉姻。君以女许字余兄子。别才七日

成千古，人日余宿君家，阅七日而凶问至。赎许三良倍百身。鼎鼎华年刚及壮，茫茫大地不成春。请看满市灯无色，都废元宵为此人。君以元夕前一日死，比邻哀之，遂废灯节不举。

海内应刘积岁徂，传来恶耗但惊呼。余生平心交，比年凋丧殆尽。天公又令此人死，老眼真教两泪枯。别曲怕闻操寡鹄，升堂忍见泣慈乌。谢家群季阿连在，好护遗文付藐孤。

湘源道中

楚粤迢迢路几经，篮舆终日踏泥行。林深不辨松杉色，村近时闻杵臼声。迎面溪山成旧识，骄人花鸟艳新晴。自怜陈迹年年旋，尚喜春光到眼明。

过全州口占

十里轻阴十里晴，苍髯历历当邮程。不须更问湘源道，一路春山绿进城。

山色连绵青似染，溪流曲折碧于苔。行人呼吸岚光里，不负清湘道上来。

重抵桂林呈松甫丈

驽马栖栖自识途，一年一度此停车。归乘残雪黄昏后，到及桃花烂漫初。世事久甘同涕唾，劳生终拟息樵渔。从公更乞丹砂术，老伴壶山读道书。

闻陶山、云汀两君子同擢授廉访使

蹇蹇吾乡两直臣，明刑同日授新纶。撑持宇宙要贤杰，洞鉴忠贞有圣人。闽海风波恬使节，河汾父老望征轮。清时正少巢由辈，容我江湖寄此身。

答客

此生自分是安贫，肯向尘寰溷此身。老妇劝无为楚相，乞儿那更学齐人。纷纷坐叹鼠钻角，扰扰争看蚁过邻。已办烟波深处住，迟归恐被白鸥嗔。

寒食日步郊外，返集栖霞寺，次壁间陈文简公诗韵

蹑屐相将出郭东，村墟历历四郊通。共怜寒食他乡节，来趁新晴暖陌风。到眼烟霞如有约，放怀樽酒莫教空。请看寂寞荒丘畔，多少精灵在此中。

江陵大节自堂堂，猿鹤沙虫化去忙。张忠烈公墓距栖霞不远，寺僧浑融所葬也。碧血埋燐终不死，白头归佛亦堪伤。诸天扰扰馀残劫，苦海茫茫有法航。乡井难忘况忠义，浩歌空对旧禅床。浑融亦楚人也。

春湖中丞以两叠文简韵诗见示，复叠韵奉答

栖霞山寺桂城东，荒院颓廊路仅通。百五日天晴不雨，两三株柏老禁风。寺有古柏三株，相传为唐时物。龙归古洞痕犹湿，仙去瑶台迹已空。剩有前贤遗墨在，玉虹时现佛光中。

追随几度过斋堂，物外行踪本不忙。满眼云山谁管领，百年风景易悲伤。多生已办降龙钵，往事真同泛海航。终拟偕来依法喜，僧房乞借一绳床。

再叠前韵答松甫丈

缥渺楼台碧汉东，西那青鸟信曾通。虚亭听澈三生月，听月亭。古洞吹残一笛风。唐郑冠卿遇日华、月华君吹笛于此。未信神仙真不死，须知色相本来空。海山万里归何处，咫尺应归兜率中。结用香山语意。

相携说法雨花堂，痴钝机锋转语忙。妙谛由来悟禅悦，新诗不独为春伤。几人解听钧天乐，何日能离瘴海航。便与宗雷结莲社，香炉峰下话联床。

寒食日寄云渠用前韵

踏青依旧瘴江东，迢递湘漓一水通。三月莺花仍上巳，是日复值上巳。百年人世几春风。劳劳陈迹长途旋，了了尘缘万念空。犹有故园荒陇在，乱山回首夕阳中。

资江东去有祠堂，霜露关心祀事忙。鱼菽频年违韭荐，松楸永夜忆乌伤。怀中剩有难干泪，客迹真如不系航。惆怅苏家听雨约，寒灯寂寞伴孤床。

泊浯溪

片帆朝发澹岩边，夕泊浯溪月下船。漫叟涪翁不复作，楚山湘水何苍然。昏昏野岸千丛竹，黯黯荒祠几点烟。犹有中兴碑可读，断崖冻雨自年年。

浯溪访漫叟宅

次山先生昔家此，遗此泠泠一溪水。遂令洗尽万古尘，中有先生呼不起。当时落落已忘公，何况千载追遗踪。至今溪上吟览处，断崖古木摇空濛。我来访公溪畔宅，溪月步步随行迹。凛然不敢轻呕哇，是中曾照公颜色。公之功德在兹土，我家亦是公所部。可怜漫浪尚如公，来赋一诗公或许。

浯溪山水之胜，生平所未睹。春湖中丞尝为仆言：欲求水石幽绝处卜邻，无逾此矣。中丞先有浯溪诗，仆至此益觉其语工而意深，因复作此奉寄。拟先以此两诗贻寺僧使镌溪石上，庶他年入山不为漫叟拒云

浯溪之山窅而幽，浯溪之水清浏浏。溪边苍石镵天起，溪上白云如水流。涧草岩花有仙意，黄诗颜字皆吾俦。便拟买山结邻住，此诗代券行当酬。

衡阳月夜寄春湖中丞

转转衡云在眼前，载将湘月荡轻船。一声孤雁天同远，七十二峰江渺然。弄影烟霞真窈窕，伴人鸥鹭亦清妍。邺侯未了官家事，可许尘寰续旧缘。

湘东对月作，示李生仲鸣联珂兄弟

我生岑寂苦无偶，惟有佳月如良朋。自从堕地被容照，将老对此一轮冰。黯然几度照离别，万里相见欢情增。不问遐荒与绝塞，随我到处无嫌憎。中更万变阅万态，穷途历历尤蒙矜。有时

排闼伴夜读，关山匹马催行縢。世皆厌弃君独否，岂敢自外乖趋承。只愁风雨多隔绝，琼楼高处无由凭。今夕何夕湘江上，滚滚银阙方东升。万顷一碧无纤翳，天光水色相涵渟。是时天气届炎夏，孤舟局促忧焚蒸。划地忽变清凉界，凛凛神骨寒潭凝。恍然置我冰窟里，呼吸吐唾皆凌凌。广寒宫殿渺何许，咫尺便欲愁飞升。同行三子悉神俊，逸翮有待骞溟鹏。从我四载不肯去，何异玉树依寒藤。却喜此心原默印，皎皎皓魄同泓澄。此行观国偕上计，天路匪远行攀登。我老懒废无斗志，心绪久已如枯僧。看君意气迈流辈，不觉壮思仍超腾。即当拭目梯桂窟，吾言非妄信可征。

临江舟中看山作，是日抵章门

远山混天青，远水共天碧。白云荡漾之，山与水中隔。孤帆云际来，江岸看历历。转转杳难寻，又向云际匿。有如皴染工，泼此几点墨。移时渐改观，渺渺望不极。层云忽破碎，隐隐罩山脊。轩豁倏呈露，水天同一色。人家住绿萝，幂苈湿欲滴。推窗静相对，岚翠落几席。终朝在灵境，呼吸皆清液。扰扰百年中，此境能几得。谁将山中情，娱此世外客。过眼不省录，卤莽良可惜。长风送征帆，西山已可识。安知非山灵，急欲图良觌。哦诗对江鸥，浩荡惭汝白。

章门寓居，枉曾宾谷中丞燠过访，见惠诗集，兼索拙稿，短述奉谢

弱龄见公诗，谓是古贤哲。壮岁隶公宇，名姓不一达。卿月照四海，胡有遗蓬荜。岂伊夙分悭，贱子请具述。公趋东郡庭，我依东海日；先叔父令巨野时，为中丞先公属吏。公为湘上雨，我卧湘中雪。雨气遍寰区，雪意自孤洁。生平狷狭性，硁硁抱微节。常怀

自媒耻，又恐非分窃。私冀文举知，惧等崔骃忽。以兹徐稚踪，不履陈蕃室。我实坐自外，非公见屏黜。长风飘孤云，褦襶还触热。淮南百万家，邦君旧所活。萧条冶春社，风流犹未沫。公去我则来，琐技谁见掇。穷年广陵灯，寒虫自啾唧。失喜逢孙阳，百眼忽一刮。甲戌，中丞过扬州，见仆诗，大加赏异，时以春试北上，未及见。隔舫求袁宏，下堂问鬷蔑。谓当锥处囊，非止磁吸铁。何图纤芥投，甘作参辰避。风尘一乖违，岁月去飘瞥。我回湘浦车，公秉天南钺。昨公告休归，我又南客粤。迢迢黔岭间，草本被甄拔。撷荪弃菅蒯，于义未为失。而此耿耿衷，如病望砭熨。怀此又八年，合并杳难必。尝恐昌黎门，分无郊岛迹。宁期岭峤云，飞伴章江月。昨来卸征帆，晨沐尚未栉。忽枉高轩过，狂吟动长吉。倒屣出迎公，穷巷声喧溢。乃知贤达心，怜才若饥渴。兹事关性命，势分非所埒。区区褊迫衷，自哂良猥屑。日来读公诗，壮思益勃发。子山见岱崇，于水望溟渤。古彝郁皇坟，沉思杂仙佛。时复于芳于，春陵语呜咽。不知几千钧，萃此一枝笔。万里黄河源，固与潢潦别。堂堂古燕许，落落今夔契。如公荷盛名，庶几副其实。贱子走且僵，苦吟类寒乞。宿瘤固自惭，矧乃对尹姞。海内盛坛坫，牛耳公早挈。楚原为晋细，宋亦因楚屈。争求郲滕私，未见齐秦匹。而况偏师孤，再鼓不成列。敢云严韊鞨，实欲求轨辙。乞公指其迷，回军收散卒。他年遇中原，或者提一律。奉盘陈载书，请歃盟坛血。

题宾谷中丞赏雨茅屋诗集

欧王并世两雄藩，俎豆涪翁有道园。六百年谁升此座，先生力独辟宗门。浔阳派合千支汇，庐岳峰高五老尊。岂但西江真钵在，要回沧海溯昆仑。

杉湖篇为宋梅生观察鸣琦赋

君昔官粤中，我亦粤民比。一廛迩衙斋，中隔一湖水。湖水清涟涟，照见长官颜。君在湖水长，君去湖水干。水长鱼自肥，水干湖已涸。万柄白荷花，为君共零落。君去我未去，湖上仍徘徊。但闻湖边民，日日望君来。君来未可期，我来如有约。一夕马当风，吹送滕王阁。东湖花正开，招我醉花筵。座中两袖风，犹带杉湖烟。杉湖天万里，花开黯无色。料知湖上人，看花不忍折。我昨来湖边，路人相与言。似闻桐乡民，俎豆于借园。观察官粤时所署园名。有客桐乡来，新为借园主。时刘切篯观察在坐，刘新自严州太守迁桂平道，即观察旧治也。请将东湖云，去作杉湖雨。

章门遇毛生甫岳生茂才，即送归嘉定，兼简姚子寿松江

橐笔来从瘴海滨，一编相对气难驯。聱牙与世乖里耳，风雅于今少替人。尘俗腥膻纷蚁蚋，江乡风味足鲈莼。归逢姚合如相讯，为道虞翻骨相屯。

与生甫小酌东湖

千秋高节士，托迹此湖滨。徐孺子、苏云卿。屈贾应同傅，由光合卜邻。西山青在眼，南浦浩无垠。谁识此时意，寂寥吾两人。

宾谷中丞索观硐东诗集，因益以亡友晏湘门暨同里诸君遗稿数种，系之以诗

谓诗能穷人，皋夔古诗圣。谓穷必工诗，饥驱谁贾孟？绝业人自成，造物不为政。岂其藜藿肠，例必工讽咏。嗟哉吾党士，

贱贫天所令。造命虽无权，要以其学胜。遂令沟中瘠，气与乾坤并。小之昌吾诗，万类恣函泳。能事无古今，往往造幽敻。三闾风骚乡，南风几不竞。落落欧阳子，实楚之后劲。精心八殥骛，健笔九州横。芟烦劚株橛，刬伪扫饾饤。当其雄骜时，屈贾避嘲评。非徒称文雄，实亦有卓行。腥膻奔竞场，疾之如枭獍。以兹朱伯厚，遂为世诟病。穷老还空山，闭户甘蹭蹬。同时有数君，才力各相称。孙登两昆弟，白沙、石溪。长公气尤盛。周素芳。吴兰柴。俱健者，杨子苏甫。亦沉静。晚得晏同叔湘门。，有才更无命。寥寥数十年，落落晨星迸。栖栖辽海帽，汲汲茱芜甑。死者一蓬科，生者但悬罄。生平千万篇，无补瓶罍罄。悠悠枌里思，桑梓知恭敬。我无荐士权，天高阻卑听。不见昌黎翁，旦夕心祷郑。覆焘望贤相，日以东野请。夫子今龙门，手挈风雅柄。大钧鼓洪炉，万象涵明镜。岂有收鱼目，而反弃照乘。文章成小技，真者见至性。揆之数子作，亦各有包孕。今世吾不知，于古实可证。未遽当韩豪，亦聊敌郊硬。澄泉无巨细，源洁流自净。要惟江海大，百谷乃合并。九原望知己，并世求论定。振彼幽滞魂，发此吟囚兴。盖棺则亦已，未死乌可轻。兹事干星象，朗朗中天映。公看少微芒，光射斗柄正。

宾谷中丞见诗，即依韵答赠，复次来韵奉酬，并寄硐东

宇宙有大文，二气相纬经。萌荄始韵语，天籁渺乎敻。赓飏导其和，雅颂鸣其盛。浸淫及汉魏，一线相绵亘。三唐集大成，作者数难更。勃兴先李杜，继起有韩孟。于宋得苏黄，纵响于绍圣。东坡诗以过海为极盛，与山谷贬黔同在绍圣初。本朝盛词坛，未觉前贤胜。先生应运兴，蔚为当代庆。正如大国楚，包络巴濮邓。目已

无吴越，气欲吞幽并。昨来读全集，微妙通性命。弦安宫商合，弓彀心手应。有时大弨弛，翻翻不受檠。譬之钧天奏，听荧不易醒。纵横矩不逾，端委绪莫竟。往者藻天庭，陈诗辅邦政。卷阿矢来游，颂祷寓规诤。吴楚黔粤郊，侨札交会聘。缟纻降名流，风云孚至性。搜剔到岩穴，草木发幽兴。造次别芳臭，如契操左证。鲰生抱微尚，稍稍辨雅郑。至音聆韶濩，耻共新声竞。故乡有同调，硐东。颇亦嫉时病。一闻正乐功，甘抱海滨磬。所悲燕本徒，槁死蓬蒿径。湘门及白沙诸君。九原如可作，例得蒙恤赠。吾生幸及门，未可嗟蹭蹬。还呼欧九来，一释穷愁怲。

张蒙山养泉守梅图

怪君诗思幽且洁，眼底一片西山雪。今晨示我守梅图，万树清香透寒骨。夫君神骨原清绝，似舅风怀更无匹。蜀冈庾岭遍追随，几度黄昏踏残月。归来静掩西山门，西山雪后开满园。北堂慈竹亦劲节，森森翠柏围兰荪。月地云阶伴岑寂，花香鹤梦俱清温。谁与老笔作此幅，疏影横斜压茅屋。衡门孤幛悄无声，知有伊人在空谷。只今憔悴萎庭萱，满纸云烟涕泪痕。愿君郑重守此卷，中有万古冰霜魂。

次韵和宾谷中丞话旧有感

绝业几传人，徒闻宿草新。年华风炧烛，世事海扬尘。不信无千古，相看惜此身。天留一老在，拈笔尚如神。

古玉印一方，径古尺一寸，广半之，镌“率真”二篆字，纽端刻为蝉，篆法古厚，玉质亦煸驳可玩，殆数百年物也。小仆拾之荒莽中，将磨洗其文为佩，余见而惜之，因以为献，示之以诗

假山无寸云，假水无尺澜。文章虽传世，真者乃久存。人生天地间，岂不贵率真。古印谁所遗？两字如新镌。篆法既朴老，玉质亦清纯。纵不出斯冰，亦非俗手剜。象形尤有意，委蜕同寒蝉。想见百代士，佩之等书绅。何年一堕落，埋灭委荆榛。奴子于何得，将磨去其文。我见惊且惜，珍同古罍樽。顾谓尔童子，磨之岂无因。童子默不答，稍稍退有言。东家剽高第，扳援致大官；西家据金穴，凌躐登要津。屈指一细核，大抵假者伸。谁似主人真，坐此长贱贫。一笑语奴子，若宁知主人。富贵不可求，吾以还吾淳。

乐元叔有书致宾谷中丞，极道仆与硐东之诗。人事乖忤，此书无缘得达。今来章门，始为中丞言之，而元叔之卒久矣。中丞伤感成诗，次韵寄其子孟韶少华

流水知音世本难，通辞宛转托微澜。千秋业自生前定，一纸书从死后看。士会九京如可作，彦升诸子不禁寒。故人尚有山公在，为语遗孤破涕欢。

叠前韵有感

早识关山行路难，妄思只手障狂澜。岂知国士千秋泪，同作

冤禽一例看。细雨孤灯淮市远，西风落日剑门寒。可堪张俭仍飘泊，梦里时亲晤语欢。

宾谷中丞补和桂林栖霞寺壁间陈文简公诗元韵二首，复叠韵寄七松老人，并承辱示叠韵仰答。中丞以嘉庆乙亥由广东布政使开府黔中，道经桂林，曾憩斯寺，距文简抚粤时盖百年云

诗老吟魂原不隔，文翁治术况相通。百年辉映东西岭，七字苍凉正变风。客有苏黄作流寓，谓七松老人。天教瘴海共澄空。两邦佳话炎州遍，谁入虞衡记载中。

问字初登大雅堂，打门终日索诗忙。西江呜咽泷冈泪，中丞时奉讳家居。邻笛凄凉宿草伤。连日以感旧伤逝诗见示。老去寒毡思广厦，多生迷渡感慈航。拙集承点定。年来甚愧求田志，已分安心卧下床。

春湖中丞重叠文简韵远寄，叠韵赋答，兼寄呈韦庐老人

萍踪又逐大江东，回首炎关梦仅通。一纸遥衔湘上鲤，片帆高挂马当风。华君笛远声弥厉，孺子亭荒迹久空。漫道沧桑几迁变，即看聚散半年中。

茫茫陈迹大坳堂，一芥胶留为底忙。并世云龙要追逐，中年丝竹易哀伤。秋风桂室新蟾影，时送诸郎君乡试来章门。夜雨杉湖旧钓航。料得白头吟望久，残年重拜德公床。

宾谷中丞见过论诗有感

古人于诗非苟作，中有所托形诸言。因事即物成激讽，得已不作作必传。后世此意渐昏失，去古逾远言多陈。搜摘花片拾翠羽，品评月露嘲风云。有如市倡竞涂抹，焉取优孟俳衣冠。长扬羽猎洵瑰丽，不规而颂毋乃烦。我思哀乐匪得已，伦类痛痒原相关。何况忠孝属至性，事关君父难嘿然。古人委曲托男女，浅者或指为淫奔。有唐诗史少陵出，激切呜咽声悲吞。杜鹃啼血拜古帝，豺狼在邑哀王孙。唐家社稷遂再造，此老文字能回天。帝遣五丁相摄取，至今存者其涕痕。元丰绍圣昧此义，乃以忠爱为讥讪。诗案一起群贤窜，驯至北狩宋社迁。圣人言诗主温厚，卷阿板荡义并存。若使引绳共操切，二雅褊迫皆可删。当今文治迈万古，卿云纠缦光重宣。明堂不废蒙瞍诵，清庙亦奏噫嘻篇。街谈辕议言无罪，鱼鸟翔泳天海宽。祥麟威凤况众睹，岂有白璧呈瑕瘢。蚍蜉撼树世不乏，我所恃者心无愆。秋高睡起发遥慨，午窗蝉噪声何喧。

新秋雨中读宾谷中丞赏雨集中游西山诸诗，赋此奉寄，兼简宋梅生观察

江天四序无炎蒸，一雨已作新秋声。披襟快对赏雨集，庭际飞落西山青。胸中秋气正抑塞，槎牙百丈枯肠撑。困轮澒洞泄不得，化作叠嶂千云屏。恍然置我翠岩顶，镵天峭壁同峥嵘。洪岩急流飞雨洒，水帘喷溅风泠泠。千萦百络始一放，激荡谷口为雷霆。哀猿鸣鹤相响答，笙竽万窍铿砰訇。梅仙祠畔一延伫，坐觉天地为委形。江山如此不归去，洞天石室行将扃。先生固是老仙伯，堕地已夺西山灵。帝遣骖虬遍四极，群真抗手朝玉京。神仙

上界足官府，坐使绿鬓成繁星。西山虽好不能住，中丞句。魂梦旦夕时缠萦。乃知仙者不忘世，绝物孑立非人情。巢由于世审无补，乃以泉石为高明。鲰生抗志托丘壑，褐夫野性嫌冠缨。天生顽步要登陟，不到至处心怦怦。兹行快睹西山面，自崖而返颜不赪。便拟裹粮问丹诀，河车引水穷黄庭。却愁绝粒更无术，安得晏坐希丹成。向禽婚嫁事岂易，羲和轮御鞭无停。眼前咫尺若万里，何况弱水环蓬瀛。梅生诗老住东城，开门东湖烟雨冥。湖底倒插西山影，忍令鸥鹭寒前盟。观察有游山之约，以此坚之。

感兴四首奉答宾谷中丞

促弦猿鹤怨，裂竹蛟龙惊。感物岂不速，至音非中声。枯桐一再挥，万物皆和平。明堂有雅奏，庶以通神明。

凤皇希世瑞，其音中宫商。钦䴔具五色，烂漫夸文章。真龙不易识，元豹方深藏。干将本神物，跃冶为不祥。

布谷春催耕，络纬秋促织。微物本无求，时至难嘿息。运行无穷期，四序日驱迫。安能令人心，块然同木石。

秋净天宇高，列宿寒有芒。盈盈霄汉间，箕口独哆张。斡旋大造权，岂汝能簸扬。仰视象纬逼，中夜何煌煌。

卷第十一

九月朔日，偕徐生之珸出城，步至纯阳观，观故藏有东坡铭砚，今春老道死，砚亦为有力者得矣

秋晴天正爽，出郭路非赊。偶共南州士，来寻东老家。琴边鹤已去，壁上字犹斜。神物终当化，临风一叹嗟。

归途泛舟至螺墩小憩

乘兴无远近，扁舟柳外过。一江环似带，孤屿小如螺。古树不知岁，丰碑渐已磨。经营劳旧宰，民力此中多。

次日复同游西竺庵

第三村地名。更好，携具款林扉。到寺路几折，闭门僧未归。香蒲沿地遍，清磬一声微。万籁此俱寂，吾生况息机。

陈棠湖备来对庐书屋图

人生读父书，安坐数间屋。此境未易得，况乃好林谷。君家湓阳滨，庐岳森在目。开窗面匡君，照影须眉绿。堂堂太丘公，尊甫东浦方伯。身历九州牧。平生丘壑胸，眷眷湖山曲。筑庐名对庐，插架藏万轴。还山愿未酬，骑箕归已速。至今五老颠，魂梦时飞逐。君侯名父子，齿龀悲风木。呜咽守芸编，奔走事简牍。迩来

出所学，已足惊老宿。行将天衢翔，讵止先泽续。示我对庐图，故册重检录。匡庐一痕月，朗朗照夜读。名山与世德，发箧馀清馥。谁与好手笔，写此绢一幅。万顷棠湖烟，化作千丈瀑。想见山中人，歌声出林麓。回首故山云，先籍饱蟫腹。披君图中诗，使我归思促。誓将返松堂，一理尘封簏。

张蒙山西山听泉图

泠泠咽复吐，汩汩消乍长。潺潺去将绝，瀌瀌来不爽。溅溅劈空下，滔滔恃原往。沨沨松涧声，溜溜蔗槽响。涩如乍吹竽，滑若久调吭。细如鸟啄木，大若牛鸣盎。琤玑韵笙簧，琐屑戞罂瓬。霜天古调弹，雪夜寒机纺。侧者喷珠玑，悬者挂帘幌。旋折成方圆，凹凸随俯仰。斗石怒啮撞，穿岩巧依仿。有时蓄始泄，一落薄寻丈。有时去更回，作势相摩荡。砉然肆奔䃫，百道平如掌。雷霆奋砰湃，林谷为震荡。声喧境愈寂，山静神益朗。至音出元穴，悦耳存真赏。言诗悟天籁，观易玩蒙养。想当冥坐时，空洞澄万象。西山咫尺耳，对面阻尘鞅。安得太古音，一洗尘垢块。读君听泉图，三日神惝恍。笑拍洪崖肩，负此屐几緉。余客章门，屡约游西山未果，山有洪崖泉。

九日同徐生登滕王阁，因忆粤中旧游

佳节惯他乡，临风一举觞。江山馀此阁，岁月几重阳。湓浦秋萧瑟，湘城路渺茫。杉湖旧吟社，相对数归航。

将返桂林，宾谷中丞饯饮赏雨茅屋，醉归舟中，听雨不寐，次日赋此奉别

我昨醉卧洪崖宅，误触天瓢倒云液。归来唤渡章江门，一雨

洗出西山碧。西山林壑如有情，宛转送我西南行。我行日与西山远，九疑镵天岁华晚。蜒蜿直至舜所藏，苍梧万里愁人肠。笑谢西山别公去，水云锦渺江天长。

解缆后徐生追送至渡头，徐时方落解

章江门外雨霏霏，客迹浑如败叶飞。惟有南州徐孺子，登山临水送将归。

落第休为中酒味，临歧莫作断肠声。渡头笑指西山影，汝与吾曹俱眼明。改用杜句。

发章江却寄宾谷中丞

去住真如一叶轻，飘然泛棹又南征。残秋浊酒不成醉，人影鸥波相对清。湖水旧侵徐孺宅，江光远抱灌婴城。殷勤尚有西溪老，独为西山惜我行。

清江舟中

江阔舟无际，孤帆自在行。暮云归鸟没，远树夕阳明。烟水秋逾洁，风涛梦不惊。客怀原浩荡，况复一身轻。

舟中玩月有怀七松老人因寄

胸中秋气一万丈，吐作江天白玉盘。百年尘世几回见，竟夜船头独自看。已觉人间无此境，惟怜高处不胜寒。忽忆耽吟韦刺史，洒然冰雪共心肝。

晚泊新喻

荒寒溪涧外，云碓晚来喧。城色连村暝，墟烟带野昏。霜林微露月，山市早关门。余亦孤舟泊，萧萧芦荻根。

江行野望

江天一凝眺，空阔荡心胸。葭菼渺无极，水云秋几重。远帆来处树，孤塔立边峰。竟日船头坐，聊娱物外踪。

舟中卧病

渺渺章江路，孤舟行未休。荒村鸦叫雪，独客病惊秋。黯黯岁将暮，萧萧风打头。不知何所恋，到处自淹留。

阅元叔遗集怆然追痛次曾中丞话旧韵

忆泛京江棹，相看泪眼新。惊心扬子月，障面庾公尘。一别遂终古，百忧逢此身。飘零吾尚在，掩卷倍伤神。

示李生四首

新法何曾安北宋，僻书先悔读南华。浮名一笑干何事，落得刘蕡万口夸。

我自误何图误汝，人言愁始欲愁余。从今一语君切记，莫读人间未见书。

贾生痛哭孝文世，坡老危言元佑初。何事青词竞谀媚，本来封禅薄相如。

疏狂但解轻馀子，落魄何如误此生。毕竟千秋蛮徼外，人间风汉尚知名。

诗成

诗成自视有馀欢，好句吟来字字安。但恐古人先我得，不愁并世赏音难。千秋会有同声曲，当代谁登大将坛？可惜半生功力在，误抛精血呕心肝。

自宜春至芦溪一百二十里，行四日始至，舟中得诗五首，寄家兄云渠

四夫舁一舟，水石相撞捽。一日行一堰，一堰凡几折。吾生如寄耳，行止不自必。况此萧疏秋，适徇性所悦。溪流清见底，历历寒澈骨。藻荇影参差，蘋蓼花琐屑。遂令耳目闲，人世无其洁。一笑语来舟，尔得吾未失。

水性本就下，激之反其性。沿溪曲为防，人与水争命。田车与云碓，山谷时响应。居人擅其利，乃为行者病。此绌彼则赢，人巧天无政。哀哉蛮触场，日以机相胜。安能令人心，湛然止水定。

群峰隔溪立，玉色净如沐。舟转忽若遗，倒影浸溪绿。溪光射林杪，樵响出深谷。濛濛空翠间，隐隐见茅屋。岩罅泻寒流，屋脊洒飞瀑。仙苗灵菌肥，野饭溪蔌足。想见山中人，终年饱黄独。日夕催征帆，迂回过山麓。

峰回忽平旷，高下成郊原。畦塍绣相错，弥望禾黍繁。沿途迫岁旱，穲稏独云屯。田父为我言，赖此沟车翻。悬知故土瘠，灌溉劳两昆。暨兹岁功成，旦夕望我还。我行方未已，堕此苍莽间。落日牛羊归，居人静掩门。寥寥村色闲，暧暧墟烟昏。延伫不能去，怅望怀南村。

昨来当孟夏，万物咸昭苏。暨归百卉腓，两鬓同萧疏。因之感少壮，倏忽成老夫。百年旦暮耳，谁能缓斯须。赖有不亡者，藉以存此躯。庶及未死时，汲汲为良图。奈何有涯身，甘为儿女驱。泯然待澌灭，草木同萎枯。勖哉偕吾兄，晚节师前模。堕地自有命，不必忧众雏。

雨中见野岸芙蓉花开，因忆去年诗社之盛，口占寄七松老人

盈盈泪靥伴谁开，凝睇江干亦自猜。记得去年风雨节，漫天诗兴为君催。

雨后发渌口作长歌自遣

溪回水驶风不波，皱波小雨生微涡。轻舟下濑安且便，趁势一流如飞梭。湘江固是清绝地，此水东入尤逶迤。青山万叠互迎送，夹岸历历明烟螺。峰腰松枥阅太古，浓阴幂芀垂藤萝。不知何年具井邑，时见茅屋藏山阿。是时天气正秋暮，众峰镵露高嵬峨。九疑连娟望不极，窈窕濯影浮湘娥。汀花岸草各有态，芳风藻川时一过。乐哉午梦睡止醒，微闻欸乃来渔歌。泬寥此身竟谁托，但觉清气胸中多。嗟我流落遍湖海，迩来踪迹羁牂牁。忽思东下窥庐阜，径欲西上穷岷嶓。茫茫天地岂不大，举翮四触成网

罗。萸溪七十二滩水，中有万古安乐窝。浮湘溯邵三百里，一帆可到空延俄。天寒岁暮欲何往，自坐不决将谁诃。不须更就詹尹卜，归与好去寻渔蓑。

野泊听雨枕上偶作

凄绝潇湘夜雨声，乱虫嘈切助悲鸣。谁知野岸孤舟客，独伴寒灯听到明。

阴雨行湘江闷极

清湘清绝地，无奈暮秋天。云掩朱陵日，波沉渌口烟。文章多宿草，哀怨有神弦。无术能开霁，临风想昔贤。

泊衡山重寄云渠

尺书经岁望依依，咫尺乡关路更违。江水东行我西上，岳云北去雁南飞。余家在衡山之北。雨中客味浑如醉，眼底家山不算归。绝痛鲜民今七载，连宵梦着老莱衣。连夜梦在家中侍两亲，色笑如平日。

雨中望衡山放歌有序

连日行湘江苦雨。十月朔日，泊舟荒渚，念当近衡山，斋心默祷。次晨天微霁，意甚得也。晡时至山下，阴雨如故，望紫盖诸峰，隐隐在云气有无中。已晦冥转甚，风雨杂至，殆非人间境，乃叹向者之喜，适为山鬼所侮也。夜就枕不寐，披衣起，索烛迅笔书此，投诸湘流。

我不如昌黎，正直动鬼神，手开衡山九面云。又不如邺侯，白衣作宰相，烟霞深处自供养。穷年奔走迷西东，谓是人厄非天穷。岂知山鬼亦势利，造物不复哀龙钟。扁舟一叶来湘东，连朝阴雨时冥濛。悄然坐卧蓬窗底，撑胸矻矻千芙蓉。今晨默祷若有应，妄意侥幸贪天功。阳乌一线伏不动，尘霾雾凇秋千重。有如浓醮万斛墨，乘风乱泼空濛中。澒洞元气无处泄，隐隐绘作若远若近、七十有二突兀之奇峰。乍杳霭而若接，倏惝恍而难踪。但闻湘水汩没、哀猿响答、苍茫万壑来悲风。我疑此时二妃返葬虞帝骨，耳畔呜呜哭声歇。又疑轩辕张乐洞庭野，供职例及衡之下。云和阒绝湘无灵，山魖木魅争呕哑。天风九万吹不开，遂令天柱紫盖常阴霾。煌煌鹑火帝所宅，祝融之权安在哉！不然元冥冬序初交令，肯使蜚廉遽骄横。天假神柄有专雄，胡乃谦谢不为政。我欲挈炎纲、张火维、鞭赫羲于旸谷，宅南正于重黎。榑桑东跃海云紫，万里一碧无纤埃。望齐烟兮九点，渺沧海兮一杯。培塿嵩华，尘浊瀛莱，阳侯海若群敛避，金天石室归去来。噫吁嘻！禹碑荒诞不足论，紫清灵素存其文。神仙富贵两无分，王侯将相洵何人。九关狺狺虎豹蹲，余欲言之入无门。上天不鉴予微忱，坐令屈原宋玉烦冤魂。冥冥千载无由湔，呜呼！眼前安得一跃沧海日，镵天迸露青孱颜。余独何为滞此间？九疑连绵天万里，打鼓开头吾去矣。长歌大笔惊岳灵，狂奴故态犹如此。

十月初三夜泊郴口，梦一处境物幽僻，先叔父钜野君馆其中。壁悬一诗，清绝可爱，醒而仅记首二句，次日以意足成之

海山曾记访春来，云贮幽亭月贮台。群龙共锄瑶圃草，一鹤独啄苍阴苔。闲寻道侣听经去，偶向人间卖药回。夜半天风吹忽醒，湘山湘水共徘徊。

雨过浯溪不及上

断岩苍藓记留题，归棹凄凄望欲迷。他日难忘湘上路，一天风雨过浯溪。

湘口晚望

零陵西去接昭陵，咫尺家山望眼明。万古潇湘浮此水，九疑风雨抱孤城。荒唐丛竹飘萧泪，呜咽寒潮断续声。极目沧江无限感，那堪迢递更南征。

湘江卧雨杂感

客怀淫雨霾，归梦凝云滞。胸中万顷秋，洒作潇湘泪。连宵倾不尽，适与百感会。寒虫与落叶，飒拉助声势。古悲动枨触，哀乐纷无次。沉冤吊骚魂，别恨怆古帝。侧身盼苍梧，有翼不能翙。

昏鸦叫聋天，哑哑秋欲死。微茫一叶舟，掀簸雨声里。雨来云欲沉，雨止云复起。遂令咫尺间，混沌天与水。远行我谁迫，堕此醯瓮底。飘零付一杯，苍茫望千里。卧闻舟人言，一雨半月矣。

湿云飞不高，细雨看不了。濛濛天塞江，默默昏连晓。孤生多恻怆，远梦时缭绕。冥茫触新故，惝恍念壮老。哀鸿何自来，目断烟水渺。以尔声嗷嗷，知我思悄悄。穷秋风雨多，何处稻粱好？

湘竹为谁斑，湘水为谁碧。万古有情天，作此无情色。无情我何辞，奈此心怆恻。遂令淅沥声，独为愁人剧。官舫谁家郎，打鼓矜河伯。冥冥昏昼中，醉饱意自得。乐子之无知，我生何太迫？

多生习缣素，托命在文史。挑灯一长哦，悲风忽四起。念此谁之言，及我皆前死。奚取百岁后，呕心待谁氏。感此思弃捐，欲吐不能止。情知蠹鱼劫，生死文字里。展卷复低徊，酸吟动骚鬼。

雨中遣闷

和雨复和烟，濛濛载一船。客怀中酒味，秋色进聋天。楚俗以每岁秋阴之甚者为进聋天。归路渺千里，离家又一年。惟馀吟兴在，镇日伴孤眠。

雨不止

孤舟雨不止，独客吟不已。雨多令人恼，吟多令人老。人生安得不出门，终年欢笑偕儿孙。人生安得不识字，饱食晏眠无一事。吾独何为必耽此，竟夜伊吾雨声里。推篷看雨天又明，天明诗成头白矣。

雨中望两岸红叶甚有画意

萧萧短棹不胜秋，夹岸枫林照眼稠。写作潇湘听雨幅，四山红叶一孤舟。

喜晴

舟楫忽声喧，朝光破晓眠。峭帆低掠水，远树净浮天。渔舍湿边雾，鸥波深处烟。移时俱变灭，满眼但澄鲜。

湘江舟夜独酌，检行箧得魏默深源手札，缺然久不报，因效山谷以“同心之言，其臭如兰”为韵，作诗代简，兼寄春湖中丞，默深为春湖视学楚中时所得士也

道丧士百伪，升降随世风。谁于狂澜中，障此百川东。微言绪日绝，著述乃见功。哀哉不能言，匪独羞雷同。

昔人曾有言，相知贵以心。顽然具躯壳，奚啻盲与喑。所仰忽已死，所遘非所钦。但取给然诺，胡为重知音。

酒中有深味，陶公真我师。清浊吾不言，时复一中之。饮少辄复醉，远梦天一涯。安能酌一觞，与子欢相持。

思君不能至，中夜怆离魂。开箧得子书，快若湘水翻。书中所陈义，都非今世言。感彼在阴和，一鸣息众喧。

嗟予遘薄祜，集蓼逢百罹。别君几何年，茕然一老羸。荒江风雨夜，存没感长离。谁能望我即，有梦亦凄其。

多生犯语阱，如病不能灸。未论狂胜痴，只觉肥输瘦。谆谆在莒戒，三爵已多又。安能塞闻根，因疾等芳臭。

吾衰不复振，责望及乡闾。子于乡闾中，乃独称相如。窃闻诸老先，待子承明庐。放子出一头，勉旃副时誉。

灵均久不作，楚泽悲秋兰。汲汲西涯叟，撷荪剔榛菅。相望数千载，共此湘月寒。诗亡骚始盛，太息嗣响难。

十五夜兴安舟中坐月

登舟秋未老，倏忽及残年。水驿三千远，冰轮两度圆。到来湘尽处，坐见日南天。想得杉湖上，今宵影倍妍。

牡丹次韵和春湖中丞

三生略记此花身，卓艳惊才本绝伦。荒徼犹能承雨露，仙踪原不溷风尘。世间粉黛都无色，天上欢华别有春。但使年年娱老眼，与君长作岭南人。

次韵和春湖中丞过云林山馆见赠

先皇侍从旧邹枚，归著斒斓戏老莱。蛮洞曾容少室隐，海天重见长公来。难忘木石犹馀癖，未了烟霞亦费才。只恐苍生相望久，北山猿鸟不无猜。

松甫丈用前韵见赠次韵奉答

森森林馆旧条枚，重为荒伧一剪莱。松径恰容孤鹤立，杖声时听隔墙来。高谈久已无馀子，并世今犹剩几才。自哂雕虫劳采掇，感公语重畏人猜。

次韵和松甫丈论诗

孤怀渺何托，与古相往还。兴落八殥外，名非一世间。将穷思忽转，稍近语俱删。兀坐如中病，时馀惨澹颜。

春湖赠诗有“曾是昔年栖鹤地，蝇声下士漫相猜”之句，盖以少鹤况仆也。仆则何敢。因次韵再成一律，兼呈松甫丈少鹤姓李名宪乔，东海诗人，官广西岑溪令。

瘴乡文物久隳颓，天遣吾侪在草莱。不信名山千古共，试看绝峤几人来？寥天鹤去无留影，过岭诗存惜此才。少鹤有《过岭集》。犹喜昌黎过东野，云龙追逐未须猜。

题画

渔家生计在荒洲，烟水冥濛一叶秋。尽日掩关人不见，芦花如雪满船头。

乱峰高处露松梢，绝顶何人小结茅。为怕半空风卷去，一边牢倚断崖坳。

深处惟闻猿狖号，森森古木莽周遭。何人策杖云端立，看泻崩崖万斛涛。

孤绝一庵人不到，寥天时见鹤飞回。老僧睡起日三丈，满院松阴花乱开。

简春湖中丞索旧所赠龙须席

美人赠我黄琉璃，八尺平铺玉作肌。霜气棱棱侵鹤骨，云纹叠叠称龙兹。倾赀可得还思买，频岁相依未忍离。为语僮奴勤拂拭，即今天日已炎曦。

书感次前韵

仲蔚穷居惟四壁，萧然门巷莽蒿莱。早知直道将焉往，为语诸生本不来。扰扰王侯争蚁穴，纷纷令仆叹人才。此生已分冥鸿杳，抢地蜩鸠莫浪猜。

寄曾宾谷中丞扬州，时视两淮鹾政

汉家经术重江都，帝遣重来作楷模。直指官衔如此少，儒臣遭际似公无。风流淮海今犹昨，民力东南气要苏。想见持衡权缓急，老成谋国契宸谟。

阜民成俗几忧勤，十五年前旧使君。永叔文章传海内，鲜于惠泽洽江濆。权来天上金三品，占尽人间月二分。料得州民争指说，鬓边霜雪渐缤纷。

虹桥烟月影迷离，到及群芳未谢时。官阁重吟红药句，隋堤争诵绿杨词。江淮家有元和集，坛坫谁搴大将旗。忽忆昔年狂杜牧，谓乐莲裳。竹西歌吹不胜悲。

姓名十载赏中郎，问字频登大雅堂。吏部门墙惭籍湜，西江宗派溯欧王。尊前共有千秋感，眼底谁容一士狂。别后虞翻穷更甚，蛮烟瘴雨正凄凉。

高且园画钟馗八幅，分题其上

一幅钟馗高坐，左手擎盂，右手骈两指为剑，作禁咒状

左手擎杯水，右手骈两指。喃喃念咒口不停，群鬼啾啾匿笑声。笑君腰包乞碗腐儒耳，未能治人焉治鬼？画符作法有底庸，青天白日鬼憧憧。

一幅作一鬼跪伏，钟馗伸两指抉其目，群鬼惊避藏匿

尸佗寒林鬼所囚，群鬼伥伥游大幽。阳光一线照不到，白昼惨惨声啾啾。何年主者一失守，偷厕人间竟忘丑。双眸睒睒阴伺人，射影含沙工笑颦。吁嗟乎！中天朗朗燃犀烛，白日岂能容尔族。帝遣南方赤郭来，尽咀尔肉抉尔目。

一幅端坐闭目，作静摄状

阿那律法大神通，不闻不见众妙宗。恒河浩劫亿万相，都入冥冥寂照中。观我观人更观鬼，人耶鬼耶纷莫纪。阎浮世界琉璃宫，大光明出痴与聋。君不见古来哲后矜明察，鬼蜮往往潜门闼。黈纩垂旒屏视听，明见万里天子圣。

一幅执简奏事，两鬼前后夹侍，一鬼张盖覆之如贵官

一鬼张盖气势骄，两鬼夹侍形容焦。老馗皂靴宫锦袍，垂绅正笏方趋朝。不知所奏属何事，似念民瘼中心忉。噫吁嘻！长安冠盖如奔涛，高牙大纛意各豪。为民请命谁则劳，帝阍万里空呼号，黯黯白日天门高。

一幅击磬，取吉庆之意

九韶奏，九德陈，致人鬼，降天神。神之来兮祓不祥，鼓坎坎兮磬声锵。宜寿考兮降福穰，降福穰，乐未央。昨日歌南山，今日歌北邙。於戏积善馀庆积恶殃，惠吉逆凶靡有常。吉耶庆耶宁可必，明明者天昭昭日，不见鬼瞰高明室。

一幅执卷吟哦

法吏不知儒，经生不知书。长人土伯遍海宇，终日执卷胡为乎？闻君及第以貌黜，触阶而死传闻诬。至今结习未忍却，长恩长恩，司书鬼名。旦夕闻伊吾。君不见东家手挽金仆姑，西家自致青云途。一丁不及五石弧，焉用司空城旦书。终日执卷胡为乎？世上有此识字夫！

一幅朱衣钟馗，仗剑跃空作飞举之势，群儿见之逃匿马枥下，盖且园得意笔也

画龙惜龙睛，画马入马腹。笔墨能通灵，矧乃图鬼族。灵壁之县耳毛山，相传老馗馆此间。至今遗像人争绘，俗手涂抹难为神。铁岭道人工写此，生气勃勃出十指。年深破壁忽飞去，观者错愕惊欲死。或疑作此有他术，君言一敬能事毕，乃知鬼本无灵灵于人心耳！岂可人为万物灵，而乃顽然不如鬼！此幅上有且园题识甚详，略云：钟馗尝馆灵壁县之耳毛山，临去自画其像，避疫最灵，今灵壁相传画像不绝。余牧符离时，恶其俗，手自画一幅，携归悬别室。一日仆辈忽见神人衣履俱赤，持剑跃出墙外，群儿惊匿马枥下，惶怖欲死。自后有索余画者，往往若此，或疑余有他术。余自少至老，作画像时必心存诚敬而已，焉得有他术哉。

一幅空山风雨中，钟馗蹲坐一大石上，群鬼环跪作羞涩震慑状

荒山古木鬼所都，凄风冷雨群相呼。老馗突出争逃逋，黠者蛇伏强者狙。肥如瓠肿瘠柴枯，尻高于顶臀无肤。觳觳索索似畏诛，其情可悯状各殊。我不避影射，亦不畏揶揄，亦不作文送，亦不上章驱。但愿革尔面，匿尔躯，毋啸尔徒，毋载尔车，毋张尔弧，毋为民厉为人虞。光天之下至海隅，公等游戏宽以舒。吁嗟乎！六道轮回本一途，于人何德鬼何辜，鬼犹有耻人何如！

书愤

意气年来惨不舒，老怀终日赋归与。更无南郭吹竽技，空有东方骂鬼书。觅食自惭争树鸟，殉名何似中钩鱼。天涯厌见揶揄态，苦忆平时下泽车。

同春湖中丞游白龙洞刘仙岩，中丞先成二律，依韵奉和

沉沉古洞杳冥间，龙出龙归洞自闲。满眼云烟昏白昼，诸天风雨护元关。元岩在洞右。仙梯咫尺人能到，洞后即刘仙岩。幽室森严鬼所寰。此地君家原独占，洞为唐李渤所辟。我来悚惕欲先还。

细路飞蛇曲更幽，直穿山麓到山头。凌空便作非非想，望远还成渺渺愁。上界真人足官府，用韩句。古来华屋但荒丘。顽仙才鬼同消寂，且作浮生半日留。

戏效无题八首

丈室缤纷谪散花，鬓丝禅榻影交加。多情错认维摩诘，仗义难寻古押衙。黯澹寒云悭作雨，娇痴小凤怯随鸦。侯门一出成飘泊，知隔天涯隔水涯。

生成慧质称仙姝，身命都如泡影虚。玉局家姬惟礼佛，康成侍婢尽知书。远山低映才胜画，薄雾轻笼未满梳。一种柔情谁遣此，天边妒杀玉蟾蜍。

露水珠胎未易圆，盈盈入手又长捐。徒闻玉女吹箫曲，难借星郎聘妇钱。朝暮雨云行是梦，东西劳燕合无缘。相怜相怨知何意，欲向摩登一证禅。

隐约帘栊认不真，怜才枉识意中人。十年悔字虞姬婿，三载曾窥宋玉邻。凤泊鸾飘徒自惜，鹃啼鹤怨欲谁嗔。旧时姊妹如相忆，嫁得黔娄莫厌贫。

才上云骈万里遥，香尘缓缓玉骢骄。莲房结子心同苦，蜡烛成灰泪暗消。隔巷笙歌还袅袅，旧时门巷故萧萧。鸩媒鸮侣纷腾谤，青鸟何须怨寂寥。

碧海沉沉信渺茫，蓝桥何处乞琼浆。湘妃去后空啼血，巫女来时枉断肠。情死情生原梦幻，行歌行哭太仓皇。夸言天上春长好，无术能消两鬓霜。

如愿青衣不可寻，解人红拂更难任。银河浪卷填桥鹊，绣阕尘埋乞巧针。愁见明珠都是泪，怕看绿叶又成阴。沾茵飘溷浑常事，孤负东皇一片心。

意果情因触绪多，还将两眼阅恒河。禅心不定风前絮，古井谁生水上波。未了前缘空老去，难除结习奈愁何。炉香茗碗生无分，一榻颓然伴病魔。

雨夜简松甫丈，即用其新秋病起见示原韵

秋气宜人梦亦清，翕然卧起步前楹。空阶一雨暑全失，深夜三更虫悄鸣。绝俗未能聊溷俗，多情无奈转忘情。耽吟结习犹难免，饭颗凭嘲太瘦生。

松甫丈名其两幼子曰瀛、曰荥，属余字之，字瀛曰季容、荥曰季从，既为之说，且申以诗

人生莫作望洋叹，巨浸容易成狂澜。人生莫笑蠡测海，涓滴日积沧溟汇。观水有术观其澜，绝潢断港徒洂漫。滥觞之始一泓耳，咫尺便觉江湖宽。韦庐先生两幼子，汗血堕地思千里。大瀛小荥命名殊，澄泉要是有源水。翩翩总角俱成童，考古制字佥谋同。百川学海海能容，细流不择众派通。堙之则泛导则从，要以疏瀹观厥功。水哉水哉毋自封，葆此一掬山下蒙。朝发岷嶓夕朝宗，看汝万里乘长风。

感事

休言利钝判锥椎，漫遣雌黄别素缁。狗曲真教孺子侮，雕虫岂是壮夫为。茫茫世事原无着，莽莽天公欲问谁？笑谢青山吾已

老，漫劳一脔重羁縻。

壬午七夕

一水迢迢影欲迷，年年虚说是佳期。青天碧海此长望，痴女呆郎非昔时。终古河梁称决绝，多生缘分总乖离。纷纷瓜果休陈乞，学到神仙益可悲。

寄赠唐镜海太守鉴，兼简陶云汀方伯、魏默深孝廉

鲁叟去世远，圣道日以堙。迂生守绳墨，法吏矜批报。仕学一殊轨，学伪治益棼。一身不自理，而云出治人。幸不为屠伯，亦难望拊循。而况本原薄，其弊胡可言。吁嗟江河下，得不相胥沦。不谓狂澜中，获此砥柱尊。观其所设施，今无古罕伦。其治不可及，其学实已醇。吾言恐近诬，试往征其民。粤地苦贫瘠，粤民多愚顽。其贫深可虑，其愚更可怜。负嵎阻峒獠，伏莽忧髦蛮。诛之惧伤刑，纵之实养奸。仁人恻然念，谓此迫饥寒。弭盗先重农，本固邦自安。自咎且不暇，矧乃肆草菅。皇仁恤民瘼，责重亲民官。疮痍满海隅，谁为元次山？安得百结辈，落落济时艰。

风云通气类，出处共一天。我初未识君，而已服君贤，卓卓太丘公，谓其祖尧章明府。治谱有家传。山公我所师，尊公陶山方伯。风表元礼尊。君侯名父子，澄源无浊泉。直将万古雪，陶铸为心肝。即今一麾出，为民计万全。使之居庙堂，宁复忧旷官。嗣皇今圣明，知人古帝难。试子以吏事，望子为名臣。此职未易尽，此心未易殚。

嗟余习屯贱，庑下常依人。茹噎思一吐，身屈气不伸。穷囚众厌弃，君乃独见亲。谓我颇小异，导之使尽言。我言何足择，我心时自扪。勿谓培塿小，毋补嵩泰尊。侧闻儒者言，兼以义济仁；又闻老农语，去莠苗始蕃。求治患太急，立法患太烦。疾恶患太严，御众患太宽。生平学何事，本身征诸民。明可对君父，幽可质鬼神。悠悠百禩外，功罪非所论。

昔我居长安，饱滓京洛尘。栖栖如狗马，未尝轻诣人。独有陶士行，下直时见存。最后来魏子，爱我如弟昆。二子俱人杰，交口共誉君。长风一飙驰，聚散同浮云。不意荒徼外，所见逾所闻。陶公今益贵，为封疆大臣。魏子举京兆，褎然作南元。俗以举京兆试第二名为南元。君虽屈远郡，坐使吾道尊。贱子亦何幸，萧艾藉兰薰。相期古先哲，共矢轨步遵。兼勖陶与魏，感叹劳心魂。

送李生联琇北上，即呈韦庐老人春湖都宪

旧家人物须继起，七叶貂蝉世济美。霜蹄一蹴凡马空，万里风云从此始。君家大父今儒宗，积德已过太丘公。阿翁文笔动朝右，老骥自合生虬龙。官家新诏求贤策，如子人材岂易得。男儿堕地轻四方，出门休作可怜色。太行高高青到眼，黄河落天连地卷。胸中奇抱要一纾，几辈蓬藁致通显。瀛台接武况须人，凤阁巢痕扫又新。野夫西向忽大笑，看汝声名动九阍。

有画放鹇图求题者，盖取唐雍陶“秋来见月多归思，自起开笼放白鹇”诗意也。感题二绝句

觅食依人寄此生，羽毛虽洁太分明。江湖满地谁容汝，莫向秋风诉不平。

身世差同片羽轻，饥驱久已负鸥盟。秋来亦有莼鲈思，一笑开笼放不成。

次韵答春湖中丞见示近作

刚折铅铦各有因，虎皮麟楦况非真。亦知嵇叔难容世，终信曾参不杀人。归计未酬南亩愿，移文常被北山瞋。非公冷眼时存讯，落落饥伧只自亲。

分水漓湘异流处

万古相思泪，积来成此河。湘漓流不尽，今古恨何多。短日偎丛竹，西风飐女萝。客程愁岁暮，况听别离歌。

过邵州有感

自作蛮荒客，频经召伯祠。行厨无复过，畏叠更谁尸。恩怨凭公论，风骚仗主持。白头州子弟，枨触不胜悲。

卷第十二

寒食拜毛氏先茔，即过外王父故宅，怆然有感

禁烟时节雨馀天，出郭门来一惘然。故陇蒿莱迷野径，外家梨栗忆童年。荒凉尚剩东西屋，坊表犹垂上下田。绝痛乌衣零落尽，不堪流涕问残编。上下田，毛氏地名，宅右有孝子坊，外曾王父自成府君割股愈母病，乾隆间旌表。

双清亭却寄硐东

少小经田地，登临岁几回。一亭自千古，廿载此重来。往迹风云散，江流日夜催。凭栏独惆怅，怀抱若为开。

在昔吴兰柴。杨荪甫。侣，携尊共唱酬。江山馀胜迹，人物几名流。诸老相乘去，独行谁与俦。天留欧九在，未许赋同游。

更忆柳夫子，宜斋太守。公馀此赋诗。风流今已矣，台榭共凄其。无复庚桑祝，空馀召树思。经过吟眺处，洒泪向江湄。

溪上

溪边漠漠野人家，溪上垂杨带雨斜。白鸟一双栖不定，濛濛飞上水桐花。

静娱室八咏，为春湖中丞赋

汉淳于长夏承碑

鸟迹肇羲炎，虫书变蝌蚪。垂禾溯八穗，颵颣馀大首。浸淫逮周秦，篆籀递师受。斯邈变古法，东京仍世守。中郎典型在，残石遭击掊。赖有古搨存，十可得八九。兹碑出元祐，朗朗星揭斗。欧阳所未见，遑论退谷叟。《庚子消夏录》所载乃广平翻刻本。成化暨嘉靖，赝迹流传久。纷纷著录家，蜾扁晰肩肘。吴山夫、王虚舟皆有双钩本。什袭珍顽石，千金享敝帚。捧心争效颦，画虎反类狗。陈之大雅堂，不值一掩口。宋本存真赏，无锡华氏真赏斋旧物。奇诡得未有。阴阳倏开合，向背迷左右。熛驰星电转，迅疾蛇蛇走。捷若弯强弧，肃如陈古卣。纵非中郎书，亦是如神手。得其象外意，已足传不朽。丰丰克克间，聚讼徒纷纠。汉隶不书名，无从辨谁某。譬之宝荆璞，奚论何工剖。王丰亦臆度，洪赵所不取。元王秋涧、明丰道生皆断为中郎书，考赵氏《金石录》、洪氏《隶释》俱不云然。至嘉靖本有“建宁三年蔡邕伯喈书”九字，则附会之说耳。古人非为名，一艺自不苟。今人不如古，汲汲忧身后。题名遍山陬，转瞬沦瓦缶。三叹重摩挲，古光发深黝。

隋丁道护书启法寺碑

晋后书法推隋唐，率更秘监相颉颃。楚材晋用贞观显，大业以上多散亡。流传碑刻亦时有，笔画精劲名不详。襄州从事独烜赫，启法寺搨尤堂堂。百不为多一不少，集古久重于欧阳。岿然鲁殿今尚在，至宝奚啻逾琳琅。纤波浓点隐然具，凛凛剑匣森寒铓。寫狘蕻裹难通晓，陻鄘植埴寻偏旁。阴阳明丽备诸法，墙壁直下严右方。欧虞褚之所自出，何论秃素与颠张。丁真永草久论定，君谟品目殊元章。名言八面绳古法，毋乃夸饰欺聋盲。粤稽隋初建佛寺，其时守土韦世康。仁寿二年碑始立，南丰误以为开皇。兴国杨本亦可贵，当年两刻同辉煌。碑阴姓氏更完好，惜不并入珊瑚装。精粗寿妖那有定，赵论亦未免低昂。赵子固云，道护兴国、启法寺二石，启法最精，兴国最粗，天不寿精而寿粗，良可叹也。要知古本不易得，孙退谷。何义门。先辈同珍藏。彼哉帖妖敢宝此，乃以其字污缥缃。贾秋壑旧物有魏国公印。墨缘会合自有素，神物变化原无常。此册展转入君手，得非文字呈嘉祥。借观三日归邺架，萧斋永夜留虹光。临池怯掔三太息，天门荡荡空腾骧。

唐虞世南书夫子庙堂碑

孔庙石刻昉汉室，卒史礼器同流传。有唐楷法迈六代，永兴一石尤开先。曰臣世南奉敕撰，大书深刻贞观年。二千二百四十字，卿云彩绚星珠联。光华在旦麟凤宝，讵止侪化度醴泉。搨成进御赐银印，圜桥璧水光昭宣。当时来观集车马，升堂肃肃烦椎毡。填街塞陌竞搨取，泐损已在大中前。宋初翻刻王节度，双钩影搨郛廓填。城武晚出无岁月，平正胜陕逊共圆。譬之虎贲典型在，面目虽具神不全。北宋时存仅三本，山谷及见祐圣间。咨道一本较完善，传闻买费三万钱。其馀新旧多杂揉，海图绣拆天吴颠。何况经今七百载，沧桑更变随云烟。有明诸老矜目论，争以赝鼎相寻沿。明代顾汝和、张伯起、王伯穀辈皆以城武本为唐石。月峰孙。麟洲王。偶一睹，玉虹隐现吴江船。长洲韩存良侍郎。近时好古何义门。王篛林。辈，鹤口铜研空垂涎。此本传自元康里，有康里氏、康里传修二印。有若北斗明枢躔。阙残亦假炼石补，虞戈历历存者千。计真唐石得一千有四百四十六字，城武陕本凑补者仅四之一耳。罗绮娇春讵足喻，层台缓步何联翩。吁嗟古意浸沦失，累黍丝忽差天渊。得此古本溯唐晋，如岳窥岱河导源。上接二王下欧褚，楔本两派皆可捐。苏斋鉴赏擅神妙，波磔钩踢严顶肩。及反庶乐孰缺误，褫装移补难拘牵。或言贞观石毁火，伪周再刻重钩研。岂知相王旦书额，太岁癸卯月壬辰。直凤阁绍京奉教，雍州万年光宅镌。新旧唐书况可证，冯祭酒奏史臣编。宣宗大中五年，国子祭酒冯审奏：《文宣王庙碑》是太宗建立，武后时谬刺“大周”两字，请削去伪号，见《旧唐书》。此本已无大周字，大中后搨何疑焉。中丞嗜古今欧赵，笔谏不减柳诚悬。堂堂五绝思媲美，结此一段金石缘。借观坐玩不我吝，荣似及第登瀛仙。何当磨石勒阙里，编纂不数闵家贤。近归安闵中丞鹗元以所得城武本自成纂言，勒石曲阜。宫墙万仞万万古，百灵呵护蛟螭缠。高山仰止心向往，炳炳星日垂中天。

唐魏栖梧书文荡律师碑

笼鹅鸡鹜争假托，买王得羊殊不恶。人间亦有褚神龙，世上焉知魏著作。悠悠耳食夸云烟，瑶台青琐明婵娟。藏舟夜壑倏潜易，续凫断鹤良可怜。则天称制褚骨朽，何乃更出开元后？此本剪去魏名，窜取碑字，托名褚书以增价。则天称制时，褚卒已二十七载，今碑屡称则天，非褚书明甚。秦庭鹿马将谁欺，众口诺诺无异词。赵欧目录赫然列，千年疑狱一旦雪。此碑世罕有，亦少著录，惟见赵明诚《金石录》、小欧《集古录》目，王翁两跋之所本也。籍林苏斋功不刊，神明顿觉还旧观。纷纷作伪岂终极，老眼幸不为所谩。

文与可晚霭横看

溪山合沓四野昏，冥濛夕照开孤村。浮空积翠望不极，远树但见苍烟屯。关橦遗法辋川韵，作家畦径难比论。胸中岂但有成竹，荒怪万状手怯扪。髯乎知已亦不尽，妙处极力相夸尊。霜崖瘦节遍题识，摩挲故纸声泪吞。此幢尔时落何处，核于公集无片言。涪翁后死老始见，梦寐惝恍劳心魂。扁舟鄂渚悲远谪，健笔力掣江涛翻。卷末有山谷手跋，略云："东坡称与可而不言其善山水，岂东坡未见此卷耶？"又云："此卷入手，心欲留玩数月。会余远窜宜州，亟遣光山之仆，自此往来余梦寐中耳！"殆作于崇宁癸未，是岁山谷在鄂州。阳侯海若不敢觑，要使此意留乾坤。苍然尺幅七百载，想见三老风流存。西江宗派接山谷，拓园居士今道园。沧洲纸背一审视，恍惚听雨虞家轩。虞道园诗："太守时来听秋雨，每画纸背成沧洲。"太守谓与可也。蓬莱书府云山兴，吾宗旧句征文原。邓善之诗："此老墨君三昧，云山发兴清奇。我在蓬莱书府，曾看《晚霭横披》。"即指此卷。作歌敢附二子后？幸免寒具污爪痕。

李迪牧牛图

宣和画院成忠郎，河阳李迪称擅场。花鸟竹石俱精良，画牛乃亦其所长。萧然尺幅水草香，两童蓑笠来平冈。或饮或降阿池旁，翻身跨牛牛若忘。一前一后相倘佯，前吹后笛乐未央。歌声隐隐出林麓，毵毵高柳招微凉。吁嗟南渡戎马场，人间那有安乐乡。迪乎何处得此境，令我忽忆村南庄。

晏元献所藏铜雀瓦砚

铜台遗迹漳河渚，瞬息沧桑阅千古。当涂废瓦落人间，犹是建安一片土。苔纹剥蚀藓痕斑，野火烧残战血殷。陶泓适用功不小，拂拭几席供朝班。平章召拜集贤殿，谁其宝者晏元献。等闲裁破碧鸳鸯，即用元献自题砚句。想见含毫自研炼。堂堂名相起神童，巍然一代文章宗。韩范富欧皆后进，此瓦何幸生逢公。庆历于今凡几日，流传又到静娱室。先生亦是江外人，虹光重照临川笔。缄包缇袭慎珍藏，助君著作何煌煌。江山割据良可悯，未若文字能久长。

陆放翁砚

放翁以放名，卓然南宋贤。生平忠义气，一泄于诗篇。此砚公所珍，相随六十年。质厚朴无文，用久交益坚。以德不以形，作铭手自镌。云蒸与露湛，字字驱风烟。砚侧有“云蒸露湛”四篆字，以上皆隐括铭语。想当握管时，肝膈几忧煎。中原战血腥，两河困颠连。热血无处洒，北望泣涕涟。至今石上眼，隐隐含泪痕。何年堕峡口，蛟鳄垂馋涎。剑光不终埋，东壁珠辉联。展转入邺架，配此笔如椽。遂令鹑尾间，夜夜明星躔。范公昔守粤，公迹阻漓川。赖有数行书，照耀蛮洞间。水月洞有放翁石刻。我疑作此札，此砚实手研。神物之所凭，萃合非偶然。婆挲不忍释，感叹为公怜。再出本无求，偶因时势牵。南园语多规，未可轻谤讪。书生迫寒饿，旦夕守砚田。逢年乏奇术，皓首磨欲穿。安能作谀词，辱此清泠泉。抚躬内自讼，为公雪此冤。砚出瞿塘，乾隆间入内府，寻赐阁臣某，砚端有“其无记南园而泼墨”语，盖阁臣某所铭也。

白燕四首和春湖中丞

来去年年旧羽衣，白头仍认故巢归。晶帘银蒜风初动，小院闲庭絮正飞。食肉自知惭紫颔，依人未免恋朱扉。天涯不是无栖处，回首江湖素侣稀。

里社相逢欲断魂，旧时甲第几家存？金闺昼掩春无主，蓬巷宵归月有痕。敢薄乌衣非素族，自怜白屋本清门。巢成那更将雏去，烟水茫茫何处村。

尘榻翕然两鬓丝，帘栊隐约认冰姿。似怜天女拈花后，来伴维摩示病时。画栋双栖留软语，玉钗一去断归期。投怀好梦知无分，目极飞云有所思。

生成标格绝群伦，阅尽繁华队里人。艳赫门庭难息影，荒凉池馆易伤春。已无俗艳娱时眼，尚有尘缘示色身。毕竟羽毛宜自惜，清流几辈叹沉沦。

白雁四首和春湖中丞

缥渺长空素翮轻，西风无那又南征。一天星影夜将半，满地荻花秋自明。霄汉迢遥迷去路，寒江呜咽带离声。乙凫楚越休相讯，赢得冰肌照水清。

断碛平芜路几湾，尺书曾记到天山。寒砧带月宵辞塞，画角惊霜晓入关。万里沙尘还故我，十年鸥鹭梦仙班。琼楼高处飞难近，只合沧江自往还。

门户萧条生计微，素心几日共秋归。浮家泛宅仍飘泊，浴鹄黔乌有是非。故国弟兄怜皓首，天涯雨雪点寒衣。劳劳粱稻谋原拙，更向江关避缴飞。

寥寥清唳海天宽，薄俗偏遭白眼看。溷迹尘埃嫌自洁，不群毛羽向人难。书残银管秋将老，吹尽芦笳岁又寒。寄谢春风新凤侣，也应回念旧霜翰。

移石歌为韦庐老人作并序

韦庐老人诗学左司，以韦名庐，庐中有奇名，东海李少鹤宪乔取左司“采石夜归州”句，命曰韦石。道光癸未，移居独秀山之西，仍构韦庐，载石自随，纪之以诗，属同人和作，为赋《移石歌》云。

昔闻坡老所宝之仇池，间关千里常追随。又闻米老袍笏低头拜，累累灵璧盈袖携。古人一物有至契，赏爱不以跬步离。二石炳耀在天壤，今不可见见其诗。韦庐老人亦石癖，一朝移宅先移石。玲珑片玉四夫舁，溢郭倾观塞阡陌。或云陨星化，复道补天遗，若非鲛室窜，定是鬼工为。纷纷骇叹走且顾，俗眼那得知其故。就中一老前陈辞：亲见此石来海湄。当年韦庐获珙璧，翩然一鹤曾留题。鹤兮石兮若神悟，雕镂肝肾镌心脾。至今佳话播岭表，奴视灵璧欺仇池。自从此鹤归海东，岿然独立韦庐翁。韦庐翁，萧萧鹤发方两瞳。不知苏玉局，安问米南宫。偶然对石一舒啸，犹能吐作白玉千丈虹。昨日城之东，今日城之西。环城万玉簪，插此一峰奇。回廊曲榭松竹静，安置妥帖尊鼎彝。却嫌向日厕庑下，未免亵视侪等夷。作诗志吾过，石交应见规。噫吁嘻！豪家苑落沦荆薮，平泉木石今何有？愚生涕泣戒子孙，转盼已辱庸奴手。岂如此石托公传，庐中高坐髯与颠。唱予和汝乐复乐，遗世独立仙乎仙。我为移石歌，更侑石君酒。一杯酹君君听取，人生安得如石寿。古来陵谷亦变迁，唯有文字垂不朽。摩挲三叹重欷嘘，子乔不作石久孤，喧啾百鸟非吾徒，安能复返辽东鹤，重赋韦庐老子移石图。

次韵和松甫丈移居之作

先生胸次绝纤尘，赋得移居境更新。绕舍仍栽三径柳，开樽遍召四邻人。习知卜宅南村乐，未厌求金北郭贫。自诩奇疑堪赏析，不嫌晨夕往来频。

中秋夕有怀乐孟韶扬州

五度芜城见月圆，别来身世不堪言。两家同废中秋节，万死难酬罔极恩。岭瘴昏霾迷去路，邗江呜咽怆离魂。衡峰庐阜俱千里，翘首云天泪共吞。孟韶与余同遭大故，皆丙子中秋夕也。

是夕松甫丈邀同人水阁玩月，余以先讳未与，次日以诗见示，次韵勉和

独坐悄无语，秋光为底新。六年逢此夕，五岭未归人。故国馀荒陇，清辉托比邻。庾楼饶逸兴，一慰苦吟身。

秋日寄云渠

六年岭徼久淹留，怕见纷纷鬓雪稠。径去光阴容易老，本来哀怨不关秋。云山迢递家千里，风雨飘萧屋两头。且莫登临动归兴，湘天北望水南流。

次韵和松甫丈移家，示唐藿君世倜、晏筠塘启林

仲蔚宅荒人罕到，渊明居僻市无声。数椽尘外有仙意，三老胸中不世情。旧种竹松移复活，新装卷轴读如生。飘沉榼凿俱同调，可许劳踪再合并。时余拟去粤，方理归装。

藿君、筠塘俱有和作，叠韵奉简二君，兼呈韦庐老人

诗句唐球老更成，才名元献早蜚声。朅来百粤同为客，怅望

千秋各有情。海内萧条几吟社，天涯流落两狂生。相依六一堂前叟，臭味梅苏许合并。

归去一首

归去残棋局又新，浮生变态几陈尘。青山犹作向时面，白日如仇见在身。湖海云烟纷过眼，斗牛箱酒竟无神。真令得失锱铢较，窗外时闻唤孔宾。

别季女阿寿

贫家作事本寒悭，况复连年婚嫁艰。儿女债多难遽了，而翁发为汝曹斑。

晨昏定省笑言温，解侍亲颜胜乃昆。见汝聪明增我感，老夫家世是衰门。

汝姊无姑尚有翁，汝姑冢姒舅兄公。当家新妇尤难作，怕见春缸缠缕红。

携壶此亦成何礼，卖犬终当值几缗。生长蓬门娇未惯，不嫌荆布谅爷贫。

吾母当年教女孙，谆谆女诫不辞烦。而今幸免衿鞶诮，重述遗言泪暗吞。

掌上明珠弃掷难，遗山老子语辛酸。亦知生女原如寄，无奈临歧泪不干。

闻谭吾肩、孙云浦之栋两君同殁于粤，诗以代哭

二子吾乡未易才，卖文养母更堪哀。正愁蛮府牵连去，讵可凶讣相寻来。肮脏虞翻良已矣，风流淮海独何哉。寝门老泪浑难禁，日对斜阳哭几回。

谭、孙二君旅殡荒寺，松甫丈以其丧归，感痛不已，复有是作

远道尺书乖，羁魂瘴雨霾。两棺犹旅寺，一老独关怀。岭路黄茅恶，泷流素旐偕。麦舟高义在，西望泪重揩。

季女病小愈有作并序

阿寿字邹氏，临嫁而病垂危者数矣。甲申正月四日，病笃且死，移时复苏，展转床褥，殆无生理；入秋来稍能起立移步，或者其不死乎！女性明慧寡言，病中屡能以礼自持，备诸苦趣，不闻呻吟声，尤恶巫觋，濒死不许入门。病笃时，家人或窃投符水药中，女知大恚，尽吐而后已。病中唯听余手治，更数医不受诊视，亦不服其药也。其得病之由，则以哭其姨女及从幼弟过哀所致。盖其生性明决肫笃如此。史称衰门之女，亶其然乎。

一病险如此，全家共驿骚。绕床唯涕泣，复屋几呼号。阿姊肠先断，而翁首自搔。那知娇弱质，展转耐煎熬。结语一作"深惭躬薄德，无福庇儿曹"。

忽报昏眸转，旋看泪颊盈。计穷拌一死，念绝转重生。渐觉能趺坐，犹疑是强撑。咎休终莫定，鸦鹊总虚惊。

稍喜能言鸟，还愁不食姑。女病稍愈而不食自若，家人戏以“不食姑”呼之。有时凭姊立，移步倩娘扶。宛转心头肉，艰难掌上珠。老夫无意绪，见汝一欢呼。

女耳诚何益，如渠实可怜。力嗤巫鬼俗，直了死生缘。至性同耶朴，衰门让汝贤。春缸红久缠，新月正娟娟。

草堂秋咏集杜四十二首

十载江湖客，南归自广州。畏人成小筑，卧病复高秋。身世双蓬鬓，平生一钓舟。飘飘何所似，吾道在沧洲。

诛茅初一亩，衰病只藜床。世已疏儒素，家才足稻粱。碧萝长似带，老树饱经霜。村僻来人少，江边问草堂。

谷口旧相得，溪边四五家。寒鱼依密藻，秋竹隐疏花。卜宅从兹老，吾生亦有涯。本无轩冕意，何处是京华。

茅斋依橘柚，环堵但柴荆。江汉终吾老，渔樵寄此生。野花随处发，村径逐门成。为问南溪竹，题诗须一行。南溪在南村，余所命名也。

虚阁自松声，萧条别浦清。杖藜从白首，高枕笑浮生。用拙存吾道，淹留见俗情。艰难归故里，多病也身轻。

独绕虚斋径，清晨向小园。披榛得微路，绝壁上朝暾。朱玉归州宅，愚公谷口村。治生且耕凿，岁月在衡门。

几道泉浇圃，寒江触石碹。畦蔬绕茅（色）〔舍〕，碧色动柴门。野阔烟光薄，天寒霜雪繁。渐知秋实美，自足媚盘餐。

收获辞霜渚，江村乱水中。筑场看敛积，忧国愿年丰。登俎黄甘重，除芒子粒红。我仓戒滋漫，拾穗许儿童。

稠叠多幽事，天虚风物清。水耕先浸草，细雨更移橙。醉把青荷叶，香闻锦带羹。邻家有美酒，谁欲致杯罂。

来往皆茅屋，畦蔬绕舍秋。牛羊识童仆，径路通林丘。已拨形骸累，甘为汗漫游。淡交随聚散，行止各云浮。

乔木村墟古，深藏数十家。卑枝低结子，幽树晚多花。有客过茅宇，倾壶就浅沙。恁谁给麴蘖，烂醉是生涯。

朋酒日欢会，此生随所遭。杖藜登水榭，步屧到蓬蒿，风月自清夜，云林得尔曹。平生为幽兴，还往莫辞劳。

野寺残僧少，萧然静客心。冻泉依细石，轻鸟度层阴。暂起柴荆色，喜闻樵牧音。上方重阁晚，留眼共登临。

孤屿亭何处，清涟曳水衣。薄云岩际宿，江鸟夜深飞。贱子谁能记，今年强作归。扁舟吾已具，永息汉阴机。

旁舍连高竹，山篱带薄云。野人时独往，空峡夜多闻。养拙江湖外，全生麋鹿群。尽拈书籍卖，不复更论文。

松柏邙山路，高歌欲损神。看云悲轗轲，镂骨抱酸辛。衰白冯唐老，荒芜孟母邻。犹残数行泪，寂寞洒衣巾。

不是无兄弟，乾坤水上萍。几所一会面，垂老见飘零。独鹤归何晚，原情类脊令。相看过半百，愁绝始星星。

小子何时见，秋来兴甚长。不关轻绂冕，已似爱文章。觅句新知律，吹毛任选将。草元吾岂敢，达者得升堂。

姹女萦新裹，愁来遽不禁。职思忧悄悄，行药病涔涔。已近苦寒月，犹伤半死心。应过数粒食，汝贵玉为琛。季女临嫁而病，屡濒于死，经余手治一年，尚未全愈，每食不过数粒而已。

嗣宗诸子侄，肃肃有异声。众中见毛骨，总角爱聪明。霜蹄千里骏，塞雁一行鸣。应须饱经术，莫作后功名。

闻汝依山寺，秋来把雁书。远游虽寂寞，使节有吹嘘。醉里从为客，谈诗正忆渠。旧谙疏懒叔，跋涉体何如。瑛侄近就兴安记室。

玉府标孤映，新诗昨寄将。时来访老疾，且复过炎凉。掘剑知埋狱，论文暂裹粮。门阑多喜气，列宿顿辉光。从子婿陈伯章来草堂，因留伴殿儿同学。

行李淹吾舅，毛白榆先生。秋深复远行。九江春草外，落日渭阳情。全命甘留滞，无家问死生。恭惟同自出，焯赫旧家声。外氏为吾邑名族，今凌夷矣。

宅相荣姻戚，扁舟返旧京。早年见标格，容易即前程。通籍惜多病，当官志在行。肯来寻一老，从此更南征。唐大令甥琳北归，旋有滇南之役。

物色岁时晏，北风天正寒。故人何寂寞，世事各艰难。独坐亲雄剑，低头着小冠。脱身事幽讨，散帙壁鱼干。

野屋流寒水，蓬门起曙烟。沉绵疲井臼，发兴自林泉。易简高人意，喧卑俗累牵。文园终寂寞，衰谢日萧然。

幸近幽人室，馀波德照邻。世家遗旧史，良会惜清晨。归客村非远，交情老更真。草堂尊酒在，款曲动弥旬。南村老友李德珍、霞渚诸君。

同调嗟谁惜，硐东。新诗更忆听。鬓毛原自白，编简为谁青。执友惊沦殁，斯人尚典型。所居秋草静，高卧想仪形。

近有风流作，兼工古体诗。晏筠塘。哀歌徒自惜，劝醉欲无辞。迟暮嗟为客，归期愿早知。冯唐毛发白，谓唐霍君与筠塘同客于粤。弃我忽若遗。

不见李生久，竹溪淇园朴君兄弟。养亲唯小园。艰难随老母，耕稼学山村。对酒须相忆，题诗好细论。几时杯重把，烂漫倒芳樽。

张老存家事，长吟野望时。江山如有待，宗族忍相遗。漫著潜夫论，难酬支遁词。终思一酩酊，排闷强裁诗。张临湖茂才屡约来草堂，近以修家谱牵率未果。又张前以数诗投余，未及和，故有六语。

野外贫家远，开樽独酌迟。百年浑得醉，九日意兼悲。令节成吾老，终朝独尔思。浊醪谁造汝，来把菊花枝。时约硐东同诸君九日来草堂看菊。

才大今诗伯，低头愧野人。文章诚末技，儒术岂谋身。薄俗犹猜忌，虚怀任屈伸。蓬蒿翳环堵，台衮更谁亲？

城郭终何事，招邀屡有期。青山意不尽，白首飒凄其。把酒宜深酌，开怀无愧辞。甘从千日醉，从此数追随。

野兴每难尽，幽偏得自怡。远郊信荒僻，此道未磷淄。壮惜身名晚，生逢酒赋欺。文章差底病，遣兴莫过诗。

对月那无酒，应门亦有儿。圣朝无弃物，野老复何知。诗是吾家事，心从弱岁疲，老夫怕趋走，不是傲当时。

疏懒因名误，伶俜卧疾频。物情尤可见，诗兴不无神。侯伯知何算，泥涂任此身。休为贫士叹，容易失沉沦。

老矣逢迎拙，茅斋八九椽。形骸原土木，陶冶赖诗篇。洗眼看轻薄，虚心味道元。真供一笑乐，恣意向江天。

更欲投何处，青山空复情。吾徒自飘泊，旅食岂才名。乡曲轻周处，诸公厌祢衡。自吟诗送老，高枕远江声。

迟暮身何得，山林迹未赊。柴扉临野碓，江水拥春沙。洗杓开新酝，将诗代物华。我生无倚著，乘兴即为家。

寒事今牢落，天涯正寂寥。灌园曾取适，染翰欲无聊。失学从愚子，狂歌托圣朝。溪边暮黄鹄，清影日萧萧。

地僻秋将尽，吟多意有馀。眼边无俗物，身外满床书。晒药安垂老，钞诗听小胥。故园松桂发，乡党羡吾庐。松桂堂，先祖书斋名，今为听松草堂。

集杜诗成，同日接李春湖、陶云汀两中丞手札，续得十首，奉答分寄二公

忽得炎州信，关河霜雪清。世人共卤莽，夫子独声名。符彩高无敌，江流气不平。狐狸何足道，魏阙尚含情。春湖中丞书来，兼寄示近作，中有《南山鸱》及《偶述》诸篇，词旨温厚，皆近日感事之作。

枚乘文章老，松甫先生。琳琊照一门。兴来犹杖屦，宿昔奉清樽。日有习池醉，遥怜湘水魂。平生感意气，世事与谁论。

忆尔才名叔，芸莆水部。能诗何水曹。莺花随世界，文雅涉风骚。五岭炎蒸地，千崖秋气高。应须过阮宅，双影漫飘摇。

仙李盘根大，名声岂浪垂。鹏图仍矫翼，骥子好男儿。公子仲鸣兄弟。轩冕罗天阙，光芒刷羽仪。骞腾坐可致，北望转逶迤。

回首中丞座，苍梧云正愁。中丞时居祖母忧。朔风吹桂水，高枕对南楼。李氏宅楼名。新作湖边宅，还同海上鸥。把君诗度日，渐拟放扁舟。已上寄春湖。

开府当朝杰，防川领簿曹。浮舟出郡郭，满眼送波涛。鸿雁几时到，鱼龙偃卧高。尺书前日至，郡国诉嗷嗷。云汀中丞书备言安徽水灾，为百数十年未有之惨。议赈议抚，百计筹画，于灾民之死者不能救十一于千百云云。

闻道君牙帐，千门立马看。几时回节钺，吾道属艰难。军事留孙楚，安徽巡抚兼提督。苍生起谢安。高秋正摇落，岂敢惜凋残。

故旧谁怜我，交亲气概中。尊荣瞻地绝，剪拂念途穷。去国哀王粲，逢人问孔融。岂知牙齿脱，已是白头翁。近脱二齿，发亦多白。

天地空搔首，江山且定居。十年婴药饵，几地别林庐。衰谢身何补，平生意有馀。不能随皂盖，岁晚莫情疏。

夫子数通贵，余藏异隐沦。百年歌自苦，一字卖堪贫。济世宜公等，无家任老身。索居尤寂寞，回首望松筠。已上寄云汀。

书刘梦得九华山诗后并序

余少时，曾赋小九华诗，兹检《全唐诗》集，见梦得九华山诗序云：惜其地偏且远，不为世所称，故歌以大之。九华滨大江，翘首可望，不为偏远。命名始于太白，当时已彪炳宇宙，亦不待梦得之诗始大。乃其诗云："结根不得要路津，迥秀长在无人境。"其急于自见，不甘恬退之隐，已见于此，此八司马之徒所由败也。若余之九华，则真偏远，不为世称矣！感叹之馀，辄有是作，非敢苛论古人，亦微尚所托云尔。

名山如高人，常在无人境。惜哉俗士胸，必以声名炳。刘郎九华篇，语浅意骄逞。夸言一尤物，上跻五岳顶。皇皇觊封禅，汲汲畏幽冷。声闻岂不贵，殆辱亦宜警。古贤籍甚称，原不系干请。自言歌以大，反置已何等。吾道尚恬素，世途戒侥幸。观人文字间，可以验躁静。何怪党伾文，瞻相宰执柄。虽登要路津，难免荒裔屏。栖栖连朗道，展转困幽迥。仪曹亦同病，其辞更酸哽。二公皆贤豪，大德掩一眚。推原致祸由，政原干进猛。鲰生抱微尚，抗志希箕颍。寥寥千载心，历历层峦影。论古吾敢苛，对山默自省。

寄答硐东

胸中格格村夫子，眼底纷纷昨暮儿。禾麦低昂无足怪，棁榍横竖岂难知。明经及第何烦谒，令仆多才汝好为。谁信望衡两狂士，褰裳休畅日追随。

哭伯兄四首

怪鸱如人号，深夜上我屋。病女方在床，老妻守之哭。心知即不祥，奄奄谅难续。兄时强慰我，何遽不为福。岂知祸移兄，女生兄命促。祸福本无常，天公胡太酷。已矣复何言，万事一棺束。

与君为兄弟，君长我独幼。仲氏同授经，兄乃亲陇亩。依依两亲旁，推甘苦独受。稍长远从师，竭蹶致升斗。岁晚风雪归，兄先两弟后。持斧斯榾柮，牵萝补户牖。参苓为我储，梨栗为我剖。悯我独多病，怜我颇聪秀。望我大门闾，祝我长年寿。悠悠复悠悠，但有呼负负。枯风泣皋鱼，茕茕长在疚。所仰惟两兄，家督兼师友。天公胡不仁，遽夺我右手。离离断雁音，一呼血已呕。呼兄兄不应，痛兄兄知否?

兄生不读书，所行希邹鲁；兄贫不得饱，所志在施与。遇人思有济，遇事思一吐。观其所抱负，岂谓遂终古。两儿虽长成，一女甫离乳。可怜属纩时，顾之无一语。抵死视两弟，谆谆念父祖。生平未了事，九原一抔土！宰树秋坟荒，甚勿寻斤斧。酷矣闻遗言，刳肠泪如雨。

仲兄渐衰迈，去年丧幼儿。哭兄如哭父，哀毁不自知。老姊日夜泣，无泪但涕洟。叙述儿时事，一语三欷嘘。诸儿恋伯父，各各声吞嘶。阿六新丧女，触绪泪如丝。阿寿初离床，哽咽不胜哀。全家双泪眼，如丧吾母时。我年四十七，筋骨亦就衰。既为逝者痛，复为生者悲。悲兄复自怜，何苦为壎篪。今生良已矣，来生以为期。

卷第十三

小园即事效硐东体

半亩新开得地偏，春光几日便嫣然。秾桃过雨红无奈，纤柳当风绿可怜。世事悔都因懒误，姓名耻但以诗传。吾生甚有难偿愿，满眼韶华非少年。

闻高家堰决，书寄曾宾谷、陶云汀两中丞

连年江岸驻霓旌，蠢蠢蛟鼍怒未平。又报河鱼争路上，忍听泽雁遍淮鸣。尧天洚洞劳宸虑，汉室宣防仗老成。满眼惊湍皆赤子，使君何术起苍生?

即事呈云渠

褐夫野性厌冠缨，况复依依老弟兄。五十年过一弹指，东西屋住两先生。闲鸥心事原同白，病鹤声容相对清。已分长镵为活计，故山随处有黄精。

北上发小洋纪别

家居仅一载，人事纷万变。穷人例出门，奔走习劳贱。连朝戒舟楫，资流剧飞箭。挥手即万里，触绪增悲恋。群山腾笑嘲，夙志薄羁宦。将老挟孤注，得枭亦失算。我言山见原，局促匪所惯。行止本由天，富贵非吾愿。聊以此行卜，未足相羁绊。

行役亦有涯，恋此骨肉恩。去年哭伯子，忽忽不欲存。仲氏复衰迈，相对唯涕痕。诸儿愚且稚，长者初毕婚。病女甫离床，终岁无欢颜。稍闻戒徒御，朝夕声泪吞。顾之惨无语，爱极转生嗔。幼儿强解事，聒耳问归轩。低徊复低徊，又复忧饥寒。惭负入口望，累兄一身肩。腼颜觅微禄，触热千里奔。欲为行者计，先贻居者安。居当慎门户，行当慎轮辕。一勉各自爱，再勉交加餐。

过苏溪追悼家遁溪丈

矫矫吾宗薄俗师，重来犹似见须眉。百年迹自甘肥遁，一老天真不憖遗。山色溪光都暗淡，竹声梅影共凄迷。寝门不独为公痛，怅望千秋两泪垂。“皎皎梧桐月，悠悠杨柳风，衡山湘水外，梅影竹声中。”先生属纩时语也。先生学宗宋儒，盖平生所养，略见于此。先生殁而里中文献尽矣！不胜云亡之痛云。

月夜泊石门潭有怀云汀中丞

潭水清且深，潭月翳还吐。潭上古时云，去作天下雨。雨意遍崇朝，潭影自太古。劳生触热奔，一叶惊泷舞。岂谓褦襶踪，忽造清净府。峭壁立严毅，湍流澹容与。澄怀皓魄印，晶鉴纤埃去。遂令磊落胸，洞辟肺与腑。想见在山泉，历历冰壶贮。云兮几时归，潭月正延伫。

四月十五日大栗港纪事

萸溪之滩七十二，我舟履险如平地。朝来出险正犹夷，平地风波来不意。初闻触石一声惊，拍掌绝叫樯已倾。鱼头触触波疑嶷，性命呼吸鸿毛轻。书生行李无颜色，拌令对面为盗贼。唇干吻噪数卷诗，失喜夺自蛟龙宅。此身犹在真可怜，夸言不死有天全。西向大笑原失算，坐一出妄夫何言。为语长年且休戚，人生祸福难理测。忽忆江南百万家，欲免为鱼那可得。

次日过修山昔年先大父授徒处，书寄仲氏

修山一何修，端悫露奇伟。娟娟待字女，介介束躬士。伊昔松堂翁，长吟对山峙。须眉浮净绿，岚翠落席几，我见比父执，敬恭逾桑梓。轻舟犯胥涛，履险幸不死。载兹凿楹馀，迟回过山趾。山灵似见怜，翘首若余跂。诗以报长公，惊定复色喜。

益阳江岸检晒书籍，失近稿一册，诗以志感

书生行路无所赍，自挟所作千金赀。阳侯海若不敢窥，岂有胠箧妨偷儿。昨来沉舟资水涯，一身外物去莫追。独遗敝簏荒江隈，得非鬼物相护持。烟煤狼籍不敢携，四夫舁之湿淋漓。夹以两板长绳施，扁舟载向修山陲。漉漉压蔗冰流澌，牙签锦帙半脱维。碎金屑玉余寒黴，不敢手触严袭缇。坐待天日回阳晞，如人病起颜色黧。药石针熨尚可治，重以新编十卷诗。嫱旦未可轻妍媸，硇东诗卷亦在箧中。馋涎夺自蛟与螭。出水光怪更陆离，妄意历劫可不隳。前戊寅岁客粤不戒于火，诗卷皆付焚如。瓦缶便欲侪尊彝，今朝曝向盆水湄。麇拾鳞次周四围，村童市叟惊且疑。倾国来观肩踵随，亦有好事若解颐。以手翻箝口喔咿，我时见之不忍挥。谓可悯恻难诃诋，岂知收卷重整厘。河东三箧吁已遗，嗟我平生念释兹。永寄性命于诗词，雕肝镂肾镌心脾。寒虫食蓼甘若饴，苦辞酸语听不怡。不求知知者伊谁，汝今持此欲安之。汝寒不可以为衣，汝饥不可以为糜。拜献断非阶荣梯，其言又不合时宜。不可灾及

枣与梨，侏儒滑稽喙利锥。变乱黑白交謷呰，谓颜盂跖跖惠夷。折杨皇荂里耳谐，焉能端冕枯桐丝。汝今持此欲安之，大珠易饼众所嗤。覆瓿投溷其庶几，作歌联遣知者知。

午日抵汉口旅寓独酌自遣

鸣钲汹汹汉江浒，人言今日是端午。先生一笑卸征帆，逆旅主人相尔汝。东家西家列膳丰，东街西街笑语同。堆盘角黍杂饼葱，汝曹安得溷乃公。乃公醉卧江城曲，手挎牖黍揺黄鹄。牵丝刻艾徒纷纷，死公等道那足云。平生正鄙程不识，岂不知屠沽之儿有酒食。

夜泊黄州

洞箫声罢笛声吹，万古黄州兴不疲。如此江山宜此客，纵无风月可无诗。羽衣犹想掠舟夜，人影如看在地时。漫向荒祠认长帽，郡中潘郭尽堪思。

月夜泊浔阳作

飘泊南来剩一身，江头迁客共悲辛。当年商妇亦千载，今日天涯无此人。枫叶荻花秋又近，东船西舫月如新。便应买宅香炉下，长与先生作比邻。

浔阳舟中望庐山

我骑鹤背仙风冷，一夜飞渡浔阳境。晓窗已入天镜中，满江浮动庐山影。庐山高高帖天青，回环开阖九叠屏。不知真面定何处，但觉苍然一气江天横。名山万古称名艳，游屐纷纷山亦厌。香炉峰顶结庐居，此福只让匡君占。柴桑莲社今无人，襄阳太白骨久尘，摩崖跻壁夸好事，若个不为山所嗔。云中五老粲启齿，笑我雪鬓尘埃里。廿年七过悄无踪，头白不来可知矣。余往返江上，凡七过庐山，皆未及游。我言青嶂不易攀，山灵且莫惊我顽。东坡死后七百载，几人真个到庐山。

五月十八日抵皖，云汀中丞招寓节署，甫十日而中丞移节江苏，别后作此奉寄

白岳黄山到眼青，悠悠旌旆去难停。帝知贾让多奇策，人望鲜于是福星。皖伯台前风正利，枞阳城下浪犹腥。劳公四载恩勤遍，回首哀鸿忍再听！癸未安徽大水，中丞悉心抚恤，全活甚众。

洄地开渠转漕忙，波臣蠡测更难量。东南民力忧方竭，宵旰宸衷虑正长。禹贡自来通碣石，汉家终赖奠宣防。老成谋国无遗算，想见持衡计画详。时高家堰新决，饵道梗塞，廷议将行海运。上知中丞有干济才，故有是命。

昌黎正直鬼神惊，耆鳄开云丈至诚。蛙鸟无知争禀令，蛟鼍何物敢横行。褚公身备四时气，范老胸藏十万兵。为语支祁须早避，祷冰使者又东征。江淮间竞传中丞巡漕时祷冰事，备详所刻漕河祷冰诗录；近抚皖以蝗患祷神，又有青蛙鹖雀食蝗殆尽之异。

江淮佳话久喧传，使节重临亦夙缘。尚有枌榆夸里社，陶山丈寓居金陵。况兼申甫作蕃宣。贺耦耕方伯。海滨郡拔庞参莲，罗麓西郡伯方守镇江。幕府才推庾杲莲。魏默深孝廉。未便分阴妨逸兴，南楼秋月恰娟娟。

十年睽隔望弥崇，得奉清樽笑语同。海内文章重怀麓，江东踪迹苦飘蓬。行厨正喜依严武，故里何缘接郑公。几许肝肠待披露，长天帆影太匆匆。

感事二首呈吴春麓侍御赓枚

刺人本无性命虑，车回差免俗尘婴。自怜庑下为佣客，早识宣城是老兵。口腹犹惭累安邑，杯棬何敢择公荣。人前假寐原多事，一枕恬然午梦清。

猿鹤空山久寂寥，偶然溷迹近尘嚣。向人竟作领军面，乞米宁烦束带腰。幻境梦夸全体热，枯禅心早万缘消。纷纷寒乞乘车驶，翘首冥鸿天际遥。

七月十五夜坐月有怀松甫丈

今夜湘南月，秋光湛碧中。孤亭一老对，四海几人同。独秀峰何挺，相思江不通。无由致情愫，迢递送飞鸿。

日归归一载，役役又东征。重愧猪肝累，空教马角生。秋先桐子国，天远桂林城。想见杉湖上，年年鬓影清。

陆祁孙继辂学博以近诗见示，率答二首，即题其崇百药斋文集

女耳吟成絮，仙乎妇是梅。一门俱有集，群从况多才。偶束尘中带，仍辞俗客杯。团栾坐四世，怀抱自为开。来诗有“居然四世坐团栾”之句。

此事真千载，低头定几人。天教生并世，髯已独超伦。凄恻张凭诔，荒凉孟母邻。唯馀旧衣线，犹共泪痕新。

漫兴

一椽偶寄江城限，萧萧四壁环蒿莱。闲云将雨出城去，老树倚槛招风来。蓼虫焉知苦是苦，社栎自处材不材。居然坐耗太仓粟，故山猿鹤徒疑猜。

汪稼门尚书志伊诵先图

导江自岷山，导河自积石。沛乎放四海，万折一本出。观人务其大，忠孝无殊辙。修之为彝常，敷之为政术。硕儒与名臣，舍此无可说。觥觥稼门公，天挺熙朝杰。初试阳城宰，洊秉闽海钺。堂堂八州督，遍历吴楚越。所居俗潜移，所至弊先剔。芃芃郇伯雨，杲杲赵盾日。忧先范希文，清过包孝肃。观其设施间，十已见七八。或云过严明，或云基笃实。我言要不烦，至性公自别。不闻孝作忠，一语能事毕。读公诵先图，流涕声呜咽。为言风木馀，禄养久衔恤。宦辙况西东，祠墓展拜缺。岁时一回首，抚衷时恻怛。溯自得氏初，仍世光阀阅。在汉为龙骧，在唐为越国。校理与待制，一一难具悉。华胄世匪遥，清芬诵馀烈。降及渭水翁，宗绪只身孑。文学复早殒，遗孤幸存活。再成而有家，赖曾大母节。一经祖父承，昌炽遂难遏。世德与家传，觍缕曷胜述。影神纵非古，敬以当展谒。绘图十有四，兼及哲兄一。僾见忾乎闻，千载聚一室。吾儒重事亲，岂可间存殁。敬身懔冰渊，举足防颠蹶。观公用意处，直与古贤埒。一语不敢忘，矧敢玷芳洁。资孝以作忠，志定气不夺。以兹慎官箴，炳炳丹心揭。骑箕神已归，履险神犹怵。想见兢惕衷，夙夜怀明发。仰首龙眠山，松楸久宁谧。万峰叠苍翠，佳哉气郁郁。公论亦已定，公后当逢吉。矧闻竣测流，已得公文笔。滔滔朝宗水，源远流不竭。行将恢先绪，继起罗天阙。援毫代贞珉，谨告公来哲。

题桐城吴氏所藏史忠正公遗札有序

桐城吴孝廉姚夫人早孀，子德坚。明季流寇扰桐，避乱于潜山之龙湾，为贼所执，骂不绝口，贼手刃之。史忠正公可法抚皖，上其事得旌。史公丁艰去，德坚谢以书，公答书手迹云："节孝之门，自应昌大，况门下文名籍甚，自必卓有建立，以无愧明发之怀。若不孝，则积罪深矣，莫之能赎。惟读书野处，稍尽乌私，此外非所敢问也。辱教惓惓，率谢不尽。"后有张相国英跋纪其事。按《明史·列女传》，吴姚氏，湘潭知县之骐女。年十九夫亡。子德坚，襁褓抚之。越二十馀年，避贼潜山，德坚负氏逃，叱之曰：汝不能全母，顾绝父嗣乎！推之坠层崖下。须臾贼至，叱曰：出金可免。令解衣验之，骂曰：何物贼奴，敢作此语。贼怒，刃交下死。道光五年，余客皖城，夫人六世孙春麓侍御赓枚出史札见示，敬题其后。

忠孝无殊理，临危共致身。夫人凭一死，此札况千春。惨澹银钩古，模糊碧血新。前朝数行墨，光焰逼星辰。

群盗蹂桐皖，孤儿负母行。投崖重存祀，骂贼忿捐生。湘水清如此，姚夫人语，见家传。江流恨不平。麻衣多少泪，洒血一陈情。

胜国危如卵，孤撑一老存。大名光汗简，特笔表芳魂。世重忠贞迹，天怜节孝门。报施公论在，昌后有名孙。谓春麓侍御。

藉甚文名远，清门世德尊。诵先情悱恻，把卷涕潺湲。满纸星虹气，空山冰雪痕。题诗诸老遍，珍重比瑶璠。

八月七日，春麓侍御邀同姚石甫莹大尹登大观亭小集

缥渺凌空刹，苍茫倚槛身。涛声来树杪，秋色隐江滨。白鸟窥人远，青山阅世新。兴亡前代恨，振触一伤神。

安抚幽明格，忠宣祠庙新。丰碑争竭辭，大笔自璘彬。隔岸青山宅，孤坟碧血磷。文章与节义，一例炳星辰。云汀中丞书忠宣公传立石墓门，兼修太白当涂祠墓。

高节吴夫子，扶筇兴不孤。安危思往事，酬唱得吾徒。训俗婆心切，言诗道味腴。东南耆宿在，与世作师模。春麓侍御时掌教敬敷书院。

有客来沧海，新经战伐馀。惊心循吏传，流涕治安书。赤手还山后，狂歌识面初。艰难时事迫，西望一踟蹰。石甫令台湾，出入重洋，擒斩渠寇无算。

江左雄天堑，屏藩此上游。由来称重镇，终古借名流。歌泣千年事，行藏两鬓秋。凭栏惊岁晚，芦荻响飕飕。

信美非吾土，飘流又早秋。江山馀我辈，风月几南楼。世自娴巴曲，谁犹念楚囚。唯应偕汗漫，鹤背恣遨游。时约为白鹤峰之游。

乙酉中秋客皖城寄云渠兼痛伯氏

枞阳城畔皖公楼，佳节他乡又逗留。风雨关河两兄弟，凄凉庭院十中秋。荒坟谁为严樵采，孤馆犹思共唱酬。绝痛断行南去雁，不堪西望泪倾流。自丙子遭先慈大故，全家废中秋者十年矣。

晚登皖城眺望有怀云渠

芦荻萧疏柳渐芟，天边隐隐认归帆。高城孤馆柝声远，落日空江夜气严。万里生涯看短鬓，百年心事托长镵。蹉跎又是经时别，心折溪南几树杉。

汪芝亭太守出郑板桥家书卷子索题，书作于游西湖时，备言当路馈送银币宴会之数，寄其弟某，辞甚鄙琐，有感于中，辄书其后

男儿生不名一钱，卖文粗给粥与饘。须髯如戟饥不死，且可托钵随尘缘。板桥放笔春风颠，乘兴便欲窥坡仙。霜崖瘦节不自惜，尺牍琐琐时一存。生平肮脏负奇气，讵肯俯仰随市廛。夸言游兴聊自适，未免强饰欺家人。乃知节士要饥饿，龌龊乞食诚可怜。太守鉴藏多墨宝，而此亦未忍弃捐。怜才嗜古有同癖，展示不觉心怦然。嗟我口腹累安邑，皖公知我归无田。无田可归复不去，坐耗官粟宁非顽。故山消息悭黄耳，妻孥望眼知将穿。空函累幅亦何补，日以私简疲邮传。昨以家书托太守邮寄。老兄旦夕盼同叔，怜我野性难迁延。即当归去共寒饿，长镵生计良安便。岁云晏矣别公去，山川满眼空云烟。扬州佳丽况素习，讵可重烦地主贤。时宾谷中丞招为扬州之游。诗成视公公勿哂，人生何处无腰缠。

春麓侍御以登大观亭寄怀云汀中丞诗见示，率和并简中丞

放眼津亭此大观，扶筇绝磴几跻攀。江流浩浩天无尽，我辈寥寥云共闲。泽国秋明灊岳顶，高吟心折皖公山。登临更触平生感，倦鸟孤飞未易还。

陈叔安方澜皖江修禊图并序

叔安邀同人修禊江亭，无与绘图者，因取所藏文衡山画卷当之。画为横看子，山水、亭榭、人物俱备，情事颇合。其兄伯游作记，会者凡十一人。叔安出以索题，作此应之。

吾侪一游须一图，但恨画手无倪迂。荆关不作辋川死，坐令雅集成鸦涂。岂无人物工写照，刻画未免羞吴姝。咄哉君家好兄弟，作此狡狯供嬉娱。剡藤平滑三尺铺，大笑凡笔岂可污，我用我法模不模。乃能唤起三百年前客，重为诸君一一形神摹。皖江三月春风腴，夭桃纤柳摇烟芜。青杨白杨沓妥俱，破晓相约疲驴驱。过桥有坞坞有庐，庐中二客欢相呼。意态矫杰非凡夫，细看恐是元龙徒。其馀落落风神殊，酒龙诗虎兼禅臞。天然妙合不爽铢，谛审仿佛分眉须。隔朝韵事喧街衢，佳话遂遍东南隅。吁嗟衡山墓木亦已枯，江山胜迹几迁除。君家兄弟美且都，甚勿作剧恐近诬。衣冠优孟何地无，吾言非妄理不逾，为君一笑偿诗逋。

谢芝亭太守惠蟹，兼简吴春麓侍御、赵琴士绍祖征君、周伯恬仪暐、桂丹盟超万孝廉

江乡节物双螯拈，风味不数蚬与蚶。凌晨入市竞拣择，豪奴颐指分团尖。我时破悭费半百，解缚一笑才两箝。急呼獠奴沽酒

伺，竟日空嚼微腥黏。昨从拳庄方石伍于谷。乞一饱，湖田肥美芳且甜。皖城以湖蟹为最，江产不及也。归来三日对空案，口角时觉香涎馋。今晨忽忽食指动，筮易恰得山雷占。打门惊致太守命，爬沙郭索压满担。倾筐倒地动邻舍，检视一一戈铤铦。淫濡煦沫良可悯，尚带积潦秋芦淹。平头暴富不知惜，火急陵杂施姜盐。先生据案恣饱啖，僮仆狼藉夸属厌。却怜妻孥远道阻，未得举室分余甘。或言方书性冷滞，宿痼多食非所堪。自哂肝肠冰雪窟，胸中冷暖吾自谙。只愁泽国生理隘，况复前岁遭漂淹。河鱼大上哀鸿雁，积殍东下随螺蜬。太守泥中荷畚锸，遑计朝食口腹耽。岂知欢宴有今日，渔灯蟹舍环江潭。一物亦足征化理，想见惠泽周穷阎。吾侪小人受廛处，不复琐屑忧州监。老饕得此愿已足，而况夷粟受不嫌。作诗笑寄闵仲叔，坐累安邑今无惭。

陆祁孙画云汀中丞四十八岁小像索题

我初见公铜官渚，少年同踏省门鼓。春明再见判云泥，鬑鬑颔下各有髭。竭来共坐扬州月，十年不见生华发。皖公山下瞻风采，宦游又送江入海。江深海阔何处逢，惆怅云间陆士龙。凭将范水模山手，写出光风霁月容。光风霁月照环宇，公乎四海皆霖雨。画像已遍大江南，陆郎强欲留之住诗龛。诗龛住公公亦喜，人生难得是知己。君不见邓生橐笔老风尘，憔悴江湖实苦辛。丹青好手世不乏，谁貌寻常行路人?

皖江送石甫北上

君官八闽我客粤，南海东海中隔绝。同心天遣一相逢，可惜逢时是离别。离怀黯黯况九秋，愁霖三日为勾留。丈夫不洒别离泪，对子不觉先倾流。北风猎猎寒肌砭，黄河浊浪连天卷。东南方自亟才用，富贵逼人知不免。语君且莫愁颠踣，如尔人才岂易得。眉间黄气正飞扬，男儿未可轻量测。皖公山下一尊酒，骊唱在门鞭在手。野夫独坐听晨鸡，隔旦江头莫回首。

晚过东流

泛棹东流自在行，残阳荡漾縠纹轻。江空可惜难浮宅，山好何妨不著名。物外鲸鲵同偃蹇，胸中水月共澄清。此邦旧属陶彭泽，未负沈冥百世英。东流属旧彭泽，山谷诗云：“彭泽当此时，沈冥一世豪。”

卷第十四

渡扬子江有感

孤艇冲风岁几回，奔流时见浪花堆。惊心淮海十年别，到眼金焦两点开。断岸涛声应有恨，寒芜秋色不胜哀。多情独有扬州月，犹照寒江帆影来。

将至扬州先寄呈宾谷中丞

回首章门岁五迁，尘中溷迹剧堪怜。岂知落魄江淮客，重续题襟文字缘。到日梅花应满阁，别来霜鬓欲盈颠。劳公数载殷勤约，隔旦相看一惘然。

和宾谷中丞喜仆至兼呈幕中诸友诗

别公倏五年，贫病常相伴。飘零蓬梗踪，流落蛮荒县。遥遥阻关津，杳杳沈鲤雁。寤寐想风采，梦中时一见。前年岭徼归，谓当侍清宴。饥寒祸腐儒，行又罹忧患。侧卧资江湄，伛偻对庸贩。中夜起徬徨，仰见斗柄璨。心神忽飞越，秣马不及旦。戒途月在病，计日履淮甸。何知苦淹留，登堂逮岁晏。问我来何迟，惊我老可惋。幽言泻胸臆，苦语砭顽钝。吁嗟世途乖，顷刻纷万变。险巇朽栈危，飘忽苍狗幻。重以冰炭肠，所至被诬讪。政缘溺已深，绠短不能援。名声戒矜炫，光阴难把玩。感公大愿航，示我苦海岸。庶几齐得丧，不复忧汗漫。西山深邃处，中有胡麻饭。暂往寻洪厓，买田共耕佃。待公成功归，相从乐幽散。

同韵和宾谷中丞齿落见赠

涉世苦龃龉，怪事空书咄。所恃齿牙牢，快若硎新发。过刚理易折，知柔始慕舌。初如槎枿朽，渐比舆輻脱。䠶䡅两车摇，唅呀双洞豁。馀势落未已，存者不成列。空留三尺喙，已类韩非吃。矧怀曼倩饥，而抱文园渴。平生悭一饱，糠籺等甘滑。大嚼吾未尝，遑问无齿决。祝身如匏瓜，空洞无口说。饥饱不复知，岂复计穷达。先生说士甘，慎毋挂齿颊。相期洪井旁，漱石更晞发。

毛生甫次“咄”字韵见赠亦次韵奉答

君诗不相理，峻欲子卿咄。惜哉闻天音，噤口不一发。我诗聊拾慧，奈何齿先豁。时复效元聱，往往类扬吃。堂堂南丰翁，奔走群骥渴。邂逅章江滨，一语然明决。谓当出绪馀，立谈致卿列。岂期悬河口，寒蝉同结舌。吾道尚默缄，彼法无言说。安能慕齐赘，谈天炙毂滑。君齿比我少，君学先我达。而荷重语推，得不红两颊。吾生一委形，与物同解脱。唯有炯炯心，不死悬一发。

宾谷中丞重次前韵见赠叠韵奉答

入塾问公名，里师动呵咄。将老从公游，齿及语惮发。闲从辟咡旁，一使尘积豁。平生拙言词，家世矧謇吃。蔚起夸邓林，不救追日渴。自闻韶濩音，沛若江海决。公才雄百代，公位跻九列。卌载大将坛，挢遍小儒舌。咳唾羞雷同，喑哑避剿说。韩豪斗僧清，竽涩形簧滑。我穷空龁啮，公语何洞达。百诵口流沫，但少涡生颊。陋彼牙慧子，巧语弹丸脱。岂知杜陵翁，老去心如发。

答生甫次晏字韵见赠

泷驶岭路夷，飓息海波晏。仆初见生甫于章门，时余来自粤，生甫来自闽。天欲昌两生，万里促相见。与子俱飘泊，蓬虆各异县。别久征新获，馀事无所绻。主人今韩欧，国老邦之翰。学术辨真伪，风雅穷正变。怜子落蛮荒，悯子罹忧患。爱士大贤怀，才难圣所叹。余衰精久亡，子壮日方旦。安能饰图球，规作耳目玩。奇文发铿华，鲸吸而龙潠。迟子赓猗那，郊庙侑清宴。

中丞三叠"咄"字韵见示，次"宴"字韵奉答

文章盛欧阳，事功缅刘晏。古贤不复作，古义今犹见。此邦公旧镇，辐凑等赤县。中丞尝言，此间酬接之烦甚于良乡。萧然拥节吟，性命友朋倦。怜我阻荒隅，瘴岭劳尺翰。余客粤，公寄书见招未达。淮海再从公，展卷风云变。宇宙喜澄清，边事久不患。昨者军牒下，道路窃疑叹。况闻徐泗交，万畚役城旦。罪言固无补，当事敢泄玩。吾侪长田间，溪流习喷潠。荷锸我犹能，黄楼忆欢宴。

四叠"咄"字韵，戏答江石生之纪、顾竹畦蕙生

我如败军将，独语恒震咄。猛气思战场，拍张时一发。虽遭妻孥骂，稍觉心神豁。左袒遇北军，厚重语呐吃。二君皆寡言。守口如守瓶，坐视掘井渴。掩旗不欲战，回军忽我决。我思出偏师，屹屹崇墉列。难收老庞勋，空敝郦生舌。乃知制胜师，不在腾口说。峻坂远驭叱，危磴霜蹄滑。晋师已再败，秦关况四达。两大私郑滕，谁能为缓颊。东收肆西封，鹘起复兔脱。颇哀老子穷，

曳足惭结发。

次韵和宾谷中丞书事之作

梅花岭梅犹未开，桃花庵桃浪作堆，是谁偷律催春回？俗眼惊艳仙眼咍，促令巽六探孤梅。昨夜雪花飘瑟索，视梅破萼桃无著，嗟尔早开亦早落。

题宾谷中丞庐山简寂观图后

庐山古观幽且敻，观外松声瀑流竞。道人冥坐掩松关，天籁寥寥刁虚听。先生简寂性所惯，栗里高怀入孤咏。偶然出手息烦嚣，八极纷纭一览竟。人言息事转多事，病在居心先不净。岂知至人珠在渊，起灭万象涵明镜。浮云扰扰山自闲，高浪浑浑月本定。平生幽兴妨人觉，老境神明仗天胜。欲求半亩清净场，炼此尺宅光明性。陆公仙去今几载，院静无人坛影正。君看山下白云封，时有琼芝苦笋迸。观中有苦笋，为陆公手植。先生学道本夙慧，而况仙才天所命。只愁世外顽仙多，法令滋章烦报称。我今绝粒苦无术，妻孥屡叹尘生甑。何能晏坐丹鼎旁，且可归荷长镵柄。

前诗成，枉承宾谷中丞次韵见谢，叠韵奉答

元关丹室非遐敻，神马尻舆去来竞。下士闻道笑不休，真诰灵经苦荧听。我公道气酿天和，世俗但赏洛生咏。元神盎盎春自融，慧海深深蕴谁竟？偶然结习剩言诠，本无生灭何垢净。北宗已落第二义，苦怕尘埃著明镜。要知净土即根尘，此一重案须公定。海山风月更无边，未识人天定谁胜。嗟我灵扃扰六凿，陷溺方深迷本性。从公稍喜觉路先，昏夜欣瞻斗魁正。只嫌学道俗缘重，敢许题诗心药迸。神仙富贵世不乏，自厓而返难言命。千秋

陶陆两同社，重语频加惭不称。流光失手疾奔轮，世事回头嗟堕甑。径须去扫观中尘，我为公先挥帚柄。

次韵和宾谷中丞戏简晏起二首

百年老病常居半，小劫风雨几昏旦。劳生竟夕恋残毡，破壁寒釭照空案。鳏鱼守夜目长撑，黠鼠伺影眼偷看。朦胧掩卷畏奔鲟，氍毹从人骂风汉。蒙头一觉黑甜香，伸脚三竿红日惯。有时卧听午炊熟，披衣起看窗影旰。谁能无睡亦无醒，正坐有身斯有患。浮生扰扰原是梦，长夜漫漫谁与唤。何如四大一禅床，终朝踵息废鼻观。先生玉籍怕孤占，不惜金丹为讲贯。岂知下士慕华胥，何异朽株觊雕奂。从公已憾十年迟，食晌高眠百忧散。

公才倾注天下半，安用侈口读城旦。公心时游万物初，岂肯低头事堆案。偶然拄颊执手板，西山爽气朝来看。凤尾遍画肘生风，鸡人初叫天横汉。公四鼓即起治事。此时事了先心了，我自不堪兼不惯。倒床拥被正甘寝，鼾息如雷忘日旰。饥人梦取饱复与，去日无欢来可患。耳边时觉蚁声动，窗外徒闻人语唤。羡公内镜虚明宅，十载神栖简寂观。为霖普遍群生被，讲道分明万殊贯。寸田一息养天和，广厦千间觌高奂。宜懒技俩有时穷，一枕恬然乐幽散。

宾谷中丞复叠前韵见赠再和奉答

我生梦梦过百半，余明年五十。何异蝠燕争夕旦。多生未了宿世缘，从公又结一重案。公才公望世莫窥，爇天照海从人看。即论文字亦神技，直起八代窥两汉。人言至人本先觉，岂谓少成由习惯。看公平旦清明心，如日炯炯朝至旰。嗟我闻道悔不早，死生祸福非所患。年来万念俱消灭，唯有饥肠自鸣唤。此身久作方外游，世事犹嫌壁上观。公如说法证无上，我愧呼名迷一贯。欲求浊水摩尼珠，照我五蕴神明奂。来朝便拟登戒坛，安心一服清凉散。

吴小毂清皋孝廉次“敻”字韵见赠，叠韵奉答，即促其北上

别君十载阻荒敻，送尽征车九陌竞。世人争爱城旦书，家人言耳谁复听。君家凤池况故物，珥笔雍容待赓咏。先公早岁乞鉴湖，万斛词源倾莫竟。风表棱棱山岳尊，胸怀落落冰雪净。当年我拜德公榻，时接谈笑蒙藻镜。重来无复灵光存，炳蔚祥麟馀角定。羡君不愧名父子，正复惭卿亦殊胜。野鹤昂藏恋旧巢，辕驹局促非本性。题诗已过宗武律，执笔不减诚悬正。即当接武骋天衢，双辔连镳马蹄迸。谓令弟西毂编修。嗟我自少苦名场，老艰一第知有命。幼舆丘壑夙所习，罗隐科名原不称。看君清庙荐明禋，岂有玉瓒侪瓦甑。鹏飞鹢退各一天，此诗异日资谈柄。

生甫次前韵见赠叠韵奉答

怪君诗思险且敻，造次欲揽蛟龙竞。市儿村媪漫惊猜，里耳巴音久习听。坐令跋浪翻风手，拒户块处成孤咏。寒汀朔雁群自叫，病茧冰丝绪难竟。泬寥秋削霜崖高，潆洄濑激沙垠净。有时刻意写尨毯，镂画纤毫幽可镜。忽尔万窍喧钟镛，簸摇星岳光不定。古心鞭令世路夷，绮语消知道力胜。胸中哀乐本非人，世上笑啼宁有性。国风谑浪已近淫，二雅褊迫终非正。看君命意与古抗，如江滥觞泉始迸。岂知腥膻忌孤洁，况复文章憎达命。此才于世本不宜，此调于今尤不称。劝君且勿忧毁弃，何地雷鸣非釜

瓻。从渠乌衣马粪儿，终日相看捉犀柄。

生甫再叠前韵亦再作兼送归嘉定

君昔浮家闽海夐，坐看海若波臣竞。归来老屋东海滨，百怪喧腾入幽听。尔间巨物此为最，赋笔不数元虚咏。君诗乃如照海烛，亥竖所幅未足竟。鱼龙百戏争鼓荡，天水一色自澄净。胸吞云梦芥蒂耳，潇湘未抵一泓镜。涪翁苦推大国楚，此论未公吾敢定。迩来更扫文字障，百辈从渠争负胜。唯馀万古风骚心，泽草不改芬芳性。流离誓墓良可悲，哀怨成音总非正。看君巨浸洪涛卷，使我废井枯泉迸。文章小技能见道，我辈穷途贵知命。省身那免尤悔集，寡过先期名实称。羡君怀橘趋北堂，母制衣待妻涤瓻。棉定奇温痛鲜民，心怆儿时熨斗柄。

生甫复叠前韵送北上作此戏答

长安日近途非夐，衮衮输蹄去如竞。野人西向忽掉头，一笑狂歌君勿听。十年踏遍软红尘，多生梦断霓裳咏。骑驴旅食味已谙，尺箠馀半行将竟。迩来最怕铃驮声，万斛征尘洗俱净。头颅如许岂不知，更扫丹铅对明镜。蛾眉强画老可丑，藜藿生甘天已定。如君所言正复佳，百败何能一战胜。欲求朝日苜蓿盘，娱我暮齿冰蘖性。鸡虫得失吾无惭，老伴宫墙术亦正。分无禄命庇妻子，差免饥寒怨流迸。穷儒食籍虽久注，上丁一饱宁非命。世事原非懒散宜，冷官却与疏慵称。拣瘦凭分博士羊，生尘不怕莱芜瓻。且学呼名作选人，径须结舌防谗柄。

消寒第一集，同赋东坡先生真一酒歌，倒次原韵

公昔醉游无何乡，炯然非醉亦非狂。偶瞰尘世睨空王，醒眼

玩视老与庄。人间浊水不可尝，华池丹井无尽藏。要使真一流天浆，即用坡公游博罗香积寺句。宅空出虚法莫详。披云拨雪摇晴光，际天波浮琼瀡香。想见万顷酣娇黄，吁嗟丁壬竞炎凉。众生蠢蠢萌螭蝗，安得一酌调阴阳。先生后公来蜀冈，谓宾谷中丞。重瞻北斗森寒芒。

消寒第二集，观禹鸿胪之鼎十国职贡图，敬书其后

康熙中年职贡图，谁其绘者禹鸿胪。西讫土鲁东海隅，名曰十国别以区。睢睢盱盱状各殊，形制诡异难具摹。孰为陪隶孰厮徒，了了衣褶穷眉须。是时三孽久伏诛，准噶尔亦已就俘。天戈所指如拉枯，水詟鲛鳄陆貔貙。汗流垓坫喘瀛堧，搏颡奔角称臣奴。九仪司宾珥笔趋，绘图思博天颜愉。高颧齃鼻耳锯锯，被服明丽何其都。想见圣泽为涵濡，康熙朝至乾隆初。以圣继圣泰阶符，百年三世交教敷。蠢蠢回部尚负嵎，赫然西顾烦庙谟。神孙奋起挥天殳，辟地遂至二万馀。大开明堂同车书，俘其明王释其孥。西南际天千百国，一一冠佩趋天衢。储山汇海图形模，邃初以来典册无。斯图得不为权舆，桐城相国旧硕肤。图有张文端跋语。南城先生今鸿儒，后先躬际唐与虞。扬厉伟烈盛业铺，如闻堂阶相都俞。鲰生管见惭拘墟，俚言纪实非贡谀。

宾谷中丞枉题余兄弟听雨山房、南村耦耕二图，有"子勿如苏公，虚言还故乡"语，辞旨深厚，感叹不已。因以为韵，作十诗奉谢。毛生甫亦同韵见赠，故末章云然

起家自田间，少小亲耒耜。蹉跎三十年，尽室呼庚癸。宁知

万间厦，亦等窭人子。西溪与南村，所言皆妄耳。中丞有《西溪渔隐图》。

哲士甘沉沦，伟人参密勿。各有能不能，未用相伸诎。求田古所讳，作吏我何屈。徒嚣而无羸，公许吾久不。

仲氏古节士，力田抱犁锄。坐令蓬藁终，亦复谁不如。南溪夜来雨，瀌瀌鸣沟渠。忆弟正孤眠，起坐摊农书。

买田不求羸，但了公家租。生儿不惭陋，但取给樵苏。此愿宁复奢，此乐未易图。雷僭两别驾，永负耕田夫。

饥肠习藜苋，荒岁尝不充。好官多得钱，岂足救吾穷。吾穷固有命，不见南城公。服官五十年，归无半亩宫。

畴昔有成言，相将赋移居。翕然两老翁，乐此夜月虚。仓皇别猿鸟，刺促登征车。山灵应抚掌，此犹不足与。

岁行昔在戌，守岁我还辕。入门惊妇稚，欢声溢柴门。流离痛存殁，负米馀残魂。归田虽有约，悲怆不能言。

圣不辞委吏，贤不耻抱关。广文官独冷，垂老思抗颜。苜蓿贫亦知，聊以全疏顽。君看遇风鸟，高翥未易还。

毛生贫过我，养母有书库。寸田自耘锄，所获亦已裕。此士落江湖，细思昧其故。归与且乐饥，吾已安吾素。

人事宁有极，天意未可量。嗟嗟眉山翁，万古老蛮荒。当年对床约，讵为官职妨。感公乐遁意，夜雨思故乡。

忆癸酉除夕客扬州，有“过梦鸡年无足玩，来骑鹤地更多艰”句，忽忽十二年矣。乙酉复度岁于此，振触前言，漫纪二律

岁纪一周天，飘流仍可怜。重来骑鹤地，又过梦鸡年。台榭前尘迹，风霜宿草烟。江神应谅我，当不为腰缠。

蒿目悲时事，怆怀感索居。治河无善策，已瘘有多车。漫作送穷赋，空馀乞米书。真成一出妄，归计转愁余。

正月六日，宾谷中丞招同诸君游焦山，晚饮芙蓉楼饯别，中丞先成二律，次韵奉谢

过江前约在，明日又逢人。中丞往官都转时，常以人日邀幕僚过江宴集焦山，今壁间有人日游焦山诗刻。咫尺蓬莱岛，萧闲世外身。寺藏周代物，山接汉时春。旧句同珍护，文章固有神。

手把玉芙蓉，苍茫四眺中。寥寥虚阁上，渺渺大江东。形胜南徐重，名声北斗崇。懽悰兼别绪，酾酒一临风。

八日大风，渡江幸而获济，仍次前韵呈中丞，兼简同游诸君

归田何时计，相庆且为人。穷薄难言命，艰危偶脱身。鱼龙看百戏，风物渺千春。亦欲盟江水，吾生不足神。

震荡万芙蓉，奔腾一气中。直倾三峡险，高汇大瀛东。砥柱中流定，危樯夕照崇。谁为济川楫，聊复御长风。

清河舟中却寄宾谷、云汀两中丞

长淮一帆风，三日到淮浦。沿淮数百里，万灶蛙生釜。凭舷瞰崇墉，列雉俯可数。淮高河益骄，河怒淮更阻。可怜几束薪，益以一抔土。辛苦役黔髡，畚锸劳万杵。西京下下策，用之矧乃卤。谁其改弦张，师水不师禹。

河性滞且悍，河怒气尤倍。豫兖徐冀交，终古几迁改。疏瀹与决排，顺性斯无悔。譬彼医病者，遇邪急疏解。塞口止儿啼，其死可立待。吾闻水就下，导之使入海。古道今已湮，古法今尚在。怀襄亦既甚，慨焉瞻渤澥。

治河兼治淮，清黄在涤荡；治河兼治漕，百万资馈饟。劳巨费正等，利均害亦彷。煌煌济运书，忠言一何谠。搬仓策讵下，航海议非创。不谓数大事，落落归吾党。昨来淮泗交，流民遍郊壤。昏垫劳帝衷，毋徒咎既往。

淮浦遇唐子范

相违倏一纪，握手不胜情。仲子犹无恙，东坡本幸生。子范闻余有东坡海南之信。艰难时势迫，忧患梦魂惊。归计君须决，风波不可行。

子范嗜饮，倩人绘一小像抱酒瓮而笑。漫书数语于上

车如鸡栖马如狗，疾恶如风钳在口。人间何处容雌黄，是中只合饮醇酒。与子一别今十年，饥寒不死良可怜。相逢一醉岂易得，转恨清江非酒泉。清江浊浪吸怒鲸，海气昼晦蛟涎腥。知君抱瓮良有意，但愿长醉不复醒。君家蜀道青天上，我亦狂吟怀漫浪。安能尽醉区中民，湘水岷江皆美酿。

三百三十有三石图座主韩树屏先生命题并序

乾隆中，大兴朱竹君学士筠视学闽中，所获多绩古士。凡来谒者，却其贽，令人致一石，各镌姓名于上。共得石若干，作亭庑之，名曰三百三十有三士亭。嘉庆已卯，座主韩公继往，作图记其事。道光六年丙戌春，显鹤重来京师，谒公邸第，出以命题，敬书其后。

砥行见峻节，攻错须他山。孤怀介于石，要以心自鞭，大兴狷洁怀，寓之于米颠。爱士如爱石，石交金可捐。七闽孕奇崛，百怪光璘瑞。硁硁与珞珞，都入采风轩。拔尤砭其顽，心苦为雕剜。登堂代执贽，一一名姓镌。遂令玉笋班，济济符周官。作堂名友清，佳话留海堧。吾师昌黎公，风表山斗尊。落落两夫子，使节光后先。公馀此留览，触目皆琅玕。想见闽海士，仍世被陶甄。菲才负磨砻，丑石不成妍。宝燕已可哂，剖璞徒自怜。却喜小符郎，头角真崭然。图绘公执卷坐亭上，幼子侍侧。相期上鸾坡，讵止识金根。名德当继起，会踵旧巢痕。

都门留别十首

韩树屏先生

苍松百尺倚孤根，中立棱棱执宁尊。圣世本无门户见，老成尚有典型存。两朝优眷难谋退，公日思乞退未果。弟子零星已负恩。手订编年需校定，别公无语但声吞。公将以自订年谱命显鹤校定作序，适显鹤出都期迫，约以他日寄示。

李春湖中丞

杉湖六载恣遨游，临水看山又一楼。中丞粤中寓园楼名。不道朝官仍世外，时未补官。依然金石与坟丘。见中丞诗集。知名亦有孔北海，真赏谁如高蜀州。遗山句。说到纪群交谊笃，临歧先我泪倾流。

陈硕士学士用光

海内文章姚比部，桐城家法守新城。于今此道少师授，馀事能诗非俗情。先传正思求特笔，高轩何意屈前旌。显鹤至都，尚未修谒，承公先施。公超门巷方成市，偏我来迟又速征。结语意谓上元管异之孝廉也，时异之方以乡举，出公门下。

吴兰雪舍人

澈翁澈后诗逾洁，兰雪近号澈翁，刻有《再生草》。一卷重看是正声。见道语消才子气，无邪思本国风情。忏馀绮梦经千劫，修到梅花定几生。君自号梅隐中书，又爱富春梅花之胜，思卜筑其下，作《九里梅花村舍图》。除是湘君知此意，烟波万顷待君行。君尝以未至湘中为恨。

李海帆观察宗传

白也嵚崎兴最豪，相从排日醉醇醪。租驴可笑书三纸，投辖何曾得六鳌。观察有《沧海钓鳌图》。海国荒凉思惠泽，春明岑寂感风骚。此间无地容伧楚，归卧湘江待节旄。时观察以知府在部谒选，私祝其来吾楚也。

姚石甫大令

吊古伤春数举杯，皖公山畔又燕台。一官君已成孤注，十上吾犹剩死灰。汝不负丞丞负汝，才还需世世需才。似闻当宁知循续，鬓发如今尚未摧。石甫引见，有旨以县丞用，方谋捐复，又为部中所抑。事闻，寻奉特旨俞允。

汪孟慈农部喜孙

不见汪伦十载馀，京华握手互欷嘘。重从拜母登堂后，转忆班荆道故初。早岁心期党锢传，终身泪洒凿楹书。君校刊先集《述学》八卷，最为精致。传经世业君何愧，惭负松间旧草庐。君有《授经图》，显鹤亦追绘先大父《松堂读书图》。

陈伯游上舍方海

北来局促六十日，扪舌终朝畏谤讪。除却诣君常闭户，独能使我一开颜。无惭白直书黄纸，伯游时方供事内阁。几许林牙列玉班。老识紫芝思叔度，谓令弟方澜。别怀那不泪潸潸。

谭桐生孝廉祖同

漫劳相访已三年，京洛初逢一惘然。穷甚岛郊为世弃，才逾过迈是家传。尚书清节先朝重，太守仁风下邑宣。我是州民飘泊久，迟君兄弟拜尊前。尊公铁箫先生，时方守吾郡，君偕令弟梅丞拔萃计偕北上，访余都门旅寓，遂订交焉。

廖春泉孝廉宗湘

与尔相期郭隗台，众中一见诧龙媒。白头求试惊吾老，青眼高歌望子来。屈宋乡风家有集，郴湘清气例生才。吾衰只合归闾里，万古骚坛孰主裁？春泉郴州人，与同郡陈云心起诗皆吾乡才士，同出春湖中丞门。

泰安道中寄唐镜海太守肥城镜海居太夫人忧，时方庐墓于此。

仆仆长城道，关河信马蹄。朝暾明岳色，海气涌天脐。横侧千峰合，坳洼万谷低。泷冈渺何处，怅望岱云西。

泰山纪游十首

儿时思岱游，垂老始一到。荡荡苍精天，万古此笼罩。连朝喧地轴，石骨困凌暴。矫首青帝宫，广博难名号。兹来睹真形，稍稍窥灵奥。混茫一气连，奔驶万峰导。龟凫尽蚁垤，里社纷羽翱。高里、社首，皆山名。伟兹出震尊，万类失雄骜。想见子孟子，岩岩俨道貌。仰瞻吾末从，得路且深造。

晨出登封门，荟蔚朝暾射。崖磴盘晴空，袅袅露一罅。凌虚步方蹑，游目神已暇。溅溅桃花峪，入胜如啖蔗。风篁韵敻响，岩流时一泻。晗呀洞口开，缥渺飞甍跨。恍疑尘境隔，已有仙灵迓。小憩试甘泠，隐真悟元化。自登封门而上，曰一天门，为入盘道之始。又北为万仙楼，下为隐真洞，东有涧水，北为桃花峪。又有古龙泉观，今为斗母宫，小憩煮茗，已觉身世俱忘矣。

耀灵辟丹障，转侧渐成峰。荡摇光不定，漾漾金芙蓉。破空裂银雪，飞出两白龙。下为百尺潭，疑有潜虬钟。阴厓闷太古，时见麋鹿踪。灵气倏往来，白云起蓬蓬。深入壶天阁，想像蓬莱宫。中道吾敢画，天关行已通。由斗母宫上高老桥三里，抵水帘洞。仰视天半诸峰，在晨曦荡漾中，空翠万状。西北为天绅岩，飞瀑下注。再上即壶天阁，名曰石关，俗呼回马岭，应劭封禅仪所谓天关是也。西北过步天桥。

云深渐迷路，松响若导人。萧萧老龙吟，天半时一闻。仆夫疲登降，快活寻水滨。霏霏喷珠琲，鬣鬣张髯鳞。松气杂水气，化作万顷云。云多松不受，触石成囷轮。蟠崖裂苍髓，孕雪蕴古春。叵耐五大夫，咄嗟辱嬴秦。谁高处士名，山有处士松。惟岳当降神。郁郁苍溪根，浩浩苍天垠。天高倪听卑，吾言不足陈。由步天桥升二天门，自上下下者三，为倒三盘；里之稍坦迤者三，为快活三。过此即御帐坪，上有飞瀑。其北为五大夫松。又上为小天门，两崖对立，古松千万株穿岩裂壁而出，白云蓬蓬涨满山谷，信奇观也。再上即十八盘，奇险特绝。

升天既险阻，问天更悠谬。转转扪天脐，已见天光漏。寥寥风过箫，宛宛云出窦。天语惝恍闻，天颜咫尺觏。近思秦汉封，远忆轩黄狩。升中礼数烦，刻石铭词陋。虚闻云亭禅，谁见乔松寿。赞颂本无名，謏词况雕镂。可怜杜拾遗，刻划夸神秀。奉土加泰山，詹詹吾敢又。从十八盘望南天门，如从穴中窥天，盘尽，见天门倏破一线，天风寥寥然吸人而人，至此，真欲扪星辰而叫阊阖矣。

幢幢碧霞宫，矗矗翠微岑。其西为黄华，莲洞承其阴。黄华、莲华二洞皆山顶胜境。翩跹鸾鹤群，缨络垂璆琳。天风一以吹，空谷鸣瑶琴。惟神称富媪，众母扬徽音。眷兹东南民，牲币神所歆。迩来苦蝗魃，又复愁霖霪。时泰安以北苦旱，赤地千里，蒙阴以南，又苦雨潦。淮汶转漕艰，万舳胶莱浔。圭璧亦几罄，茭茎力不任。岳职帝股肱，矧迫慈仁心。民瘼岂不闻，天鉴昭昭临。灵贶应不爽，愿言竭微忱。元君祠，宋建，名昭应祠，明成化间改称碧霞灵应宫，香火极盛。

我昔过曲阜，亲登阙里堂。巍巍望吴峰，复睹夫子墙。吴门见匹练，圣师此遥望。想当凭眺时，登降几回翔。至今过化亭，皓皓争秋阳。圣德天难绘，圣学天可量。名山万万古，真气弥八荒。大哉小天下，仰视苍穹苍。山顶之西有望吴峰，俗呼孔子岩，即颜子从孔子望吴阊门处。上为过化亭，下有孔庙，其前有坊曰“吴门圣迹”。

游览亦几倦，搜剔遍榛葛。虹光时隐见，崖壁倏呈豁。煌煌开元铭，籀书奔骥渴。其词亦典则，想是燕许笔。上言前型求，下言后患遏。三德兹俭谦，惟天祖昭察。秦已灾风雨，汉复污简策。以上皆综括铭词。观其所自铭，谓足惩骄佚。岂知制六合，祸乃衅闺闼。侈心一以萌，溺情了不割。崎岖蜀道危，凄凉南内活。回首齐州烟，封燎犹秘辞。景德东封颂，欲湔澶渊屈。摩崖久镵损，馀字无可述。何如无字碑，终古插嵑嶭。秦与复汉与，荒诞不足诘。望吴峰之东，为东岳庙，即封禅处也。其北峭壁森立，为大观峰，有唐玄宗《纪泰山铭》，御制八分书，碑铭典雅，书极遒劲。东为宋真宗摩崖碑，为后人镵损，仅存二百馀字。绝顶曰太平顶，俗呼玉皇顶，上有登封台，秦无字碑在焉，顾亭林辨为汉武立，恐或然也。

盲者难为视，聋者难为言。目睫不自见，焉知泰岱尊。世贤矜目论，仰昧扶桑暾。自沉无底渊，妄想测天根。端然谓天小，面墙肆狂奔。操戈恣掊击，歧路分荆榛。其流判二氏，社鬼滋淫昏。不如林放乎，木铎万古振。圣道昭日星，亘古此乾坤。登高发深省，入道思得门。

学仙我不能，学佛我不晓。遥遥仰止心，落落孤怀绕。置身万仞颠，翘足八荒表。所托既已高，俯视得不小。海风万里吹，阳乌堕莽渺。孤高怯惊飙，独立心神悄。摩云岭名。下山来，瞥若孤鸿矫。回首望天门，众山青未了。

徂徕山下作再简镜海

崛彊一峰孤，傲不附岱麓。逼处压所尊，离立邈焉独。观其奇杰气，到天不少蹙。譬彼狂狷流，迈往难屈服。世无夫子圣，宁甘老穷谷。缅维石先生，于兹结茅屋。志行山并峻，遂为世指目。名高怨易丛，身殁祸几续。何如本师贤，春温饶秋肃。风开濂洛先，化被齐鲁速。至今百代士，景行远私淑。吾友今醇儒，芳踪踵遗躅。庐墓亦一节，至性孚草木。丧礼久放失，贤者起编录。岂惟订遗亡，庶以敦薄俗。想见汶泗间，断断奉明复。

连日与魏筠谷孝廉显达，历询北来所过山水，途人率举土名，其最著者犹可指拟也。筠谷有诗，戏赋为答

山川能说重当时，舍子多闻定语谁。敖具名嫌原不废，绎蒙形似更无疑。眼中历历奚斯颂，耳底琅琅杜老诗。筠谷车中诵老杜齐鲁诗殆遍。试向牟嬴征五汶，水经地志待重披。

卷第十五

六月朔日抵扬州，宾谷中丞招饮，出示近作，赋此奉谢；即次暮春示幕中诸友，并见寄都中元韵

贫女愆期老不嫁，病发垂肩丑可讶。一朝弄影入深宫，何苦牵萝补茅舍。飘零故笥针已抛，狼籍残脂妆久卸。偶然机杼邻姬窃，已觉泥涂旧侣谢。衮衮争看云骑飞，栖栖惯被关吏骂。辞尊居卑古有语，就嚣求赢我未暇。归来凭渠百辈嘲，依旧从公一榻借。公时被命将趋阙，待漏晨兴方问夜。为怜小草感将离，且对芳樽倾若下。眼前花事久岑寂，胜会燕台几流亚。空馀吟兴与天高，谁挽狂涛向东泻。百年世事杞忧多，一瞬风光槐梦乍。从渠扰扰鸡虫争，坐阅纷纷蜂蠋化。

宾谷中丞得诗，复取前未用韵作一首见答，亦次韵勉和

我以辕驹半涂罢，公如大厦千间架。十年归计坐无秋，一笑依公还过夏。多生结习老尚狃，梦里风波醒愈怕。世路方惊蜀道难，人情久厌垣衍诈。敢云头衔称冷官，或免朱门乞残炙。去国已无公卿惜，到门尚有儿童迓。老兄幼子共扶掖，蠹简褛衣相枕藉。开轩面面矗菡萏，宅前有九峰如莲花因名曰小九华。绕舍丛丛阴桑柘。送公补衮去朝天，容我橐笔老躬稼。他年归奉洛社觞，公与大庾相国

有九老社之约。倘来同习泽宫射。

次韵答宾谷中丞闻余述归途泰山游有作

缥渺神仙不可求，此行聊作岱宗游。余早岁望岱诗，有“儿时拟作岱宗游”之句。东方终古夸三大，海外谁言更九州。触石遍为天下雨，归田难忘古今愁。来诗有“平子何须咏四愁”语。谁知举世瞻星岳，亦恋孤蒲旧日秋。

扬州晤屠琴坞太守倬出潜园吟社图属题，即用图中自题诗“潜园多水竹，庭户日夕幽”为韵，作十小诗应之

漫叟语不漫，其诗精且严。岂独精且严，音与韶濩涵。闭门读君诗，亦复古贤耽。庶几漫郎漫，无愧潜夫潜。

陶公厌束带，守拙归田园。胸中有至乐，时一写其天。稍与香火社，遂堕文字禅。彼哉庞通辈，亦以先生传。

茹者思一吐，劳者思一歌。无疾而呻吟，群谓之吟魔。闻君开潜园，啸侣遍岩阿。太丘道诚广，赏心古岂多。

君昔宰真州，力挽吴风靡。一曲于芳于，歌泣遍闾里。至今邑中黔，日望东山起。何以慰穷阎，书年复大水。

蹴屋西湖滨，奇石环修竹。藏舟壑忽移，近以园赁人。空忆筼筜谷。侧闻苏叔党，行已继高躅。谓公子修伯。遄归苦无田，头白窘炊玉。

我未见君面，而久知君名。君名越山高，诗亦越水清。清平山下路，在西湖，君早岁读书处。寤寐想柴扃。老矣识紫芝，得不惭径庭。

陈生名父子，著书深闭户。昨日闻君来，扫榻为起舞。疥驼绝姿媚，时被狗曲侮。且勿争妍媸，穷则视所与。

劳生厌鸣铎，正坐一妄出。栖栖如狗马，得一已百失。恶妇忽美游，且复留十日。结习谅难忘，吾穷久可必。

救饥莫如粟，救寒莫如帛。讽君诗度日，虀肠习美炙。胸中千卷书，湖上几两屐。安得往从之，聊以永今夕。

今夕复何夕，一雨成凉秋。思园花木繁，展卷林塘幽。解衣共磅礴，已忘古今愁。吾言不足存，此卷当长留。

六月六日雨中同人集陈牧堂逢衡思园，分韵得三字

招隐诗成一笑堪，天教踪迹聚淮南。孤怀落落空漫浪，余夙与春湖中丞有卜宅浯溪之约，琴坞近亦自号漫士。我辈寥寥无二三。骤雨顿教炎暑失，高言未觉素心惭。闭门况有陈师道，歌啸何妨竟日酣。

次韵和云汀中丞视海运，驻节宝山祭海神、登炮台示属吏作

谁将赤手障狂澜，航海千艘得纵观。群议力排天独断，知人

善任帝其难。云开岛屿三山远，日丽鱼龙百戏看。纤纩不惊香篆静，神鸦早已报平安。

夹右浮舟计未疏，转输从古重天储。柏冬屡楗陈登堰，凿险难通郑国渠。民力东南疲挽运，皇仁宵旰悯穷闾。梯航岁赆由来旧，一仗仙风万里嘘。

诏书恻怛几传宣，万舳云屯籽粒鲜。溟澥岂能忘帝力，幽明早已服公贤。谓中丞祷冰祝蝗旧事。神仓例贮天囷粟，星汉争飞瀚海船。莫讶登瀛吟望久，使君持节本神仙。

长揖军门许过从，海涵地负示优容。虚言借箸筹前席，去岁中丞移抚江苏，承以海运事宜下采，蒙实无能为役。重愧佣田缺正供。作镇公真杜武库，同舟人是郭林宗。谓耦庚方伯。迂生何幸依仁宇，况托维桑矢敬恭。

琴坞出示与云汀中丞唱和诗，即次卷中榻字韵奉简中丞，兼呈贺耦庚方伯长龄

十载坐破幼安榻，萧萧四壁同戒衲。妻孥屡诉盆盎空，龌龊从人乞瓿合。今年大笑忽西向，落魄依然衰鬓飒。栖栖狗马怯泥涂，阁阁街衢厌蛙蛤。归途苦雨。昂头忽到泰岱巅，绝顶排云叫阊阖。秦封汉畤遍搜剔，玉检金泥粉错杂。天风莽荡万里吹，咫尺抟桑开镜匣。此时呼吸与天通，下视尘寰何冗阘。便思学道求仙诀，丹井华泉聊一吸。罡风复遣堕人间，自哂瑶台难僭躐。故人清望太山重，万斛词源倒三峡。悯我凡骨非仙胎，怜我癯颜惭佛胛。摧颓老骥恋荒栈，凄切寒螀吟病叶。云龙上下分难逐，鸥鹭

东西盟许狎。怀刺时蒙倒屣迎，招延何止下车揖。煌煌列宿三辰正，浩浩空江万流纳。龙门双辟仰同舟，饭颗重逢馀一笠。已惊陈榻为徐悬，更喜严诗编杜集。潜园漫士今漫叟，醉语謷牙互酬答。绘图出示邗沟隅，慰我抱璞荆山泣。当今海宇际承平，四序不忒三灵洽。河渠海运近孔棘，贾策虞言争涉猎。艰难宏济仗公等，不废刍荛共延接。书生前箸更谁筹，拟卖藏书亲梵夹。唯馀结习山水癖，障簏何如双屐蜡。逗遛且莫笑贾胡，尚欲相从过𦞦腊。

次韵赠答赵艮甫函明经，即书其乐潜堂诗集后

铸错何堪聚六州，弃繻归去更无求。敢云碌碌轻馀子，已免哓哓事闹侯。骂坐灌夫原任侠，狂言杜牧剧风流。相逢更有无穷感，今古茫茫貉一丘。

心折溪南几树杉，“蹉跎又是经时别，心折溪南树几杉。”余近寄家兄句也。车尘未涤又征帆。连年奔走缘何事，此曲孤高迥隔凡。烟月横斜吟翠羽，江花萧瑟感青衫。只愁绮语消难尽，拟欲相从把药镵。艮甫时方买妾扬州。

艮甫招同屠琴坞、金手山学莲、毛牛甫复集牧堂思园，琴坞先成三律，次韵奉答

语讹嫌齿豁，户小怯杯宽。共有多生累，聊为半日欢。漂流同土梗，风味任茨兰。次炭吾肠惯，枯桐试一弹。

长昼名园静，闲踪我辈稀。相逢何太晚，忍说送将归。时余将理

归棹，诸君子皆有眷眷不舍之意。黯淡疏花映，飘萧病发晞。谁能更拘束，醉语任天机。

甘瓠蒸鹅项，肥瓜煮鳖裙。欢娱同骨肉，謦欬薄风云。莫漫吟庄舄，犹堪张楚军。吾侪俱老矣，旧句。矻矻待膏焚。

漫与

秋来渐觉二毛添，身世如棋信手拈。胜固欣然败亦喜，住诚佳耳去何嫌。本无恩怨遑论报，已决行藏不待占。早晚归休江上宅，水乡荒岁底留淹。

后淮阳秋感十首

廿年七度客芜城，诗卷重看气渐平。出水新荷浑欲老，向人疏柳尚多情。中宵灯火秋先冷，八月涛声梦易惊。怅望江关倍萧瑟，天涯愁绝庾兰成。

一尊聊复与淹留，零落淮南桂树秋。垂老犹然累安邑，依人大好是荆州。离怀未理笑相乐，来日方难我欲愁。说到穷途知已感，夜光掩抑更谁投。

汉家盐铁议桓宽，卅载持筹似冷官。朽蠹务除关法立，脂膏不润识心安。深宫正忆河东郡，当代谁登海右坛？惆怅骊驹又催别，朝暾高隔五云端。时宾谷节使方内召。

连舻缥渺大瀛东，天庾飙驰玉粒红。禹贡旧通沿海道，汉庭新策转输功。云汀中丞以海运功赏戴花翎。运筹久已劳刘晏，免胄今犹望叶公。满眼哀鸿遍中泽，飞章何日达宸听。时中丞以勘水灾过扬。

长淮竟夜倒天瓢，蠢尔蛟鼍势正嚣。河伯忍教平地壑，雨师争助怒涛骄。鱼粮寂寂连村卷，雁税鳞鳞比户凋。此处由来财赋重，岂知卤斥误肥饶。

重臣稠叠驻麾旄，谁斩支祁立断鳌。嫩堰孤危冬日迫，横流仓卒海门高，刍茭枉自疲民力，宵旰何由释圣劳。闻说群公金鉴在，岂容明镜昧纤毫。时河臣方修《行水金鉴》。

豕奔五咄敢纵横，吉语西陲诏罢兵。天旅已欣擒颉利，见邸抄，知回逆奇比勒迪已被诱斩。边隅且喜树长城。谓提督杨公遇春今总制陕甘全省。榆关雪尽妖星扫，玉塞秋高汉月明。只有骊渠关睿虑，诸公莫但俟河清。

海滨积岁靖游氛，蛮触无端又角群。绝岛波涛哗小丑，重洋烽燧照悬军。烟霾蜃市缠兵气，雨洒榕城洗阵云。指日罗平妖鸟尽，不劳庙算策殊勋。时台湾蠢动，有旨命孙制军准驻师厦门。

烟月虹桥迹已迷，蜀冈回首更堪悲。谓廖复堂都转官两淮时事。罪言无补闻谁戒，公论犹存事共知。荒径久栽栖鹤地，枯桐难忘赏音时。归鹤亭在都转署，廖公建，今毁。仆见知宾谷中丞实始于此。即今桑下仍三宿，忍向西风诉别离。

行藏出处本难偕，得失升沉数更乖。各有身心安定处，那无忧乐后先怀。文非载道言何益，用苟违才弃亦佳。多谢平生师友意，冷官今已免挤排。

余留别海帆观察诗，有“归卧湘江待节旄”句，望其来吾楚也。观察果出守永州，既喜吾言之中，又贺永人之得贤守也，辄有是作

澹岩山水绝清幽，不谓真鸣湘上驺。边郡正思息蚺虐，吾言何止协龟谋。文章况近柳司马，政绩还如元道州。自喜浯溪有成约，一毡或许伴遨头。

邗上重晤唐丈陶山方伯出示全集，赋此奉呈，即次近作留别张古馀太守“论”字韵

相逢曾此地，展卷喜重论。著述千秋重，枌榆一老尊。楚风堪补缺，汉学早寻源。并世吾犹幸，追随况里门。

归田无半亩，旧业且还论。共有依人感，犹堪抱道尊。谈诗辟宗派，养性瀹灵源。耆旧谁能匹，期公在鹿门。

此邦公旧治，时势更难论。未息蛟鼍怒，徒添棨戟尊。六州能几铸，万事莫穷源。多少流民泪，谁犹绘监门。

庭诰征诗礼，蛮荒共讨论。与公子镜海太守订交桂林。得交名父子，如对古贤尊。衡岱同高峙，资湘无浊源。昨来齐鲁地，争说郑公门。镜海方庐墓肥城，余北归拟过访而未果也。

送宾谷中丞还都，兼简李春湖中丞、陈石士学士、吴兰雪舍人、陈伯游上舍、谭桐生孝廉

双旌卷高秋，驷马鸣交衢。夫子今内召，驾言趋皇都。长淮郁迢迢，川原奔回纡。公行已有日，公怀曷由抒。顾惟秦晁辈，晨夕欢相于。一朝失依倚，皇皇将焉如。贱子辱见招，三载淹荒隅。我来公又去，含嚏不得舒。揽涕临歧路，停立以踟蹰。

两淮盐策利，岁算亿万缗。国家财赋地，岂可轻仔肩。厥初重风宪，直指岁一巡。后稍归内务，轻重或失伦。圣皇嗣位初，赫然用重臣。期以名德儒，靖此乱丝棼。公再起视事，积弊快一伸。东南力几竭，喘息苏疲民。要知根本计，岂徒转输均。天子悯公劳，而又嘉公勋。吾今召若矣，受替难其人。辛勤又五载，乃今荷温纶。

温纶速公去，王事苦难停。嗷嗷东南民，万户悲风腥。相率卧公辙，满耳哀鸿鸣。眷兹淮泗交，谁令成沧溟。矧又西事亟，朝命方用兵。天子正侧席，宰相争倾诚。觥觥庙堂间，发言几盈庭。似闻谋虽多，帝意向老成。怀哉望皇路，揽辔思澄清。

公才匪时相，公学方古儒，文章与经济，二者原相需。缅惟南丰翁，欧黄同里闾。阅今七百载，派衍西江图。公今朝右去，复得陈李吴。湛湛东乡诗，槃槃临川书。新城谨于文，力可追古初。三绝俱公乡，性情况交孚。悬知退食后，酬封德不孤。更有鄱阳君，出语惊匡庐。渊源出老彭，伯游为彭甘亭弟子。亦是公之徒。谭生名父子，呕心薄时誉。凡此后起秀，不可无师模。公暇进之

前，征余言非诬。荐士岂我职，因风致区区。

苦雨简陶山丈

苦雨经秋又浃旬，感时蒿目益伤神。娲皇无术补天漏，造物何心定我贫。颇有京房说灾异，更无郑侠绘流民。宵来怕见长沙子，乡里讹传恐是真。

次韵和宾谷中丞闻开王营城坝泄水入海州之作

老成忧国几踌躇，厌听愁霖大上鱼。河复空吟坡老句，时清谁策贾生书。阳侯海若更相笑，赪尾哀鸿不少舒。揽辔登车无限意，筹边西望更何如？

深念一首次中丞淮海韵

深念谁知嫠恤纬，端居漫笑杞忧天。筑谋久耗司农籍，纪岁仍书大水年。薪土绸缪方改道，刍茭仓卒正输边。已虚汉吏三条策，况赋周宣六月篇。

寄赠屠修伯秉

我交苏长公，心服太丘广。盛德必有后，斜川果嗣响。若翁袖诗来，到眼珠光晃。有如与可竹，咫尺势寻丈。想见落笔先，纵心极孤往。岂徒得翁笔，行将继盟长。宇宙渺贤哲，老成日凋丧。火尽须薪传，后先此遥望。安得如君才，接武布天壤。匪徒若翁庆，斯道有倚仗。吾衰久废学，两儿更卤莽。读翁示符诗，琴隖有示子秉诗极佳。使我增怅惘。何时泛剡棹，一访苏叔党。

题琴坞摄山纪游卷子同游为王朴山道士、释默然，事在嘉庆癸酉秋，三人皆有诗。琴坞追作此卷，备书三人诗于上。

栖霞洞壑费攀寻，记得盘陀石上琴。三客并忘尘劫世，十年一瞬去来今。延秋山借齐梁色，示疾人馀漫浪吟。琴坞近引疾里居，自号潜园漫士。我亦最高峰下过，生天成佛两难任。

寄子范淮浦

与子重逢泪欲挥，别来仍被贾胡讥。长淮浪急愁鱼上，泽国天寒念鹤饥。善不可为何况恶，去将焉往孰如归。西川米贱无烽火，迟尔将雏学鹄飞。

赠车秋舲持谦秀才，即题其奉花楼卷子后

秋舲为邵阳车黄门鼎晋四世孙，黄门久移居金陵，今为上元人。

吾乡黄门古直臣，名德踵接父子孙。旧家播越典型在，馀泽往往生才人。我交车子日虽浅，江汉知是岷嶓源。乡井难忘况贤杰，一见奚止同姻亲。淮南秋雨歌吹散，时辱存问通殷勤。此邦信美非吾土，狂名吾久嗤司勋。秦淮固是佳丽地，板桥珠市春光繁。风流岂乏顿杨辈，缟衣聊乐非思存。绘图寄意耽禅悦，天女来试花缤纷。乃知哲士有深意，莲泥不染清净因。才名矧称袁丝婿，神仙佳偶今罕伦。君继配为随园翁女孙，有《归燕楼诗集》。二南之化基窈窕，此乐岂易古所云。囊萤阁上车氏楼名。光焞焞，九重犹觉巢痕温。待君走马长安陌，看花归去寻榆枌。

八月晦日康山小集，宾谷中丞用少陵“老去才难尽”语为起句作诗见示，是夜被酒不寐，枕上率得四首奉答

老去才难尽，无才气渐低。摧颓惭病鹤，展转厌荒鸡。淮海方昏垫，西南正鼓鼙。冯唐衰飒甚，已分辱涂泥。

老去才难尽，才多与命仇。虎头争食肉，猿臂靳封侯。乡曲嗤翁子，清时弃马周。淮南秋雨歇，丛桂且淹留。

老去才难尽，才多与俗违。疥驼姿不媚，轻蝶性翻飞。吾道无誉毁，人言有是非。骊驹行已唱，休劝客毋归。

老去才难尽，才消念转平。艰难谢时事　忧患馀余生。公自三朝老，谁为万里城。感秋兼惜别，拉杂不成声。

同生甫送宾谷中丞至召伯埭，复次公留别韵作一律

深惭幕府虚前席，无补丝毫费奉钱。今日送公过旧埭，故巢回首已荒烟。那堪蒿目兼怀古，纵不伤离亦可怜。为问长淮君子水，重迎旌节复何年？

蚌中七佛歌为琴坞太守作

阎浮世界藏须弥，百亿万相涵光辉。偶尔启钥露端倪，不可思议难理推。想非想人想非非，一蚌七佛伊谁为？了了混沌生须眉，面目毕具神无亏。袒膊露腹凹其脐，跣足趺坐胛少肥。翩跹

缨络莲座垂，衣纹钩勒画莫施。聚如昴散如斗魁，层霄珠彩明牟尼。问君何从获此奇，真州僧舍荒江湄。惝恍入梦心然疑，肃然象教谁敢嬉。出示满座动色咨，迷者瞪目悟者悲。屠侯屠侯获此匪夷思，此邦固是侯所治。庚桑畏垒今犹尸，水乡荒岁风日凄。佛力不到民溺饥，翘首天末矧鼓鼙。哀哉众生逢百罹，大悲观世涕交颐。侯其再出拯灾黎，此蚌得非神示机。区区戒杀非佛慈，门生食议奚取斯。琴坞持戒甚严。

题武伯生万里浪游图

丈夫安能老牖下，男子要须志四方。回首五溪天共远，随身一剑匣生芒。飞鸿了了时留迹，疲马劳劳尚服箱。满眼沧溟行不得，无田吾已决归乡。

琴坞席上晤曹种水言纯明经，以“白头相见江南”为韵，赋赠六诗，兼送琴坞归钱塘，时余将还楚中

两年客淮南，门巷绝行迹。临别始识元，不耻已足惜。悄然冰雪翁，馀事称诗伯。牵引谁使然，至诚感甫白。

越客吟庄舄，南冠縶楚囚。举杯一相属，各有胸中秋。丈夫生世间，岂可独自谋。老矣无能为，所恋屋两头。时为余题《南村草堂图》诗。

至宝不散朴，暗然金玉相。至行不外铄，匪假文彩扬。缤纷饰麟楦，奚啻多歧羊。君看穷谷士，殁身无否臧。

海内为文章，屠侯特精悍。长城遇偏师，并力相拒扞。我惭邾莒陋，敢希邹楚战。聊为壁上观，百闻输一见。

钝翁古节士，百折气不降。昔日淮南秋，风雨同寒釭。老友徐钝弇世钢与君同里交好。饥鹤失故巢，只影栖荒江。君归访死生，耆旧思马庞。

耆旧世无几，存者复西南。会合吾无欢，别味良久谙。屠侯戒归棹，余亦促征骖。后会难可知，皓首期无惭。

池州道中，偶忆宾谷中丞与陶山方伯倡和“陵”字韵诗，率尔成句，即寄二公

昏昏断岸兼天迥，莽莽寒潮挟雨腾。故垒千年明荻港，秋风一夕泊铜陵。孤吟未敢轻馀子，好事争夸擅九能。谁识梅根荒浦畔，有人深夜片帆乘。

夜过采石矶

矶边寂寞青山宅，矶上荒凉太白楼。人世千年无此客，江湖永夜一扁舟。寒星闪闪月欲堕，远浦沉沉帆未收。莫更狂吟羡仙去，骑鲸何处是丹丘。

过枞阳吊吴春麓侍御，兼简方石伍于毂、姚石甫、汪奂之正荣、厚之正堃兄弟

六皖经年共晦明，谆谆时事几盱衡。九原可作思随会，千里能来愧巨卿。泽国荒凉仍被水，穷边仓卒正筹兵。小同家祭应相告，地下犹闻太息声。

海内文章递主盟，此邦耆旧最知名。岂知隔岁同欢笑，重向荒江问死生。老去方干栖故里，耽吟姚合滞春明。石塘无数桃花水，忍忆汪伦送我情。

黄州赤壁矶绝顶谒苏祠

岧峣绝壁俯层冈，老子当年兴欲狂。风月依然谁管领，江山如此要文章。浮生一瞬几回乐，造物千秋无尽藏。只惜我来公不返，空江孤鹤自回翔。

武昌道中书感

连年河患海东隅，蠢蠢支祁未翦除。旅食忍听淮浦雁，乡心空忆武昌鱼。颇闻安集劳贤尹，稍见流亡复故居。连日见楚中官吏护送淮扬灾民东下。我亦州民间南北，洞庭西望倍踟蹰。湖南州县亦多被水。

卷第十六

北湖怀古和程春海恩泽学使作

平湖一曲郴州北，寒涧荒畦寻不得。先生健笔百川障，蛮中再睹昌黎伯。当时量移仍坎轲，此地待命聊偃息。眼中了了乡国隔，朝士懔懔权奸逼。出令方忧国柄窃，申名何论使家抑。薪刍馆候烦地主，岭祲江氛共眠食。荒荒秋夜月三骰，默默幽居天四塞。更无宰执谅忠鲠，空许鬼神通正直。公乎绝徼千行泪，洒向蛮天无处滴。践蛇履蛊百不择，赖有兹湖荡胸臆。又鱼且喜春岸阔，对酒浑忘边地谪。朝呼功曹夕员外，湖上往往留行迹。追思去官祸无妄，岂意兹游乐无极。自春徂秋曾几日，已见纷纷共鲧斥。虫飞虺螫见未曾，枭噪狐鸣更谁惜。同官刘柳尚尔尔，何论伾文与李实。乃知小人福君子，兹丘得不为乐国。君看一片沦漪影，中有万古风霜色。只今淤废剩积潦，摵摵西风飐寒荻。先生来后公千载，輶轩偶驻感今昔。邦君亦是李伯康，谓曾石友刺史。浚湖作堂环种植。遂令几棱荒塍畔，依然万顷玻璃碧。公之气久塞两仪，如水行地无不历。而况兹邦公所习，登堂恍惚瞻来格。煌煌文字纪乐石，大书深刻永不泐。云龙追逐斗山峻，佳话流风被遐逖。作歌亦拟附韩门，奈区宏辈非籍湜。

呈春海学使即次见示步严丽生学淦明府元韵

卿云瞻黼黻，斗极仰魁杓。分已辞侪辈，情还托末僚。纷纶规左马，浑灏溯姬姚。款款怀难尽，熊熊焰欲烧。古心鞭俗学，长剑倚层霄。看放辞场步，时芟艺圃条。陈言风扫箨，雅韵籁鸣箫。科第占仪羽，功名薄珥貂。遂持邛筰节，重上楚黔轺。展转巡蛮徼，回环御使镳。剖荆分鼠璞，纫艾别兰椒。顾我真驴蹇，谁犹赋藿苗。归惭室人谪，出畏简书招。忆往初偕计，狂呼冀获枭。登台何衮衮，献赋各飘飘。竟坐车中老，虚蒙幕府邀。烟花隋苑冷，獦獠岭泷遥。厌听吴娘曲，悲吟蜒女谣。本无毫发补，徒遣岁华消。岂谓黄钟奏，翻因牛铎调。求田虽讳许，乐遁喜逢超。绝栈来严助，仙曹得子乔。神交异域合，旧雨片言要。伐木搜幽谷，趋衙觌绮寮。拔葹心不死，入爨尾仍焦。故业思焚砚，劳生惮蹑跻。扣槃愁蚓响，拨镫耆龙跳。组织千丝茧，汪洋万顷潮。公出示橡茧十咏及昌黎北湖怀古诸作。煌煌朱鸟配，奕奕赤城标。拟继霓裳操，啁啾愧六么。

张草堂启庚大令家奉新之药山，所治县亦俱有药山名，因画采药图索题，漫书其后，兼呈王香杜金策大令

癯仙家住碧云深，出领花封尽杏林。治县谱成医国手，宰官身见活人心。故山枸菊应无恙，下邑蕿苓未易寻。谁识个中滋味苦，探囊长物只枯苓。

使君心事苦分明，聊托高踪采药行。小草几人惭出后，大丹何日见功成。鸡痈豕毒有时蒂，威喜灵华不世生。但愿长镵亲手把，空山风雪长黄精。

俭岁谁传绝粒法，衰年空读摄生经。便思地肺寻迷谷，永忆

天脐老茯苓。谓香杜。时与草堂同居。贫国疮痍难遽起，名山草木况无灵。因君更触孱躯感，回首荒斋苜蓿青。

枉春海学使寄赠订交诗，次韵仰答，兼简丽生

然明杂众中，一语晋卿识。马周起徒步，天子席为侧。古来气类感，风云变颜色。当其快所遭，倾吐抉胸臆。小之昌其诗，辛苦娱笔墨。论交无穷达，亦不限南北。何况得吾徒，斯道有羽翼。觥觥程夫子，矫矫万夫特。家世出大儒，早以身许国。煌煌周孔业，岂在高官职。即以当官论，夙夜耻伴食。语其刚介气，已足惩苟得。以兹结主知，屡为多士式。衡山高峨峨，湘水清湜湜。公来端士习，先去其心贼。然后教以文，优劣明黜陟。譬之菽嘉种，莠尽苗始植。譬之作器用，质美藻乃饰。迩来二载馀，转移征道力。悠悠贱子怀，冉冉岁华逼。咎责塞穹厚，精光坐薄蚀。惟有肝膈间，悃悃馀悬愊。自审与世忤，寒蝉道宜默。岂冀君子知，登堂履门阈。斯文日破裂，贤者起纴织。庶几古深衣，稍稍规衡直。所嗟穷者郊，尺布易为德。被服何辉煌，不称惧滋惑。我生三闾乡，纬缅惭正则。已分汨罗旁，老死无足勒。枉荷公连篇，得不凄以恻。升沉分已定，不藉詹尹仂。原押“防”字。日来持手版，伛偻不得息。扪心背负芒，蹇步衣钩棘。吁嗟天地广，世路何逼仄。严生亦同病，倥偬并案亟。丽生时奉檄谳积案。晨持公诗示，待报逮昏黑。作诗兼报公，琐琐不足忆。北堂萱正荣，公其善保啬。我诗非公伦，大海惭蠡测。

次韵寄酬周文泉乐清明府见赠三首

公庭杜迹久，投刺转嫌迟。别有千秋感，非徒一卷诗。升沉良定矣，清浊一中之。已分盐虀老，无颜谢故知。

古梅称县古，溪峒万山巅。竟日焚香坐，铭心一缕烟。操刀聊莞尔，即事定欣然。为问漫郎漫，何如仙令仙？

好趁放衙暇，时过隐者庐。谓硐东。政先商拔薤，俗已化悬鱼。顾我诚顽劣，低头畏简书。何当践前约，归及麦秋初。

题谭铁箫光祐郡伯诗集后

铁箫吹破古时春，百炼钢经万劫尘。史笔早空文苑传，世缘偶见宰官身。上仙冠佩云霞丽，大将旌旗壁垒新。要识本来真面目，掣鲸戏翠总通神。

侠儒仙佛理原通，儿女英雄事本同。郡伯早岁有《英雄儿女图》。匹马秋风鸣霹雳，双鬟夜月唱玲珑。放怀鸟道青天外，觅句蚕丛古寺中。眼底开明四万载，纵横今古可无公。

一麾还驻楚江滨，山郡蚩氓未易驯。种韭官箴非异术，佩刀俚俗已全淳。楼头兴发双清月，陇畔欢腾六岭春。莫更娵隅畏蛮语，陆家兄弟是州民。

深惭姓字十年知，得识荆州恨已迟。名德如公三不朽，孤生于世百无宜。寒毡分已甘匏系，清奉谁犹念鹤饥。为问斜川苏叔党，几时问绢访湘累。时迟公子桐生昆仲未至。

题张淑先吁天煮药图并序

道光七年丁亥春，余来星沙，晤奉新张草堂大令，悉其女弟淑先死孝事，并得诸城王香杜大令、湘潭张蓉裳学博所作碑铭诗序，言孝女事甚详。窃叹淑先一女子，至性所结，不惜殒身以生死父，天亦遂若曲从之，以成其志。乡之族姻邻里，缙绅耆老，相与醵金构祠，以妥女灵；海内士大夫闻其事者，竞为诗词，以传播远迩，皆天理人情之极。此其足以雪行道之涕，而汗青简之编者矣。岂偶然哉！余既哀淑先之死于孝，又嘉草堂友于诚笃，不忍没其女弟之善，绘图乞诗，以永其传，俱可感也。为赋斯篇，事在纪实，言之无文。

父生儿生，父死儿死；此身与父，誓相终始。儿命父命，儿身父身；父命不延，儿身曷存！药铲茅檐，雪虐风号。朝夕必在，情理实劳。父病纾矣，儿体痡矣；父病苏矣，儿命殂矣！父死之生，儿生之死。伤哉孝子，卓哉女子。小姑无郎，大家有兄。启箧出疏，发言涕横。煌煌灵祠，有葂其里。我言不诬，人心不死。

次韵和宋梅生观察喜雨见示，兼简哲嗣少梅晏春大令

漫将天地作蘧庐，习气年来未尽除。客里共听连夜雨，老怀欢读九农书。花封汜濩春无限，子舍亲承乐有馀。我亦一廛分惠泽，全家谷口更焉如。

梅生观察叠韵枉赠，亦叠韵再答

春风旬日坐精庐，积岁尘悰藉扫除。七叶芬芳人有集，一门风雅婢知书。观察合其兄妹诗刻为《芳猷堂集》。镜中颜发湖光里，家南昌东湖上。物外功名笑语馀。杜老诗篇浑漫与，即论句法有谁如。

叠韵简王香杜、张草堂两大令

环堵萧然两敝庐，一官曾是敕亲除。已拚拄颊为蛮语，不碍

投闲读道书。时香杜方注《道德经》。周北张南穷巷里，楝风梅雨夜灯馀。相逢应话还山好，可念山人百不如。

叠韵再题梅生观察心铁石斋诗集

特开真面识匡庐，胸有西江况涤除。直造古人匪形貌，能华吾气是诗书。称心脱口谈何易，贯札揕胸勇有馀。唐代香山宋务观，诚斋以下更谁如。

和春海学使浯溪诗兼简李海帆观察

自有浯溪来，世知有漫叟。游览凡几辈，诗篇在人口。反复中兴义，辨诘徒纷纠。揆之兹山蕴，曾不获一剖。论史非游山，山灵拒不受。亦有好事人，搜剔到窊臼。戈戈持目论，得一遗八九。其馀苦疥壁，名姓知谁某。抔湖退谷间，妄冀称尚友。亮非丹崖翁，适足为山垢。山灵诉之帝，兹丘特孤负。安得漫浪徒，畀以桑郦手。镂划尽山妙，与山同不朽。公时侍帝侧，帝笑觞以酒。往宅南正司，远迹重华狩。公持径寸管，弭节兹山阜。刻意收昔遁，力破乾坤纽。何颠何者麓，谁左复谁右。向背分阴阳，开阖别奇耦。俄焉臻窔奥，倏尔洞户牖。鬼物匿情状，神人露肩肘。或森若剑戟，或肃若尊卣。潭潭狮象蹲，宛宛蛟螭走。细欲穷豪芒，钜乃塞穹厚。清妍字照江，错落天帖斗。胸真无尽藏，目已空诸有。势将仆命骚，奚论愚辱柳。乃知有此山，应以此诗寿。卜居负成约，挢舌颜重忸。誓欲录万本，深刻齐岣嵝。仰见鹑尾间，虹光耀列宿。持此慰山灵，兼之讯贤守。

春海学使见题听雨图次韵奉谢

眉州苦爱居嵩洛，卜筑先愁一个弱。常州乞住颍州隔，万古雷儋枉遭虐。男儿老去万事废，身世茫茫更谁托。百年苦短夜苦永，送尽华年是宵柝。挑灯听雨话畴昔，时有虹光吐霜锷。亦知高官无足恋，但恨古人不可作。头颅如许欲何为，更裹春丝自缠缚。乞米终朝问市价，驻颜何处寻灵药。阿兄一笑手中柄，此计安便良不错。清奉未妨分鹤料，黄钟岂意谐牛铎。只愁饱啖大官羊，未免饥噪空仓雀。腐儒屑屑一餐靳，莫夜懔懔四金却。要知肥瘦共寒饿，终胜俯仰随绳削。先生胸次万间厦，课士芳规清且恪。郄公乐遁奖恬退，表圣耐辱甘休莫。公听檐外潇潇响，忍对残缸抛夙约。连朝风雨散衙归，闭门辄作数日恶。

张蓉裳家榘学博先宅在湘潭，颇擅林壑之胜，后以贫故弃去，转徙蹴屋无定所。因取宋人“人家居室须三分水，二分竹，一分屋”语，倩汤小浯𧒂绘图寄意，为赋此诗

湘竹千亩斑，湘水千顷绿。湘中林壑不费钱，何地无屋无水竹。岂知兹事最寻常，偏为幽人靳此福。先生家世居湘湄，绕舍修篁映池田。儿时放学恣览眺，回塘幽径森在目。开轩浓翠落几席，照影寒漪浮净渌。旧家播越地易主，卅载饥驱似奔鹿。陆居无屋水无船，回首平泉但陵谷。至今一椽乏栖止，破屋打头甘苜蓿。时官新化学博。故山结念矢勿谖，梦境时时造林麓。几分水竹一分屋，但逢佳处思卜筑。谁与作图玉茗生，落纸云烟迷尺幅。君看楼榭空濛中，万个摇风浪纹蹙。先生吟罢理文轸，日暮天寒写高躅。想见茅檐金石声，四壁鸣泉戛寒玉。寓形宇内原寄耳，百岁风光如转烛。安能俯仰随桔槔，老卖卢龙抗尘俗。南村风月尚有馀，竟欲买邻就君卜。

寄黄虎痴本骥孝廉南阳

入洛才名众口喧，岿然一个尚孤存。凋零兄妹遗文在，虎痴与兄伯良齐名，女弟若芬亦能诗，俱早世有遗集。萧索关河长物尊。虎痴好蓄金石文字，名其所居为三长物斋。落日寻诗瞻少室，西风弹铗过夷门。归舟好载韩陵石，老眼重揩与细论。

赠别王香杜大令东归五首，兼呈程春海学使

见君一何迟，别君一何速。造物忌合并，赋分宜块独。早春我来湘，君行久已卜。衔恤奉老母，悲喜杂心曲。石尤讵解意，回棹相往复。会合吾无欢，别意操已蹙。谁能瘁心力，对此方残局。无聊复无聊，长歌以当哭！

去国二十年，眼中无故物。所至惧触触，怀古空郁郁。诗人张水部，蓉裳学博。爱我情入骨。学官隶程门，病颡同剪拂。山公人伦鉴，春海学使。青眼不易刮。每谒必称君，寤寐为仿佛。口来证所闻，气益为之夺。使君天下才，华国资黼黻。岂有殉土牛，翻让驶车乞。穷子伊谁力，吾道分宜屈。沉沉古狱铁，不掘复何袚。

声音诚小道，微与性命通。杜韩非诗人，借以写其胸。三百今不亡，中有真气充。诗非无为作，一语破群蒙。纤儿饰伪器，琐屑涂青红。但取悦耳目，殉人昧厥躬。未死神已敝，妄托诗能穷。文章自载道，不仅言语工。起衰复谁责，吾思廓清功。

当代盛骚坛，洋洋表海风。君家新城公，久已称大宗。青州与德水，亦各一时雄。近者推二李，高密李石桐、少鹤兄弟。出语无凡

庸。荒凉二客吟，寒涧声淙淙。石桐订《唐贤主客图》，哀其兄弟所作为《二客吟》。其徒尚宗派，吾尤服熙翁。王吏部宁焯。君侯最后出，正待偏师攻。语其雄直气，力可霸海东。谁令太白豪，化为东野穷。九原如可作，萧萧鹤与桐。

我有平生交，远在东海隅。死者长渺茫，生者阻音书。君为尚未发，吾意已先驱。之罘山下路，历历吾能摹。君归趋北堂，拜母携鹓雏。对妇胜俗客，有弟能扶锄。誓墓出苦语，临行重欷嘘。早退良复佳，世事曷赖乎！翘首望西南，时势方艰虞。如君用世才，讵可轻舍诸。不见昌黎公，荐士时延誉。春海先生最器君，屡为人言君才可大用。勖哉厚自爱，慎子千金躯。

晨起出临湘门送家兄归资中，返过黄氏颐园，听虎痴兄女婉琳弹平沙落雁

麓山晓望烟光紫，远浦沉沉天没水。行人独上渡头船，秋在湘天雁声里。归途静听颐园琴，伤尽湖湘万古心。君家雁行更凄绝，伶仃孤女声幽咽。幽咽移时响复停，此时孤雁正南征。左家娇女应相忆，如听寒机断续声。

腊月十三日雪中移居通守署旁，枉春海学使贺诗，次韵为谢

谷阴榻影悬犹昨，夏秋间两寓使署，斋前有老谷树，即李春湖侍郎视学时所建之得树轩也。雪里巢痕扫又新。杜老胸中千广厦，伯通庑下几高人。浮生已分蜗粘壁，客迹争如蚁过邻。却怪天公太矜宠，故将玉戏屏氛尘。

南村依旧此西堂，残岁峥嵘客绪忙。略有吟情迟策蹇，渐看生意到垂杨。时距立春七日。回春律暖嘘寒谷，贯月虹腾发古光。四壁悬公赠言殆遍。忽忆年时小儿女，瓦盆同嚼雪齑香。公诗促明春迎取眷属，故及之。

春海学使以岁暮杂感叠前韵诗见示，次韵奉答

迎春喜见乡风旧，馈岁惊看节物新。拍手休谈天下事，高歌空望眼中人。自怜萧瑟罗含宅，日近芬芳孟母邻。莫怪寒毡太岑寂，也持手版伺风尘。

惊心驹隙去堂堂，腊底人情赴壑忙。薄俗生涯甘冷淡，衰年意气怕飞扬。天随性与江湖习，吏部文真日月光。隔岁云泥镇相望，春风回首御垆香。

春海学使见和诗，有“连宵听雨定怀人”句，谓家兄云渠也。次韵敬答，并简云渠

北郭峰峦仍似旧，南村景物又更新。平生苦恋两头屋，投老犹依四海人。听雨未酬苏氏约，耦耕终结许由邻。年来一事差堪慰，已涤长安衣上尘。

蓬蒿未翦旧松堂，百计求闲转得忙。信有天全如苦李，未应闰厄到黄杨。乡俗闰年禁上学赴官，余到官恰以闰五月。食贫差免妻孥谪，薄宦难为里族光。惟有双梅亲手植，雪中依旧喷寒香。

移居后连日大雪赋呈春海学使

门径全封岁欲殚，连朝雪意尚阑珊。初移厨灶烧难热，未剪

蓬蒿扫复漫，隔巷群尨争吠影，踏冰老鹤独言寒。吟怀倍忆昌黎叟，属和还应到冷官。

醉司命日作，复用前韵和春海学使

云车来往莫辞烦，挈得娇孙佩玉珊。只道乞怜来老妇，岂期求福遍仙官。人间原有炙手热，世上宁无避炀寒。我自瘦羊穷博士，送君风雨作漫漫。

复雪次前韵呈春海学使

冻合江天寒未已，堆馀庭户积还新。更无荒径能容辙，坐拥寒毡怕诣人。画意弥漫烦北苑，歌声隐约出东邻。不妨檐流斋厨湿，一涤空庖甑上尘。

耽吟恰忆聚星堂，险韵尖叉白战忙。但觉诗情在驴背，时于野岸露髡杨。爬沙屑玉萧骚响，瑟缩晨曦熿烑光。风味陶家应不恶，夜寒微露茗炉香。

叠韵再酬春海学使

老去年华忙里过，鬓边霜雪镜中新。便思漫浪追聱叟，时方刻《浯溪唱和诗》。其奈衙官非替人。妥脅无妨居隔巷，衮萝何敢结比邻。分公一勺清湘水，已涤胸前万斛尘。

冲寒无计怯登堂，排日敲门索句忙。冷宦枯肠甘苜蓿，清时赋手薄长杨。放怀已自随元化，努力还须爱景光。终拟程门亲立雪，试将一瓣爇心香。

同王香杜、黄虎痴约以来岁上寅日邀同人过江，为三闾作生日，香杜先有诗，次韵同作

椒浆同酹楚江春，特为先生慎选宾。二十五篇光日月，几千馀岁旧庚寅。沅湘哀怨多迁客，风雅凌夷要主人。我是同乡更同病，簸扬箕口倍能神。

书春海学使题阙雯山岚画潮手卷后

雯翁画潮令潮立，先生诗笔海潮吸。苍茫尺幅淋漓湿，中有百万鱼龙蛰。我观翁画已绝伦，公诗尤使画通神。丹青好手岂易得，世上疥壁何纷纷。吁嗟龙眠骨已朽，即今谁是宋元手。即春海学使题画卷中语。一语可慰枞阳叟，此诗此画当并寿。

康中丞绍镛行年图二十四首

鲤庭学礼

公自序略云：乾隆庚子，余龄十一，随宦信江，始习礼，图之以志向学之始。

风世莫如诗，宰世莫如礼。男儿释菜初，万事从兹始。先生家世今大儒，传家一艺惟经畬。世间尽有嘲徇曲，安得司空城旦书。

风雪归舟

公自序略云：先荣禄捐馆舍，眷属留滞章江，抵冬始归。扶榇登舟，历彭蠡，溯江汉，道襄阳，水程二千。风雪横江，波涛汹涌，相对凄绝，至今有馀怆焉。

朝发章江门，暮宿章江水，风雪渺天涯，孤舟行未已。沿江

溯汉情凄切，麻衣照尽空江雪。一片寒云画不成，江水无情但呜咽。

山阳侨寓

公自序略云：自樊城陆行，道新野、南阳，抵荥泽，逾河，达怀庆府河内县之清华镇，即古太行县治所。丹陉在其西北，为入山首路。时先约伯兄少山会丧陉口，乃蹴屋为休顿计。而裹粮遂罄，不能前，不得已遂寓于（北）〔此〕，因亟谋窀穸以妥先灵。图之以示子孙，知昔日之艰难也。

渺渺太行云，依依陉口树。岁暮阻归程，僦居谋小住。笛声凄绝古山阳，可怜负土遂他乡。华阴二彦长侨寄，守家先征作阙祥。

彭门负笈

公自序略云：余兄弟既居山阳，伯父茂园公惧其村居废学，乃携至彭城官舍，廷四明黄东井先生督课之。师资所自，不敢忘也。

汉世重师承，韩门立师说。伟人有天授，师资不忍灭。风流江夏无双童，谓黄支山孝廉。我交令子知乃翁。煌煌房杜曾北面，安用补传传王通。支山以先公家传见属。

金陵求友

公自序略云：越岁戊申，东井师捧檄羊城。伯父为方伯金陵，携余兄弟之官塾于瞻园，时桐城姚先生姬传掌教钟山书院，遂师事焉。而伯父前廉访江苏，所得八郡才士七人，至是并招致之，与余兄弟　切，极一时朋友文学之盛云。

好士康合河，怜才姚比部。海内两龙门，时髦争景附。英英七子旧知名，云龙追逐金陵城。即今广厦庇天下，依然汾曲老经生。

蹇驴赴试

公自序略云：岁辛亥，余年二十二，自京师策蹇西归，始应童子试，试辄第一。明年，偕兄弟同赴晋阳应试，亦皆第一。余食饩，旋膺乡荐。自荣禄捐馆后，流寓山阳，音问寂息十馀年矣。至是涉滹沱，度井陉，始识乡井，而亲故无一人识者。

作客方十龄，还家倏二纪。历历询征途，殷殷向井里。一鞭蹀躞汾阴旁，居人为指郑公乡。通德门高须继起，看花已兆马蹄香。

春雨课耕

公自序略云：侨寓太行之阳，将一纪矣。林木水泉，民居土壤，已习而安之，有长为农夫 之志。

泥融水初浑，雨细秧正绿。倚杖听流泉，隔溪啼布谷。大河沃野多膏腴，风景南溪入画图。傅岩霖雨苍生遍，谁信识字耕田夫。

圪围射猎

公自序略云：距村六七里而遥，即太行山麓。山颠有寺，俯视嵩岳，河沁浩淼，荡胸豁目。寺后平衍，土人名其处曰圪勒围。冬春之交，余尝率村农射猎于此，不自知书生之孱弱也。

天开圪勒场，地厂太行麓。河岳荡心胸，乾坤莽瞻瞩。水滋草浅兽初肥，云中一骑突如飞。草间狐兔何足击，他年还扈木兰围。

禁垣同直

公自序略云：己未通籍后。官驾部。新令以军机司员应由各部长官保送。庚申余膺斯选。乙丑得补，与旧友吴君见楼同直。回忆庚戌岁，余偕见楼随伯父入都，遂留仲兄伊山邸舍。伯父谓余与见楼曰：尔等皆枢直材，京师人海，可广见闻。及十馀年后，其言果验，同人以为佳话。

同舟欣旧雨，家世承新纶。异哉人伦鉴，似举不避亲。枢廷月色清如水，金漏沉沉声入耳。纶扉世业待宣麻，知公世掌丝纶美。

夜烛治书

公自序略云：余入直枢垣，当轴每以谳事相属。辞不获已，十年来所断大狱数十。当推按比拟，求生不得，辄中夜徙倚，不能成寐。

读书兼习律，治狱在持平。大哉子舆言，哀矜慎得情。爰书出入关生死，求生不得死无悔。亮公中夜徙倚心，始信于门宜大启。

萧寺听琴

公自序略云：余性疏懒，喜幽僻。官京师所居近市，甚苦之。(石)〔右〕安门内有龙泉寺者，地处空旷，寺僧能鼓琴，退直之暇，辄至寺听琴一操，心意洒然。

幽弦贮道心，野寺宜秋境。下直一来临，万籁此俱静。琴心禅理共愔愔，悠然弦外悟元音。长安多少筝笛耳，谁识昭文不鼓心。

辽阳扈从

公自序略云：皇上御宇之十年，诹吉恭诣兴京盛京祇谒祖陵，臣以枢直随属车之后。谨述其事，以为荣幸。

周世基豳岐，汉家起丰沛。肃穆朝万灵，回环控三卫。巍巍圣孝光中天，桥山风雨思泫然。小臣载笔赓时迈，不数西京羽猎篇。

木兰随围

公自序略云：木兰围场本藩服地，山川雄秀，草木畅茂，其长献之以为蒐狩之所。每岁翠华临幸，枢直同人，轮班随往，间岁一至，余傫直十年，尝四至焉。

神武仗天威，怀柔绥远服。周陆御帐严，绝塞从官肃。秋高万马踏重边，亲见先皇御櫜鞬。名王台吉齐拜舞，嵩呼声彻塞垣天。

榆关持节

公自序略云：癸酉冬，拜鸿胪寺少卿之命。翼日，命赴山海关谳狱。缘是秋直隶奸民林清煽乱，各关隘讥察出入。有大名民司敬武等十馀人向佣关外，闻乱归省，及关，关吏诬以党逆。其长驰奏，上以其无左验也，命集讯，尽得其诬陷状。劾其长，脱械纵之。复命称旨。未逾月，复叠被恩命，图之以志受知之始。

朝拜丝纶出，夕持英荡行。诘奸关吏职，慎狱大臣情。桁杨满路皆赤子，釜底游魂但求死。戴盆何处睹青天，韩范勋名从此始。

薇垣仰屋

公自序略云：甲戌秋，皖省大祲，被旱者四十馀州县。余于孟冬抵皖藩之任，各属仓谷皆缺贮，司库所存亦无几，邻省又无可挹注。饥民嗷嗷，不能少待。中夜傍徨，忧心如捣。乃谆谕劝捐，计输银九十馀万两，米麦七十馀万石，益以司库之数十万两，并请协济银三十万两，全活甚众。乃谨其出纳，三年以来，计所入可馀七百馀万两，与灾黎共庆更生之乐焉。

野听鸿雁嗷，吏告酒浆竭。宵旰方隐忧，闾阎待存活。薇垣仰屋三叹咨，一夫不获由已饥。政成上考无他绩，所居民富去民思。

皖江迎养

公自序略云：甲戌秋，臣奉命出任皖藩。陛辞日，上命之曰：尔有老母，皖江一水可通，无虑迎养。臣叩首恭谢。伏念臣少日孤露，倚母以生，天语温洽，体察至微，宠渥而惊，措心无所。

干禄匪母心，厚禄滋儿惭。儿身职封圻，儿心系旨甘。帝曰知卿有老母，远难迎养限官守。皖江一水片帆安，看汝登堂晋春酒。

御园待漏

公自序略云：臣以丙子五月，蒙恩晋授皖抚。本月具折请觐，于闰六月七日抵京，诣圆明园叩安。明旦趋朝，待漏宫门之外，整衣肃冠，鹄立墀下，书思对命，莫报涓涘。拟贾至之早朝，愧其文学；识明光之待漏，感逾　生成。

缥缈祥炉烟，熹微温树影。待漏声方阑，趋朝夜正永。溥溥湛露自天浓，丹诏重宣许会同。书接天颜知有喜，遥看殿角光曈昽。

瞻园怀旧

公自序略云：金陵藩署之瞻园，为明中山王旧邸，余幼时诵读地也。园中有老松二株，相传为六朝物。木石明秀，甲于白下。江南每值秋闱典试，各官以公宴集此，余尝以戊申、己酉两睹其盛。嘉庆丙子乡试，余以皖抚轮值监临，复同典试诸君宴集于此。旧雨晨星，感慨系之矣。

怀铅弱冠前，秉节廿年后。恻恻感父兄，依依恋师友。瞻园地近选佛场，双松高翠六朝霜。重来见汝犹无恙，回首西风鬓欲苍。

射圃角试

公自序略云：皖抚自嘉庆十一年兼提督之任。（泊）〔洎〕余受任之日，弓矢久戢，门庭无警，材官蹶张，久以不试。余乃以春秋暇日，集操弁兵丁角艺于署之射圃，罚其不娴，而赏其材且力者。

镇帅卒多骄，儒臣武易驰。悍习沿淮西，其气固可使。堂堂开府兼军门，材官使令皆虎贲。祭酒诸生布衣耳，乃令劲卒成亲军。

桐阴课读

公自序略云：菜根香桐阴之下，绿阴满室，飞尘不到。簿书既闲，娱侍初暇，辄率儿辈读书其中。牙签万轴，朱墨烂然，诵读之声，洋洋盈耳。

翘翘百尺桐，上有双凤皇。其材中琴瑟，其音叶宫商。承家世业惟经史，七穆三明世济美。君听诵读琅琅声，一片桐阴清似水。

锦幄娱春

公自序略云：皖抚廨舍之后园，曰抱瓮室，曰菜根香，地颇闲旷，寒梅丛竹，条桑女贞，错杂其间。余至之日，加以葺治，每当春日韶丽，秋月皎夜，芬菲盈庭，缤纷骇绿，奉太夫人优游怡赏，洵室家之至庆也。

晴烘称意花，云拥恒春树。帘外日迟迟，锦幄春无数。溶溶庭院影团圞，此时鱼鸟亦喜欢。长昼军门无一事，静听慈竹报平安。

庾岭补梅

公自序略云：余于己卯夏度岭而南，明年春述职京师。往时梅花正开，山阳略有数株，而其阴殆无一花。盖自先伯父藩粤时，植梅数十本，既不及其阴，数年以来，山南又复零落矣！余因载梅数百本，补其旧所植处，并及山之阴焉。

岭北花苦迟，岭南花苦早。花迟开易稀，花早开易槁。先生腹贮天地春，补斡造化如有神。即看小试和羹手，顿使江山丽藻新。

自营生圹

公自序略云：余既葬太夫人，视近有隙地，阴阳无颇，流泉向方，遂仿赵邠卿之例制生圹焉。余于若人，岂敢自同？徒以负土终事。每登斯丘，仰瞻松楸，如闻忾息，顾望累累，不禁凄然，因之屑涕。读礼少闲，辄为此圹，以志首丘，异日出山，魂梦其不忘于斯乎！

志士惜恒干，达人观委形。生平誓墓心，佳处欲自营。三年负土劳终事，那堪更下雍门泪。比邻况有刘伯伦，谓刘松岚观察。观察生圹与公所营相距十里许。荷锸相从万山翠。

焦山度岁

公自序略云：先太夫人既葬，因寻遗命，将诣外家省坟墓，且商所嗣。盖先舅氏殁已数十年，无子，太夫人屡欲为之立后未果。既至扬州，迫岁除乃止于焦山。其时风雪漫天，四山皓然，栾栾棘人，适尔避地，徘徊瞻望，乃心伤悲！明岁抵无锡，卒事而返，计在山中十日也。

云涌海门涛，松寥焦子宅。风雪浩漫漫，水天同一色。山中十日暂流连，可怜人世又新年。外家麦饭知谁荐，删诗欲废渭阳篇。

上他塔喇馀山方伯裕泰二十八韵

能国资君子，惟藩仰大邦。帝知公可倚，朝论士无双。威凤层霄迴，龙文百斛扛。早瞻温室树，公十五岁即入直内阁。屡撤御前釭。照座心如镜，掞天笔似杠。能兼四时气，足使万夫降。谕蜀相如传，迁乔皖伯艭。楚风一手挽，岳雨比间腔。赭岸难驱鳄，槃瓠易吠尨。于公皆帖服，积习想全厖。贱子飘萍梗，频年滞岭泷。悠悠怀我里，浩浩此湘江。誓指九天正，难禁众口哤。流言闻不信，殊宠受增慢。读画矜寒具，看花坐绮窗。夜深红刻烛，春晚绿盈缸。式度昭金玉，芳菲袭芷茳。抒怀情悃款，望古论琤玐。广厦寒毡庇，洪钟寸莛撞。惭非卞璞献，徒习郢人腔。事业看蓬鬓，生涯旧钓矼。身将择地隐，意拟买田穟。北斗璇玑运，南溪水石扨。屡蒙宽礼数，深感赦呆戆。丹穴鸣雏鸾，公子十龄即能诗。高牙拥画幢。丝纶仍世掌，阀阅故家庞。裔采垂云日，浮纵等蠛蠓。他时东阁辟，可许足音跫。

曾石友刺史钰惠郴州五盖山石砚，报以长歌，同春海学使作

五盖之脉连郴粤，其上石窟云所屯。粤云日涸郴云泄，至宝欲出无人援。天生尤物不世用，神官上诉天帝冤。韪然一旦光怪露，精气百倍端溪垠。使君固是文章伯，手抉云汉搜天根。偶然鉴别到顽矿，雕琢所及皆玙璠。作铭遍识珍什袭，一片论价千束纯。宵来虹贯荒斋月，狂喜发覆亲手扪，肌理细致性腻泽，比德于玉贞而温。沅州紫石舆隶等，谷山佳品差弟昆。摩挲爱玩不忍释，何异名士逢婵娟。槐窗昼永风日丽，拂拭绢素罗前轩。试呼客卿使一试，墨渖顷刻销螺丸。老据一毡惭废学，石田芜秽心泉督。承明著作望久绝，蹇人无梦通天阍。云龙黼黻聊戏耳，砚受水处为斧形，中界两已，旁绘云气龙爪，雕镂极工。重辱嘉贶赧颜燔。颇闻五盖势险阻，幽处往往虎豹蹲。民夫凿取穷日夜，喘汗相属邪许喧。使君不欲疲民力，一物亦足征爱恩。近者端溪羚羊峡，岩阿空有斧凿痕。达官贵人竞征索，捆载北去疲轮辕。新坑所留亦无几，得此足解粤民烦。愿公秘惜禁采取，无使射利郴民奔。

卷第十七

正月十有四日将祀屈子于岳麓，先一日，邀同黄支山桐孙学博、吴山子育上舍渡江，遍游麓山诸胜。晚坐月吹香亭，纵谈达旦，二君皆有文记其事，余纪以诗

道光八年春，正月甲寅系。涓吉诹斯辰，敬修屈子祭。先期过江去，殷勤约同志。义等重午吊，事匪上已禊。缤纷杂兰艾，采撷遍茅蕙。聊为嬉春游，未省投书意。不谓二君贤，一洒千秋泪。岂伊放逐踪，同履哀怨地。戒途畏泥淖，雨意一天积。浩浩湘江汩，悠悠此其济。

渡江天始霁，岳色排遥青。似知远客来，宛转缤相迎。纡回近山麓，稍闻寺钟鸣。巍巍赫曦台，暗霭晨曦明。其下为讲舍，朱张所由名。摩挲北海碑，踯躅爱晚亭。昔贤经过处，草木皆芳馨。想见息心士，千古此萃并。恭惟祝融尊，宅衡奠全荆。未窥委宛藏，先宿岳麓庭。便拟梯青上，扪历长沙星。

幽赏不满望，暮色苍然暝。望舒隔江来，林隙光不定。移时涌中天，万壑纤入镜。山僧爇楚竹，汲泉煮苦茗。置饮吹香亭，四面止水莹。遂令肝膈间，朗朗冰壶映。平生抱微尚，泽草入孤咏。幽踪忤时好，二君亦同病。服艾户盈腰，无歉芬芳性。譬之

浮云翳，不滓太虚净。坐对天池冰，足息时贤竞。高言厌群哤，众醉嫌独醒。颓然吾已卧，一是天有命。对影复徘徊，此乐未易竟。乐极悲亦来，狂吟山鬼听。

诗亡骚始作，三百藉不隳。生平忠爱忱，益以芳洁姿。上陈唐虞圣，下愤殷周衰。其言多谲诡，其义主讽规。皭然日月光，定论久不移。班氏稍异议，但赏琼琚词。焉知孤臣痛，变雅多怨诽。后来涑水作，一例并去之。谓无关政迹，六义皆可疑。徒然拾香草，见等儿童嬉。卓哉晦翁注，考古信来兹。直令配六经，列宿中天垂。二君骚坛雄，儒雅亦吾师。追逐并世欢，萧条异代悲。此会足可惜，此举谁其尸？他年添故事，佳话留湘湄。春秋重书始，庶以斯言基。隔朝展祠下，坐待晨暾曦。

次日同王香杜、黄虎痴邀同沈栗仲道宽、王睢园景章、胡竹安钧、方梅臣炳文、林辛山联桂、陈东屏坡、张景堂介福诸明府，萧芝水品三判官、赵修梅秉礼县尉、阙雯山岚、邵香伯梅臣、汤小浯蠖、于小村枲章，及支山、山子并宦游羁旅之士四十八人展祀祠下，敬赋一章

呜呼夫子降庚寅，九死不悔生不辰。呜呼夫子指天正，磨蝎那惜缠身命！骚坛俎豆遍寰宇，何况宦公之乡长公土。扬舲击汰悲佳节，何况皇览初度公生日。世无湘江水，芳草久消歇；世无灵均骚，风雅道中绝。作堂祀公公不祧，魂兮不待巫阳招。灵辰肃肃公来遨，横洞庭兮济江皋。中流仿佛乘云軺，山川无极我心劳。播芳椒兮苾芬，索琼茅兮灵氛。桂浆兰糈缤纷陈，神其享此

神所歆。公文泣风雨，公志光日月，人心不死公不灭。余独何为怀故宇，麓山之阿块独处。方柄圆凿与俗衙，促訾栗斯公弗许。悃悃款款世莫与，蕙化茅兮鸦吓鼠。鸩媒鸮介相尔汝，一杯酹公公勿吐。天涯何处为县圃，春阳芳草遍处所，余独何为郁兹土！

阙雯山画屈子像，李彝卿沆训学博作长歌，为系一律

山人画像非形似，博士哦诗不俗情。湘草湘花太哀艳，古心古貌剧分明。谁修初服依前圣，漫乞残膏娱后生。怅望千秋无泪洒，夜猿山鬼共吞声。

胡竹安明府藏上官周画罗汉过海赴龙宫宴卷子，盖仿道子笔意也。时胡方有远行，出以索题

四大海水浮虚空，入神出天无不容。古来犀炬照不到，赖有画手开鸿蒙。上官笔意师道子，力欲与佛争神通。生绡一幅百罗汉，茫茫大海飘孤蓬。舍卫城中乞食惯，馋涎争赴法筵丰。八部天王齐夙驾，十千沙界如奔䃣。叱逐雷霆役风雨，蹴踏狮象鞭螭龙。老鬐侦伺迎潮立，簇拥娇女颜嫣红。似闻搢笏前致语，区区珍错不足供。画师更得法外意，驯桀骜性使之恭。吁嗟悉索古所戒，诛求无艺海亦穷。众生一饱未易得，乃有口腹殉厥躬。安得十方大供养，遍给孤独资粮充。佛乎还尔饭香国，勿再远涉蛟鼍宫。

林辛山明府出都，其友某送行诗有“天留衡岳待诗人”之句，请沈栗仲绘图，为赋此并简栗仲

我昔扶筇泰岱顶，下视蓬瀛一杯影。归来结舍蒸湘滨，欲骖朱鸟开衡云。两年梦堕尘霾里，地下昌黎呼不起。今朝忽觉心颜开，如同朱陵洞里来。君家大海苍茫中，驾天高乘闾阖风。回风忽上芙蓉峰，世间巨物两祝融。而君到处皆游踪，得不开拓万古才人胸？不然罗浮勾漏皆仙境，正仗仙才为管领。胡为役役同湘累，手版风尘日驰骋。天知先生胸有诗，要与天柱紫盖争雄奇。沈侯亦是谪仙吏，故遣大笔挥淋漓。我寻沈侯落笔处，更欲从君结邻住。山灵大笑君且休，领取十年宰相去。时二君皆之官。

次韵答石大茂才湘筠

忽漫相逢在故乡，随身一物剩干将。胸中湖海鸥波静，穴里王侯蚁梦忙。往事书空真咄咄，春光去我正堂堂。腐餐早是安吾拙，莫更和人计短长。

赠巴陵丞王大直澜

古来贤簿尉，不惜以官称。即此是为政，知君不负丞。春潮吞梦泽，夜雨话巴陵。倘泛君山月，同寻退院僧。

黄东井先生息圃五老图，为哲嗣支山学博题，时支山将归越中，即以送别

越国先贤传谁续，百年文献沦荒谷。人伦师表要有人，落落东南几耆宿。东井先生今硕儒，年未致仕先悬舆；至今息圃息游

处，好事争传五老图。我生迹阻越东壤，不见东坡见叔党。披图如对典型尊，径欲往从操几杖。风流照耀越东西，父为儒吏子儒师。衔哀述德成信史，此图在世当永垂。语君且制祥琴泪，支山时方释服。我亦松园思补绘。显鹤尝补绘先大父《松堂读书图》，近方拟辑《松园先友传》。名山事业各仔肩，风义难忘诸老辈。四明山水天下无，抱图归去读父书。他年再鼓蒸湘柁，访我南村旧草庐。

赵四明府亨钤以诗见赠，次韵为谢

乞假文符岁几回，君宰永定，屡以病乞假。天门山对县门开。无妨案牍添诗料，不废吟哦见吏才。得路驶车良快矣，吓人腐鼠独何哉。黄绸被比青毡暖，又看衡山九面来。

叠前韵简栗仲茶陵

每共诗僧载月回，学琴人至打门开。一弹再鼓有深意，四海百年无几才。下邑弦歌聊莞尔，空仓雀鼠何壮哉。近闻沈约尤消瘦，为语州民本不来。

吕丽堂湛恩太守权吾郡时，吏告有虎杀一家母子三人。太守率健卒往，迹虎所杀之。绘图纪事，为赋此诗

前村虎夔门，后村虎食人。村氓血肉恣狼籍，行者避道居者奔。邵州太守勇且仁，叱卒杀虎如杀豚。至今山郡绝虎患，谈者色变呼为神。我本太守旧所部，邦人传说矜目睹。披图尚觉腥风来，顿教毛发森然竖。吁嗟乎！世上不乏封使君，人间亦有裴将军。弱肉强食相噬吞，虎而翼者知几群。太山之妇涕泆澜，里神社公无敢闻。安得北平飞将贾馀勇，歼尽此辈无遗种。

奉题吴梅梁杰观察春雨草堂饯别图

使君分巡来湘沅，同官祖饯春明门。绘图纪咏成故事，佳话遂尔朝野喧。九门车马如流水，衮衮迎送倾芳罇。寻常宴饮亦难忘，况乃风义素所敦。先生直节动朝右，柏台望峻岱与昆。同僚况得钱衎石之鼎。黄惺溪德濂。贺拓农熙龄。，气谊所合如弟昆。四贤落落布朝列，何若威凤鸣朝暾。观察与钱黄贺三君同居台谏，时论贤之。敷陈动关天下计，一语能使朝廷尊。嘉谟造膝众莫喻，但觉时蒙天语温。监司任重等直指，公先被命离谏垣。青骢行发骊驹唱，未免执策劳心魂。春雨浪浪紫藤馆，一尊话别情周谆。君看尺幅纨素里，中有别后志事存。贱子沉滞百僚底，所望贤哲罗天阍。即今转运事匪易，观察时由岳常澧道被命改粮储。东南民力烦周爰。望公诹度时入告，诸贤相继师昌言。

送黄文山北上即次留别原韵

虚名忝窃本非才，千顷汪洋亦自猜。橐笔同依严武住，打门时觅玉川来。斗牛无用空垂象，梨枣何辜枉受灾。时拙集方刻成。一事对君还破涕，少微光正澈三台。

百杯难遣别时情，聚散无端去住轻。后日相望隔关塞，此生已分老柴荆。燕台不碍腾骧路，齐虏空争口舌名。至竟文章期世用，临歧有泪且休倾。

赠谭三梅丞锡洪明经兼简令兄桐生祖同孝廉

君兄于为文，谓桐生。近先秦诸子；其诗亦秦法，酷与申韩比。我初未见君，知有长头弟。季虎与昆龙，气盖长安市。古谊今罕伦，不独文词美。倾盖订新交，作书诧乡里。劫来卑湿地，时闻足音喜。出其橐中诗，已足千夫靡。我诗苦寒乞，溧阳穷尉似。荒餐味小鱼，未解食河鲤。又如俭岁儿，并日餍糖秕。得君如嘉谷，足救荒年死。君才称门风，仍世有述纪。会当偕君伸，济美继前轨。煌煌铭鼎彝，不仅纡青紫。我老沈百僚，执伎等祝史。天谗尔何神，翕舌胡乃哆。厚子眷眷意，欲刷城下耻。欣然采牛铎，薄俗方贵耳。我非无口匏，安能谢誉毁。夸言坐诗穷，内作颜有泚。余生不足惜，愿子慎无尔。不见六一翁，频年滞边鄙。

宁远李秀才家隽以其先广文君湘竹管遗制并诗见赠，为赋一首

美人家住湘江曲，日对斑斑泪痕竹。挥毫欲写万古秋，搦管聊裁千个绿。昌黎好事传毛颖，服艾盈腰动成俗。遂令疑崖冷道旁，溪畔家家截苍玉。泠然一缕湘灵魂，石友陶泓共追逐。想见含毫得意时，永夜歌声出林谷。至今荒山叫烟雨，纸上犹闻二妃哭。贤郎橐笔能传业，猝然遇我岳山麓。琼词玉琯并持赠，泪洒西风欲盈掬。嗟我穷年守破砚，惭愧中书老而秃。胸中积泪向谁泻，拟弃狸毫抱黄犊。诵君世德难可忘，一借霜毫写清馥。

何子贞绍基试举人于长沙，余时方权郡博，朝夕过从，叩其所学，邃如也。既落解归省京兆，作两诗留别，有“苍然吾丈人，古心澄不骄”之句。余感其意，重愧其言，即用为韵作十诗送之行，兼呈尊甫仙槎凌汉京尹

束发受小学，巍巍瞻宫墙。临老蛰一毡，寝处梡豆旁。于义

岂不尊，抗颜非所当。青青何自来，结交思老苍。

六经遭嬴厄，遗蕴须言宣。丝棼绪虞绝，火尽薪待传。吾党二三子，指尽东逝川。回澜与堙流，众说方纷然。

文章自载道，微妙性命乎。华实皆末耳，殉人失真吾。曲学竞师说，暖暖而姝姝。吁嗟一家言，几何德不孤。

峻节墨胎隘，淳风太丘广。通介两不关，桔槔徒俯仰。滔滔天下是，谬欲堙一掌。老矣俟何时，吾师汉阴丈。

昔在阏逢岁，逐队试举人。皝皝京兆公，同充观国宾。尊甫京尹公以嘉庆甲子举京兆，余亦以是科举于乡。风云一鼓荡，变化何其神。江汉岂不广，哀此涸辙鳞。

吾穷衰愈甚，于道日莽卤。如君名父子，奚止张吾楚。观其迈征志，直欲无往古。当为千岁计，琐琐不足数。

公冶通鸟语，介卢习牺音。委巷筝笛耳，焉知庙堂琴。荧听无足怪，惜此不鼓心。箕口方翕张，余舌扪已瘖。

邹鲁邈千载，真儒出春陵。子生春陵乡，得不闻风兴？濂溪无北流，遗山句。湘水日莹澄。望子绍绝学，毋徒博时称。

节士厌藜藿，褐夫睆缨绂。负乘苟不羞，众尚吾岂不。看君一门豪，华国资黼黻。君知近古儒，若免科举屈。

征鸿厉凄响，风雨鸡鸣骄。临别出苦语，我心郁以怊。君行奉庭闱，杰句惊中朝。应念南村叟，飘萧双鬓凋。

送康中丞述职北上

露浓霜肃总恩膏，三载忧勤白发搔。薄俗岂能无直道，宸衷久已念公劳。中朝计日亲绚舄，四海同时望节旄。此去雍容对前席，纶扉深护五云高。

寒毡萧索鬓毛摧，岂有文章接上台。广厦惭依两载住，行厨时对一尊开。元龙漫笑求田志，殷浩原非用世才。归作村农待膏雨，空山还望岳云来。

唐十刺史镬为其二子作传砚图，并出其先方伯公示两孙诗见示，敬题其上

廉吏之后馀清名，丹穴之彀咸清声。太丘积德道更广，今长不惭公与卿。前年我别陶山叟，邗江夜雨鸣寒更。手书此册出示客，两孙头角夸峥嵘。别来几日宿草积，摩挲故帧涕泪横。而翁归筑湘江宅，出拜照座双瞳青。固知于门当大启，缵承祖泽须人英。松楸丙舍青齐道，精气不隔岱与衡。陶山先生祔葬岱麓。名祖之孙名父子，我交三世谊匪轻。旧家人物要济美，看儿着脚青云平。遗山句。

黄蒙庄定齐垂老读书图

法吏矜苛察，里师习迂腐。二者失惟均，于学茫无睹。亦有识字夫，断断守训诂。譬之猿狙杙，尺寸抱绳矩。试以当世务，

百不了十五。人生不读书，万事皆莽卤。何怪斗筲俦，下与市井伍。纷纷猎朊仕，洒削与胃脯。漫言以仕学，僚幕资助辅。宁知贤不肖，相去不寸许。谁能昭使昭，是谓瞽相瞽。安得命世儒，落落布寰宇。重以辟召贤，从事皆古处。盎然诗书泽，流溉任挹取。一洗不学陋，于世庶有补。槃槃蒙庄翁，卅载老幕府。自言束发初，志学希邹鲁。家世承一经，弱冠思建树。岂期用世心，逮壮不一吐。平生五千卷，不值一囊贮。从此温简舆，不复希华朊。出其橐中馀，足使头风愈。何况边腹笥，中有治县谱。自从膺聘出，频岁更府主。河阳从乌公，蜀国依严武。司空城旦书，会计勾稽簿。琐碎棼乱麻，如以针贯缕。遥遥东诸侯，倒屣竞延伫。煌煌合河公，三载此镇抚。帐下不乏才，独喜称阮瑀。翁时客燕畿，尺书远道阻。贱子辱公知，至咸感白甫。谓令侄支山。每见必道翁，百闻快一睹。迩来二载馀，旦夕谋欢聚。风雨柏悦亭，烟月菜香圃。皆节署园中名。夜阑发遥噱，午醉接软语。西风振寒林，落叶迷湘浦。逡巡凤避鸦，倏忽鹓吓鼠。归寻郑老毡，日闭子桑户。念翁抱残帙，高拥百城堵。终朝恣寻讨，有若居奇贾。想见幕府闲，歌声出村坞。又一村亦节署园名。我老废铅椠，壮志久不举。披翁读书图，神思忽飞舞。翁家无双童，垂老试礼部。穷经须致用，不合终草莽。迢迢帝城春，寂寂山斋雨。别来才几日，但有相思苦。大廷急才哲，时事多艰巨。仔肩要有人，岁月不我与。因君一致声，计日盼鳞羽。

吴梅梁观察督运回长沙索诗有赋

忆送前旌湘岸过，归舟恰值洞庭波。清秋正有登楼兴，时值中秋。泽国争闻得宝歌。杼柚东南容喘息，江山风月费吟哦。劳生已憾从公晚，回首天涯两鬓皤。

韩孝女诗

郁郁女贞树，上有慈乌啼。啼声一何悲，闻者涕涟洏。伤哉韩孝女，生长燕山陲。名英字孝梅，少小娴礼仪。稍长习书史，亦复工文词。父令东流县，携之官阁随。贤声动僚友，竞欲饰其儿。问名遍江南，媒妁争奔驰。女闻掩袂泣，长跪前致辞。儿生依父母，讵忍跬步离。不愿得佳婿，不愿作门楣，但愿为女子，长此侍庭闱。生当奉晨昏，死当随夜台。便撤北宫瑱，婴儿吾所师。父母为女言，此言胡不思。不见东邻女，寒夜作嫁衣；不见西邻娃，夫婿荣金龟。且如万物生，各各有匹妃。生女愿有家，岂忍无所缔？女闻痛益甚，百阻志不移。生当奉晨昏，死当随夜台。此语天已闻，此志亲早窥，便当从女志，永与媒妁辞。觥觥东流君，罢官无所之。羸然老病身，侨寄皖江湄。诸郎谋养出，女独无少违。入厨罗酒浆，当户理机丝，向暮涤牏厕，清晨捧槃匜。寒暖必在视，出入谨护持。西风撼灵椿，父病遽不支。涕泣求医药，仓皇祷神祠。泪尽继以血，凄凄天日低。左右闻女哭，相视泪承颐；邻妇闻女哭，相呼各避归；吊客闻女哭，相戒远蕙帏。草木为萎悴，鸟兽为悲嘶。奄奄待毙身，一死无可疑。阿母抚之哭，女死吾依谁？曷不缓须臾，日夕迫崦嵫。女闻稍稍起，收泪颜强怡，事生兼事死，不异父在时。忍死又八载，殉死甘如饴。至今江上魂，母子相因依。兹事古未闻，矧乃出中闺。我友陆士龙，阳湖陆祁孙继辂。大笔何淋漓，铭墓兼序集，一语三嘘欷！我友陈太丘，上元陈子言元富。好善镌心脾，一月三致书，珍重索我诗。我诗何足重，欲语泪先垂！哀哀地下亲，谁与问寒饥？腼然偷视息，万死亦已迟！吁嗟天地间，谁无父母慈？百年亦易尽，泉路无穷期。不见北邙山，蓬颗冢累累；不见绝裾子，祭墓空牛椎。我歌质且俚，聊遣薄俗知。安得镌贞珉，媲美孝娥碑。

梅梁观察督运岳州，旋奉分巡川北之命，寄呈二律

帝念文翁化蜀功，观察先视学蜀中。重回使节向巴中。滔滔江汉双旌远，历历褒斜一线通。南国循行思召伯，北门锁钥重莱公。腐儒更有无穷感，不独苍生望岁同。

直指分巡驻澧湘，频年采撷遍群芳。一毡况味曾同领，公曾官昌化学博。百代人才许细量。时重修《楚宝》，每就观察商榷。数典徒惭观射父，赏音难遇蔡中郎。便思泛棹扪参井，回首云山万叠苍。

简胡光伯焯武陵

不见三年久，春深望汝来。岁时思续记，屈宋有遗哀。光伯尝作《武陵土风》一百韵。苜蓿甘吾老，蓬蒿惜此才。飞腾终有日，早晚盼金台。

送子五溪去，天涯芳草萋。租驴燕市北，问月夜郎西。光伯罢京兆试归，旋有黔西之行。怀刺毛生纸，还家尘满室。尚怜湘水岸，一老独栖栖。

海帆观察移官蜀中，道出沩西，枉承过存，感知怅别，得六百三十字，兼简吴观察保宁

我昔长安道，遇公来自浙。侧闻人海中，万口共称说，我诗卧荒寺，闻名但震咄。九衢冠盖集，车马浩驰突。羁孤绝荣途，闭户谢迎谒。惟有气类感，肝膈时一热。姚侯天下才，谓石甫大令。投契逾

磁铁。因缘获见公，尘积眼一豁。是时春方暮，花事未消歇；城南尺五地，往往共游辙。道味餍鲁邹，诗心杂仙佛；遂令缨绂场，炎天沃冰雪。风尘一乖违，相望渺天阙。我归蛰一毡，例艰载贽出。但期君子至，一见慰饥渴。英英程夫子，春海学使。风雅柄独挈；喜我官独冷，爱我情入骨。唱酬得韩张，谓北湖酬唱诗。嘲评到贾屈。时虞籍湜僵，未见婴侨捋。公来树一帜，共插牛耳血。禹碑恣吟眺，骚裔供澡祓。己丑人日偕公登麓山顶，且修灵均祀事。以兹托夙知，忘分益亲昵。永州山水窟，昔贤重著述。仪曹记镂画，春陵语呜咽。文章与政事，直与古人匹。但闻彼都士，颂声湘水溢。觥觥合河公，兰皋中丞。久秉湘南钺。方伯今甫申，馀山方伯。褆躬实严洁。交口服公贤，荐剡心共折。重以名德尊，俾镇蛮獠穴。脂膏忧地硗，种类虞俗黠。揽辔重踌躇，一语几恻怛。“黠民多种类，硗地几膏脂？何计能经久，空殷揽辔思。”公近权辰沅兵备道，巡视三边诗语也。书生昧时势，殷忧待公决。方期借箸筹，岂意歌骊别。帝念文翁化，远畀西川节。昨来新康道，栖栖正六月。挥汗持手版，欢迎欲颠蹶。忽枉驺从过，名姓喧走卒。款款语移时，渐令炎威失。简书迫西上，前驱望晨发；煌煌明星烂，照见公颜色。伫立野踟蹰，揽涕不忍屑。归来读公诗，壮志益激烈。时公以近稿留示。宇宙久承平，撑持要贤杰。翘首望天末，时势方严切。河漕数大端，东南力几竭。西事矧初枚，夭逆甫殄灭。况闻三巴民，转徙习轻脱。匪徒易芽蘖，铤险肆剽夺。昔在睿皇初，频年劳挞伐。时清备易弛，绥辑其可忽。公学醇以正，公才敏且达。大儒用世效，蜀岂异吴越。贱子沈下僚，计将老耕伐。空山望霖雨，当宁亟贤哲。安得如结辈，参错中外列。吴公北门钥，梅梁观察方分巡川北。与公学同术。昨蒙寄书来，颇复念契阔。两贤共一方，奚止蜀民悦。秋风先一叶，公行已有日。双旌指井络，峻阪听驭叱。想见褰骆中，欢声动林樾。援毫申鄙怀，疏柳嘶蜩螀。

卷第十八

感事二首

群酋媚都老，古籍述高辛。荒怪何足诘，彼自长其群。门地已不计，梡豆诚非伦。哓哓吾倦矣，莫谓秦无人。

中孚格鱼豚，至诚感异类。畛域一以分，乃妄生蒂芥。俗物定何物，卿意良易败。吾床何足移，所游皆尔辈。

谭五菊农祖勋将之四川补官，画且泊图索题，兼简曾中丞都下

仕宦得意顺风船，驶车飞盖争捷便。夸言风利不得泊，咫尺下瞰蛟鼍渊。纷纷舞殡何足责，怪底浪泊愁飞鸢。羡君乘风破浪手，凿空意拟探河源。浮槎瞬息天汉路，时见弱水沦顽仙。风波侧耳亦已厌，穷玩物变心翻然。譬之津梁久疲茶，但得佳荫思息肩。何人老笔作此幅，隐隐尺素堆云烟。孤蓬短棹偎荒渚，枯蒲髡柳皆清妍。夫君把卷倚舷坐，笑指岛屿通前川。连舻巨舳横江立，芦间一苇聊延缘。艰难宏济好身手，众生苦海茫无边。得泊且泊诚佳耳，作楫不乏商岩贤。南坡诗老别几年，西溪归思如涌泉。虚舟泛泛无计泊，至今人海犹拘牵。子今解缆泊何处，扪历参井窥青天。匡庐夜月照归读，回棹莫待霜盈颠。寄声简寂观中老，寒溪鸥鹭绝可怜。

康中丞内召奉送四律

五载潭州帅，湘天一手撑。荆衡同壁立，江汉此清声。睿鉴超前代，朝端重老成。温纶催北去，讴泣遍蛮氓。

屈宋骚人里，朱张讲学邦。岂无三代直，难得众心降。中立公何倚，流风俗益庞。他时思去后，浩浩指湘江。

陇徼兵初息，河流溃屡堙。纠纷数大事，支拄可无人？公腹富奇画，宸衷伫细陈。太行青到眼，未许问归轮。公家内河清化镇，即太行山麓。

贱子州民耳，卑官托序黉。每蒙殊礼待，动使一军惊。敢谓才招忌，翻因谤得名。生平知己泪，别后向谁倾！

闻姚石甫大令将来长沙作此迟之

握手都门岁几更，故山归计尚无成。一官已自甘沦落，四海谁犹访死生。旧雨忽闻天外至，羁魂早向梦中迎。肯来一慰衰翁否，老泪临风独自倾。

罗三广文之壎读书秋树根图

秋气郁无憀，秋声慨以慷。萧然秋士胸，秋心日磨荡。婆娑孤树根，啸傲丛林莽。不知读何书，但觉心神朗。如闻空谷间，流音答馀响。之子美无度，气量清且敞。诛茅渌溪旁，寄兴皇坟上。一编手自摩，百代心孤往。空山寂无人，斗室明虚幌。方当秋宇高，庭树送凉爽。眼明神愈澈，境隘道益广。想见金石声，琅琅满天壤。我老困一毡，于义未为枉。所嗟精力衰，两目视脱𥆧。欲读悔已迟，光阴忆畴曩。皇皇中秘册，校雠待吾党。槐厅柯井间，放子一罗网。安能抱椀俎，役役侪市驵。因君发嘉叹，即景触孤赏。回首霜鬌翁，先大父松桂堂，余兄弟幼日读书处，今为听松草堂，有《松堂读书图》。我梦堕莽苍。

蒋再山成闭门种菜图

我耕湘岸田，君种海滨菜。一饱未有期，大嚼行且快。天怜两生狂且愚，老农老圃百不如。穷乡广莫促相见，荷锄一笑皆画图。仆亦有《南村耦耕图》。我归无田依苜蓿，君归尚恋微官禄。各有求田问舍心，识字耕夫生理促。虽然吾辈岂终穷，种韭拔薤非奇功。琐琐求益市儿耳，闭门未可夸英雄。

十一月二十四日，梦与栗仲至一山，绝壁上有古篆，读之皆神仙丹诀，不甚了。旁一叟以长镵劚地，得白术累累，食之甘美。栗仲曰："此云腴也。"觉而异之，枕上得五十六字，即寄栗仲

沈侯别我更消瘦，火急商量欲炼形。梦里亲传饵术法，衰年劝读卫生经。空山瑶草几时长，洞府金丹何处灵。便拟云腴双手摘，长镵同踏万峰青。

嘉庆初，辰州用兵，周明府之父嘉猷以劳卒于军。有诏视死事例赠恤，留其子乐清于军中，即明府也，时方十二龄。明府既令麻阳，乃追绘十二龄奉诏从戎图索题，作九言诗应之

周侯自比羽林之孤儿，十二龄名姓受天子知。总角从军古未尝有此，矧乃亲奉明诏备驱驰。帝以其父死事悯厥子，要令幼亲戎事习鼓鼙。五溪站站飞鸢毒雾堕，十峒蠢蠢桀瓠蛮烟迷。若翁昔年磨盾曳足处，宦辙所至花县棠阴垂。乃知瘴疠淫潦要习惯，久之便壮筋骨坚肤肌。况复地形土俗谙练久，如驾轻车就熟路坦夷。宜君经历边郡数剧邑，所居民富所去民则思。汉法拜童子郎以父绩，意谓勋戚子弟教养资。卒之骄窳无算縻门荫，几见优者龙凤劣虎貔？如君才行不愧名父子，由此而牧而守把节麾。国恩先德凛凛誓不负，此生无忘髫龄奉诏时。

陶云汀中丞加宫保衔，晋秩尚书，总督两江兼视盐政，奉寄四律

方召勋名迈等俦，殊荣叠荷圣恩稠。门风不愧八州督，朝论原居第一流。帝念回澜须上策，人知煮海要新猷。欢呼岂独江南北，几许苍生望泽周。

襜帷六载驻吴门，清望仁声孰并论。直以官民为子弟，全凭忠信格鱼豚。范公忧乐中朝见，永叔文章海内尊。今日总师新命下，纶扉事业正无垠。

东南民力几屯艰，闻道登楼兴易删。旧梦难忘五渚月，新诗最爱六朝山。归田何日初心遂，忧国频年两鬓斑。为问石门潭下水，桃花春浪又潺湲。石门潭、桃花江皆滨资岸，公家于此。

惭余苜蓿旧生涯，手版经时懒趁衙。永夜星河看卷舌，百年骨肉聚抟沙。怀中绝少干时策，门外曾无问字车。知否瘦羊穷博士，江天东望愿尤赊。

梅霖生钟澍孝廉见示诗卷并枉赠长句，次韵奉答

同是醉翁门下士，霖生乡试，与余先后出咸宁许先生房。蹉跎老大百无成。传经又见高足弟，觅句重逢太瘦生。旧社寥寥秋雨散，新诗朗朗玉山行。孤军正怯偏师捣，愁对当前七字城。

叠前韵简马秋耘昌培孝廉

老氏和光泯黑白，昭文不鼓任亏成。埋头漫作非非想，觌面惟呼触触生。略有睹闻添俗障，了无罣碍信天行。人间几许丹丘路，望里分明十二城。

秋耘有爱女病痱甚苦，日虑其不能起也。作此慰之，即次前韵

亦知掌上珠难掷，其奈金丹炼不成。一切苦都缘有我，是真空要学无生。忍心便是安心法，放手方能撒手行。世出世间才一间，爱河底事化愁城。

叠前韵赠潘方泉世珩秀才

惭愧如舟学舍轻，漫劳道筑竟谋成。邑中为余改造学舍，方泉实董其

成。嫉邪休传夏二子，守礼何如鲁两生。便拟菟裘容我老，欲开幽径蹑君行。频来莫厌公超市，风雨寒灯止隔城。

次韵和蓉裳见怀之作，兼简家仲云渠，并呈硐东七兄

百年过半老渐笃，送尽齑盐还苜蓿。拌将冰蘖战膏粱，肯破工夫营薄禄。可怜毫末失丘山，纵免饥寒殊龌龊。老境冀甘倒啖蔗，匠斧难赦不材木。先生高卧资江上，静裹饱阅闲云逐。寄兴时寻五里梅，吾邑五里亭，即宋时梅山亭故址，今名仍旧，却无一梅树，可叹！结庐但欠三分竹。君有《三分水二分竹一分屋图》。门前森森秀桃李，阶下丛丛媚兰菊。此时扑槛九华云，“云气九华朝扑槛”，君近作学署落成诗语，以余尝名居宅前九峰为小九华也。隐露依山两头屋。四海共闻子由瘦，一馒那许郑虔足。宵来怕听床头雨，梦里时对水南鹄。故人昨寄当归到，云已辟地城东麓。周北张南正望衡，早晚归休同卜筑。

得光伯书有感，仍叠前“城”字韵

异代萧条悲宋玉，江关怅望赋兰成。吠声吠影操何术，行哭行歌毕此生。过眼云烟随变灭，荡胸水月自流行。劳君匣里青萍吼，风雨连宵汉寿城。

李石梧星沅孝廉与其妇郭笙愉皆能诗，会稽宗涤楼绩辰舍人以“梧笙吟馆”四字颜其室，汤小浯为作梧笙馆联吟图，题二诗于上

神仙妃偶今无似，冰雪篇章世共夸。长日幽闺无个事，一春诗课是生涯。关关曲奏房中乐，缓缓人归陌上花。算有湘君能写

意，水云深处合移家。

知君清兴近何如，偕隐承欢乐有馀。玉雪儿郎争觅句，娇憨小婢尽知书。分笺写韵抽琼管，双影摇灯映绮疏。只恐封侯夫婿贵，陌头柳色正愁渠。石楳时方北上。

送馀山方伯移藩秦中五首

阳和遍东郊，节序趋长嬴。我公承帝命，戒途速西征。天宇方清和，万象咸昭明。公车行已驾，驷马鸣和声。眷兹湘江流，亘古澈底清。六年饮此水，肝膈同澄莹。一朝舍之去，木石皆有情。引领望前路，中怀曷由倾。

朝廷设民牧，领以大邦蕃。联官民一体，谊等祖父孙。岂无骄子弟，仰恃父母恩。父母稍不慈，怨及祖父尊。深居而简出，殿屎或不闻。否则载稻舟，亦或束湿薪。轻重等失耳，德一已百冤。公何术之施，能令官与民，无秀顽贤否，皆如天属亲。万口共一声，但有感无怨。或云公才大，或云公学醇。我言要不烦，所发验所存。不见干羽舞，至诚能感神。不见风泽通，中孚格鱼豚。嗤彼领军面，陋彼妇寺仁。声望岂不隆，所欠惟一真。

公昔陈皖臬，贱子方东驰。一廛托皖公，名姓早见知。公来开楚藩，贱子知北归。归来作州民，一毡重羁栖。官卑道已降，身屈气遂低。譬之官槽马，伯什相绊靰。公乃独见怜，翦拂使长嘶。抚我则慈父，督我则严师。悯我太戆拙，知我受排挤。既虞干将折，复念苜蓿饥。仰惟大造仁，岂为一物私。以我受恩偏，知公称物施。以我恋公忱，知公去后思。临别勿复道，相望泪承颐。

公才匪一世，公学匪故常。公量涵百川，千顷陂汪洋。公谶悬古鉴，照物无遁藏。温语扇春风，令出严秋霜。而于措施间，但取不乖方。张弛泯竞绿，茹吐无柔刚。以兹六载馀，酞化敷沅湘。野岂无莠民，市岂绝奸商。法去其太甚，政总其大纲。皆云我公德，负之为不祥；皆云我公去，吾属何以臧？吾言恐近谀，公德难具详。既为楚民惜，复为秦民庆，画像遍大湖，憩茇思甘棠。图公复祝公，公年富且强。望公总师干，重来奠我疆。

楚民贫而黠，秦民富而险。风气区刚柔，习尚殊奢俭。关中天府国，四塞侔天堑。西域二万里，腹裹门户俨。五咄性狡悍，为患沿犹猃。朝议方罢兵，军实责盈歉。圣皇眷西顾，恻然念分陕。思以威风祥，靖此虓虎阚。时务方殷繁，担当贵勇敢。行矣公登车，举朝望仪范。待公韩范勋，周召其无忝。公其赞嘉猷，前席颐屡颔。

余复武陵胡光伯书系以诗，有“风雨连宵汉寿城”句。书去旬日而沅水骤发，鼎澧间遂成泽国，光伯以诗来告，复叠前韵，兼简在事诸君

尺书珍重报瑶琼，不谓经旬恶谶成。一夜馋蛟平地起，五溪腥水拍天生。故人雁户仓皇徙，明府鱼头滑汯行。闻道王遵犹雨立，茨防三版剩危城。

何大形文监州用岐亭韵见赠，赋此奉答

学官饱一膰，经年咽残汁。监州持空螯，嚼味有馀湿。平生薄巧宦，百失无一得。临老受钳缚，势如束湿急。将为惮牺鸡，仅免遭烹鸭。君才烂如锦，而以疏布幂。偶然发其覆，按剑遭面赤。焉知精神通，至咸感甫白。揭来登高晨，一笑风歃帻。谁令壁上观，而抱遗珠泣。时乡闱揭晓，君为外收，掌有《闱中纪事诗》刻。吁嗟天地大，俦能弥其缺。衮衮送归人，劳劳悯过客。唯应多作诗，一官成一集。

刘子复基定复用岐亭韵见赠五首，亦作二首答之

老境困苜盘，啖蔗无馀汁。君来忘我穷，枯砚生微湿。我穷君略同，择食耻苟得。时复叩我门，意欲济缓急。比邻富家儿，绕舍恼鹅鸭。先生下帘坐，青山映疏幕。呼妇进壶餐，寒菹满黄赤。怡然命一觞，醉眼窥天白。行饭耸吟肩，负杖岸巾帻。肝肺出苦语，哀怨杂歌泣。一编持示我，谬欲攻其缺。我非沧浪叟，焉能辨主客？敢拟王晋卿，姓名挂余集。结即用子复语意，子复尝云：欲使姓名挂余集，愧不敢当也。

君诗如谏果，酸苦味回汁。我诗如蜗涎，仅足供沫湿。结习固难捐，冷暖意各得。日来索赠章，责逋意颇急。我甘不语匏，漫学呼名鸭。老眼怯生花，雾縠重重幕。诗成教儿写，未览面发赤。唯应焚笔砚，默坐生虚白。为君复破戒，快痒爬巾帻。只愁灶媪笑，兼恐真宰泣。针磁易感召，干镆惧折缺。余穷正坐诗，那复有此客。愿君扫陈言，无使讥弹集。

馀山方伯复调任皖藩，再寄二律

趋朝前席语容雍，五载辛勤帝念功。西土无烦韩太尉，北门还借寇莱公。湘天楚泽关心甚，白岳黄山望眼同。料得潦民争起舞，使君到日少哀鸿。

枞阳城下浪犹腥，回首萍蓬客迹经。癸未安徽大水，乙酉公陈皖臬。显鹤时客通志馆，见流民犹有未尽复者。不道书年仍大水，早闻按部遍荒坰。公未履任，即遍勘江北受灾各郡邑。搴茭汉室无长策，转粟江渍有福星。我为潭民乞皖伯，跻堂何日晋湘醁。

有关达甫灼先者，客沩宁见示述怀诗。意以己曾与拔萃选，而未得朊仕以尊养其亲，甚有不得于中者然，有感于予心，爰广其意，次韵为和，即送其归省石首

冰蚕不知寒，蓼虫不知苦。诚至山可移，力竭天能补。歌君述怀篇，雪涕复起舞。男儿生悬弧，字曰伯某父。昂藏七尺躯，何者堪比数。谓当撑宇宙，讵止光门户。显扬自有道，不在大官府。假如膺节钺，所行无一取。适足辱所生，何如田舍主。君看田家子，痛痒相噢咻。力田土物爱，服贾佣保伍。以此致孝养，奚羡列鼎五！视彼耻禄亲，孰洁孰臭腐。嗟哉孝子心，仰事兼畜俯。洗腆导中闺，明发戒同乳。但求洁白养，不定晨夕聚。穷冬百卉腓，山县多风雨。羡君怀橘归，春风载江浦。入门一笑乐，万事轻毛羽。君年富且刚，何力不能努。独有鲜民穷，终天痛何怙！

胡竹安明府以湘乡雪花滩石为砚，佳者过端溪，五盖不足言也。顷以二方见赠，报之以诗

湘中万古骚人魄，精气不消结为石。晴滩飞雪自何年，落手虹光腾几席。风流好事今胡威，顽矿刮目皆珠玑。磨砻雕琢贶同志，吟兰搴芷纷芳菲。朝来一骑来连道，贻我琳琊希世宝。双蒙锦帕慎封题，启匣传观惊欲倒。晴窗快雪一研磨，衫袖点黳香流涡。老愧石田荒废久，奈此涵星双璧何！自从即墨膺封爵，龙尾凤咮争昭烁。谁怜抱璞老荆蛮，翻以多石遭侮谑。天生尤物不终穷，近者五盖光熊熊；湘妃正色出并世，有若窈窕羞颜红。纷纷端歙漫矜许，馀子碌碌无足数；骑田奴仆论纵苛，想见生非哙等伍。何子贞谓湘石佳者可奴隶五盖，端溪上品无以过。子贞善书，能鉴别，当不妄言。千秋事业非所堪，两砚皆有铭，一摹汉篆“千秋”二字于研阴。重语嘉贶徒滋惭。炎炎污白君知免，吾将守黑师老聃。

竹安既贻余二砚，许报以诗，尚未遑也。竹安以书来促，余戏有“请益”之语。已复以第三砚来，砚仿宋制，大可尺许，其阴铭百馀言。末云：“我无奢望，酬以诗篇。”其亟欲得余诗如此。复用东坡仇池石诗韵为谢

连朝乞湘灵，赚此双峰绿。贪夫心眼馋，得二犹未足。槎枒冻姜手，空洞败匏腹。唯愁墨渖干，未觉诗肠蹙。使君今词坛，好客古贤牧。固知针芥投，不惮再三渎。情殊塞翁马，事匪虞公玉。得失亦偶尔，岂必祸福伏。先生笑相谓，聊以子言卜。但令

江管豪，岂惜陶泓逐。以上皆总括铭词。昨遣长须来，荷担越溪谷。恭然蒙君恕，不恤徇我欲。想当椎凿时，响遍清湘曲。作诗志吾过，嘉贶拜宜速。

余新买一婢名菊英，竹安误闻其佳，以书来问，意在于夺；余谓以三石易一婢固当，惜婢未尝佳也。戏次前韵代简

乐天眷小蛮，老放杨枝绿；涪翁诏踆奚，笑指蹒跚足。分无苏兰手，浇此习藜腹；舐杓一赤脚，见辄两眉蹙。南村归倘决，聊以代樵牧。昨者蓬头奴，来自岷山渎。坡诗"归溯岷山渎"，婢蜀人，故云。未能厕郑泥，矧敢望燕玉。老矣鹄不卵，无须越鸡伏。君何听之荧，谬以兰征卜。骏马易名姬，尤物纷追逐。岂无绝世姝，幽居在空谷。君乎辱见怜，我敢靳所欲？试遣淬妃来，淬妃，砚神名。听唱懊侬曲。赵璧吾当完，聘钱君贵速。

岱顶重获秦石刻残字歌为蒋丈伯生因培大令题图作并引

泰山秦二世碑，宋莒公、欧阳文忠公皆有著录。止二世诏五十馀字，盖据拓本碑阴一面耳。汶阳刘跂斯立，以大观间亲至岱顶碑下，手拓其文，碑四面皆有字，以《史记》证之悉合。作谱详纪。未几复迷失。明代北平许某于榛莽中得二十九字，嵌置碧霞元君庙壁，世所称二十九字本也。乾隆五年，庙火，石遂毁。嘉庆中，蒋丈令齐河，从玉女池中搜得残石二块，手拓得"臣斯臣去疾昧死请矣臣"十字，完好如故，既覆以亭，置东岳庙侧，复绘为图征诗。

虫书鸟迹远莫追，史籀而后推秦斯。峄山枣木竞宝贵，何况岱顶残石亲毡椎。煌煌十字历万劫，巍然炳耀天东陲。曰斯臣去

疾昧死臣请矣，从官名姓具可稽。我生去古日以远，婆挲动色惊然疑。粤稽祖龙燔六籍，亲巡乃亦假文词。磨崖刻石臣斯职，成功盛德天巍巍。其词悠谬史并录，得非斯笔能久垂？迁纪六石岱宗一，周览东极诸产宜。大义著明陲后嗣，二世袭号亲受厘。皇帝下诏奉遗戒，金石刻尽始皇为。不称无以示久远，臣斯奉诏磨厓儮。大书深刻石四面，炯炯日观光陆离。年深岁久渐莽翳，历汉八代无人窥。宋欧所见一面耳，集古录本江邻几。汶阳好事获金璧，昙光一瞬重劫灰。广州跋与延陵记，董逌、吴同春所记，各有异同。往复讨辨徒訾訾。碧霞衕壁字廿九，并此一炬吁可悲。从此榻本人间贵，填金勒石争磨治。近仪征阮氏、阳湖孙氏皆有二十九字重摹本。齐河耆古有奇癖，墨缘契合真神奇。零星片石二千岁，虹光隐现玉女池。长绳十丈縋之出，拂拭光怪惊神祇。隃麋赫蹄亲手搨，宝爱奚啻鼎与彝。传观一纸到湘岸，岱云衡日天昭爔。忆昔扶筇泰山顶，访古直造无字碑。开元景德铭遍读，如论魏晋遗轩羲。今晨展玩偿宿逋，才薄欲赋妨诋娸。吁嗟末俗工作伪，琐琐目论甘受欺。此本在世资考证，安得大笔挥淋漓。诗成岳色来几案，天门荡荡穷攀跻。

祝融峰观日出放歌为杨紫卿季鸾作

嘻嘻咳！快哉！东不测荡胸云海苍茫几万里，西不见吞胸八九云梦水一杯；但觉下界蓬蓬郁郁千山万山镕一气，上界星星煜煜天门跌荡呀然开！九天九地烧欲遍，侧闻耳畔天鸡隐隐声如雷。嘻嘻咳！疾莫疾于羲和之鞭，高莫高于祝融之台。朝见朱轮咸池沐浴出复入，暮见金乌海上腾踔去复来。榑桑望不到，夸父追不回。火维地荒日复日，青天白昼潜阴霾。嘻嘻咳！安得长绳百亿万丈系奔驭，一洗晦昧无纤埃。紫卿紫卿七十二峰高崔嵬，此行何异登蓬莱。回头下厌尘世浊，嗟尔摩天画日之仙才！

蒋丈见仆与竹安往复叠仇池石韵诗，谓如三天太上所书文，可以召山灵，朝地神，摄总万精，驱策百鬼。余笑曰："此伯翁嘲我为画鬼符也。"复次前韵戏简

上清森宝章，奇文炫青绿。道士习禹步，禁敕凭手足。群鬼方噤声，先生一捧腹。谓此驱鬼符，焉能令鬼蹙？不见神鼎铸，贡金来九牧。魑魅御蛮荒，支祁琐淮渎。明燔望祀柴，幽刻沉河玉。能令万灵朝，奚止百怪伏。纷纷役丁甲，琐琐比巫卜。祓除桃茢先，禁咒戈盾逐。人少鬼益多，满坑复满谷。时疫疠盛行。乃知灵箓文，人谋鬼不欲。谁放大光明，烛此幽隐曲。誓将尽捐除，拉杂摧烧速。

书左仲基宗植襄阳诗卷后，即示令弟季高宗棠

岘首碑沉空有泪，鹿门传后孰知名。凄凉曲唱铜鞮道，呜咽河流沔汉声。形势西南天险控，江关牢落暮云征。书生蒿目兼怀古，几度悲歌气不平！

海内词坛任孰肩，此邦耆旧渺荒烟。萧条异代杜工部，风雪空山孟浩然。咏史情怀希往哲，研都声价重何年。昆龙季虎俱无敌，看放骅骝晓日边。

寄合河侍郎河内时方持归服。

园林欲买计仓皇，帝许归田尚有庄。潘岳屏帷方阒寂，谢公丝竹正凄凉。一身去国存公论，千古名山待细商。料得丹铅时在

手，人伦地志费评量。公尝欲仿蕺山《人谱》作《人鉴》，仿《水经》作《山经》。

皆山阁公里居藏书阁名，面太行。外万山萦，灏气排空到眼明。九塞风云通謦欬，百城图史坐纵横。案头飞落丹陉影，枕畔时流黄沁声。竟日全家岚翠里，放怀何止一身轻。

年时趹马旧林垌，信步扶筇历历经。圪勒远围陉口白，圪勒围，地名，在太行山麓，公行年图有《圪围射猎》，即其地也。太行高拥孟门青。寻碑少室烟霞古，行药天坛草木灵。知有望衡休畅友，谓刘松岚观察。兴来随意叩松扃。

老去功名付后昆，未须木石戒儿孙。涤腧石建方持服，著礼慈明使应门。四海共知名父子，九重待扫旧巢痕。颍川第宅干星象，想见高阳世德尊。

传来时事不堪论，蒿目惊心舌欲扪。铜柱雾霾劳马援，近日瑶逆之变。金堤蚁溃忆王尊。鼎澧间连年水灾。闲居忧乐安危共，贫国疮痍涕泪昏。清议尚思来叔度，青山莽莽隔中原。

湘南狂客倍堪怜，别后飘萧鬓雪颠。意气惯投慈母杼，生涯仍恋冷官毡。徙薪曲突言皆罪，舞殡歌墟人宴然。甚欲焚书乞丹诀，从公王屋访真仙。

寄题李芸甫水部秉绶李园并引

李园在桂林城北华景洞白鹤峰下，故明藩旧址，以多李树得名。

旧为宋氏有，故又名宋氏园，今归芸甫水部。往余客粤时，与水部群从春湖侍郎、小松提举诸君侍其兄松甫丈觞咏于此，非一日矣。余去粤后，水部葺而新之，极林壑亭台池榭之盛，以书来索余文记之，未及为。今补作一诗存集中，即寄水部。时松丈父子相继下世久矣，为之黯然！

宝积东偏叠彩北，下有名园委荆棘。化人着手妙天工，人间重见开金碧。苍梧隐隐天西南，千岩万岫排瑶篸。兹园近市熟无睹，如入舍卫遗精蓝。快哉奇事世亦有，黄金一掷高于斗。胸中丘壑无尽藏，叱逐山灵百怪走。空中楼阁弹指成，咫尺平地皆蓬瀛。梯空但恐真宰诉，抗手会见群仙迎。主人旧是骖鸾客，吟诗作画无时息。泼墨淋漓少室云，倚窗啸傲安民石。鞭虬蹴象栖霞开，青天白鹤时飞来。隔江唤醒华君笛，凌虚倒泻壶天杯。此时主人正高坐，佳客满园惜少我。一纸书来索咏题，天涯孤梦随云堕。回首杉湖旧社吟，风流倏忽成古今。山川满目望不极，我所思兮在桂林。

腊日严寒，检箧中得唐镜海观察河南道中见寄诗，同韵有作，非敢云答，聊以言怀

真成僧众讽虔虔，闭户终朝手一编。来诗有“樗散真惭老郑虔，楚南文献待君编”之句。耐冷官犹存汉制，苦寒天欲甚尧年。书来远道劳相忆，事去孤怀枉自镌。知否苍生起安石，不妨落拓老青毡。

卷第十九

长沙喜晤栗仲，追和去秋寄别之作，兼简毛青垣茂才国翰

连年拙宦滞湘衡，诗卷重看气渐平。浮世勋阶看蚁穴，穷秋风雨忆莼羹。低徊各有多生累，寂寞谁怜身后名。为谢云阳贤令尹，青毡已分老蛮荆。

驻颜仙药渺难期，镜里惊看两鬓丝。岂有鹓雏真吓鼠，不妨蚿足自怜夔。左家世业凭娇女，李氏佳郎况衮师。栗仲有女绝慧，十二龄能诗，子七龄，亦聪颖。珍重名山须付与，传经诂训有毛诗。时青垣授女公子经，且为栗仲校刊诸书，唯诗集尚未开雕，诗以促之也。

栗仲以沈石田慈月轩画帧赠竹安，为其太夫人寿，并系以诗，且邀余同作，时竹安方权长沙令

湘水清而甘，湘月清且安。使君将母饮此水，慈容月色同团圞。慈月来何方？岧峣四明山。四明之明彻天姥，金波穆穆海天宽。使君奉之来，照我湘江干。遂令湘中百万户，共仰慈月承欢颜。谁人作此图？名曰慈月轩。轩中之人鹤发鬈，轩前罗列蕙与兰，绕轩竹柏森以蟠。古香满纸堆云烟，谛审已逾四百年。画作于成化丙戌。使君得此喜欲颠，持奉北堂当舞斑。母顾而乐呼儿前，此

帧诚佳值几缗？恐为儿费累儿贫，儿跪白母儿友贤。试看帧尾两诗篇：沈休文后邓文原，卖文鬻画皆廉泉，持祝母寿比月妍。诗成代儿博母欢，起看湘月中天悬。窥轩入户劝加餐，照我慈闱笑语温。隔朝侍膳哗诸孙，金萱赫奕明朝暾。

桐城方夫人清芬阁遗迹卷子为诸孙姚心莲鸿遵题有引

夫人名仲字惟仪，适姚孙棨，年十八而寡。能诗善画，有《清芬阁遗集》，心莲其七世从孙也。此卷白描罗汉十二并所书别曹夫人诗二首，款均署未亡人，心莲合装成轴属题。夫人生明万历乙酉，至国朝康熙丁未始卒，年八十三。

一代清芬阁，先朝历劫身。深闺看世变，遗迹阅时新。窈窕诗彤管，皈依佛应真。模糊馀片纸，自署未亡人。

板荡钟人杰，奇才萃一门。诸姑怜少寡，群从况多冤。夫人无可大师之姑母也，谓国变时事。满纸冰霜影，空山涕泪痕。方干新粹辑，一一定惊魂。近方石伍秀才辑方氏遗诗为一集，清芬阁与焉。

我友今姚合，艰难两弟兄。孤坟劳负土，心莲与其伯兄近竭力葬其先世十一棺。先泽溯怀清。旷代精神聚，天吴补拆成。卷轴系剪拆合成。百年留一卷，世德大家声。

云汀尚书寄示巡伍至海州登云台山倡和诗集，次原倡韵寄和四首

闻道元戎巡岛徼，自携使节上云台。山兼都郁排霄出，《山海经》以此山为都州，《水经注》谓之郁州。海涌蓬瀛驾日来。不信昂头低宙

合，试看落笔走风雷。振衣未与从游乐，得读雄篇亦快哉！

蜀道青天未易扪，梦中亲见赵王孙。长沙寓中，一夕梦人以赵子昂《栈道图》见示，图后题跋皆元明名笔。觉以语家兄云渠，次日从黄虎痴所得公寄示巨册，则《云台山倡和诗》，亦一奇也。忽惊海外奇文涌，顿洗尘中病眼昏。终古江山馀湛辈，百年坛坫几龙门。登临不纵沧溟目，谁信人间泰华尊。

江淮淫潦叹连年，酾澹何缘得晏然。但使萑蒲皆佩犊，自教斥卤变腴田。熬波渐裕纲商策，公巡视盐政，改行淮北票引，听民贩自便。挽粟曾飞瀚海船。谓公试行海运事。忧乐动关天下计，酬庸早侍白麻宣。

天风时送泬寥响，海水但闻汩没声。别有洞天非人境，如逢仙操移我情。丈人卓立何代物，山有古松极奇幻，相传为三代时物，公大书"蟠龙丈人"四字，勒石以记，并系以诗。威喜挺生不世英。公登山以四月念六日，其日公子诞生于金陵节署。翘首榑桑云五色，述初我欲赋东征。崔季珪《述初赋》所云"夕济郁洲"，即此山。

长沙秋感十首

金井梧桐叶乱鸣，商飙吹下定王城。地当卑湿知贫国，人惯哀怨识楚声。芳芷芳兰皆悱恻，蛮风蛮雨独醒清。高天跼尽难重问，莫替灵均诉不平。

胙土封藩自汉时，怀沙吊屈有馀悲。星分轸宿长沙子，门俯湘流贾傅祠。废宅几家来野鹏，斜阳终古怨江蓠。书生年少犹如此，痛哭何堪老泪垂。

湘南狂客说归田，归去无田恋一毡。老傍宫墙原正术，贫贪羔雉亦廉泉。坦怀自信孤标迥，烁骨翻教众口怜。毕竟斯民何毁誉，分明周道直如弦。

四海知交半孔融，归来意气尚如虹。衡才复遇昌黎伯，建节还逢严郑公。门户敢轻分出入，文章差免受牢笼。而今寂历寒斋下，默数平生愧此衷。

冷落斋厨苜蓿盘，故人书至劝加餐。折腰久愧陶元亮，割席诚惭管幼安。牛皂马通甘溷迹，苍鹰怒隼漫相干。平生浪说期千古，老去方知行路难。

鼎澧濒湖怯滞霪，那堪连岁赋秋霖。天灾似较尧年甚，雨气偏于泽国深。湿地生涯原易隘，监门图画不胜临。更闻吴会同昏垫，一例人寰是积阴。

神尧峒穴习讹闻，坐遣妖巫召楚氛。瑶逆之变，首以巫术煽乱。首祸竟同黄捉鬼，先忧谁是范希文。却怜湘上流离客，同哭陈涛覆殁军。曲突徙薪诚上策，罪言何敢效司勋。

苗疆重镇控三边，槃瓠遗氛竟晏然。唐代府兵皆劲卒，汉家军政在屯田。黠民种类虞滋蔓，硗地脂膏几割煎。揽辔筹思经久计，安危吾服李崇贤。

五渚湖田号富饶，鱼粮雁税户全凋。茫茫巨浸天疑漏，滚滚洪涛势正骄。见说流民怀杜预，曾闻列舰有杨么。书生望古无筹借，揽镜唯馀鬓雪飘。

家住萸滩翠霭间，古梅溪峒溯诸蛮。司徒战殁曾名岭，司徒岭在安化，五代时王仝战殁于此。文令修仙亦号山。文斤山在新化，晋高平令修炼之处。落落数公皆结辈，悠悠我里奈时艰。感秋望远兼伤逝，蒿目年来涕泪潸。

蒋伯翁家有黄桂树四株，百馀年物也。其一忽开丹葩，是年哲嗣奇男庸司马摄桂东令，以与平瑶功晋秩，伯翁作图纪之，为赋三体诗

灌丛吴都赋，纷敷楚骚什。曷若平泉庄，点缀一品集。

木樨香印禅心，金粟花装佛国。何来月殿嫦娥，巧借焉支颜色。

谢家赌（野）〔墅〕正雍容，不道奇勋策桂东。料得天公爱才子，连蜷先放一枝红。

栗仲寄示冬日杂咏，起短日讫好月凡二十首，余服其言婉而多风，有合诗人风刺之旨，辄依韵次和

短日

短日志士惜，残编活计微。冬心增郁勃，老眼认依稀。出处初衷负，行藏素愿违。唯馀归兴切，倦鸟怯孤飞。

破闷

破闷不成笑，愁来还咄嗟。贪眠床斗蚁，怯读字生花。乞假文符冻，题诗澹墨斜。不须嫌苜蓿，长此系匏瓜。

遣愁

穷愁工作祟，磨蝎命宫缠。已分难谐世，无劳更问天。卑官聊溷俗，粗粝且随缘。忽发千秋想，拈毫兴欲颠。

三馀

三馀残岁并，独客记年时。鹤语寂寥夜，鸡鸣风雨诗。坐看星历换，卧想斗杓垂。消瘦还如旧，应添别后思。

初晴

苦雨重阴沍，兹晨欲放晴。霁根才可辨，朝气炯初生。点缀云霞丽，参差村落明。噪檐欢冻雀，一一作春声。

长吟

独坐频摊卷，闭门唯苦吟。略含蔬笋气，不死蕃蓏心。泽草

芬芳远，湘弦哀怨深。亦知耽结习，舍此欲何任？

短剑

沉沉青玉匣，耿耿素丝条。沙砺磨治久，风尘阅历劳。悲歌气易短，长啸天为高。莫漫沦丰狱，蛟鼍方自豪。

不寐

拥被听残铎，挑灯坐五更。病知孤枕适，老觉万缘轻。独鹤当宵警，寒虫泣露清。言诗关比兴，莫当不平鸣。

苦雨

经冬淰淰雨，似伴苦吟身。避漏字痕习，停琴鹤意驯。占晴思野老，乞退谢江神。何日耶溪侧，真谐郑子真。

占式

占年书大雪，泽国变冰天。寒冱枝生稼，奇温榻有棉。达官知否怕，冻雀剧堪怜。为讯骑驴叟，聊通画里禅。

闭门

掩卷闭门坐，方知昨日非。正缘一出妄，未必世都违。愤俗嵇生锻，游仙橘叟棋。来诗作棋字。四明山水窟，深处几柴扉。

梅花

梅花如静女，待字匿芳春。寂寂幽闲地，萧萧风雨晨。空山饶冷艳，高处最精神。索笑怜时眼，何曾解向人。

漫与

漫与诗篇伙，无憀急就章。自惭才久退，渐觉语难狂。孤愤肠空热，澄怀心自凉。早知投宿好，溷迹亦何妨。

善论

炙毂荒唐语，谈天悠谬词。滑稽原谲谏，善谑本风诗。径塞悬河口，聊扬吐气眉。俳优文体似，售世莫嫌卑。

天堑

人心天堑险，城府闭重重。伺影沙边蜮，含虿笑里锋。生涯工卖鬼，出没悄无踪。坐使吴钩泣，风吹惨憺容。

冻雪

冻雪经冬集，打窗不暂休。寒飙增飒飒，独树响飕飕。沉灶烧难热，蓬门扫复稠。冷官僵卧惯，摧折到庭楸。

明蟾

明蟾深匿久，此夕得贪看。顿觉寥天迥，遥怜高处寒。金波凝穆穆，露气映汚汚。拚作终宵对，吟成镂肺肝。

忘机

不见沈夫子，书来一畅怀。冥心幼安榻，省事太常斋。旧业从头理，新诗次第排。忘机狎鸥鸟，挥手谢勋阶。

投老

投老依荒署，寒毡废吏才。腐鸱休更吓，燕雀漫相猜。天意宁如此，初心本不来。盐虀甘似蜜，怀抱向谁开？

好月

月色今宵好，昭然若发蒙。空明无点翳，涤荡有长风。岳树层霄影，湘天一鉴中。先生清不寐，吉语祝年丰。

岳忠武王名印印高今尺径寸，方广九分，玉质螭纽，剥蚀处微有赭墨作云霞文，似经劫火者，二字篆法瘦劲。乾隆间，湘江渔人网得之，为一贾客购去，今存震泽王氏。

宋自长城坏，公真九鼎扛。大名垂宇宙，小印袭兰茳。浩浩沙千劫，棱棱字一双。精忠丹篆黯，劲画铁戈枞。伊昔红羊运，兼之稗政庞。敕书污紫塞，符檄阻南邦。涕泣仙辞汉，仓皇马渡江。累累青玉玺，靖康之变，内玺一十有四皆没入于金。扰扰碧油幢。秃尽瓶旄节，抛馀豹尾橦。凄凉穷海帛，掩抑内家缸。几辈铜章绾，繄谁玉斗撞。蜡泥腥北帐，芝粉艳东窗。国已金瓯碎，人犹贝锦咙。背嵬无李郭，神臂少佽逢。独汝依戎幕，勤王听鼓韸。远随荆郢旆，同挂洞庭篷。折简招诸将，钤封靖众龙。闲情娱翰墨，馀事韵琤玐。押处长虹亘，沉时万怪愯。光芒晶日耀，幽愤厚坤庞。灵物终当显，奇冤世共睦。孤军山莫撼，百折气难降。血渍斑斑点，涛翻滚滚泷。摩挲揩老眼，呜咽封残釭。铸错知天醉，题诗恕我戆。君看湘月影，寒照旧渔矼。“潭水寒生月”，公诗句也。印出湘江，故云。

谷山砚叠仇池石韵，酬左仲基孝廉并序

谷山在善化县西四十里，其地出绿石甚细腻，土人用为柱础，不知惜也。按潭州谷山石研，见米史，方志固陋失载，七百年来遂无有知其石可为研材者。余以语胡竹安大令，属物色之。一日，桐城阙雯山翁于市肆见一砺石绿色可爱，以制为研，细润发墨，迹其所自，则

谷山也。余喜此石久晦复显，乃约同人召工采制，分惠同志，名曰元章石。顷以一方赠左仲基，承用仇池石诗韵见谢，赋此为答。

湘云帖天飞，割此一片绿。曾经屈米膝，颇复刖卞足。嶙嶙铜官浒，百怪孕奇腹。心知沅紫伪，目笑郴黝蹙。沅州紫石研滑不受墨，近郴州石以黝者为最，亦不多得。岂无鬼神守，莫禁牛羊牧。舆地失纪载，闾里敢亵渎；坐令轸宿精，长閟荆山玉。至今七百载，光采久沦伏。谁与望气知，顿若协龟卜。神明海岳还，墨渖云龙逐；光腾灵麓灵，响应谷山谷。显晦固有时，投报视所欲。宵来虹贯月，照澈湘江曲。会当续名言，健笔输君速。

迎春简方梅丞明府时明府以避风未与，诗以起之。

花幡彩仗填街溢，倾城都为迎春出。春来何处要人迎，但觉祥光扶晓日。使君脚底有阳春，五见江头梅柳新；今朝卧阁待春至，千门万户春同人。是岁立春值人日。鼓声未动春来矣，禁勒风光待君起。隔朝触手便成春，明府约以次日鞭春行礼。催放群芳遍桃李。桃李逢春次第开，春风作意为栽培；迎春但愿春常住，熙熙万象登春台。冷官几度同凉燠，岁岁春风被寒谷。可怜连日望春回，一味辛盘惭苜蓿。

闻仲基不赴礼部试，将之桂东学博任，复叠仇池韵作三首为寄，叙述鄙怀，兼道其行

自我来沩溪，七见芹草绿。问事无长头，执经少高足。终朝苜蓿盘，尽室藜苋腹。先生嘿自喟，僮仆额蹙蹙。平生耦耕愿，惭对樵与牧。誓将返初服，归理南溪渎。不谓沟中断，溷此天庙玉。豹变甘雾隐，雄飞复雌伏。君言世途巇，请以此行卜；安能策驶车，日与飞盖逐。莫嫌郑老毡，聊代子真谷。而况山水灵，适徇

耳目欲。翘首灵寿颠，溯流凡几曲。隔朝理湘帆，命驾行已速。

郴岭极天青，桂水逾湘绿。儿时慕仙境，垂老欠一足。往者宿郴口，梦贮云满腹。余往尝夜泊郴口，梦中得“云贮幽亭月贮台”之句，醒而足成之，今诗存集中。回首十五年，观河面纹蹙。著书惭冷官，分俸荷贤牧。余修《楚宝》艰于赀，今郴州牧王君假我百金，遂得竣事。日来读桑经，稍辨五渚渎。欲求照水犀，助我沈河玉。近拟析湖南诸水为一书，以君兄弟熟于地理，欲就商榷。颇疑九江名，细著钜乃伏。按九江有潇、蒸而无桂水，于义未协，金氏仁山已言之。陋儒泥方志，浅识难臆卜。君学九流贯，君才千里逐。会当追桑郦，刻划穷岩谷。此官君不宜，此地君应欲。过岭云万重，望衡江九曲。倘逢橘井香，日盼邮签速。

学印终年封，篆文日生绿。时方值开印。分膰靳一饱，常日饭不足。门生三五辈，十户九枵腹。年来物力竭，生理益迫蹙。交谪自不免，而暇责民牧。侧闻鼎澧间，饿殍满沟渎。此邦虽稍杀，荒谷贵丰玉。流亡愧俸钱，腼焉此偷伏。间曹责易弛，偈孱等医卜。时见大府舆，勘灾水曲逐。亦有贤邦君，吹律暖寒谷。所贪非古欢，所得匪心欲。作诗默自讼，窃比于芳曲。临风遂寄君，所望和章速。

瓜尔佳玉庵明府承志秋灯夜课图并序

明府工诗及楷法。母东鄂太夫人为冢宰铁保公之妹，知书，通晓大义，熟朝章典故。明府少失怙，太夫人课之成立。其配齐布楚特氏，亦贤女也，喜临颜帖，善大字《麻姑坛记》，亦好为小诗。明府与倡酬，侍太夫人侧若师弟然，极闺门之乐，因绘为图。凡屋三楹，竹几油灯，太夫人端坐授经，明府侍立听受；别一楹其配据几临池，作停笔望窗外月色状，殆名笔也。道光壬辰春，明府令龙阳，值水灾，又时方用兵，皆取道荒邑，凡所施设，皆太夫人教也。已而太夫人与其配相继卒任所，明府去官后，出图索题，为赋此诗。

母名媛，儿名士，姑女儒，妇女史，人间乐事那有此！母子姑妇相师弟，三间茅屋竹阴里。一灯荧然清似水，母执经坐儿立侍。书声朗朗动邻里，此时新妇方据几。兜罗绵里纤纤指，大字麻姑坛寸纸，顷刻挥洒立尽矣。母顾而乐慈颜霁，灯影月色皆欢喜。使君家世凤毛美，诸舅门风更无比。谁言贵盛易满盈，传家依旧一经耳！何人作此图？老笔洗纨绮。萧疏间梧竹，纷郁森兰芷。如闻一室间，笑语相俞唯。吁嗟乎！金张门第不足恃，豪家转盼生荆杞。披图我识使君贤，令妻寿母宜孙子。前年奉母来湘沅，烽烟满眼波涛翻。捍灾御患令长职，但恐减膳惊晨昏。即今奉倩嗟无及，那堪更作皋鱼泣。君看尺素惊涛馀，对此茫茫百端集。

春寒简纪少尉树珹

薄寒中人花事冷，一半春光去无影。朝来和雨复和风，霾灭韶光春不省。韶华搅乱风雨声，纷红骇绿都无情。年时佳节拚虚掷，但有寒食无清明。谁家庭院朝如梦，一索秋千闲欲冻。逡巡社燕诉宵寒，瑟缩盆梅怯清供。蜂痴蝶倦俱可怜，冻雨痴云尚满天。枯榻颇哀老子懒，冶游那放少年颠。冷官仙尉同闲散，春去春来都不管。阿谁为筑留春台，陌上花开归缓缓。君失偶，旁无姬侍，故末语以此调之。

陈子言索题阙翁所画把卷独立小像，即寄阙翁

浮生汗漫茫无著，人间何处容插脚。高人侧足望八荒，踪迹

萧然如野鹤。先生胸次有千秋，游迹所历遍九州。卌载相从惟一卷，于世独立原无求。即今七十神逾王，文史纵横供跌宕。千诗百赋唾手成，吐气犹能光万丈。老客诸侯亦可哀，公卿但说贾生才。谁怜濯足清湘畔，日踏卑湿趋尘埃。枞阳阙叟传神顾，为君貌出光风度。两翁天遣作寓公，佳话他年增楚故。两君流寓长沙最久。

书毛青垣所选湖南女士诗钞后

斑筠点点泪苍梧，芳草菲菲怨左徒。南国蘋蘩自幽洁，湘灵节奏杂悲愉。岂惟暗蔼昭彤管，已免婵媛詈女媭。谓其姊孟瑶夫人也。孟瑶苦节能诗，此编多其所论定也。最痛绣馀贤吏母，全家碧血正模糊。集中吴莲斋夫人诗最多而佳。夫人为赵城令杨君延亮母，时赵城有变，夫人率其子妇全家十七口殉难。事闻，有旨照例赠恤立祠，时道光十五年三月初四日也。夫人有专集，名《绣馀诗钞》。

次韵酬青垣见寄，兼简栗仲，时栗仲方权耒阳令

诗是君家事，渊源旷代名。孤踪千古寄，健笔九州横。又溯耒江去，重编杜集成。君笃嗜杜诗。怀人兼吊古，寥落不胜情。仙源难遽接，小县且藏名。雀鼠无忧壮，蛟鼍空自横。艰难杜工部，萧瑟庾兰成。为讯沈夫子，千秋别有情。

刘子复晚翠阁藏书图

平生未见书，恨不十年读。垂老博一毡，寝处逼简牍。谓资秉烛光，聊助刮篦目。岂知官书俭，十复缺五六。皮架虚曹仓，撑肠愧李簏。有时思误适，又或问奇蹷。对雠绝两造，捃拾空百束。买既窘市肆，借复乏官局。老矣怅何知，疑义终古蓄。刘先行秘书，

高蹈抱芳躅。胸饶山海储，室少瓶盎粟。托命羽陵蠹，窜身艺林囿。筑堂名晚翠，充栋森积轴。沩溪幽绝处，列架围众绿。止水明帘栊，斜阳射林谷。紫翠纷万状，宫商振庭木。何人为此图，远远青山屋。先生拥专城，高坐寄遐瞩。趋庭有名子，谨谨事编录。遂令一室间，进退姬与虡。谁言著书穷，发箧有馀馥。不见足谷翁，好事矜蹬玉。出其麻沙本，不值一捧腹。先生夷宪徒，令子亦江陆。行当食美报，然藜校天禄。视彼斗筲子，未足相赢缩。我诗久始成，诺作此诗已三年矣。词质义匪渎。慰君抑自怜，兼用讽流俗。

乙未午日，为梅丞大令题所藏蒲艾旧帧

鞭蒲久已著循声，服艾无妨旧俗盈。緬緬几丛炎暑失，萧萧一帧午风清。孱躯正藉三年蓄，仙种遥知九节荣。同在天中仁寿寓，祓禊起废仗神明。

宝鼎精舍砖拓歌为茗上王二樵渔题并引

王君博雅好古，以所得古砖手拓其文，起汉建元，讫唐咸通，有年号岁月可稽者凡八十馀种，装池成册。其曰“宝鼎精舍”者，最先得宝鼎三年砖于其乡道场山麓，托始于此，以名其斋也。

金石录未及古砖，洪氏隶续五种传。寻常令辟块然耳，论世乃在五凤前。王君好古有真鉴，搜掘墟墓披荆榛。岂徒砖埴夸汉魏，直欲点画追皇坟。拓成巨册持示我，虹光隐见湘江滨。经年坐对神为肃，造次不敢生手扪。残碑古碣共剥蚀，断戈屈铁相钩连。黄龙赤乌仿佛尔，当涂典午尤纷纭。晋代多至三十馀种。名斋自爱宝鼎鼎，纪年上溯建元元。瞀然非隶亦非蚪，蜾扁波磔难具论。更谁瓴甋辨甃甓，惟见满纸蛟龙蜿。粤稽考工记陶旊，不比彝器垂子孙。埏泥范土利民用，略识年月书庚辛。偶然涂抹俗工手，

讵有斯籀烦雕剜。甘泉铜雀世亦有，此冢间物何足珍。砖大半皆出墟墓间。岂知西京文字古，其时篆隶初变迁。此种在世犹足证，悬针垂露什一存。那如俗书逞姿媚，但觉元气含浑沦。流传一片亦可贵，而况累百罗玙璠。我老习勤怯识字，一毡井底心如智。朝来见此百珠琲，有若洗眼菩提泉。陋儒癖耆甘受赝，商盉周斝争磨研。蜗涎断续土花碧，摩挲谁辨假与真。何如乌曹遗制古，粗理质字太璞完。辟之野夫拙言语，形容朴遬神则全。还君此册三太息，道在瓦甓非徒然。

陈雨峰将军洗马图歌有序

将军镇吾楚时，市有货病马者，贱其值已售之矣。或闻之将军，亲往相视。惊曰："此非常马也！"遂厚值赎归，俾圉入谨饲之。择日浴于沅江，亲骑以往，喷蹴腾踏，瞬息百里，观者惊为神，将军乃绘《洗马图》纪其事，为赋是诗。将军镇楚西久，爱养士卒，敬礼士大夫，有古儒将风。在楚教成练勇一军，壬辰江华之役，卒赖其力以平瑶逆，亦可纪也。将军名阶平，六安州人，今官柳州提督。

沅江水夺桃花色，点点波光翻汗血。房星一夜失精芒，怒蹴江心喷波出。将军树立今伟人，即论相马亦如神。骊黄一扫骅骝贵，人间信有九方歅。自云此马黔西产，骨格权奇气深稳。圉人牧子不知惜，坐令天骥侪庸蹇。将军一顾风云生，腾踏便欲轻幽并。牵来江岸嘶风立，观者倾国天为惊。高牙静偃长身耸，移时忽觉波心涌。跳珠溅沫观欲迷，馀势犹令江岸动。浴罢从容试鞍勒，考图远溯金门式。谁与落笔如张韩，写出龙媒真骨力。堂堂军府百蛮尊，材官厮卒皆虎贲。天闲刍秣岂易致，嗟尔远道清边尘。

周忠介公寒月篇墨迹为罗研生汝槐赋有序

楷书冷金扇面，凡□字，行□字，款敬赋《寒月篇》介寿，结衔公名，凡九十四字。诗云："飞月凌寒动云际，瑞雪凝华护瑶砌。清辉交射莹且鲜，谁向长空扫阴翳。忆昔月傍琴台悬，扬彩仍浮玳瑁筵。高建隼旟影忽转，锦袍坐月泛江船。呼月伴君为老友，千秋相照长为偶。客至称觞岁更寒，雪光映带月光厚。"玩诗意似赠吴中令长之作，今不可考其人矣。字体遒劲端厚，令人对之肃然。按公裔孙所藏雪英堂墨迹，有与姚现闻、文文肃二帖，中有云："欢喜顺受，空空坦坦，临时尚须竖起脊骨，作一个生铁铸就的人。"又云："掀天揭地的事亦不在多。"盖公之树立有素矣！是时御史倪文焕首劾公，及文焕败，昼见颜佩韦五人戎装带剑入其室，须臾旌旆导公至庭中，石井栏忽飞舞震起而去。此迹装成巨册，湘潭罗碧泉詹事修源所藏，后有大兴翁阁学方纲、长沙罗尚书源汉题跋。乙未夏于役潭州，詹事从子汝槐出示敬题。

蟆精老蚀冰轮魄，谁扫阴霾赋寒月。时人莫作墨渖看，中有万古星虹血。茄花委鬼焰薰天，琴台那复明蟾悬。介觞何处得此友，尚呼孤月随江船。孤光一点涵空碧，分明照见公胸臆。是中空坦绝纤埃，揭地掀天见坚脊。公之志节塞寰区，公之学问真醇儒。即论诗笔亦清绝，九十四字皆前模。雪英堂墨飘零久，石井飞干亦已朽。偶留此箑落人间，毅魄忠魂知共守。罗君耆古今无伦，群从封胡更逸群。持将朗月当先泽，一片寒光冷逼人。

七月十四夜，同家兄踏月过黄氏颐园，芷江郎上舍允植先在坐。园故有葡萄两株，佳实累累熟矣。郎伸臂攫啖，甘美异常，遂促主人梯而取之，相与纵啖欢笑，漏尽始散。郎曰：是不可无以纪之。乃戏为此诗

湘流浅碧清秋涵，俯湘老屋如精蓝。残暑渐退月欲上，开门麓影浮烟岚。主人延月肃客人，扫院恰能容两三。当中一架浓阴满，交柯枝蔓垂毵毵。婆娑认是西来果，明珠颗颗参差衔。欢言未竟渴吻燥，一客仰视先眈眈。老郎腕力能左右，郎君能左手书。奋臂直欲双手探。大呼奚童挈梯至，斜倚屋角缘低檐。并刀便利累累翦，顷刻绿玉盈筠篮。玻璃莹澈水乳漾，醍醐倒灌天浆含。倾筐藉地恣攫取，未啖先已流涎馋。兴来一饱三百颗，肝膈沁透形神酣。只愁口腹为身累，一物虽细关廉贪。吾侪落落与众忤，踪迹冷僻同瞿昙。偶然世外乞供养，牵引行脚聚一龛。未知一饱作何味，但觉齿颊馀芬甘。宵分更作后夜约，僮仆窃笑先生憨。他时流寓征湘故，此藤此屋人当谙。作诗纪事君勿哂，聊当佳话资街谈。

云汀制府书来，言江淮大熟，仍次镜海观察昔年途次见寄元韵，作诗奉简，兼呈观察

听说桑林遍祷虔，伏读诏书，连年以祈求雨雪，设坛步祷，焦劳圣虑者屡矣。诏书谆切手恭编。近见宫保手写奏疏，凡钦奉诏旨，皆敬谨编列。不图方镇回天力，真见江淮大有年。黄阁勋名崇晚节，白头心事托残毡。更闻得宝歌来暮，一路丰碑好共镌。镜海时官十府粮储道。

御书“印心石屋”歌为云汀尚书赋并序

尚书里第在安化小淹村资水侧，两岸壁立如门，郦注所谓茱萸峡，资水之变名也。土人呼曰石门潭。潭心有石，方正浮峙水面如印，谓之印心石，公取以名其居曰印心石屋。道光乙未冬十二月，公由两江总督朝京师，天子念公久劳于外，召对稠叠，垂询家世里居甚悉，因及所居山水之胜，一一陈奏。阅日御书“印心石屋”四大字以赐，谕令摹镌岩石，垂示久远，并许给假回籍省墓，绘图呈进。盛矣哉！知遇之隆，恩礼之渥，极古今明良未有之契矣！公乃恭摹御笔，分刻所部之钟阜、金焦、沧浪亭诸名胜，及故山城南、岳麓两书院，里居之资江崖壁。奎章宸翰，朗耀蛮荒，涧草岩花，欢承天眷。显鹤生长资江，老官沩水。托敬恭于桑梓，久接龙门；瞻巍焕之文章，如亲黼座。职在文字，勉为咏歌，其辞曰：

洞庭四水沅澧湘，惟资远溯古都梁。芳风藻川邃古闷，一石磊落天开章。我家于此时泛棹，居人为指郑公乡。五十三滩至此静，群峰腾掷争低昂。千萦百络始一泄，石门屹立屏风张。澄潭峻壁渺千尺，中流一柱遥相望。征名是曰印心石，旁有老屋生光芒。屋中之人清且直，早岁献赋朝先皇。书生遭际古亦有，两朝知遇非寻常。初职文字历台谏，洊把节钺膺封疆。东南半壁久畀汝，奠江河海回澜狂。臣贤主圣心心印，伊古少此明与良。昨来述职昼日接，雍容殿陛天语详。首询家世及乡里，山水木石皆评量。帝曰汝澍生非偶，所居岂复同村庄。廉泉让水必有异，为我陈说当显扬。公拜稽首逊且谢，臣居僻在资水旁。洞庭五渚此其一，郦注别号茱萸江。行千八百里郡二，喷珠溅玉声雷硠。奔流至此势一束，两岸壁立森门墙。江心有石衔波立，均平方正大而刚。象形取义呼曰印，千潭一月江中央。臣心如水介如石，家世所业惟缥缃。先臣一经抱石老，敢望累若流嘉祥。遭遇圣明遂至此，抚衷惕厉时悚惶。公奏未毕日移晷，圣容耸动天颜臧。移时内侍喧呼出，澄心三丈铺岩廊。飞腾径丈四大字，曰赐臣澍悬家堂。龙章凤藻巍乎焕，尧文羲画何煌煌。公拜稽首舞且蹈，臣家远在天一方。自从再出违先陇，三径未翦松容苍。今朝有命自天下，顶礼南望心傍徨。圣恩若许捧归里，照耀幽谷回春阳。又言臣部多名胜，金焦蒋摄亭沧浪。往时六飞驻驿地，睿藻往往留僧房。名山摹勒代巡幸，描画日月真龙翔。故山朱张讲学地，渊源洙泗遗泽长。臣父托迹此最久，文翁石室遗躅芳。摩厓深刻纪恩遇，禹碑岳色同苍茫。公奏一一帝曰可，感激刺骨泪含眶。秋高拜命阊伍出，高牙捧日含风霜。赣南岭北以次竟，遂下袁瑞浮潇湘。乃瞻衡宇星言驾，望云捧日趋泷冈。归装何有有宸翰，昭回云汉垂琳琅。古梅溪峒那见此，黄童白叟争奔忙。恩荣岂独被臣里，要使天日昭蛮荒。人臣之荣至此极，今无其匹古未尝。贱子距公居最近，窃比东壁分馀光。资江耆旧辑甫毕，时辑《资江耆旧集》方竣。似荷天语嘉维桑。当今圣治迈万古，如公思日赞赞襄。作歌纪实非谀语，远踪稷卨希姚唐。祝公肘后大如斗，银章奕叶寿而康。

王二樵湖口渔庄图

笭箵栝落柴门静，罜䍡罾罺渔具齐，仙源直忘路远近，漫叟自占瀼东西。椶蓑箬笠烟波宅，细雨斜风罨画溪。人间何处有此境，便拟结舍先凫鹭。

卷第二十

为王榖生题汤浯庵所作浯溪看月图卷子

浪翁胸潴湘水寒，吐作湘上白玉盘。湘天何处无好月，难得贮此心与肝。我昔浯溪访翁宅，孤舟炎徼忧焚燔。余昔年自粤西之江右过此有诗。到此忽变清凉界，滚滚银阙寒涛翻。恍疑翁坐冰窟里，万顷雪浪相吐吞。丹崖退谷在何许，但觉肃肃清心魂。船头坐玩不忍去，使我神骨俱雕剜。舍舟上觅庴亭刻，随地涌出皆玙璠。摩挲上读中兴颂，煸璘大笔蛟螭蟠。书生迂论姑置喙，笑指好月当头圆。眼前清景忍错过，结怜溪畔成空言。更无好事作图画，略有佳句留巑岏。往与李春湖、程春海两侍郎有卜邻溪上之约，今诗刻溪石上。至今见月辄神往，卧听溪上声潺湲。王郎磊落名父子，自诩漫吏惭粗官。胸中春陵几呜咽，眼底结辈时追攀。频年问绢征治谱，踪迹漫浪湖湘干。船唇驴背亦已厌，岳云湖月徒等闲。昨来浯溪月下泊，快意便欲终宵看。不知浯月作何态，但道夙昔无此观。直从初昏斗柄正，坐至柄转朝升暾。此景在世讵易得，要使佳话留人间。浯庵词伯今漫士，画笔仍亦侪荆关。为君刻意写此帧，断崖古木围荒墩。炯然石镜光明外，泻此万斛冰轮痕。广寒宫殿咫尺耳，坐久便欲愁飞骞。流传尺幅持示我，前身明月宁非元。为君作歌酬此卷，漫耶浪耶仙乎仙。

张晴崖司马迎煦藏书楼图取文衡山画册故帧作图。

海内藏书推范氏，天一阁。新安之鲍差足拟。知不足斋。两家辉映浙东西，光烛石渠天听喜。四库开馆，两家进呈书最多，高庙皆宠以诗。君家亦有万卷楼，北宋以来见诸史。《东都事略》，陆《南唐书》。中间兴替未及悉，君乃述德思载纪。生平嗜好无他癖，羽陵蠹但钻故纸。连云充栋汗百牛，一一穷源竟厥委。遂令南面专城居，上揖三皇下诸子。由来造物忌盈盛，聚族乃仅供一毁。迩来馀烬稍稍拾，如贾居奇珍聚市。念当作图告来哲，荆关不作云林死。衡山去此几何年，墨渖淋漓呼欲起。君看一帧云烟堆，中有危楼天际倚。想见窗棂厨櫋间，玉躞金题重阁庋。浙中故事我略悉，甬上风流旧无比。小山双韭二老阁，今之存者尚有几？得君此图立天壤，诸老馀风犹可企。我知君在廿年前，老听乡人歌孔迩。男儿读书贵致用，仕学虽殊趋一轨。知君经术饰吏治，诗书之泽宜世祀。他年霖雨遍苍生，缥缃百幅重料理。

奉题杨雪茉庆琛廉镇金陵策蹇图

秦淮水暖春初涨，踠地垂杨翻雪浪。鞭丝笠影认依稀，知有诗人驴背上。金陵自古帝王州，江山到手仍无恙。谁怜六代金粉场，但与游人作供张。天知先生胸有诗，要共钟阜争酬唱。骖鸾百粤兴未厌，公时方自粤归。策蹇三山此吟望。沧桑陈迹几更变，踏处步步生惆怅。想见千秋吊古胸，漫天幽兴难裁量。年来宦辙八驺拥，正苦前驱盛仪仗。岂谓襜帷绣豸尊，依然结束书生样。何人老笔工模范，绕郭长江展屏障。寺楼明灭塔语歇，江树参差帆影飏。君看莺花寂历间，着此尺箠荒凉状。笑指鞍背缓缓吟，但觉诗胎隐隐酿。遂令钜束汗犊牛，所驻光芒腾万丈。贱子久作江南客，游迹经年屐几緉。雨花台畔蒋侯祠，别来十载心悵怆。读公此图神欲往，使我游兴忽奔放。隔朝便拟书租券，旧迹青溪重一访。时将有金陵之游。

余星堂正焕观察青山静对图观察所居名青山驿，近移住长沙城。

高人自与山有素，终朝静对如亲故。楚山碧处眼犹青，可惜孱颜隔城住。先生生长楚山隈，岚翠缤纷日吞吐。性情自得山水腴，胸次领略烟霞趣。前身固是蓬岛客，人海红尘暂回驻。偶然出手试雨霖，万里滇秦吴楚路。高牙大纛卷如云，回首青山如梦寤。东山安石范圭峰，魂梦眷眷时回互。即今功成归去来，筑庐先择山深处。城南数亩平泉宅，天际隐隐峰峦露。青山无数绕铜官，叠嶂回峦争景附。先生拄频一延伫，旧游历历重把晤。枞阳画手老更工，写此一幅烟村树。君看庭际青苍中，已觉空濛腾晓雾。想见幽人素履贞，全家笑语陪杖屦。嗟我野性侪麋鹿，老去一毡如禁锢。眼中了了麓山明，引领惭无济胜具。安得与公同卧游，不放山光出城去。

赠阙云叟岚即以为寿

枞阳逸叟今龙眠，来寓湖湘五十年。岸草汀花供点染，美人骚客致缠绵。蟠胸千丈起岱华，过眼尺幅生云烟。知翁不负如仙笔，自写方湖壮寿筵。

平生行脚轻万里，老境弥勒同一龛。近构一精室名读画龛。直以禅心通画理，试参骨相本瞿昙。梅妻鹤子聊写意，岳色湖光呼与谈。知是参寥是灵佑，天教流寓重湖南。

长沙试院蔡春帆学使锦泉以登岳阳楼和杨雪茉廉访元韵四首见示，即事奉和

浩淼重湖占一乡，危楼高耸望弥长。极天风雨迷南纪，终古波涛撼岳阳。几辈登临定韩杜，从来哀怨是沅湘。平生亦有扁舟兴，老觉才疏未敢狂。

意气年来屡不平，曲终略记数峰青。岂无帝子云中鼓，难得仙人上界听。水国蛟鼍春滚滚，长天鸿雁昼冥冥。沧溟不少乘槎路，湖草青时欲放舲。

蓬瀛缥渺大江东，谁挽狂澜御顺风。未必神仙真世外，那无忧乐到胸中。随波鸥鹭浮沉惯，蓦地鱼龙变化工。千古兴亡凭一览，莫将陈迹问天公。

连旬风雨费搜罗，条教严明令不苛。直以诸生为子弟，不妨俚俗共弦歌。吞来云梦犹嫌小，采遍荃蘅未觉多。甚欲狂吟发老兴，端居奈此鬓霜何！

李季容宗瀛以其小庐诗集远来相质，并导以诗，叙述恻怆，推挹过甚，阅毕为题三诗于后以归之

海内谈诗韦左司，卌年坛坫重当时。谁知响寂音沉后，复遇摧锋陷阵师。五纬经天芒色正，谓《韦庐诗集》。长江卷地快风驰。伟龙怒虎俱无敌，输尔重搴大将旗。

记得荷衣出拜曾，翦瞳秋水窅然澄。朅来湘岸一双鲤，胜对炎山万丈冰。落斧引徽吾岂敢，雕肝琢肾子真能。相期此事还千载，面壁磨砖只一灯。

老去心情殉宛丘，虀盐岁月复何求！无端触我千秋泪，更欲浇君万古愁。仙李蟠根培益大，乔松馀荫扫还稠。丈夫甚有无穷业，好励前修慰九幽。

丙申十二月十六日六十初度，何子贞绍基自都中以诗来寿，次韵奉答

宛丘学舍打头屋，终岁芸编沾剩馥。苜盘照案苦饱谙，蔗境历槽甘稍漉。已分光阴老梡豆，敢期霖雨兴岳牧。宵来忽忆软红尘，梦值承庐伴清宿。道州古称道学祖，公侯之后始必复。君今况是名父子，木天世许中秘读。四海人夸稽古荣，九重天锡科名福。嗟我蒹葭倚玉树，何异菖蒲拜修竹。连年快听埙篪奏，试院倒倾经史簏。固知期许在千载，岂为焜煌丹两毂。而翁清望重斗岱，令子芳踪袭兰菊。光气百倍玉无价，机杼一家布有幅。远蒙锦段饰衰朽，欲挽荒岁成丰熟。众雏各各偷习飞，老鹤一一如君祝。

附录原作　　道州何绍基子贞

梅花撑破先生屋，四千里外闻其馥。长安马走雪欲下，南村人闲酒初漉。先生夙抱在经济，欲使环堵安农牧。轮帆万里累行李，道德中年成老宿。谓是儒林百岁士，至今花甲一周复。天伦棣鄂耕有偶，祖德松堂书可读。友朋渐觉星斗稀，儿孙来共文章福。颇疑铅椠耗发齿，转益精神健松竹。笔端生气活古彦，山中奇采腾敝簏。忆陪末坐眼常青，小别一年心似毂。春灯翦雨远惠书，秋绪如烟过采菊。苦随

白日踏尘土，想跂清风洒巾幅。性情灵异芝九英，文字吉祥年大熟。虫语唧唧奚足听，鹤声琅琅先我祝。

陈东屏司马取唐岑参“孤负一渔竿”句为图索题

兰溪烟月富春山，箬笠青蓑自往还。买得一竿时在手，桐君踪迹本来闲。

十年吏隐寄湘中，却羡湘干蓑笠翁。回首乌伤游钓处，柳阴闲立一丝风。

曾经赤手捕蛮酋，(站站)〔跕跕〕飞鸢拍水浮。羽檄纵横谈笑了，臣心久已逐闲鸥。

书接雍容朵殿趋，承恩拟乞贺家湖。似闻天语亲嘉许，近侍哗传一钓徒。东屏以与平瑶功卓荐蒙召见。

头衔自署五湖长，手版新除大郡丞。那便急流思勇退，正闻当宁亟才能。

胸中了了湖山在，眼底滔滔江汉流。知有疮痍待收恤，不教生计恋扁舟。

官迁渐觉君恩重，宦久逾知归计难。但见溪流呼负负，买山聊作画图看。

建节几人如结辈，归田聊自托身安。清时不少夔龙业，容我江湖老一竿。

何地山倩汤叔尺作图而独不写真，其自题诗云："自无而之有，无乃吾元神。与世周旋亦暂耳，口耳眼鼻原非真。"一日出以属题，为作此诗

阎浮世界光明藏，扰扰众生难形状。至人天眼定中窥，了无人相无我相。先生赋性特高旷，一洗尘壒绝翳障。平生足迹动万里，叱逐名场恣骀荡。须髯如戟道气尊，胸次翕然天所放。即今七十颜尚童，吐纳烟云目供养。本来面目吾自知，写生何用烦巧匠。汤生笔力老益横，写此尺幅苍茫嶂。绝顶独立冰轮孤，看放长江奔白浪。想见幽踪浩荡胸，寄兴何止羲皇上。嗟我寻常无与貌，憔悴容颜欲谁抗。已将恒干委尘埃，那有闲情劳摒挡。年来行脚亦屡疲，读翁此图神忽王。便拟策杖从翁游，五岳真形重一访。

龚春溪学使维琳以留别诗见示，次韵赋和，即送其归闽

南山北阙两非真，苏句。底用争登要路津。须识是非昭大路，即论成败亦前因。独怜知己今无几，未可中朝失此人。老泪当风倍惆怅，临歧难慰苦吟身。

谷口躬耕有子真，扁舟此去问延津。分明归路如弦直，大好家山有夙因。湘士难忘遗爱颂，学使去后，湘人以"春留南浦"四字榜于试院听事。朝端终重老成人。似闻天语犹珍惜，未许闲云寄此身。

胡竹安刺史权长沙守，奉呈三首，即以为寿

家传治谱在湘沅，清望仁声俗尚存。作郡只今劳望紧，宦途自昔苦冲繁。君大父宰泸溪有政声，泸溪昔本冲繁缺，今改。种葱拔薤非奇绩，佩犊悬蒲未易言。我亦随人持手版，许多心事待披报。

行春露冕觇农功，按部遨头验士风。民以耕桑亲召父，家将子弟寿文翁。胸储金石忘贫国，君收藏金石文字至富。手握庐牟有化工。等是悬弧迟十月，余与君同六十初度，生期后十月。岂惟名位让公崇。

姓名廿载旧相闻，老伴宫墙荷齿芬。寒谷已难回暖律，冷毡时复窃馀薰。未妨长孺终为郡，可笑中书久不君。一语报公差可慰，薛宣真欲吏朱云。

武昌上侯官尚书六首

大儒体用本超伦，声望如山化若神。帝借公名安远迩，世知闽学倍精醇。扪胸信有千秋鉴，触手能回万物春。勋业文章中外被，为霖岂但两湖均。

大别山头古柏幽，相传大别山禹庙有汉柏。武昌城外柳还稠。滔滔江汉尊南纪，历历荆襄控上游。见说惜阴劳运甓，有时乘兴罢登楼。知公体国忧勤甚，前席无烦借箸筹。

艰难时势费支撑，民力东南几绌赢。一语回天征定识，万家感泣见同情。读公抚苏时请缓征漕一折，闻者至于泣下。蛮荒草木钦威望，走卒儿童服姓名。独有向隅穷博士，老怀无泪对公倾。

征南十部尽湘衡，露冕南来驻节旌。投刺未烦追赵壹，隔舟先已问袁宏。深惭姓字上公记，敢说文章海内行。老识荆州吾愿毕，别公无语但吞声。

先公清德古瞿昙，鹤子松髯合一龛。寄意非徒泉石癖，传家直陋长卿惭。海天浩浩闻声远，泽国嗷嗷待饲餔。今夕画图亲捧载，虹光夜夜彻东南。承以先公《饲鹤图》命题，许带至舟中从容报命。

湘南狂客鬓毛颠，老作州民恋一毡。重犯波涛惭古井，难抛苜蓿仗廉泉。显鹤谒选，求为校官，既至沩西，署“古井”二字于厅事，尝有句云：“老伴宫墙原正术，贫贪羔雉亦廉泉。”敢因舐犊轻官守，频为租驴费俸钱。公以儿子琮、兄子瑶朝考入都，先寄车赀，顷携之过鄂，又蒙重锡资斧。此去全家载公德，恩私未免一夫偏。

泊舟汉上，枉周介夫鸣鸾太守过访不遇，留赠诗二首，次韵为和

廿年不见周公瑾，欲醉醇醪乞一瓢。岂谓云迷孤鹤影，尚留风送暮归樵。介夫访余未遇，特留赠朱提为治归装。文章一代推名父，谓其尊甫《东冈诗集》。忠孝全家重胜朝。介夫先世举家死张贼之难甚烈，余采入《楚宝增辑》。采入遗编同宝贵，可怜风雨话潇潇。

长沙耆旧古多贤，文献堙沉二百年。赖有故家能数典，其如诸老未归田。郢书燕说愁滋误，里曲巴音愧浪传。早晚迟君同粹辑，免教文义诮拘牵。

附原作并序

湘皋尊兄先生将有金陵之行，从湘南来，以家刻祖庭诗及所著《南村草堂集》各种并文郎侄辈试卷见示。于是与湘皋别久矣！念吾乡名望，孰与湘皋。鸣鸾来自郢中，勾当公事毕，闻从者先已渡江，因舣舟汉皋以待，竟日不获一见，遂解缆留别二律，即以代简。风尘扰攘，掩陋弗文，幸勿见哂也。

仙人久已辞黄鹤，吹笛难邀醉一瓢。啸傲烟云师屈宋，磋磨岁月友渔樵。关河倚棹延三益，渊明诗："开径望三益。"笠屐看山赋六朝。何事临岐交臂失，隔江风雨听潇潇。

渊源家世溯前贤，苜蓿堆盘不计年。可羡充闾君有子，堪嗟负郭我无田。笑人禹岂头衔重，君官学博，岂以头衔重耶？识曲瑜讹耳食传。鄂人谬以仆解音律，误矣。此去江南好风景，秦淮丝柳任高牵。

往与程司农倡和诗多叠韵，不尽存也。顷见司农集有咏史作，亦追录旧稿于此，以志一时情事

周室保厘仍似旧，汉家版籍岂容新。绥边最戒师勤远，办贼先须将得人。绝域尽教狐兔穴，诸羌终倚犬羊邻。同生漫听然明语，谁为榆关断后尘。

征西上将故堂堂，绝徼欣看卷旆忙。见说悬军留大耿，颇闻深入有诸杨。收京已自烦回讫，阻险犹虞据吕光。莫向祁连山上望，古来战骨有馀香。

题倪子同承璐授经图

我老过章门，始识倪侯面。观其履屦间，仁孝蔼然见。连朝

困风雨，闭户绝欢宴。先生遣奴来，打门示一卷。展诵悉泪痕，模糊渍素绢。自言生已孤，荼堇茹童丱。上赖母氏慈，鞠育恩勤遍。稍长教之读，次第授经传。儿钝母既忧，儿慧母复患。深恐孤儿顽，或致遗矩偭。劳劳一寸心，日夕千万转。吾友为此图，曲意写圣善。君看一室内，棐几罗笔研。想见咿唔声，霜风满庭院。哀哀河上歌，冰檗矢百炼。期以下下策，不免科举涸。岂意终天馀，俯首就一掾。以兹抚卷悲，展视泪如霰。嗟我亦鲜民，未览神已眴。外家娴同出，先母与太孺人同姓。年时起居惯。辛苦母更倍，欲述难缕缮。谓当稍成立，少报春晖愿。临老博一官，不及侍半膳。可怜博士毡，永负慈母线。岂徒缺兰供，而并违韭荐。九死不得赎，罪辜塞霄汉。同为衔恤人，我老无可逭。三复枞阳篇，揽涕增悲恋。余有自序年谱，述先孺人劬苦颇详。桐城吴春麓侍御序之，极沉痛，结处即用其语意也。

章门赠答曾舜臣协均，即题其诗卷，兼示李氏诸郎联琇及小阮翊勋兄弟，并呈梅生诗老

先公昔在日，文采照四裔。蟠胸万间厦，多士得所庇。心知太丘广，厚德必有继。见子毁龀时，已有食牛气。一别十三载，冉冉岁华逝。重来章门道，雪尽西州涕。却喜通德门，绕膝森兰桂。家集付儿郎，《赏雨茅屋集》有“两家集付小儿郎”之句。世业真不坠。出其箧中藏，已足苏朽愈。我见欢且舞，我心感以喟。伊昔客淮阳，东南才士萃。先公执牛耳，贱子捧盘敦。期许到千载，意颇轻一世。转瞬星岳颓，馀子亦沦替。存者但蓬藁，殁者悲葛帔。兹来见君诗，令我喜不寐。我生风骚乡，颇服西江派。临川与南城，同时树两帜。生平于我厚，交亲忘名位。李生名公孙，谓李氏一门兄弟叔侄，韦庐诗老之孙曾也。出语惊老辈。两家竞兴宗，庐阜涌葱

翠。相斯扫旧巢，杏苑行联骑。岂徒绍家学，实乃添国瑞。吾衰留老眼，看汝腾天骥。一笑质梅翁，聊用醒午睡。

寄答汤海秋农部鹏

江汉导岷嶓，资湘滥岭粤。分流各千里，实自一源出。与君家茰峡，芳藻共澄洁。出处虽各途，趋向无异辙。平生取友心，四海萃一室。如何同里闬，咫尺邈胡越。岧岧浮丘阁，遥望神已夺。老死未一面，不耻能勿恤。低徊复低徊，耿耿肠内热。

孤舟犯江涛，积月困掀簸。忽枉双鲤鱼，蛟龙不敢唾。长吟对西山，举酒先自贺。生平所震服，盛名塞天破。觌面愁无缘，矧敢希唱和。岂意君子心，俯躬饰庸懦。爱我情入骨，许我语太过。同生屈贾乡，大雅今几个。君看翼轸旁，古铁精芒播。萉萁易滋蔓，芳兰惧摧挫。把卷读未竟，喜极悲无那。雄篇薄风骚，苦语续只些。

夜静天宇澄，列宿寒有芒。仰视象纬逼，箕口独哆张。风雨各异好，无时停簸扬。贱子百僚底，万足踏固常。不谓天汉路，亦虞蹶康庄。道危气类单，斯语何慨慷。不见宿瘤嫫，上掩姬与姜。不见蜩螗沸，竞响凌归昌。歌君赤骥篇，涕下沾衣裳。愿书一万本，排云叫天阊。下以慰穷巷，上以箴岩廊。

洞庭纳四流，厥大江汉比。茰溪溯都梁，力敌沅湘澧。昔与士行书，其言犹在耳。两家傍溪居，共饮资江水。二语赠答陶宫保旧句。荏苒三十年，高歌逮吾子。吾子抗百代，四海望风靡。区区里闬间，未足当一垒。然而古贤哲，各自重其里，何况吾里先，奇芬郁兰芷。各抱一家言，冥心待后死。我辑耆旧编，先自资江始，近稍及沅湘，一一拾残毁。期以一寸心，遍饷百世士。所惭见闻隘，未足当述纪。望君成功归，朝夕相厉砥。振彼幽殢魂，雪此孤陋耻。岂徒益方志，抑亦征信史。庶几张吾楚，毋贻怜国鄙。援豪伸此词，缄书附双鲤。

论诗一首有寄

至音以神遇，至道以天全。声音虽小道，微妙难言传。三百非诗人，各自写其天。诗亡骚以鸣，出天而入神。浸淫及汉魏，神运天尚存。后世昧此义，专求工于人。人胜天则漓，神气乃索然。吾子起末流，力探江河源。直从八代末，上溯六义先。所闻昔已多，所得今胜前。语其降心作，亦非今世言。芬芳兰芷词，悱恻河梁篇。皭然日月光，渊然金石宣。神动天自随，三百义不刊。区区界唐宋，一笑可弃捐。

南康城外野泊

又向章门别，孤舟野岸偎。溢湖浮地去，庐岳负天来。剑倚干霄气，仙艰度世才。徒闻鹤背上，云际日徘徊。时南康近事。

章门舟中寄别徐山中丞

十年广厦许追陪，一笑还容旧雨来。湖上尚留徐孺迹，行厨仍设穆生醅。寻常紫气随身剑，缥渺仙风何处台。今夜沧州虹贯月，分明亲向斗边回。时南康署中设仙坛，云有三十六鹤乘云来往。

楚黔坐镇岁频周，章贡全封此上游。千里湖山安缓带，廿年心迹湛虚舟。帝知中立无朋党，人识公才第一流。四海同时瞻节钺，未应福曜独南州。

岂有飞腾好羽翰，全家终日望长安。时以请咨送儿辈北上。贫知家累将雏苦，老觉才疏用世难。方奉部截取。一壑已成偕隐计，三台高映五云端。公子星垣方试礼部。看花走马寻常事，独愧荒齐苜蓿盘。

樗散真惭老郑虔，百端牵率到寒毡。租驴远道烦书券，娶妇连番费聘钱。去岁儿子琮、兄子瑶娶妇，得公赐方得成礼。今春廷试北上，又承远锡赀斧。此去扁舟仍一叶，重亲绚舄复何年？山人已办归田策，甚望星轺向楚天。

大孤山

湖心愁渺渺，欲渡阻跻攀。云雨昏朝暮，烟波冷髻鬟。缠绵怜远妹，距小孤百馀里。偃僊怯重关。九江设关于此，以课船户，曰姑塘关。老去还羁此，能无叹厚颜。时阻风十日矣。

石钟亭小坐

石外更无地，苍茫寄一亭。城吞湖水白，山抱县门青。泥爪模糊认，钟声莽浪听。他时问流寓，谁识此曾经？

石钟山有序

泊舟湖口，望岸上一山，木石幽邃，危亭翼然。余语从游诸同人曰："得无所谓石钟山乎！盍往寻焉？"同人欣然愿从。上岸曲折数武至山麓，有废寺，颜曰"宝钟"，余曰："得之矣。"寻径上山，半以上皆石，形椭而剡上丰下，类钟磬之属，若悬虡然。亭踞其颠，中有碑屹立，余攀援数息乃上。摩挲细读，则大兴翁学士方纲视学江右时所书东坡先生游记也。瞻眺久之，始循山右侧下，寻记所谓“以小舟泊绝壁下”者。壁斗立湖上，峻峭千寻，有寺倚之。凭栏下瞰，壁旁积石累累，中空如釜、如盎、如杯罂、如瓴甋者以百十计。风水歕欲，如牛鸣窌中，自然声出，乃叹石钟之名，盖兼形与声言之，前说均未尽也。顾兹山据湓湖之口，大江南北，涉足可至，非僻壤比。乃自元魏六百馀年，至先生而始详记；自北宋来又七百馀年，至苏斋而始再刻石，则甚矣士大夫之不好事也！虽然道元简矣，李渤之陋，抑无讥焉。独怪先生目击，亦有未详且尽者，乃作一诗纪之。先生时自齐安送叔党作尉来，见于记中。今余以送瑶、琮赴太学过此，盖幼读先生记，老始得一游焉。时令湖口者，为归安朱君建溪，闻余至，欢然出迎。姚镶者，余友石甫观察之族弟也，亦以巡湖至此，是日同会寺中。二君欲挽留，余不可。返舟宿绝壁下，噌吰鞳鞺之声，终夜不绝于耳。次晨书此，将贻两君，使刻石苏记旁，兼寄示二子都下。道光戊戌三月十六日。

少读钟山记，衰年始一临。扁舟仍绝壁，观徼悟元音。废庙依城麓，危亭出寺阴。高低悬簨虡，凹凸履崎崟。水石空明击，湖天漫浪寻。大声腾众窾，孤响落遥岑。啁哳俗流耳，萧寥世外心。噌吰疑地奋，绵邈觉春深。老怯秦人缶，歌惭魏室金。几曾闻考伐，容易叹销沉。谪宦携贤嗣，空江共朗吟。永怀名父子，寂寞到于今。

附和作并序　　　　湖口郭世闾砥澜

石钟古迹，自坡翁游记后，过客题词绝鲜。湘臯先生岁戊戌春仲送两郎君北上，道径蠡湖口，舣舟循麓上，历搜其胜，得兼形与声之说，留诗并序。数百年今嗣响，为吾邑山水生色多矣！次韵敬和。

脚插风尘惯，家山旷未临。钟声萦别梦，湖水托知音。才子新探胜，名贤旧憩阴。宦游同旅泊，仙奏出岩崟。地籁调刁发，天工橐籥寻。玲珑嵌鬼斧，吐吸窟云岑。一洗笛筝耳，真窥炉冶心。众形分感寂，大块本虚深。试叩硿硿石，谁聆戛戛金。长江流自古，空谷响难沉。惆怅六朝迹，萧疏千里吟。髯公留碣后，雅调续而今。

守风大孤塘却寄葛石如玮、陈花农煦芳，兼简倪子同承璐，时同在中丞幕

栖禽择木鸟投林，一见相亲载好音。名士自来推葛亮，头风先已愈陈琳。探怀各有匡时略，前席同殷用世心。为语儿宽休太息，须知一掾亦为霖。时子同以郡佐候补。

无端去住太匆匆，殢雨连宵浪打篷。溢口远吞彭蠡月，湖心饱受马当风。双姑天际婵媛睇，五老云间謦欬通。笑我尘缘犹未了，苦将霜鬓逐飞蓬。

小孤山

欲飞还小住，将下故迟迟。容与中流驻，娉婷天际窥。簪荒征士宅，门掩女郎祠。垂老重经过，微波托致词。余屡过江上，今始作诗。

大江流日夜，高浪肆东奔。鸥鹭尔何意，鼋鼍势自尊。狂澜回砥柱，浮世立孤根。自插尘中脚，波涛未足论。

至芜湖遣人问福山王馨叔兄弟消息，云月前已往浙江矣。是夜泊关外，狂风颠舟，终夜不得安枕，惊叹之馀，感而有作，即寄馨叔

闻汝年前此地还，春深去看浙西山。飘流踪迹疑方外，生死

音书尚世间。断雁失行惊远渚，骄鼍得势怒当关。终宵狂吼吾无恨，输尔沧江稳睡鹇。

将至金陵遇大风有寄

岂有奇谋待究殚，飘然一棹列侯干。风波蓦地吾焉往，花柳骄人春又阑。且喜连圻歌召杜，深知诸镇尽屏翰。腐儒坐享升平福，窃禄何妨老蓿盘。时奉部檄取，有劝余谒选者。

大风泊乌江两日，其地属和州，土人云亭长劝项王渡江处也。江岸有庙祀王，作一诗吊之

十万军声叱咤过，狂涛一夜起蛟鼍。飚驰尚挟拔山力，呜咽如闻泣楚歌。当日偏师驱汉鼎，至今遗庙奠江阿。独怜盖世英雄气，偏为虞兮唤奈何！

阻风乌江口五日矣。连日见居民为愤王赛会往来如织，夜闻狂吼更倍，或王英爽为之乎！舟人窃语，前诗或有所触也，戏作一诗解之

扁舟一夜乌江口，巨浪怒挟蛟鼍走。心知此是愤王为，作诗投王王不受。颠风断渡三昼夜，宵来声势非常斗。远连枭矶并牛渚，百万乱军齐怒吼。舟子屏息前陈词，居民连旬为王寿。君看岸上往来忙，杂沓骈肩趁男妇。椎牛炰豕撞鼓钟，登堂侦伺陈春酒。冀抒王愤乞王福，犹恐亵渎蒙殃咎。君何不量好作诗，千金妄冀珍敝帚。谀词政可干诸侯，人尚尔弃神肯取。语言文字况多忌，片纸往往遭击掊。君何孟浪致神怒，坐累我辈同困守！我闻此言默自愧，毕世穷正坐诗狃。老犯风波为世厌，矧乃结习滋多

口。便当拉杂为王谢，吾言不足供覆瓿。

石甫官淮南日望余来，追余至，而石甫已先一月赴台湾观察任矣。诗以寄之

高雯寺外瓜州渡，十五年前别君处。颠风吹我渡江来，可惜我来君又去。使君英雄天下才，诸罗绝岛亲手开。开辟噶玛兰方略暨善后事宜，皆君手定。帝知穷海服威德，故假节钺分巡来。君由监掣同知超擢。丈夫立功须域外，重洋况易惊烽燧。撑持绥辑可无人，期尔姓字凌烟绘。独怜参辰避若仇，颓波白尽老夫头。更欲相从待何日，东风吹泪过扬州。

书陶氏女公子琼姿割肉愈母事

娥英泪尽丛篁死，湘灵精气钟女子。吟兰怨芷何足言，奇行往往惊神鬼。陶家女儿侍母病，医言病重方难理。女闻仓卒操刀起，母生儿生死儿死。骓然一刀肉堕匕，灯光荧荧刀光紫。瘦肌再割存无几，淋漓腕血渍十指。以肉煮药和泪视，母食下咽病良已。阿翁惊顾女色喜，闻者陨涕见者泚。同时名媛有唐氏，镜海方伯女。割肉奉母亦如此。大吏朝告暮得旨，岿然双楔资湘涘。两翁名德生同里，勋业文章世并美。不谓世德所渐渍，女耳举动犹相似。我交两翁居尺咫，见闻亲确可具纪，大书其事待青史。兼告天下后世众男子，发肤何者为不毁。

汤雨生贻汾都督双笠图，图为周保绪济教授作，时两君同客金陵，因作二客戴笠拄杖看山状，志石交也。陈伯游有记

饭颗一笠日卓午，海南一笠荒村雨。浣花诗圣大峨仙，双笠

人间共千古。何来金陵两寓公，飘萧笠影冰雪容。酒龙诗虎捉不住，似有百怪填心胸。纷纷车笠儿戏耳，一揖乃挂吾侪齿。雨云翻覆金石寒，古来交道犹如此。两翁一笠时往还，弟畜灌夫兄事爰。人间万事那可道，拄杖且看六朝山。谁与作图好笔力，尺幅苍茫烟雨蚀。君看六代金粉场，著此荒凉两点墨。平生我畏周郎笔，廿年甘作参辰辟。兹行最服玉茗才，一见何止心颜开。惜哉见迟别太速，此生那得云龙逐。隔朝孤艇犯波涛，回头梦绕鸡鸣麓。余时方返楚中，雨生住鸡鸣山麓。

雨生眷属合作梅花卷子

侠骨仙心佛情性，冰肌雪腕玉精神。几生修到孤山伴，一室同回空谷春。翠羽云鬟皆道侣，鸾雏鹤子尽传人。古梅香里全家住，那不纷披老笔皴。

敬题雨生尊人画像尊人讳荀业，字曰楚儒，乾隆间随其父官台湾。同殉难凤山，死甚烈。

舍生取义杀身成，海外堂堂毅烈声。于国于家两无负，死忠死孝最分明。青年奇节天能鉴，白首孤儿泪欲横。名父之子名子父，我来肃拜倍心倾。

为雨生太夫人题吟钗图太夫人武定知州杨奎女，善琴工诗。凤山之变，所天既殉父死难，遂绝操，悉焚旧所吟。久之，一夕于扬州琼花观感武定断钗，成二绝句，子贻汾绘图征诗遍海内。贻汾即雨生，以荫官至浙江乐清协副将。

模糊碧血海天昏，镜破奁封绣草焚。忠孝一门兼苦节，断钗千载诵清芬。

四海争传截髢母，廿年同作泣缯人。披图便当登堂拜，老泪飘萧剩鲜民。

宿扬州魏默深絜园留题一首

眼明写正群经字，脚健穿残万岭云。二句改用默深堂前楹帖语。树影深藏灯影静，市声初歇鹤声闻。园蓄二鹤。贫能将母谋絜养，穷坐著书多古芬。我别扬州今十载，重来何幸一逢君。

书陈芝楣銮中丞诗卷后

海内词坛仰节旄，长沙江夏并时豪。谓公与陶宫保。两公高咏天能听，贱子狂吟虫自号。忠孝乡风仁里近，公义庄即襄愍故第，名忠孝里，又濒南湖文忠致命地也。公卿世泽义门高。大贤举动关天下，岂但篇章擅楚骚。

书王山长小像卷子为周子坚贻朴作有引

像作于金陵旅寓，时山长年尚少。后有陶密庵、刘杜三、黄九烟诸名人题识，皆一时寓公也。卷为嘉定储氏藏，后归陶云汀尚书，子坚婿于陶氏，因以归之。

先朝驰骋遍名场，藉甚清才鬓未霜。诸老风流仍六代，百年文献重三湘。光阴海上浮槎逝，山长入国朝令海澄时，海上浮一古木至，大百围，长数十丈，山长斯为楼，名浮槎，集因以号。坛坫中原宿草荒。今日披图馀一帧，不堪回首话沧桑。

题陈芝楣中丞传研图册。研凡三：一名摘星；一名冻云，为其大父成都守及太公宣城令遗物；其一镌“磨铁”二字，则中丞所自制也。戊戌夏，余过吴门，以拓本出示索题，为作此诗

公卿令长父子孙，陈氏世德古所尊。颍川庆基江夏嗣，炳焉三石珍玙璠。涵星割云不一状，重以古铁清且温。一堂作述世宝此，光价奚止百倍论。先生固是济时杰，馀事往往工词翰。诚悬所宝惟一研，国侨之铁行欲穿。固知贤达有慧业，江汉况是岷嶓源。朝来一册出示我，中有万斛松煤麐。为言大父成都守，炯炯列宿陶泓吞。持此遍作西川雨，至今俗詟罗池神。公大父守蜀有异政，相传殁为成都城隍。范家旧物幸未失，光怪上烛手怯扪。名父之子名子父，宣城巨笔光嶙峋。手持片石抉云汉，惜哉才大郁未宣。云封冻结积弥厚，公乃崛起狃天门。忆从芸窗伴雪案，层蹴文阵驰词坛。一麾洊历膺节钺，劳苦与共功莫殚。巾缇翠匭示爱惜，摩挲尚剩隃麋痕。譬之老将经百战，时露点点箭簇瘢。酬庸正待爵五等，聊准即墨侪躬桓。作图告劳兼述德，百年三世此巨观。公家名德世不怍，义门风义今尤敦。煌煌羲画巍乎焕，义庄炳耀星日悬。公置田赡族人，上为书“义庄”二字以赐。石田所获亦已富，菑畬之利百穙蕃。搨成巨册照海寓，宾贵岂但同彝盘。我老一毡守枯砚，心田芜秽思泉智。眼明见此忽神王，归舟夜夜虹光缠。宵来望气明星躔，东南一柱何巍然。望公触石雨天下，星云黼黻光中天。

卷第二十一

感述四首

五渚连年有怒涛，书生蒿目首空搔。先忧谁读希文记，独醒还吟正则骚。见说闾阎仍伏莽，颇闻边鄙惮诸豪。徙薪彻土言皆罪，想见征南十部劳。

瘠乡硗确减秋成，卑湿濒湖岁废耕。民力只今劳杼柚，宦情从古厌敲搒。未闻官礼能贫国，谁使疮痍屡用兵。须识安危凭守令，莫教一卷误苍生。

西南巨浸渐安恬，生计年来苦滞淹。绝港奔泷输峒铁，连樯高浪转吴盐。口分世业家难给，府海官山国易厌。知有圣朝宽大政，不妨网漏到穷阎。

浊浪黄淮不可干，岁倾百亿插惊湍。秋风瓠子勤宣泄，春涨桃花倘奠安。愁说河渠循贾让，可能盐铁便桓宽。冷官不与人间事，独为诸公借箸难。

林少穆尚书出其先公旸谷先生饲鹤图遗照三巨轴命题，第一轴太公所手写也。奉题四诗于后

我昨东下过鄂渚，黄鹄矶头一延伫。江天万户声如雷，居人欢歌估客舞。皆言我公费鸠集，奠中泽鸿获安堵。尔曹亦知卵翼恩，谁识慈乌心独苦？

慈乌哑哑东南飞，老鹤戢影海天陲。江郎山畔将雏老，手种瑶草芝田肥。精凿琼靡时饲汝，盼尔仪羽生光辉。但令菽水洁白供，吾生何所不乐饥。

饥驱鹤料需俸钱，尘世何者为廉泉？海边云族多羽翼，引吭一鸣声闻天。金溪精舍唱予和，时为将乐正学书院山长。小劫已过三千年。一朝羽化骑之去，孤山孤绝仙乎仙。

仙之人兮乘云车，即用先生望江山歌中语意。遗此手写饲鹤图。图中雏即今硕儒，抱图出活亿万雏。溺者手援饥者铺，一夫不获时予辜。我亦谯谯尾毕逋，请公视此屋上乌。

寄寿马秋耕学博，时司铎新宁有序

余以道光戊子权长沙郡博，识秋耘于俦人中，聆其言论，使人意消，窃以为今之黄叔度也。嗣余履任新康，君亦授徒里中，朝夕过从，益习其内行醇笃，操履介洁。于是投契遂深，踪迹益密，今届一纪矣。念生平交游中，躬曾闵之行，口无过言，身无过行，而又不鄙余，视如骨肉如秋耘者，殆不可无一者也！会余有四方之役，秋耘亦

奉老母之官，不见君子遂已逾年。离索之感既难为怀，鄙吝之生尤虞不免。适邦人来言，秋耘今秋五旬，因走笔代简，即以为寿，用抒心敬。诗之工拙，所不计也。

夫子别我之官去，一毡兀坐古夫彝。石鼎金城开面目，莲潭蓉峒生光仪。不可蛮荒无此士，即论恬退亦吾师。君谒选得县令，弗就，改官学博。邦人为说悬弧旦，安得烂漫陈芳卮。

我驻沩水三千日，除却诣君常闭门。今年更无插脚处，两耳但听奔涛喧。今春乞假送儿辈京试，遂重游大江南北，夏杪始归。归来仍对长公榻，家兄尚留滞冷署。忆汝独坐三家村。邑小而陋更多故，可能无佛得称尊。夫彝江出全州界岭，郦注所谓少延山也。其地距寿佛湘山三百里。

峒茶山酒白云蔬，新宁冬菘甚肥，莱菔根有重至数十斤者。赢得衙斋奉母居。左对孺人右稚子，晨馨常膳夕安舆。为祈眉寿三千岁，兼讯佳郎数寸书。此余老友溧阳史仲仁见赠句也，佚其全首，借用于此，以志不忘。便欲沿资溯邵上，狮蹲阁畔笑相于。

忆从觌面结心知，聚即欣然别即思。祛鄙无如黄叔度，强颜幸识元紫芝。岂惟学擅通儒业，直可行敦薄俗儿。为语新人勤载酒，经师难得况人师。

陈服籽大令晋恩索赠即送其卓荐北上

太丘名德世所尊，侍郎爱士尤罕伦。东南人士半延揽，我生未及侍郎门。临川父子于我厚，每话必及纪与群。固知公侯当复始，世德况应绵后昆。不见醉翁见叔弼，名父之子美且仁。君才矧不资门荫，治剧县早称神君。岂徒惠泽洽闾里，亦有文采张吾军。我交君阅十寒暑，侨札之分久愈亲。寒毡坐废甘沦落，众皆厌弃君独存。登堂拜母起居暇，时荷色笑逾戚姻。日来谓我新诗颇，手持素笺索我言；我言何足为君重，古义或可相勖敦。我闻治民贵学道，诗书之泽温以醇。领军面使人憎耳，岂知循吏儒而文。人言楚俗诈难治，近者颇更烦披报。承平芽蘖暗胶结，如蛊浸染膏自焚。侧闻大吏朝入告，期以重典惩祲氛。我疑此辈古亦有，盛世岂得无顽民。所忧贫国疮痍甚，催科抚字岂易云。仁人恻然动深念，绥辑何以使之驯。要知资富乃能训，经正自不虞泯棼。君家治谱我所悉，方伯连帅多名臣。亲民之职自君始，赤紧大邑尤冲繁。遂令优优有馀刃，岂非学古之力勤。我老受廛思托处，所愿邑里无惊湍。君今行又别我去，政成上考闻天阍。朝廷旦夕不次待，万口借寇声腾喧。行行报最无攀援，岳云湖雨方缤纷。望君还来福吾楚，我老亦得扶杖观。

鲁念莪崧寿黔江话别图，遵义郑子尹笔也

故人归自罗施外，示我黔西话别图。借病抽身真上策，还山奉母更多娱。岂徒接武牟三异，难得倾心鲁两儒。谓郑子尹、张子佩两君。老我一毡犹恋此，无田不退定非夫。

淋漓巨册墨痕新，猛识躬耕郑子真。一别十年嗟我老，重来万里为谁驯。关河柳色萧疏影，簿领青山漫浪身。写入图中皆古意，此诗此卷好函珍。

题凌荻舟玉垣青塘山图即送其北上

人生何乐辞蓬蒿，如骥就絷鹰在绦。青山对面不一识，坐令猿鸟腾笑嘲。古来贤哲有微尚，未出先已营归巢。譬之轩鹤非本

愿，野鹿性固便林皋。遂令勋业照寰寓，其光虽耀神则韬。凌生固是蓬岛客，拄颊乃忽规马曹。翩然来寻湘上宅，茅茨隐隐青塘坳。暂将躬耕遂洁养，不复龌龊筹斗筲。今年再踏省门鼓，一举上计无可逃。煌煌德网猎群吉，大廷计日挥彩毫。富贵逼人知不免，恋此泉石中心忉。临行示我浯叟画，回峦叠嶂湘东郊。森然竹柏翳林莽，映带陂沼摇菱茭。出谷犊影随樵跻，隔溪人语喧渔舠。溪山如此忍舍去，两耳时作寒松涛。风尘刺促欲谁迫，俯仰得不惭桔槔。我语凌生休郁陶，侧闻当宁求贤劳。高文典册需巨手，似子人才岂易遭。吾侪于世纵无济，亦当少吐胸中豪。行行正直慎子操，皇路匪远天门高。看汝簪笔辉金鳌，功成归去无曲挠，我当为子诛湘茅。

偶感二首

寸胶不解洪流浊，一木焉能大厦撑。白日长天无事坐，粗茶淡饭可怜生。于人既无毫发补，兹事难以口舌争。归与一是都不管，听汝布谷催春耕。

空山偃仰万虑息，古道寂寥初愿违。身将归隐文焉用，动而得谤名亦随。并世已无孔北海，吾生犹识韩退之。老矣不复腾口说，看汝长夜旦何时?

同人集旧城南精舍送贺栢农侍御还朝

天心阁畔重城峙，旧是宣公讲学地。先生居此曾几时，隔旦已戒还朝骑。川原浩浩征途纡，北风岁晏愁仆夫。似闻当宁畴咨切，未可高卧城南隅。君家儒硕当世望，叔也黔西乘一障。朝端诤议正需贤，几辈天闲甘立仗。东南时势况艰虞，泥潦满眼监门图。时清日久戒易弛，或恐草窃萌萑苻。煌煌经世平生志，出处须为天下计。诸君且勿怅别离，百万苍生方待字。君知此意行勿延，宇宙艰巨须共肩。他时康济遍海宇，老我亦得安林泉。骊唱在门杯在手，奉君一觞为君寿。功成作计归去来，莫羡黄金印如斗。

与杨正桥象绳明经相遇长沙，承赠诗，次韵奉答，兼示令弟紫卿

耆旧方征宝佑年，时方辑《雪矶丛稿》。君来疑岭似因缘。知名早震长头弟，买宅新谋下潠田。令弟紫卿，新寻得柳侯旧宅地，征诗且约买田卜邻其间。潘岳门风情悱恻，苏家夜雨致缠绵。长沙固是霾愁地，白首相逢一惘然。

附和作　　　　宁远杨季骞紫卿

欲投簪绂已多年，要与溪山结胜缘。归隐尚存彭泽径，躬耕况有杜陵田。秋风白发吟初健，夜雨青灯话最绵。何幸登临陪杖履，故乡乔木望苍然。

朱濂甫琦编修，昔年曾寄示诗稿。顷过长沙，相见于栗仲旅寓，枉赠三诗，并出示先公守濬日记，以铭志之文见属。栗仲有诗，次韵奉答，即以当缟纻之订

早读严关冰雪文，今朝始得识朱云。奇篇胜似百朋锡，先集严于十万军。作志可无惭有道，言诗先已服湘君。殷勤为谢东阳老，投纻何殊赠野芹。

附原作

濂甫自粤来云，生平所欲见者邓湘皋，而湘皋适至，喜而有作。

鄞县沈道宽栗仲

海内知交邓广文，胸襟潇洒气如云。高谈四顾陈惊座，侍婢多能郭冠军。人坐寒毡闲似我，客来炎徼喜逢君。诘朝便拟高轩过，已煮云梦涧底芹。

王穀生剡溪春泛图有序

穀生属题《剡溪春泛图》，吾友汤叔尺笔也。叔尺颇自爱重其画，独数数为穀生为之。忆去岁穀生以《浯溪泛月图》属题，亦叔尺笔也。仆老境颓废，懒不作诗久矣。今复破戒赋此，岂非穀生之为人实有令两人心许者乎！穀生将有用于世，时海滨有警，故诗末及之。

王郎苦爱汤叟笔，岁岁坐我云水窟。浯溪未竟又剡溪，一夜飞渡镜湖月。用太白句。越中山水天下无，千岩万壑难形模。朝来示我三尺绢，如读剡录披异书。我闻沃洲好禅院，天老为眉剡为面。见乐天《沃洲禅院记》。连峰蹙黛明婵娟，行尽溪山人不见。是时天气春芳菲，杂花满树莺乱飞。与来一棹无远近，沿溪往往迷途归。乐哉剡溪之游乃如此，借问何如浯溪水？恼煞思归王子猷，酸尽吟诗杜子美。我为汤叟重低徊，且语王郎歌莫哀。兰亭陈迹今已矣，天生灵运何为哉。顷闻海国跳蛟蜃，复道时栋多远引。屠鲸驱鳄要有人，承平未可忘磨盾。王郎王郎越国才，往议乡里诛贼魁。东南时势亦孔亟，讵可恋此溪山隈。我老已分薶尘埃，汤叟亦复甘蓬莱，更无好梦通天台。幸不摧眉折腰事权贵，对此犹觉心颜开。

喜闻杨杏农彝归兼寄胡光伯京邸

期汝同登侍从班，此行又当看山还。谁怜按剑遭当路，依旧骑驴返故关。几日行经巴子国，计程当到枉人山。衰翁正有千秋业，早晚归来共粹删。

楚国先贤旧有声，此邦耆硕最知名。神仙艳说秦人洞，风雨时惊汉寿城。撷芷采兰宜带佩，搴茭沈玉费支撑。乡邦责望尤无已，岂但区区昼锦荣。

送杨雪茉庆琛方伯之任山东兼呈李海帆廉访

夫子膺朝命，依然策蹇行。公有《金陵策蹇图》。岳云催北去，湘月照东征。帝念青齐重，人知伯起清。临岐增眷眷，伫立不胜情。

三载重湖镇，疲癃喘渐苏。穷阎皆子弟，长吏即师儒。国自无冤狱，人还识古趋。长沙十万户，公论岂能诬。

说士每甘肉，怜才本至诚。衙官推屈宋，采撷即荃蘅。因念楚三户，何如鲁两生。此邦重儒术，不但急功名。

济南名士贵，近亦叹销磨。杼柚东人急，鹊华秋色多。艰难念时势，感慨入吟哦。历下亭犹古，今生许再过。

苦忆李供奉，穷年济水滨。几时携岱雨，来慰古荆民。辛苦高官职，孤危古大臣。望公成二老，臭味更相亲。

贱子沉沦久，行吟故楚囚。此生真是赘，于世复何求。公意珍千载，吾侪合四休。惟馀知己泪，洒向古潭州。

读宋史

休嗟万里坏长城，全胜先教城下盟。岁币岂容孤注抵，天书直遣美珠成。论功未要推韩范，首祸奚容赦黼京。三百馀年养士报，寥寥太学两诸生。

寄呈馀山督部五首兼简幕府诸友

八州陶士行，十部杜征南。江汉流重奠，荆衡俗旧谙。功真今柱石，慈并古瞿昙。闻说嗷嗷泽，都教寝馈甘。时豫楚饥民百万聚武昌，公分路振恤，全活甚众。

此邦称重镇，伊古借名流。民力今多竭，江防役未休。习勤过运甓，馀兴罢登楼。为问武昌柳，依依还旧不？

时势况云棘，艰危要共擎。两河争徙道，沿海亟征兵。世望中流砥，谁当万里城。野夫闲寐惯，垂老恋承平。

鲛鳄胡难翦，貔貅讵未堪。苍头思共奋，白面可空谈。国尚多谋硕，人犹望战酣。近闻募健卒，率土尽丁男。

贱子依公晚，衰年倍感知。一官宜去久，三径怨归迟。独抱原鸰戚，谁怜野鹤饥？同为严武客，东望倍神驰。

画蝶词为罗丽生女士作

绮罗金粉态轻匀，写出蹁跹队队新。为怕惊风飞去捷，含毫先祝百花神。

空阶苜蓿伴年年，赋就滕王亦可怜。忽忆罗浮山下路，春深无数小游仙。

落花芳草剧纷披，粉涴脂痕妙入时。知否年来春茧熟，怀中正抱凤皇仪。

有朱生者为其女择婿，得沅江皮郎，索同人赋诗为赠，云以充奁具，为赋三首

皮陆才名袭芷茳，朱陈嫁娶重乡邦。临沅况近仙源宅，值得琼湖玉一双。

系羊佳话亦寻常，牵犬风情已备尝。休信妇翁挝不得，也妨书籍被人藏。

莫读汉书烦外舅，还将博议效东莱。吾乡耆旧遗言在，看汝乘龙吐凤才。

癸卯榜发，琮儿幸厕解额，感而有作

一病真教百念灰，日谋药饵岁禳灾。蹇人无复登天梦，小草尤非作楫材。三世科名今到汝，一门群从尚遗才。阿兄更有无穷望，望尔绳绳继继来。琮儿最为先兄所爱，于其病也，所以调护珍惜之者甚至。

"子子孙孙，继继绳绳"，先兄卒前数日，梦中所得语也。

王云樵开琸明经以琮儿得举，戏拈"七千队里病能战，五百年来诗有灵"十四字为赠。以琮在病中，又余时方刊沅湘耆旧集成也，感其意，为足成之

七千队里病能战，五百年来诗有灵。天道可知凭积德，科名何物抵传经。偶然失尔偶然得，姑妄言之姑妄听。为语通家今四世，各承先业勉趋庭。余家自外氏毛上轩先生与君先鸿博交，外大父松邻先生又受业鸿博之门，君弟粟亭司铎吾邑，余又承乏君乡，盖通家四世于兹矣。

题张见津洞庭再生图并引

癸卯冬，重游鄂渚，遇见津于节署，出《洞庭更生图》属题。余生长湖外，往来南北，涉险濒危者屡矣！天寒岁晏，老犯风波，有感于中，率书五十六字，不复计语之工拙也。

昌黎仓卒骇高浪，子美涕泗回孤舟。八九云梦吞未得，七十老翁来何求。见君图画增我感，如此风波可自由。乃知利涉要忠信，人生举足防愆尤。

题李千之家隽莲花桥图

九疑联绵天万里，中有娥皇古潇水。行人到此重徘徊，一朵莲花帖波起。青莲居士侠而贤，父行诸善子拳拳。谓君祖崧亭及先丈拳拳二先生。一桥之利何足说，令人想见太和年。桥始建于唐太和年。

又题莲花桥修禊图

延唐古县黄虞里，楚中无此佳山水。月岩风月雪矶诗，万古

幽魂呼不起。即今溪上集群贤，柳舒青眼石露拳。兰亭褉事风犹昨，令人想见永和年。

题李氏梧庄壁并序

宿梧庄早起，望隔溪一庐，明净如昼，知为主人适晏氏妹居。妹名青梨，十七孀居，以节著，今五十年矣。偶记《梧溪集》中有《经杨节妇故居忆苏文忠林氏媪，请继其后》诗，亦作二首，书梧庄壁。

一山如画拥寒墩，望里幽篁静掩门。白发青裙挂苏集，便应呼作海南村。

十七孀居岁几更，隔溪闻得纺车声。梧庄偶忆梧溪句，为语輶轩据此旌。

重过瑯塘处女楼有序

处女名守贞，姓刘氏，瑯塘刘宗濂之女。有节操，幼尝许字同里孟氏子，已其子惑于蜚诟，女闻拂然，请于父绝婚，并给其子百金，使别娶。而自筑一小楼居之，资纺绩自给，非父母命不下楼也。嘉庆甲子，女年七十，戚里竞为诗歌以称祝。余从家遯溪丈往一见之，白发青裙，俨然一林媪也。道光甲辰，重过楼下有感，纪以二诗。

楼头不见燕雀影，楼下惟闻机杼声。寄语纷纷轻薄子，人间原有女怀清。

白发青裙林氏媪，椶鞵箬笠海南翁。四十年前经过此，重揩老眼向西风。

客朗州，同人邀游德山，用宋绍熙壬子诗碑韵

此地原名善德山，至今塔庙占溪湾。人来古径疑人外，世出孤峰总世间。吾道一毫浑莫辨，高踪千载渺难攀。谓高蹈先生也。摩挲古刻松风飒，尚许闲云共往还。德山以善卷得名，原名善德山。唐大中初，武陵太守河东薛廷追再崇德山精舍，迎见性禅师居之，即金刚也。师初来，龙潭谓众曰："个汉一棒打不回，他时向孤峰顶上立。"沩山亦曰："此子向孤峰顶上盘结草庵，呵佛骂祖去。"师尝曰："穷诸玄辨，若一毫，值于太虚。""木人可言，吾道可辨。"《德山塔铭》语。"万古千秋，松风萧飒。"亦铭中语也。风流太守例看山，旧有宋绍熙诗碑，近葛礼山。黄惺斋两太守索得，为建宝墨亭护之。宝墨亭成又一湾。亭建乾明寺后山阿。一阁直凌霄汉上，两诗如在水云间。亭上为杰阁，阁下壁衔两太守诗皆佳。丛篁蒙密疑初植，老桂连蜷可再攀。阁四围皆竹，中有两桂，数百年物也。梦得新诗更牢落，未嫌孤鹤去仍还。余往年居朗江，以未至德山为恨。此番再来，得附斯游，岂亦有夙缘耶！

附琮儿作

同人集德山，饮宝墨亭，用诗碑韵，时方自北归

几载神游善德山，禅扉初叩白云湾。人来古寺松声里，僧定空林磬语间。一棒可容呵佛去，孤峰独立待谁攀？登山遍览诸胜，独未至孤峰顶。此来却被山灵拒，风雨潇潇怯往还。中途遇雨。

崇林犹是旧时山，寺绕丛篁路几湾？道价高风原世外，绍熙遗碣尚人间。摩挲古字犹堪读，俯仰高踪未许攀。想见胜游多韵事，绿云深里打碑还。家君再主朗江，夏初与刘觉香观察、唐竹谷翁曾到此间，时琮尚留滞京邸，以未及随侍来游为恨。

续成二首，仍用前韵

暝色苍然上暮山，断虹残照满江湾。一亭宝墨自千古，丈室寒云占半间。替戾塔铃闲自语，连蜷桂树老容攀。山僧似有留人意，未许扁舟载月还。

马头才看太行山，又得寻幽枉渚湾。暂觉心通清净理，不知身在翠微间。尘踪计日行将去，福地何时可再攀？日暮上方方宴罢，等闲飞鸟自归还。

重谒先师莲舫先生墓，次前韵二首

声望当年亦斗山，一棺浮厝古城湾。空馀畏垒残阳外，略记荒阡古道间。华表归来犹有语，寝门去后更谁攀。小同黄口孤儿逝，恸哭西州掩涕还。

孤宦真如看华山，全家漂泊朗江湾。官终谿洞百蛮外，政在沅湘万口间。作志可知无郭愧，遗音犹欲共稽攀。白头弟子今馀几，好借金丹炼八还。

附和作　　　　武陵刘梦兰觉香

归与何处是家山，且占桐乡水一湾。仙李才华传宇内，甘棠遗泽在人间。零丁鹤口嗟谁托，怅望龙门杳莫攀。遥指郭西华表近，昔年丁令几时还？

从桂当年托小山，水亭凉月赋渔湾。梦兰戊寅受知门下，诗题为《水亭凉月挂渔竿》。赏音名重层霄上，脱颖声传万口间。公先宰武陵时即知梦兰，追填榜，见冠本房者为梦兰名，惊喜欲绝，当向两主司暨中丞极口称赏不置。垂老荒庄增感喟，趋来高座幸追攀。梦兰与湘皋先生同门，心契多年，今春始得晤。

子云著作凭收拾，敢忘元亭问字还。先生原诗有“遗音犹欲共稽攀”句，盖约同订师遗集也。窃意此事自先生专任，仆虽不才，亦焉敢辞役？

德山话别图送英秀岩俊军门还永镇有序

道光甲辰春，秀岩将军自永镇来督鼎州事。显鹤时方领朗江讲席，频枉车骑见过，相得甚欢。甫逾月受代去。于其行也，送于德山，依依难释。爰倩老友汤小浯作图而赋诗于后，以志郑重言别之意，盖非仅鼎人爱恋不忘已也。是岁冬十月，并识于朗江讲舍之一鉴园。

楚望门前钓台侧，中有万古骚人宅。舟人云此是德山，杨柳毵毵映行色。将军建节潇湘限，教成令下如风雷。朗江一月军门驻，鼎人起舞湘人哀。湘人日望公归去，鼎人苦欲留公住。留公不得送公行，贱子亦愿为公御。公才已结圣主知，公望何止十万师。时清戒备未可弛，或有小丑烦诛夷。颇闻重洋沸蛟鳄，闽粤遗黎犹鼎镬。草间狐兔何足诛，望公一洗海氛恶。汤生笔力老纵横，写此一幅烟波明。桃花沅水深千尺，无限汪伦别后情。

何子贞典黔试过常，相晤于武陵行馆，有诗见示，次韵奉答

今夕复何夕，故人天上来。君恩持使节，官酿倒深杯。滑汰沅西路，苍茫冀北台。忧时兼感逝，欢极转生哀！

一代名公子，承家几卷诗。十年惊我老，两世感心知。先业斗山望，门风悱恻词。天教重耆旧，传后信无疑。

坐久弥生感，谈深欲放歌。盱衡时势迫，衰谢故人多。莽莽

争朝市，纷纷杂衮萝。吾衰公等在，揽辔意如何？

附原作　　道州何绍基子贞

武陵行馆晤邓湘皋丈，见示《沅湘耆旧集》，并得知湘中故人近状，感叹有作

文人顾我叹，不见十年来。惨淡名山业，迟留夜月杯。秋荒听雨屋，云渠丈已下世。春老授经台。仲郎小皋已举孝廉。问到河西墓，苍山万木哀。

一恸成耆旧，苍凉数首诗。楹书虽好在，雒诵感深知。先公全集丈未之见，就传诵者六首录入《耆旧集》。魂断联珠集，才怜片玉词。亡弟子毅诗亦采人集。趋庭今夜梦，悲慰两俱疑。出都以来，吾父与毅弟几于无夜不入梦。

短烛看身世，深谈抵啸歌。感时秋水至，时各郡县皆苦水。读画故山多。丈人为题王蓬山先生潇湘册子。老笔纷金石，沈栗翁、黄虎痴。高吟富薜萝。杨紫卿、汤小浯。文章系忠孝，期奖意如何？

甲辰榜发，兄子瑔厕名第九，喜而有作

去秋今夕笑声哗，今日今宵喜倍加。五百年来荒再破，新化由明代至今，以拔贡监生举于乡，自琮、瑔两儿始，众以破荒目之。两科榜上姓争花。邓氏近于湖南少显者，琮同榜得四人，瑔同榜得一人，亦可谓之榜花矣。能光世业门方大，不愧科名愿更奢。说到九原期望意，摩挲老眼泪横斜。

为子贞题王蓬山太守湘江烟雨图有序

子贞使黔归，与余重晤鼎州，出此卷属题。草草赋此，借抒远别之情，兼订他时之约。时紫卿、杏农皆在坐，故山无恙，好友重逢，

甚毋忘此意哉！道光甲辰冬并识，时年六十有八。

潇湘一碧天万里，烟雨濛濛天在水。行人一艇破烟来，秋在湘天雁声里。何郎生长潇湘间，手持使节归朝天。故乡咫尺望不见，读画便当回湘船。风流太守蓬心老，留此尺帧烟云稿。他时归结湘山茅，与子相期共幽讨。

题子贞使黔诗卷后

使君持节罗施外，一卷新诗手自将。二百年推此笔少，七千里破古天荒。蛮花犵鸟供吟啸，铜鼓芦笙尽典章。八度文衡庭诰在，司农家法最难忘。

子贞典黔试归，同万藕舲青藜学士过朗江讲舍，信宿而去，仍用昔年见赠诗韵为别

朗江讲舍三间屋，两年坐听秋香馥。瑔、琮二子连年举乡试。故人天外搴香归，万里泥涂歌独漉。时各郡苦水。打门一笑觅荒餐，咄嗟立办烦贤牧。黄海华司马送食具至。饥肠劣可半顿饱，伸足聊就对床宿。更阑见跋耿不寐，旧事从头往还复。杰句斒斓带笑看，新诗悱恻含泪读。留赠诗三首，语最沉痛。十年一面嗟已老，半载重遘宁非福。往返皆得晤。同行况有学士苏，时誉争夸辋冈竹。近时万辋冈以画竹得名，学士同乡也。清谈络绎霏玉屑，经论纷披倒书簏。煌煌天使如骖靳，了了家山劳梦毂。欲归扫墓不得。隔朝便折阳关柳，烧烛重看老圃菊。只愁踏破铁门限，一夜挥尽银光幅。为索书所苦。闭门休唱客毋归，忧国惟期年大熟。撑持宇宙需贤豪，努力时为公等祝。

题李芝圃宗蔚表兄诗卷后

五十始学诗，唐有高达夫。亦越宋老苏，二七始读书。古来贤达人，往往起半途；小之为诗人，大乃为巨儒。卓吾姨兄李，事与前贤符。忆我总草年，束发学操觚。因缘从母亲，得为丈人徒。教诲兼饮食，两家兄弟俱。其时君仲氏，出语胆气粗，谓当摘颔髭，旦夕光门闾。君时任家督，躬耕抱犁锄。时于陇畔间，抗声金石如。西风扑面来，变事起须臾。异哉仲氏才，乃以落水殂。事隔五十年，语及犹感吁！上有九十亲，色养勤愉愉；下有长头弟，同气声喁喁。黾勉咏菲葑，和乐耽妻孥。至性所蕴结，间借韵语摅。久之遂能诗，杰句时扬揄。性情既善道，山水亦工摹。自云无师法，写出聊自娱。当其得意时，肝膈时倾输。奇情古未有，快事今所无。我将持此帙，补入南陔图。古云从母亲，亲昵甚舅姑。因君念所出，寒泉倍欷嘘！所嗟吾兄亡，不及相吁俞；读君姜被诗，使我泪眼枯。援毫题此词，聊以志区区。

次韵黄惺斋宅中太守见赠

沅湘回溯又资江，占得濂溪读易窗。偶领名言根道极，即论惠政遍舆杠。百年歌泣先民传，两载辛勤僻陋邦。说到树人尤可愧，感深知己泪盈双。第四语谓太守修青龙桥落成也。

希濂学业自千秋，旧迹遗芳次第搜。风月自来沾雅化，江山终古待名流。贤哉太守今犹昔，老矣州民德不仇。他日思公舆论在，一齐回首镇边楼。

附原作　　　　　　　　　　　　　　　　河曲黄宅中惺斋

霞屏书屋对双江，六岭云岚翠绕窗。最爱讲堂清似水，果然手笔大如杠。苏湖教约规多士，濂洛风声树此邦。我愿东山材蔚起，列栽班笋玉双双。

表章潜德著千秋，楚梓湘兰到处搜。东里吏才谁润色，南村诗老最风流。关心枌里征文献，苦志芸编费校仇。更羡门墙群彦集，德星光聚读书楼。第三语谓郑太守之侨也。

苍松老屋歌为罗研生汝槐作有序

罗氏本江西吉水炕下族，其先与念庵同祖，明初徙居湘潭之西南陆庐湾。传五世，有讳瑶者，以孙轸官赠承德郎，巡按某官题旌义行。殁葬湘水中鼓磉洲，世称鼓磉洲罗氏。又七传至国朝，有文学作敬，赠儒林郎。是为研生之高祖。就赘石氏于乌石峰上。石夫人之祖嵛森以侠闻，楚人所称天际先生者也。有庄曰兜紫塘，峰峦周围，径路幽折，儒林君葺而居之，植松绕屋，今虽屡经剥损，其存者犹黛色参天也。罗氏先世，皆朴谨敦行谊，而文学科第不替。学士碧泉先生殁已五十馀年，所遗古书名迹，犹插架充箧于老屋中，与苍松相辉映，盖世泽之长可想也。研生今居曰绿漪草堂，与老屋相距十许里，而眷念先泽，若恐失坠。长沙秋夜，为余备述颠末，既倩汤涪庵作图，复属余题咏，歌以大之，亦欲张吾松园与研生老屋长存天壤也。

念庵先德世莫窥，留此老屋荒江陲。旧家乔木今有几，苍官真长子孙枝。用苏句。我知罗生才不羁，长松落落清且奇。惜哉材大不世用，空山偃仰长支离。穷秋风雨愁凄其，松园一老犹栖栖。君来就我共卧起，称述祖德常嘘欷！为言先世居炕下，明初由吉迁潭西。根本盛大出不匮，中叶以后雄于赀。义声藉藉五百载，乡里传说无异词。高祖人杰际世变，茑萝松柏相因依。相攸孔乐得韩土，结屋乃得家湘湄。湘湄佳哉气葱郁，中有百怪蟠蛟螭。万松盘互兜紫曲，势回山岳遮娥羲。清风谡谡来天际，两间老屋明紫扉。屋中之人古心貌，想见冰雪苍松姿。行人指点罗家宅，下有虎魄千年脂。至今孙枝竞骈起，苍虬老鹤争栖迟。浯庵老笔尤纷披，写此一幅何淋漓。我为罗生歌，更索松髯诗。人生合有后凋时，如君岂得无人知！我有松堂旧茅茨，典型犹见古须眉；两家臭味无差池，结交长与青松期。

丙午榜发，阅兄子瑶、诸孙光松荐卷，复不能已于言

连年此夕喜都狂，今夕孤灯坐若忘。落溷花残看黯淡，绕盘珠散尚光芒。人间真有才多累，光松卷已中定，以逾八百字见摈。我辈难为时样妆。瑶卷主司评："气静神恬，蕴酿深厚。"以额满见遗，殆于时样未工耶？为念先人遗泽在，不应剑气久霾藏。

栗仲以喜儿子举京兆试诗见示，次韵奉答

昌黎老望符郎贵，日向城南课读书。举举行看平步上，谆谆不负过庭馀。固知山斗为家法，何物金银可溷渠。栗仲方欲为其子谋一杂职，而捷音适至。我亦衰门思继起，可能相率拂征裾。

附原作　　道宽

老年得子慰桑榆，喜见泥金报捷书。积德本从三世上，传家只在一经馀。未能承启徒惭我，不负科名更望渠。回忆当年书永感，滂沱老泪湿襟裾。

前诗成有馀意复得一首

忆见荷衣出拜初，崭然头角曳轻裾。兹来老眼夸无失，早决翁心乐有馀。四海共知名父子，九重方重计偕书。知郎不负平生志，岂但观经到石渠。

洞庭归棹图为宋于庭翔凤大令作

广莫广于洞庭之野，深莫深于洞庭之山。两洞庭名艳天壤，侈然分占吴楚间。或云中有地道更深广，沐日浴月涵百川。君处其东我西鄙，踪迹落落羁寒毡。吴头楚尾各沿溯，呼吸寝馈皆云烟。天怜两生太孤孑，临老合并来湘壖。长沙万古哀怨地，骚客例合投吟笺。君来吊屈我又去，有若参辰相避然。先生经术期世用，要开衡翳光湘天。岂知坦率亦众忤，终日手板趋市廛。日来告我赋回棹，翩然欲上洞庭船。我言归去计良便，但苦时事方殷烦。君不见，连年海隅高浪驾天翻，姑苏白昼门常关；又不见，黄金如斗掷虚牝，东南民力亦竭矣！侧闻洞庭以西民难堪，泛宅竞欲家湖南。湖南况是骚人国，吟湘哀郢天所宅。此犹不足君所与，使我东望增欷嘘！噫吁嘻！广莫广于洞庭之野，深莫深于洞庭之山。古来人迹不到处，中有万顷烟波田。请子负耒我驱犊，浩歌同作无怀民。广亦不知广，深亦不知深。倡予和汝乐且耽，与人无患民无惭。愿君卷此三尺绢，慎勿再挂洞庭帆。

公论二首

悬军海外戒飞腾，一战方酣谤议兴。宋事真宜诛贯黼，汉家原不惜金缯。漫云却敌开边衅，已见休兵议岁增。今日累臣心迹白，似闻公论惜贤能。

三载滇池苦用兵，书生仓卒事南征。能持杀运收残局，坐使边庭见太平。六诏秋高催使节，两河岁晏迫邮程。似闻公论归吾党，定变终须仗老成。

陈尧农工部本钦为城南院长，既合祀陈、屈二贤于妙高峰南轩祠前，复用余言建朱子五忠祠及续五忠祠于上。择日安奉，邀同黄虎痴、左景乔敬展祀事，追作二诗纪之，冀后来者之世守勿替也

五忠赫赫姓名昭，俎豆潭州尚未祧。一自江陵新庙立，渐教司马旧祠凋。春风流水同呜咽，流水桥在湘潭，何忠诚公致命处。夜月江门共寂寥。蔡忠烈公字江门。今日妙高峰下过，空中似有百灵朝。

惊座陈公气本豪，名山不独擅风骚。能教正学荆榛辟，直引孤忠日月高。工部以“正学孤忠”四字匾陈屈祠。嗜善黄童心共写，记言左史笔同操。吾衰幸免神人恫，独念他年守护劳。

邵州前后五忠祠，始议于邹叔绩汉勋，助之成者，彭晓杭洋中也。余既作记，复次妙高峰韵作二首简二君，兼寄黄惺斋太守宅中大定，并陈子谐学博之雰里中，冀前诺之速践也

生同敌忾死同昭，享祀昭陵应不祧。谁使相公潭水涸，曾忠愍殉节处。致同召伯渡棠凋。甘棠渡一名召伯渡，在邵东。风寒萸峡声萧瑟，秋老龙山气泬寥。多少精灵霾此地，英魂虚望玉京朝。

讲学彭宣命世豪，邹阳词客更风骚。重修两地参天业，“参天两地其数五，致命遂志之谓忠。”妙高峰五忠祠楹帖也。倍觉双清六岭高。鼎鼎百年飞鸟过，璘璘大笔几人操。殷勤为报摩围老，可念陈遵投辖劳。陈子谐诺修五忠祠，已见大定志跋。顷以督新化城工书院义仓诸举，未果来，故未及之。

附和作　　　　邵阳黄则有古愚

故院遗踪久寂寥，一番整顿便昭昭。黄泉应动兴衰感，青史无嫌简册凋。自此流风传后辈，漫将遗恨惜先朝。山河纵有沧桑劫，料得馨香永不祧。

江城逐逐几人豪，苦累名公措置劳，南国自来多植节，东山此后更增高。新诗吟就忠魂泣，纪传书成史笔操。料理一尊亲告奠，九歌不用诵离骚。

邵阳杨太灏蕙轩

碎首孤城大义昭，英魂俎豆岂容祧。褒忠与竟跻新鬼，厉节祠胡失后凋。梓里神归增索寞，霞屏址废益清寥。何人手撷溪中菜，上自明追南宋朝。

南村当代挺人豪，万斛辞源接楚骚。旧祀意同徽国远，新祠两并岳峰高。维风教自刚肠热，泣鬼神将大笔操。最是瓮灵尘杂日，一回瞻谒一心劳。

新化邹汉勋叔绩

忠贞原是邵陵旧，从事晋湘州从事周君。五贤谓明季郡中五忠。若继祧。畯蒐语然欣见录，象先名挂已难凋。唐邹象先，名在《秦系集》中。孤臣墓外尘嚣积，别驾祠边气象寥。更向二盘亲仰只，堪怀胜国又熙朝。

表章前哲兴殊豪，传赞成时又广骚。三百里滩空泪堕，梁承圣中邵陵太守援江陵，死于三百里滩，即葬滩侧，似宜入忠祠。两参忠节自名高。妙高峰五忠祠联："参天两地其数五；致命遂志之谓忠。"予谓于邵州五忠尤宜，邵州原并二忠、三忠为五忠也。广文后死遗编杳，教谕王君，贵州卫人，黔志并姓名而无之。州监前闻大笔操。州监目曾云溪别驾。愿乞一通光远郡，敢辞终夜校书劳。

湘皋先生缄寄《五忠祠记》并诗一册，告以祠成之故。汉勋频践广文维桑之里，亲履职方致命之邦，又尝近瞻册邑，远眺贞城，感怀吾云溪先生之自靖，因叹吾邵七八先贤，书于正史者皆诚节之士。敬次来韵，并乞大作云溪别驾死事状，将以传之此郡之乘也。

卷第二十二

官山道中却寄秋耘

归途西首怯行迟，豁峒梅山路不歧。村叟能言前博士，野夫久愧古经师。极天鸟道司徒岭，落日官山魏国祠。为忆昨宵欢笑处，一樽重晤复何时？

后长沙秋感十首有序

十五年前，有《长沙秋感》之作。已亥以后弃官归去时，复往来其间，至则寻所谓天心阁下城南旧巢者而依栖焉。与老友沈栗翁相距不过数武，朝夕过从，而一二知好，闻余至辄喜，别则黯然若难为怀，盖亦极友朋聚散之感矣！年来朋旧凋丧相继。栗翁行将北归。其膂力方刚者，各有四方之事；贫老多病，年辈与仆近者，又往往闭门不能见客；而余亦老怯关河，无复出门之志矣！空山独坐，望远悲逝，死生契阔之怀，其能已于中耶？拉杂纷沓，有触即书，为《后长沙秋感十首》。所感者非一事，亦非一人，并非一时一地。盖自己亥未去官以前至今，十馀年情事略具于是矣。

悲秋自古说长沙，怅望天涯一叹嗟。庾信归来犹有宅，杜陵老去尚无家。空江寂寞鱼龙窟，破屋喧腾雀鼠牙。吊古哀今无限感，湘流东逝日西斜。

讲学宣公迹渐堙，十年踪迹此因循。天心下瞰真难测，箕口高张信有神。大厦连云三户古，荒郊积雪几家春。分明一幅城南景，懒倩云林画笔皴。尝欲请汤浯庵画《城南踏雪图》未果。

盘瓠遗氛焰屡张，草薅禽猕亦堪伤。王人出秉东山斧，疆吏来修南国坊。各有姓名书简策，岂无勋业照沅湘。群公衮衮分时栋，贫国疮痍只惯常。

涨海连年苦用兵，沿边列戍少坚城。波光荡日朝无色，蜃气浮空夜有声。稍喜偏师能杀贼，似闻公论狃输成。书生两耳如棉塞，独为孤军抱不平！英夷犯台，石甫擒斩黑白夷最伙，竟以是被逮。

此生久分入山深，结习难忘尚苦吟。壮岁那无经世志，衰年空有济时心。逢人孤愤言何益，回首中原思不禁。多谢入关班定远，疮痍满眼要为霖。时少穆旧帅已入关，旦夕当大用。公在关外，见湘人辄蒙问讯也。

归去来兮往复还，西邻一叟日追攀。清时有味贫非病，老眼无花诗自删。二句栗翁见赠语。载酒每过扬子宅，谓杨紫卿、性农诸君。谈天一叩左家关。谓左景乔、季高兄弟。时景乔方刻《三垣图》，季高则为《舆地考》，人谓左氏兄弟一谈天，一说地也。多闻更有湘中记，罗研生省寓，同住两月。独为衰翁一破颜。

绝代风流贺季真，柘农侍御。衰年意气更相亲。有时抱病强过我，除却诣君无别人。对酒怕谈当世事，言诗犹见古先民。定王台下西州路，车过无言独怆神！

不见毛生近五年，追思往事倍堪怜。客中知我思儿苦，永夕相将共榻眠。己亥得琳儿都中恶耗，栗仲同青垣、景乔三人恐余过哀，朝夕相守。青垣与景乔更番来寓值宿，共卧起者两阅月，尤可感也。一死终依严武重，青垣卒于武昌节署。平生最服隐侯贤。青垣依栗翁久。书来更为茗孙痛，老泪难禁一泫然！谓涪庵、幼尊兄弟。时幼尊以书来索青垣诗序，其仲兄质吾亦下世矣。

七十平头到藐躬，人间犹有此衰翁。姓名不入公卿队，身世真如牛马风。岂有文章能报国，未闻论说可言功。诸君一一劳琼赠，只恐移时无是公。去年余七十初度，承诸公竞以诗文为寿。

光阴坐掷剧堪哀，得失何常莫浪猜。壮不如人今老矣，秋之为气实悲哉！世情难测休言命，时论多虚况不才。为语儿曹循故辙，昔贤原弗厌蒿莱。儿辈今春均未与计偕。

送于庭之长安营长史任

承平久已厌谈兵，废砦遗黎买犊耕。此地固多名将种，长官况是古经生。安危自昔关贤守，忧乐无端到老伧。莫更娵隅畏蛮语，峒中时有读书声。宋杨再兴，临冈人；元杨完者、明沐英、蓝玉、杨洪，皆城步人。

文献销沉八十年，此邦固陋更相沿。谤书秽史纷盈箧，《辍耕录》、《明史概》诸书于杨完者多丑诋，均非信史。守缺抱残无一全。幸有故家征世守，敢将曲说浪流传。先生有意搜遗逸，愿采风谣付简编。城步有尹生善靖，言杨氏、蓝氏皆有世谱，所纪明初事甚悉，以前见摈于郑太守，遂匿不出。

读史次韵答宋于庭和沈栗仲作

往籍搜求半佚亡，遗编谁复计三长。王人不讳求金使，臣朔曾为执戟郎。白面谈兵终卤莽，黑头作相亦平常。老饕一饱无他望，为讯东邻博士羊。调彭晓杭博士，时方自学博署饱啖归也。

典籍虽亡未尽亡，稗官野乘话偏长。人间不少乘轩客，世上尤多拂盖郎。潘岳门风徒悱恻，杜陵酒债止寻常。纷纷洒削累累绶，漫向骑都笑烂羊。

附原作　　沈道宽

一编青史阅兴亡，午夜篝灯感慨长。唐室节旄归债帅，汉庭文诰付赀郎。幅巾专席矜心得，高盖乘轩视故常。多少英奇扶世运，只怜臧谷共亡羊。

长洲宋翔凤于庭

遗编那复计存亡，事过何须校短长。集舍一篇悲贾傅，元都千树怅刘郎。未能小补追前烈，亦有高勋纪太常。古道从来多龃龉，触藩真欲笑羝羊。

题黄月崖诚秋园读书图，即寄令弟绂卿兆麟、恕阶倬两太史，兼呈唐镜海太常。太常，月崖舅氏也

我读陶山诗，心服老词伯。周旋纪群间，如厕古哲席。乃其所自出，亦匪恒流测。英英江夏生，实惟百夫特。昆龙与季虎，一举辉双璧。人言二仲美，酷似袁公额。岂知贤伯子，承家富文籍。示我读书图，模糊泪痕积。为言少已孤，衣食困行役。老母苦尸饔，弱弟未巾帻。遑为一身谋，莫驰家督责。以兹嬰废学，郑重追手泽。何人为此幅，松竹围荒宅。秋山明以净，秋气窈而

寂。想见斗室间，歌声出金石。读书贵致用，时事方殷迫。艰大要共擎，撑持须众力。侧闻太常老，朝端资硕画。君才可十倍，君年甫半百。会当率群季，努力事家国。吾衰屏荒野，开径望三益。恤纬亦何补，肝胆时一激。寄声问二稚，兼讯古遗直。明发不可忘，努力崇明德。

得陈岱云源兖太守书，代简兼示赵振卿璘

书来一嘉叹，不见十年馀。郡邑今贤少，江山古画如。广信山水最奇丽。文章真报国，忠孝合旌庐。岱云夫人易氏方以孝旌。想见北堂上，欢声溢起居。

此邦多异迹，旧俗要驱除。罔两人间惯，科仪我法疏。一民关帝籍，颗粒尽天储。闻说徙薪计，劳劳正下车。到任即办属邑续溪漕案。

清是吾儒分，廉为六计先。贫能坚道力，俭亦屏尘缘。丰岁虞脂竭，莠民防蔓延。安危关守令，莫但效时贤。

老我东山上，新开读易窗。希濂吾岂敢，寻乐意犹降。分俸润枯槁，言诗赦蠢蠢。数行当报简，翘首望西江。

赵子亦人杰，书来识所归。久虚青琐望，颇道白眉希。一样能怜我，何时可息机。似闻将世用，结念属民依。振卿以知县候选。

转忆沩西道，栖栖几度秋。传经乏高足，问字少长头。赋笔君真快，《后汉书·赵一传》有《穷鸟赋》。闻歌我欲愁。新诗如觌面，读罢一凝眸。

黑田双杉歌简彭晓杭学博同作有序

宋南渡之际，陈简斋先生以避乱来湖湘，寓吾郡久。有《将至杉木铺望野人居》及《别杉木铺》二诗，即今之黑田铺，土人所称干杉树是也。余承修郡志，既因彭晓杭学博言亲履其地，憩两杉树下，铁干铜柯，挺立道左，古光油然，殆千馀年物也。归语晓杭，拟作石栏围之，构亭其上，榜以“古杉木铺”；而别作一祠为“简斋草堂”，大书两诗，刻于贞珉，歌以张之，并简晓翁同作，冀斯杉之有闻于世也。道光丁未八月。是题和者甚多，不能尽附，别刻为《古杉倡和诗》，见后。

黑田古驿双古杉，两株黝然凝漆黝。托根不知何岁月，柯干砢磦枝叶芟。上撑九天下九地，有若生铸积铁嵌。溜皮久绝苏印渍，坚腹未受鬼火燅。有时摆荡战风雨，惟见槎枒郁怒戈戟铦。侈然对峙立两仗，道左迎伺纷邮签。威仪略见汉官肃，节目密比韩法严。更无秦后烈焰赭，或有尧时古雪衔。繄我生长资东畔，垂老始识此霜髯。森然下马鞠躬立，如对父执肃拜瞻，简斋诗老曾此宿，郑重识别留诗缄。甘棠蔽芾同勿翦，天教流寓贻韶咸。中更沧桑迁变屡，七百馀载风日恬。近者官司亟澄汰，此杉幸未遭斫劖。两诗虽存识者寡，陋邦耳目良易掩。愿书万本伐万石，冰画一一贞珉镵。作亭护杉兼祠简，保此历劫神明监。我老才尽为杉窘，执笔怯似忧讥谗；君才十倍可胜我，期以甫白感至诚。杉乎往索老彭作，为我佳句镌湘岩。

邵州送张台山慧田之
常德教授任，兼寄朗江诸学子

张侯豪兴老犹在，束缚一毡逾廿载。冷官迁转何足云，要令尘世瞻风采。君今七十颜犹童，众中见汝冰雪容。便便腰腹十围

大，卓立天骨撑乔松。濂溪治郡弦歌邑，执经几辈圜桥立。先生一旦从此升，朗人欢歌邵人泣。我语邵人尔勿悲，尔曹自有彭宣师。谓晓杭学博。独怜老眼指无地，挥手欲别难为辞。资江东望临沅路，中有桃冈讲学处。为问万桃冈上花，几多别后新栽树。

附和作　　湘潭张慧田定生

省门于役君同在，予于甲午送乡试赴省，始与湘皋先生识面。石火流光十四载。揭来昭陵又逢君，霜鬓萧骚识眉采。东山主讲招生童，垂缨戴缅咸雍容。我愧疏慵接文宴，欲将蒲柳希长松。聚散何常意于邑，诸生祖饯临衢立。老马犹有风沙心，英雄漫为儿女泣。酒酣慷慨歌莫悲，冉冉年逾绛县师。长笛数声催去棹，西风挥手从此辞。扁舟遥指鼎朗路，喜过扬子谈经处。先生曾主讲常德朗江书院。待收桃李列宫墙，知是公门手种树。

余作黑田古杉歌，请彭学博同作，中有“作亭护杉兼祠简”句，黄古愚、杨蕙轩二君见而爱之，俱有和作。复作二诗奉酬，兼呈张偭卿镇南太守，冀前言之竟践也

八百年前杉木铺，简翁曾此一宵眠。古人不作言犹在，此树虽枯神则全。拟作回栏护老干，兼疏别径祠前贤。诸君雅意肩文献，佳话明朝已遍传。

邵州艳说甘棠树，历劫曾无一叶存。何似两杉矗当道，有如二老在衡门。三间茅屋犹无恙，万朵荷花且勿论。时爱莲池荷花盛开，竟无暇往看。闻说风流贤太守，拟将车骑过遥村。闻偭卿太守将往黑田勘视，大有修葺之意。

古杉歌俯同琮儿韵再作，兼寄呈老友黄虎痴学博沅州

昭陵蜀汉始置驿，古籍阙略无人识。舆地碑目纪甘棠，故事稍稍见金石。此树留遗自何代，或疑夏松或殷柏。土人呼曰古干杉，枞耶桧耶究未析。参天长为风云护，阅世几受霜雪逼。乔枝上缭摩日月，劲节中坚烧霹雳。皴皮棤皵鳞鳞甲，骈干磨戛森森戟。疑年即于古莫征，卜寿直与天无极。山精木魅敢匿藏，社鬼里神竞供亿。只愁官道疲迎送，光阴终古速过客。吁嗟宋室成南渡，谁画长江撑半壁？先生避地来湖湘，尚想回天凭感格。栖栖远道逾万里，黯黯土壁开三尺。“窗开三尺明，空纳万里碧。”先生寓吾郡开壁置窗诗语也。至今溪滩峒窟间，时有光芒生履迹。子美同谷悲歌意，泉明栗里饥驱色。此树婆娑亲见之，道旁弃置良可惜。空教在世历万劫，安得一坐数千息。亦简斋诗语。乃知古人寓物耳，那能扰扰争失得。所嗟人物今渺然，语以文献非其责。坐令古迹共霾灭，岂但名材溷荆棘。君看废驿两株烟，不见前人半点墨。此邦虽是僻陋区，故国尚有文章伯。桃社诸子兴最豪，谓车理中、王稚潜、唐袖石诸老。劬园一老古遗直。车孝思先生。各家集在无一言，表章傥待吾侪力。黔阳博士最博闻，搜载方物遍川泽。于邵特纪两杉传，直起先民追在昔。黄虎痴学博自沅州寄书，言邵州古杉甚悉，为纂入所著《湖南方物志》。我歌再四不惮渎，冀协龟卜践洛食。群公衮衮珠玉唾，过子哓哓文字癖。险韵押令老夫怯，多言嗔欲两耳塞。明朝便拟荷插从，能事竟要相促迫。

附琮儿原作

邵陵之东黑田驿，旁有古树人不识。森然对峙两枯柯，黝如积铁

坚如石。考之尔雅释木文，柀煔枞桧侪松柏。邦人呼此作干杉，是榴非神义亦析。蟠根落落蛰龙知，乔干寥寥象纬逼。漫天风雨如磐黑，瞥眼双虬惊霹雳。长飚吹云霜日杲，依旧槎枒磨两戟。缭枝久已谢东风，情气犹能射南极。问世奚论汉魏晋，历劫应逾万千亿。谁令托根官道旁，矗立苍茫送行客。当年避地简斋翁，过此留题驿亭壁。维时南渡正仓皇，已见两株冰雪格。经今又复八百载，老干仍留二千尺。伊余髫龄即仰止，琮年十二三时，从涉西归应郡试，即过树下。憬然下有公行迹。尔来仆仆再展拜，如见古道照颜色。公乎已往不可作，此树当为人爱惜。惜哉托地在荒徼，纪载缺略空太息。吾翁好古重敬恭，谓此神物岂易得。昔贤题咏尚人间，旧迹湮沉繄谁责。作歌为杉告同志，拟护周阑翦榛棘。更开别业祠流寓，载伐贞珉寿题墨。邵州况是古南国，剪伐今犹思召伯。天教两树嗣甘棠，要使遗风存正直。或有邦人蔽芾思，可无神明呵护力。吁嗟两诗两杉在天壤，力摇五岳吞七泽。安能保此永不刊，后视今犹今视昔。作亭护杉兼祠简，吾翁此言胡可食。古翁好古老彭匹，东山吟兴亦同癖。淋漓大笔张吾邵，光气似欲两仪塞。仔肩文献仗公等，此事何嫌相促迫。

闻黄柳潭达道用琮儿诗韵赋古杉，诗以促之

扬子好奇兼好博，枚生能捷不能工。固知兹事难迫促，况复出语羞雷同。此树婆娑无俗艳，君诗磊落有家风。谓其族父古愚征君。男儿立德功言并，出手当为天下雄。

诗坛早怕全军北，易学谁推吾道南。近请老友沈栗仲翁书“读易窗”三字为斋额。壮不如人今已老，树犹如此我何堪。两株屹屹若无睹，一叟栖栖谁与谈？耐可黄童能起发，抗颜未觉老夫惭。

书黄生、琮儿古杉歌二诗后

共得昌黎石鼓意，上追子美古柏行。不虞君之涉吾地，何可世但以诗名。颇衰老子毋相溷，莫使群儿更吠声。若教移作长杨赋，那不着脚青云平。时翰林散馆以《长杨赋》命题，故云。

文明铺

一哄几家市，讹传服上刑。山光凝暮紫，磷火逼宵青。重典非常法，齐民有大经。煌煌中兴石，吾欲勒斯铭。

浯溪寺有怀杨紫卿

信宿浯溪寺，肃然秋气深。所思独不见，兹境若为任。寥落三亭迹，萧疏众籁音。结邻成约在，谁识此时心。

登岳示琮

言登南岳顶，遥望五峰尊。石磴依云挂，岩泉挟日奔。诸天罗帝释，下界藐儿孙。垂老今方到，能无念后昆。

上封寺

一宿云中寺，僧言古上封。不知天颢颢，但觉气溶溶。呼吸通阊阖，晨昏厌鼓钟。明朝湘邵路，依旧饱尘踪。

祝融峰

峰下有会仙桥，古青玉坛、朱陵洞在焉，石壁镌"昔人曾此会飞仙"七大字，不知何人书。又有"老死不恨，如登彼岸"八字。

昔人曾此会飞仙，今日攀跻一惘然。老死此间原不恨，得登彼岸亦何缘。胸中云海荡无尽，头上风霜逼可怜。安得仙人王十八，相将同醉洞中天。

下山

上岭嫌庵僻，下山觉路非，僧从烟际出，人自岳阴归。风急树多瘦，云深石欲飞。回头增眷眷，何许结禅扉。

衡山颂九章上宫太保馀山先生有序

衡山古为南岳，自轩辕以灊霍为副，汉武因之徙祀于庐江，然《尚书》、《禹贡》、《尔雅》、《周官》之文不能徙也。其山盘绕八百里，高九千七百三十丈，耸峙七十二峰，环注三十八泉、二十四溪。上有青玉坛、朱陵、玉虚之洞，道书所称第三洞天，二十四福地也。星纪鹑尾，下踞离宫，古称赤帝馆其岭，祝融宅其阴，故号南岳。上承北斗，应度玑衡，故曰衡山。分值轸宿，为寿星所躔，故又名寿岳也。尝伏读圣祖仁皇帝岳庙文云：兹岳为主寿之山，主灵长于禄位，绵福祚于子孙。煌煌天语，锡福延洪，永奠南土，无以尚已。岁在疆围协洽壮月初吉，我宫太保东岩公巡阅南来，自潭莅永，旬有二日，返节经湘，显鹤以部民敬迓于浯溪舟次。浯溪故名胜地，有元道州故宅、唐亭、峿台诸胜，颜鲁公《中兴颂》暨唐宋以来诸名人手迹在焉。公徘徊崖侧，为书"太平晴雨"四大字镌崖畔。遂乃泛楫清湘，弭节衡渚，以九月乙巳躬造岳寺，只宿斋宫。越日丙午质明，率僚属诣庙，焚香肃拜，为民祈福礼也。谨案《礼》，诸侯祭境内山川，矧衡岳为虞帝巡狩柴望肆觐之地，国家逢大庆典及间岁，必遣官致祭，于以怀柔百神，嘉与海内，敛时锡福，典至重也。恭维宫太保东岩先生以今年周正之月，履长之节，为嵩降之辰，先期适奉命来巡，躬诣坛庙行礼，若宿契然。其所以邀福神惠，钦承帝眷，至庞硕景铄延洪曼羡之庆者，匪可言谕。在《诗·鲁颂·閟宫》之篇，备陈鲁侯保土之功，既祝之以昌炽寿富，耆艾黄发，台背儿齿。至于万有千岁，眉寿保鲁，而推本于春秋祀享之诚，又终之以宜大夫士庶，万民是若，以明神人欣合，为多福致寿之本。诗人之善于形容如此，故曰："颂者，容也，所以美盛德之形容也。"显鹤不敏，无能追美奚斯文词万一，而公之盛德大业，则有光于鲁侯矣。乃作《衡山颂》九章，再拜稽首以献，其词曰：

巍巍巨镇，宅是南土。上躔翼轸，下奠荆楚。水抱蒸湘，山环岣嵝。铨德钧物，秉衡执矩。朱陵太虚，灵台洞府。名曰寿岳，尊为天柱。配德离明，实生申甫。

申甫伊何？曰东岩公。觥觥岳岳，诞降天东。帝度其德，兼试其功。如岱之崇，如华之雄，如恒常久，如嵩当中。德无与洪，功无与隆。保有厥躬，乃配祝融，为南国宗。

惟此南国，江汉滔滔；通津四达，巨浸内包。地多卑湿，民习哗嚣；气剽而悍，俗轻以佻。罗人绞人，板瑶莫瑶。无岁不动，无役不挠。陆截兕豹，水刳鼍蛟。万口哓哓，万户嗷嗷。以养以教，使我公劳。

我公劳矣，楚氛消矣！我公归矣，楚音哓矣！我公再来，欢声如雷，如观日出，如睹云开。观日台、开云楼皆在岳顶。匪瞻匪依，楚人所私；匪时匪师，楚人所傒。楚人何知？但祝岳厘；楚人何情？但乞岳灵。惟岳生申，福我楚人；惟岳生甫，奠我荆旅。

蠢蠢支祁，公则蛰之；嗷嗷鸿雁，公则辑之。筐篚在庭，公则揖之；壶浆在野，公则挹之。彼有赭衣，公则泣之；此有菜色，公则粒之。凡民有欲，公无不给；凡公所至，民无不立；凡公所为，事无不集。

蠢尔崇人，敢作不靖。一夫倡乱，四境响应。蔓延旁县，梗遏朝政。公赫斯怒，旦下明令；夕抵贼巢，一鼓而定。矫矫虎臣，桓桓车乘。将勇卒精，机先谋胜。俘其元恶，馀孽毋竟。市井不惊，朝野同庆。夹道欢呼，后舞前咏。以奏肤功，惟帝有命。

帝命维何，嘉乃丕绩。晋秩宫端，冰衔特锡。公以平崇功，晋太子太保，赏戴双眼花翎。翠羽飘缨，金枝赫帟。监府纪勋，太常书册。垂之惇史，刻之乐石，播为风谣，绘以图画。崇阳之役，献俘礼成、策勋，饮至于黄鹤楼。楚人竞为诗歌，传诵海内，好事者至编为曲谱，绘为图画。胡璧华训导有纪功碑立黄鹤楼，而公亦尝自纪其事于画册。公不自有，谓此吏职。天子庙谟，群僚协力。吾侪小人，但颂公德。愿公世世，镇我南国。长享太平，讴思无斁。

阅岁疆圉，壮月之吉。公方南来，是巡是阅。我往迓公，于浯之驿。崖石溪花，欢迎使节。浏览唐碑，摩挲颜笔。四字标题，三吾炳列。遂沿湘岸，瞻仰帝阙。衡山为赤帝左阙，上有南天门。三朝三暮，九向九折。计日严程，蠲程趋竭。明明岳灵，鉴此密勿。

吉日维乙，言至衡麓。赤帝所宅，峰围岭簇。松柏森然，灵宫肃穆。公将荐馨，先期戒夙。隔旦将事，朝日方旭。瑞霭祥烟，缤纷馥郁。精气徘徊，神光爚煜。恭惟岳灵，功宏孕育。秩祭三公，典礼无黩。公位岳配，公齿岳录。履兹长至，一阳来复。元气所贞，公辰是毓。与岳齐年，与民同福。矧多贤子，行踵岳牧。兴云降雨，四岳同族。野人作颂，轩轾称祝。祝公长生，金简玉箓。子子孙孙，受天百禄。

梓田寻得车驾山莲冠道人栖止处，作诗吊之有序

道人姓夏氏，名汝弼，字叔直，衡阳诸生，早岁读书莲花峰下，因以为号。与同县王船山先生夫之交好。衡湘乱，弃巾服，自号莲冠道人。佯狂远蹈，见人或歌或哭，语及时事，辄闭目不答。甲申以后，其踪迹多在涟湄间。尝携一童子囊琴，至梓田之车驾山，僦僧楼而止，日就古木鸣泉间，借危石弹琴。已又登白石峰铜梁山观瀑布，辄数日不返，问其姓字，不对。山下有萧常赓者见之，知非常人也，邀至家住月馀而去，不知所往。后挈家入九疑山绝粒死。富平李国相有《哭夏叔尺九疑》诗，船山集中亦有《重过莲花峰为夏叔直读书处》诗，末云："闻道九峰通赤帝，松杉鹤羽待招寻"是也。道人著作久佚，名姓亦在若存若没间。余辑《沅湘耆旧集》，从《楚风补》得其《车驾山同夕堂作》一诗，又从《湘乡流寓志》得《白石峰记》一首，皆宇宙间至文也。而道人之踪迹、交游、志事，乃稍窥见崖略，殆鬼神之灵有以启之矣！窃以为乡先生嗣玉笥之音，躬首阳之节，如斯人者而使之湮没不传，非独后死之责已也！十年前，与老友沈粟仲，毛青垣，汤浯庵、幼尊兄弟约，同寻车驾山白石峰，求两先生流连憩息之所，建祠立碑于上，且绘图征诗，以永其传，卒卒未果。迩来邵中，又数数为彭晓杭学博言之。今年秋，从衡山归，过梓田，乃访得其处，携琮儿游焉。至则庵院荒落，一二村僧，恃畬耕为活，问道人故迹，茫然不知。遥望白石峰与荆紫对峙，缥渺天际，想见两先生选石而坐，徘徊歌哭时也。作二诗吊之，简同志诸君子勉践前言，且冀上之史馆，俾秉笔传隐逸者有所采择焉。时丁未重阳后一日。

转侧梓田道，流连白石峰。心随车驾隐，世怯海桑逢。郁郁河山气，栖栖麟凤踪。真形图不出，旧事问无从。曾寄书浯庵作图。

一饿光星岳，遗文泣鬼神。九原如可作，百世有斯人。蹈海鲁高士，登山古逸民。史宬宜纪载，谁为语朝绅。谓彭晓杭学博、曾涤笙阁学二君，居距山下不远也。

阅省报，知新宁逆匪首从皆已伏法，遣置有差，感而有作，即寄呈杨椒雨观察炳堃并在事诸君子

十年三度召兵戎，下邑何堪悉索供。首祸自难稽显戮，馀氛讵可示优容。颇闻海外犹多警，见说天南未息烽。一郡岂关全盛计，且休戈甲事春农。

当代清名杨伯起，手持虎节薄岩城。苍头白面皆从事，峒丁屹女都输诚。岂徒疆吏能修职，已觉编氓不识兵。我亦部民今老矣，重揩两眼赋承平。

新宁之役，江岷樵忠源手擒大憝，督府上功第一，赏戴蓝翎，以知县即用。于其谒选北行，诗以壮之

男儿讵易相量测，岁月未可任蹉跎。上马杀贼下草檄，左手持印右提戈。当今时势亦孔亟，草间狐兔何其多。行矣去作万夫长，听汝拔薤亲民歌。

余旬甫宣自嘉鱼远来相访，枉赠诗篇，次韵为答，即送之归，兼简王子寿柏心比部

贤豪立声名，所贵生并世。吾衰恨生晚，滔滔阅东逝。顾杜

不复作，深恐斯道废。生也何自来，精心抱孤诣。出其怀中玉，云以须砥厉。譬耕求石田，何由致丰岁。未能疗肠饥，敢复拾牙慧。故山王子寿，立言有区界。君归共耘锄，力祛莽榛蔽。庶几张吾楚，休光被湖外。毋学南村翁，敝帚甘世弃。

叠韵简晓杭学博

吾侪非虚生，束发思用世。岂知一无补，暮景如箭逝。奔走四十载，一官等沦废。老向东岭卧，四顾无可诣。迟回为君留，五见秋飚厉。病榻时见存，如谷济歉岁。嗟哉时事棘，贤哲窘知慧。矧闻荆鄂地，有水无寸界。嗷嗷鸿雁哀，黯黯烟霾蔽。蒿目监门图，搔首青天外。君才世所需，我老先自弃。

叠韵示李生星台章汉、张生坚甫家钰

我老如颓波，惧独立此世。中流得两生，力障狂澜逝。吾道无隆污，斯文有兴废。重远要仔肩，起衰须绝诣。譬彼劲草木，不畏霜雪厉。又如力农夫，不畏荒歉岁。难矣哉群居，沾沾抱小慧。且莫区种类，要须正经界。取友贵胜己，治心先去蔽。胸期千载上，眼洞八埏外。吾言不足存，古道毋自弃。

叠前韵勉杨生亦庐修职，亦庐躬耕力田，以馀暇读书，为吾门苦志独行之士

末流竞时趋，滔滔阅斯世。躬耕有杨子，足挽颓波逝。五载从我游，坺垡不少废。语其刻苦志，已是古人诣。惜哉兼纯金，而以沙石厉。我老但目耕，佣力逢恶岁。生来抱镃基，使我惭知慧。我闻古学者，如农勿越界。彼哉舍已耘，满眼榛菅蔽。何如粪其心，内治方及外。生乎其勉旃，毋学惰农弃。

四叠前韵赠邹叔明汉章，叔明尝有出世之想，时方罢县试来，一日行百十里，嘉其苦行可以入道，作此勉之

我老无与徒，望古希百世。别子已三年，岁月如飚逝。古籍徒阁束，心田坐荒废。今来共爬梳，仓卒希至诣。譬之让师砖，顽石何由厉。悠悠过长夏，忽忽迫晏岁。我闻佛门大，定力乃生慧。要从艰苦际，顿见光明界。毋以丈六身，而为一指蔽。勉哉图内功，勿遽游方外。莫学行脚僧，敲门砖自弃。

五叠前韵寄叔绩大定，索先兄所著书，兼简郑子尹珍遵义，因叔明转致

君兄古经师，谈经溯汉世。渊源百川贯，导之使东逝。其馀百家说，支港皆可废。我曾望洋叹，渺不测所诣；徐徐涉其澜，深浅昧揭厉。所嗟吾兄亡，经畲荒积岁。遗书纷满箧，呓语发奇慧。故人郑小同，远在黔西界。两贤出心眼，一祛目论蔽。《目论》、《呓语》，皆先兄著书名。卓哉先郑功，覃及鬼方外。衔哀慰藐孤，谓兄子瑶、瑔。幸勿我遐弃。

陶凫香观察梁见题拙集次韵奉答

宗派何能泯异同，只愁觅句老难工。人间毁誉吾何病，天下文章论自公。真赏遂期千载上，删馀尚待一编中。闻言便拟相从住，江汉迢迢一水通。

闻名久已饫芳醪，老去无缘鬓自搔。并世贤豪馀一老，空山落寞愧群髦。岂无风月资吟啸，尚有情怀待泳陶。忽枉瑶函遗锦

段，便当华衮荷荣褒。

附原作　　　　　　　　　　长洲陶梁凫乡

苦吟饭颗杜陵同，偶学遗山晚更工。著作专家偏冷宦，交游投分尽名公。抗怀志在千秋上，感逝愁生一笛中。集中旧识如吴谷人、曾宾谷、陶云汀、唐陶山诸先生早归兜率，又程春海、吴兰雪、乐莲裳、沈狎鸥诸君亦寻赴玉楼，偶一振触，辄增凄黯。廿卷新诗排已定，不须尘世论穷通。

缘悭无分醉醇醪，一水盈盈首试骚。文献两湖留硕果，词章三馆让时髦。上书北阙原非孟，卜宅南村合和陶。我愧衰迟吟兴减，休将趁韵笑龙褒。

附兄子瑶和作

臣叔耽吟性命同，自云百炼语才工。平生真赏多知己，晚岁神交更遇公。诗卷早时传海内，节旄何日驻湘中？天涯怅望情无极，渺渺重湖一水通。

讲舍终朝饮浊醪，家书来，叔父近在濂溪讲院饮食甚健。抗怀百代首重搔。老成身自关文献，嘲笑人从视弁髦。谓家书中语。古调寂寥难共赏，衰年哀乐正须陶。竹林我愧阿咸比，忝窃虚名一例褒。观察见赠诗，有“阮氏籍咸名贯耳”句。

叠韵再和

当代骚坛郑小同，裒然巨帙定谁工。往与宾谷中丞商选近代诗为《乾嘉集》未成，后闻此稿在郑梦白中丞许，中丞都转扬州时，曾属震泽赵坚艮甫编定未梓。中丞，观察戚也，故及之。寥寥素业还吾辈，扰扰红尘混乃公。白傅情怀秋水外，黄州鼓角雨声中。德黄道故驻黄州。朝来一纸逢湘鲤，但觉朱弦听鞠通。

终朝兀坐饮残醪，时事传来首重搔。见说金堤蚀蝼蚁，时鼎澧荆鄂大水，全楚堤堰均坏。况闻山郡杂蛮髦。宝永蛮峒间时有小警。忧时久愧诛茅杜，作督终推运甓陶。早晚征车催北去，好图民瘼待宸褒。

附原作　　　　陶梁

不妨谣诼左徒同，老去蛾眉画益工。千古文章原有价，一乡好恶本难公。目空轩冕形骸外，身倦江湖阅历中。闻道余波犹绮丽，生花管尚艳文通。

几时官阁对芳醪，渺渺湘波鬓独搔。荆幕偏教留鲍照，谓王子寿比部。华阳终待贡陈髦。腾骧老骥争千里，光焰精金费百陶。计日蒲轮征诣阙，崇儒定许诏书褒。

附瑶和作

诗笺往复赏心同，老子豪情句益工。吟侣风流追白傅，酒垆感慨忆黄公。观察以叔父集中知旧如吴谷人、曾宾谷、唐陶山、陶云汀诸先生皆归兜率为感。勋名晚重词科上，故旧看从鬼箓中。怪底精神逾矍铄，丹经秘诀本旁通。

叨陪末座饮醇醪，快论真如痒处搔。王粲淹留劳望眼，左思声价重时髦。观察时盼王子寿比部不至，而以新识左景乔学博为快。爨桐雅遇知音蔡，运甓何殊作督陶。观察每日晨夕尝绕廊行数千步。早晚诏书催诣阙，雍容昼接帝亲褒。

张立之玉森从武冈来访余于东山精舍，以画箑并诗见贻，坐次为言时事，感叹之馀，次韵奉答

客从云山来，造我东岭麓。手持一握云，揩此病夫目。垂老识紫芝，差免浊世辱。君才擅三绝，得一已自足。矧贻三秀英，媵以延龄菊。譬倾琼膏液，一洗盘中蓿。百年空鼎鼎，万事真碌碌。老矣无复望，所恋承平福。

叠前韵示兄子璪有序

敝庐山麓及先祠旁连年产芝，未知何祥？今秋七月，璪举第三子，此吾兄在时所祷祀求之而不得者，其应在此乎！因以芝名之。

我家九华间，连年芝产麓。不知推何祥，但觉惊老目。岂甘草木伍，毋乃泥涂辱。前月得一孙，名芝义亦足。所悲汝翁亡，严霜陨秋菊。吾衰百无能，终岁谋苜蓿。未见玉硗硗，悬知石碌碌。所愿继绳绳，共享儿孙福。“子子孙孙，继继绳绳”，先兄临卒前梦中语。

闻立之回长沙，余以病不能出，叠韵代送，兼简栗翁、涪庵两老友

来从云山巅，归溯清湘麓。病夫勉相送，以心不以目。夫君仙尉才，不辞卑官辱。隆隆百僚底，一夔知已足。君行正高秋，开遍荒篱菊。迫促赋骊驹，絷维惭苜蓿。持此古颜色，洗彼尘历碌。勉哉崇令名，一造苍生福。

自我徂东山，三年别灵麓。曾开衡岳云，一纵清湘目。去秋登衡山，拟便过长沙未果。归理召乘牍，期洗陋邦辱。所嗟古籍亡，文献征

不足。编椠岂弗久，四阅东篱菊。失喜梦乡环，怀惭对苜蓿。故人何寥寥，笑我太碌碌。恋栈殊已贪，失马宁非福。主东山五载，时志事将竣，亦拟抛此鸡肋去矣。

十月初三日，同晓杭宿杉木铺野店，经始陈参政祠有作，兼呈俪卿太守

流落湖湘老少陵，草堂一例供先生。种杉已见当头立，开壁仍须望眼明。便有他年从祀想，可忘今夜对床情。殷勤为报张夫子，桃李新栽计日荣。简翁寓吾郡有开壁置窗诗“桃李香中度笋舆”，即先生留别杉木铺诗语也。

附和作　　彭洋中

笋舆未到神先玉，已觉看山诗兴生。老树依然路傍在，荒垣森向眼中明。何知今夕连床话，每忆当年伏枕情。独抱素心欲谁语，等闲桃李自春荣。

中原回首泣诸陵，一夕孤臣白发生。投老悲吟动湘楚，伤春蛮徼几清明。可无茆屋三间地，聊遣烟花万里情。等是甘棠须爱护，区区岂谓足公荣。

邵阳李仲芳松友

诗界重开古邵陵，古杉遗迹感三生。昔贤一宿精魂在，此老千秋只眼明。野戍苍茫茅店夜，孤臣牢落草堂情。谁知耆旧搜罗外，更见馨香俎豆荣。

凭谁棠芾侈昭陵，多少传闻误后生。南渡河山遗一老，双杉酬唱缺前明。资江前明诸老集中从未道及。无穷尚友知人感，不独开轩望远情。他日祠前容系马，心香我愿立东荣。

附兄子琭次韵

南渡江山恋邵陵，东山俎豆缺先生。笋舆安往神还憩，苍桧依然眼自明。今日绸缪粗了愿，邦人蔽芾见同情。相期共洗蛮荒陋，往哲宁须庙貌荣。

天荒地老谷为陵，遗墨千秋气尚生。一宿仓皇成掌故，双枒呵护有神明。漫营茅屋区区地，可慰烟花岁岁情。太息野桃今已杳，谁从大造测枯荣。

附儿子琮次韵

官道朝随出邵陵，暮投古驿月哉生。为谋野屋三间筑，共话寒灯一点明。南渡仓皇馀此老，北征哀怨缅同情。祠成便采溪毛荐，更欲相从有事荣。

天南何处拜山陵，老向蛮荒过此生。偶遇双杉留好句，便如五柞赋承明。诏书尺一孤臣泪，霜发三千故国情。今日匆匆谋一奠，要回枯树著春荣。

归自黑田舆中再叠古杉韵作二首

杉社连年吟兴遍，昨宵真伴老杉眠。商量要作千秋计，酬唱应添万首传。已觉驰驱谋野获，从知臃肿荷天全。草堂一夕经营就，想见风流太守贤。

石径远环官道木，草庐仍对野人门。此堂突兀非世有，一叟支离历劫存。人言子美王官谷，我忆东坡海外村。待种桃花三万树，新诗一一与重论。

附和作　　彭洋中

五载东山陪杖履，昨宵才共对床眠。为营茅栋址初定，更护石阑功十全。硕议动垂百世想，好诗已付万人传。朱颜白发照林壑，为有殷勤地主贤。

仍开窗牖翠供席，待种桃花红映门。三亩真成依树约，简翁贞牟诗：“拟借溪边三亩春，结茅依树不依邻。”数椽长共浣花存。文章南渡此遗老，留滞紫阳尚有村。杉社赖君张吾楚，他年从祀定应论。

叠福字韵示琮有序

腊月二十一日，有人送丹桂一株，康熙初，里中诗人李子将先生手植种也。树之桂庄中，郑重封殖，次晨琮举第三子，即以桂名之，冀与芝同发祥，为邓氏尤产也。

昔闻丹桂种，来自天台麓。今朝获一株，失喜慰心目。殷勤植桂庄，冀免荛牧辱。岂知光吉梦，谷也添手足。先是鼎孙生，其母梦谷多长手足。解者曰：此添手足之兆也，已而果然。名桂义袭芝，构园松比菊。老夫快加餐，一饱荒年稽。但愿继绳绳，何妨涸碌碌。勉哉为人父，各自求多福。

读易窗偶述

是中可容卿百辈，老眼洞见垣一方。吾舌尚存无可说，古人如作实难忘。酱翁篾叟何寥落，方卦圆图只故常。独坐小窗闲展卷，未能寡过且消殃。

有鸟一首简裘石兰刺史琨鸣

有鸟能言病，思飞羽未丰。解笼纵之去，得路遂乘风。嘘送伊谁力，凭依造化功。衔环难语报，旦夕憩修桐。

卷第二十三

失猫

玉色金睛状特奇，众中呼尔是狻猊。从余已过三千日，聘尔曾烦一首诗。偎罢毡毹犹帖妥，揭残瓶钵尚淋漓。宵来鼠辈纵横甚，误向阶前唤雪儿。

题杨蕉雨观察春及图诗有记

蕉雨观察取渊明《归去来辞》中语意作《春及图》，属为记。余惟古名人贤达，多致意于枌榆桑梓、耕钓游息之事，自渊明而后，昌黎、庐陵、玉局、山谷诸老类然。世徒谓渊明丁典午末运，不为五斗折腰，故亟亟以归田为乐。至韩苏诸君子遭际承平，未为不遇，乃其生平歌咏所及，咨嗟太息，若与山泽老农释耒而叹，不能一日去诸怀者然，岂其有不得于中耶？抑结习所在，不以彼易此耶？若乃范文正公经略西陲，以身系天下之重，更不遑暇逸矣。而白发忧边，时拳拳于圭峰月下，倚高松听长笛之乐。不特此也，求之三代书籍所载，宗臣元老，当其功成治定，亦动色相戒，以明农为至愿。是知性天之事非功名所得与，古今人无异情也。观察起家守令，所至卓有名迹，迨来吾楚，勋业尤著。新宁之役，以单骑导一二土卒深入蛮峒，手缚元凶，解散馀党，不两月立奏肤功，奠安农牧，俾吾民无废耕休织，仳傿家室之苦。天子闻之，嘉乃丕绩，酬庸甚殷，倚畀方切，而公退然不有，汲汲思归，至以夜行不息为戒。既构春及轩三楹于里以待，复绘为图，广征题咏。其简退淡定，泊然无营，深有合于古人知足之义矣。抑吾闻古大臣在官，当视天下安危为进退。今东南稍稍多故矣。湖湘溪峒间，蛮髦杂处，益以哀鸿满野，草泽奸徒，所在持白梃与饥民争食，赖一二大君子完集安定。吾侪小人，如婴儿之恋慈父母，而忍遽言归与？图而记之，亦聊以明素志尔。图为立幅，主人野服科头，伫立檐隙，一老农赤足荷锄，呀呀相告语，须眉生动，旁缀杏花菖叶，皆疏落有致，不为凡笔。图者黄君献庭，记之者新化邓显鹤也。蒿目时事，难已于言，复缀以诗，聊托于诗人告哀之旨。

伟人志竹帛，哲士甘泥涂；各有平生业，出处非一途。丈夫生世间，亮非一身图。不见三聘翁，莘野耕田夫。

耕田贵乘时，农功在春及；破块一以苏，生意弥原隰。老农荷锄出，老妇挈饷馌。明当长官来，欢声遍郊邑。

长官亦老农，识字兼读律；悯汝劬且愚，导汝以正术。毋学惰农嬉，毋与莠民昵；惰农坐饥饿，莠民伏斧锧。

饥饿无时无，所恃仓廪实。义仓亦美名，涓滴可立竭。遏籴古有戒，救荒今无策。何当沛霖雨，一乞监河活。

霖雨兴岱云，崇朝遍天下；渗漉岂不多，泽物亦已寡。矧迫淫潦威，嗷嗷遍中野。谁为监门图，流民讵胜写。

流民亦有涯，官庾不易贷。安得及有秋，高此廪与庤。吾侪乞升斗，公腹富经画。且莫赋归田，苏此疲喘惫。时宝属苦饥，奸民乘之，遍扰村落，聚众至数千人，新化亦然。近新民持官牍，以二千金向郡中借买而未得报，以沿河奸匪纠众阻遏不通故也。“悠悠我里，亦孔之痗。”故篇中及之，聊托于作歌告哀之义，未敢言诗也。

己酉九日，长沙寓中邀同沈栗仲同年、黄虎痴学博、汤幼尊布衣、杨紫卿上舍、左景乔舍人、罗研生明经、杨性农、张蔗泉两孝廉天心阁登高，返集旧城南精舍，儿琮侍，紫卿即席成诗，次韵二首

老来朋旧太寥寥，雅集无如此会高。胜地自凭千里险，诸公难得一时豪。萧疏节物悭丛菊，风味江乡有醉螯。犹记隔秋风雨路，荒村西望实心劳。前岁与紫卿约游永州诸胜，订会于浯溪未遇，有诗。

芳草寒林日色斜，浮湘谁记贾长沙。水乡卑湿原贫国，荒岁流亡半故家。且喜旧交多皓首，座中余与栗仲、虎痴三人差长。共坚晚节傲黄花。阿通雅欲成图画，好事风流亦可嘉。谓琮儿和诗语意。

前诗意有未尽，感念旧游，复成二首

天心杰阁俯苍茫，记得当时集上方。诸老风流仍此地，百年高会几重阳？填膺世事孤筇外，回首江城落照旁。今日茱萸思遍插，摩挲清泪滴壶觞。己亥集同人于此送贺柘老还朝，汤浯庵为作图，今事隔十年，二君皆下世矣。

湘流曲折大江东，迢递川原想像中。湖水平时添去棹，江乡潦后少归鸿。惊心砧杵千家月，极目烟波万里风。垂老犹来作佳会，诗成毕竟让诸公。

诸公和者相继，叠“高”“沙”二字韵奉酬

三百年来无此乐，一千里外共登高。席间诸君有来自千里外者。颇哀老子毋相恩，为语诸公各自豪。荒岁已难谋豆粥，今夏大荒，城乡无谷可买，余为族中筹买麦豆救饥，实倍谷价也。穷乡久不味霜螯。资、邵间无蟹，老饕僻处三年，不尝此味久矣。今朝饱啖遽非福，敢说川原跋涉劳。

猎猎西风帽影斜，三年踪迹一抟沙。携将过子为游具，颇说符郎是克家。谓栗翁之子彦征孝廉。搔首未闻天有语，驻颜无奈鬓添花。谁能更作乘风想，载酒凌云壮汉嘉。

诸公和诗多叠韵枉赠，仍叠“高”“沙”韵为答

海内人文久寂寥，新诗竞和曲弥高。南楼忽动庾公兴，时石梧宫保乞假家居，闻之亦有和作。东野还输太白豪。但使有花娱老眼，不嫌索句嚼空螯。衰翁更有平生愿，五岳前期未觉劳。

搔首苍穹日又斜，悲秋自古说长沙。谁将贾傅忧时泪，洒向江南百万家。莫倚孤城频望远，且揩老眼共看花。疮痍要恤非吾事，欲买青山学赵嘉。

四叠“高”“沙”二字韵酬沈栗翁

义熙人物苦寥寥，细数无如栗里高。谁遣严诗编杜集，敢将秦侠诋韩家。半山诗“扬雄尚汉儒，韩愈真秦侠”。饱餐已办长腰米，痛饮惟持左手螯。排日相将成二老，不辞隔巷往还劳。

城南老屋故低斜，满地苔痕积乱沙。且喜羊求开别径，欲携过远作通家。闲庭饱受潇湘色，老圃争开烂漫花。莫更锱铢论得失，请听窗外唤祁嘉。

叠“方”“中”二字韵简李石梧宫保

岂但篇章接混茫，闭门闲著养生方。高堂人健娱清昼，老圃花浓艳夕阳。竟日流连湘画里，全家笑语麓山旁。天将此乐酬劳勚，传语萱帏晋一觞。

谁挽狂流到海东，廿年踪迹遍寰中。艰难滇洱平夷孽，辛苦江淮奠泽鸿。三径归来怜旧雨，五松深处荷高风。承为先大父题《松堂读书图》。芋香冰抱相宜甚，只恐苍生待谢公。

三叠“方”“中”韵酬石梧宫保

今情古事两茫茫，天遣云泥聚一方。自笑须眉惭白社，也随风日作重阳。旧交半落江湖外，仙轸初回斗极旁。盘敦周旋吾岂敢，来诗有“盘敦主持真健者”语。相从排日醉壶觞。

衮萝相望各西东，廿载重逢一笑中。命世君为希有鸟，避冥我作失群鸿。垂云自具崇朝雨，张楚还推大国风。此事当今定谁属，过江清誉有袁公。

李季眉茂才招同紫卿、研生同集芋香山馆，令见石梧宫保在坐，五叠“高”“沙”韵奉酬，时季眉诗尚未见也

连日招邀破寂寥，长沙酒价一时高。只谈风月宁非幸，不露

文章亦目豪。暖阁霜清虫语壁，洞庭秋老蟹肥螯。吾生更有无穷感，白首陈编未觉劳。时方辑《沅湘耆旧续集》。

飘萧短发影疏斜，故国青山隐白沙。白沙，砦名，见《宋史》。未碍计功求北郭，久凭嘲笑到东家。冬心自爱平安竹，仙眼能开顷刻花。南望楼船烽已息，不防宴坐说元嘉。席间谈及广南近事。

季眉诗至，叠韵走和兼感怀赠公寿田先生

香芋家风未歇寥，蟠根仙李一门高。宾之岂但求时相，白也行为命世豪。流辈那知中散鹤，用《嵇绍传》“君独未见其父耳”语意。老怀聊遣毕家螯。因君更触黄垆感，回首江关别思劳。

忆得前街路口斜，邵州旧馆接长沙。人知妥眘居连巷，天遣秦晁共一家。余与赠公同门同年，京寓往还甚密。废邸谈诗空有泪，“小人有母泪偷弹”，赠公客某王府句也，当时尝为余诵之，至今不忘也。丰台联袂共看花。寻思四十年前事，忍对芳筵不拜嘉。

四叠“方”“中”韵再酬石梧宫保

天时人事总茫茫，老去刚思出世方。岂意园田甘下濮，偶谈及古梅溪峒中田宅。忽教冠盖动高阳。姓名不入公卿里，勋望遥瞻日月旁。此会明年仍欲践，来诗有“今年此会差无负”语。敢辞泥饮醉千觞！

沅湘西溯洞庭东，多少吟魂寄此中。歌哭无端凭简蠹，音尘聊复托泥鸿。枣梨岂遂能千载，缟纻今犹见古风。时商辑《沅湘续集》，承先出刻资。为问中州集谁续，敢将资藉累群公。遗山《中州集》成，无力锓木，得赵提学资藉，始克刊行。当时公论以为非得提学力，无以慰士子愿见之心也。

立冬前一日，李双甫方伯同年招饮，余以小病未与，石梧宫保以诗来问，五叠“方”“中”韵为谢，兼简方伯，并呈在坐诸公

药炉茶铲日奔忙，难觅仙翁海上方。病鹤惊秋时警露，飞鸿踏雪只随阳。西风一夕铜官渚，归梦连宵古峒旁。为谢渔樵老居士，双甫自号。关人福命是壶觞。双翁食具甚精而恰不能与，谚云：“一饮一啄皆前定”，岂亦有数存耶，一笑！

一城咫尺隔西东，湘岳迷离望眼中。稍喜打门惊宿鸟，石梧诗工而捷，每遣力送诗筒来，寺门尚未启也。预愁争席有哀鸿。时将留养过冬流民于此，羁人不能久居此矣。救时无济廉纤雨，久旱得小雨。送客多情趄[illegible]风。明发习家池上望，不妨轰饮醉山公。

九月廿五日同紫卿过石梧芋园留饮剧谈，石梧有诗见示，仍次原韵奉和

端居读史总茫茫，济世原无一定方。来诗有“当局谁操济世方”之句。颇有京房说灾异，可无丙吉问阴阳。汉廷已相申屠老，贾论犹悬一作存。宣室旁。今日园林重披牍，那知许事且持觞。

定王台畔贾祠东，小筑园亭罨画中。便觉闲情狎鸥鸟，凭将远目送飞鸿。连宵竹屿霏霏雨，竟日杨堤故故风。此会明年真欲践，鹿门故事有庞公。来诗意如此，谓沈栗翁也。

七叠“方”“中”韵酬紫卿，即以为别

三浯亭影认冥茫，记得寻君水一方。前岁与紫卿订会于浯溪，三宿寺

中竟未遇，以诗来往而已。载酒船来闻远籁，浯溪宅籁，土语，谓次山故宅也。打碑人去澹斜阳。附近居民以打碑为业。僧归古树空濛里，寺在寒溪晻暖旁。今日逢君开口笑，新诗匝月照壶觞。

嶷云西去岳云东，龙山在吾郡，土人呼为平岳顶。聚散无端转瞬中。顾我老犹甘栈马，怜君岁一逐宾鸿。毋妨古道为人弃，且喜佳儿有父风。令子立甫善画，亦喜吟，可爱也。同傍濂溪风月好，永州、邵州两书院皆以濂溪名。肯将一介易三公。

七叠"高""沙"韵酬研生，即为尊甫九十寿

老屋苍松久泬寥，研生有《苍松老屋图》。君章顾视更清高。名闺亦擅湘中秀，才子行为海内豪。研生两室及令子皆有才名。图史纵横支雁足，虫鱼琐屑辨蜞螯。研生著述甚勤。等身著作诗馀事，也破工夫索句劳。

无端悄挂一帆斜，归奉仙觞葛令砂。娱老乐为名子父，传经不愧士夫家。倘佯带索荣期杖，磊落疏篱栗里花。为祝苍官千万寿，生祥降瑞颂休嘉。

八叠"方""中"韵酬张蔗泉，兼简许芑堂茂才。蔗泉诗才甚捷，思有以苦之也

苦吟僧有推敲法，狡狯仙多变化方。今世已无韩吏部，明时不弃孟襄阳。渭城三叠玉关外，河满一声宫侍旁。好语文昌老张祜，莫矜刻烛快飞觞。

全家寄迹妙高东，灵麓清湘在眼中。诗思健于霜后鹘，行踪

浑似雪边鸿。玉川共住打头屋，与芑堂同住。宗悫行乘破浪风。时将北上。我决陈平不贫贱，好留老眼待天公。

九叠“方”“中”韵酬杨性农，兼简陶槎仙、黄海华两司马

书年大水又茫茫，忽漫相逢在一方。泽国几年成海国，辰阳何日下涔阳。杏农来自辰州。积尸星闪临沅路，孛气光缠轸宿旁。辛苦微禽衔木石，移家无力且持觞。今兹大水，鼎澧尤甚，死于灾可数者二十馀万人。性农和诗“生苦微禽难化海，欲随阳鸟共移家”，有苌楚诗人之意焉，余读而哀之。

善卷祠畔钓台东，芝瑞堂性农堂名。看一亩中。老大田园安下泽，模糊爪印认飞鸿。正思夜话连宵雨，无奈江催一叶风。寄语风流两司马，辛毗何事不三公。

紫卿赠虎翁诗，有“今日东南留此席，古来七十几人豪”之句，有感于中，亦作二首，兼简沈栗翁

东南此席今谁匹？七十穷经古少方。却愧人间呼二老，湘人每以仆与君并称为二老。偕来此地作重阳。愁生橘柚村烟外，兴在雨花亭岸旁。雨花亭在城南五里湘岸上，君常言其地佳，他日必宅此也。忽忆六年前息壤，相将那不醉千觞。君六年前与余订会于长沙，今果践矣。

吉藩堤畔月湖东，记得全家住此中。萱阁昼长鸣语燕，絮庭春静送飞鸿。君旧家藩城堤，拙集中有《过颐园听虎痴兄女弹〈平沙落雁〉》诗作于此，时太夫人在堂，今事隔二十年，园屡易主矣。回头世事皆陈迹，我辈交

游尚古风。却笑疑年成鼎足，懒将兴废问休公。“差喜疑年成鼎足，得随沈邓话乾嘉。”虎痴和诗，谓余与君暨栗翁皆乾隆间人也。

登高之会和者踵至，陈尧农院长独不与，叠“方”“中”韵简之，兼有怀天末一二故人

妙高峰畔影苍茫，依旧南湖水一方。帝许名山娱寿母，天教佳日作重阳。持萸遍插吾嫌少，袖手闲观独在旁。颇怪车公偏好客，城南城北日飞觞。

寥寥清望属湘东，几辈相逢意气中。故国江空怜独鹤，高秋霜重肃征鸿。谓何子贞、孙芝舫诸君，时方以使事在途也。孤忠正学名山业，妙高峰二贤五忠祠匾“孤忠正学”四字，尧翁所命也。搴芷纫兰大国风。束皙循陔诗要补，商量此事可无公。

尧翁和诗至，颇以九日未与会为恨，似有借逃诗债之意。顷既有诗索和，今复叠“高”“沙”韵促之，亦借以解嘲，为一时佳话也

名山讲席自清寥，况复精庐近妙高。此地朱张曾唱和，朱、张两先生南湖倡和诗刻衔麓泽堂壁。当时坛坫戒粗豪。两先生有“荒于诗以诗为戏”之戒。题糕岂必捶黄鹄，载酒还思斫雪螯。不与斯辰亦闲事，省教索和打门劳。

狼籍残编满架斜，几曾成饭可蒸沙？自惭兔册为村学，敢说萧楼是选家。蓬勃冬心犹未启，婆娑老眼尚无花。阿谁不作千秋想，一纸飞腾亦孔嘉。谓左景乔舍人索作书稿也。

喜闻杨蕉雨观察还长宝道旧镇，兼送赵竹泉中丞内擢还朝，仍叠前韵

扁舟一叶去苍茫，无计能施割镫方。岂意攀辕怀旧泽，忽传吹律转春阳。揭来岳色湖光里，喜溢三湘六峒旁。多少灾黎渐安集，知公朝食可倾觞。夏间灾民遍野，当事不遑暇食，入秋来始稍有宴会之事。

鸣驺西首节舟东，去住都关痛痒中。泽国天寒唳饥鹤，寒江潦尽集哀鸿。圣心正苦求民瘼，前席尤先问楚风。百万苍生方待命，他年歌咏忍忘公。

俞同甫、黄南坡两太守招饮未赴，诗以谢之，兼简王仲瑕司马，仍用“方”“中”韵，至是凡十二叠矣

抛将手版谢尘忙，闹里同寻极乐方。看菊无须过栗里，种花不复问河阳。人归玉塞天山外，南坡归自塞外。家在瀛洲一水旁。同甫乞假，居近小瀛洲。我欲携尊就公等，山公池畔日飞觞。

小瀛洲望汉台东，仲瑕所居地也。缥渺楼台入画中。已自尘心忘野马，尚馀宝墨戏飞鸿。仲瑕收藏名人墨迹甚富。菜畦花圃连宵雨，荻渚芦洲竟日风。城市山林皆可绘，“城市山林”四字，仲瑕所署也。王式杜善画，即住仲瑕许。未应更羡黑头公。

陈尧农院长和诗至，且欲以十月初九日集妙高峰为借展重阳会，时余已办归装矣，为勉留三日，副此雅意，先之以诗，仍用元韵

重阳展后意萧寥，借得佳名不厌高。天放晚晴留去棹，人增逸兴待挥豪。画蛇故事愁添足，缚蟹光阴喜斫螯。风雅似君真冠世，敢逃诗债负贤劳？

绕郭风帆历历斜，客程无那恋长沙。芷兰气馥朱张渡，橘柚香生屈贾家。来诗有“斋舍争开及第花”之句，谓门下乡拔得人之多也。归梦尚萦湘岸柳，斜阳犹照渚宫花。楚骚宗派伊谁接，一老灵光愧拜嘉。顷石梧宫保枉赠联语：“楚骚宗派千年接，鲁殿灵光一老尊。”愧不敢当也。

十月初九日，尧翁招同黄虎痴学博、李石梧宫保、胡问鸥布衣、杨紫卿山长、熊雨胪孝廉、左景乔舍人小集妙高峰借展重阳，叠韵四首

五忠祠并天心阁，两地相望落落高。一月连教辛老饱，百年无此元龙豪。饥猿惯伸拾橡臂，“时有饥猿来拾橡”，近欧硐东偕陶莨翁宿妙高峰句也。是日席间谈及硐东诗，故云。老蟹快斫经霜螯。荒年醉态那易得，判将口腹酬诗劳。

妙高峰前石径斜，妙高峰下水融沙。门前自具公超市，街路直达士行家。陶公祠，古惜阴书院地，今名惜阴街，城南所由出入之路也。岳影湘痕明入画，丹枫白荻都开花。吾侪坐玩亦可爱，况有旨酒兼

肴嘉。

世上宁无种香国，胸中各有洗心方。改用坡公、遗山句作对。酒仙诗圣相尔汝，山南水北区阴阳。席间所言如此。幼舆图著丘壑里，博望槎乘霄汉旁。为爱小春天气好，兴来一再把萸觞。

岳云西峙湘趋东，水木明瑟画图中。如此江山宜我辈，偶然泥雪印飞鸿。百年几与遨头会，万事不关马耳风。我欲秋萸接春禊，流觞取次从诸公。

叠韵题尧翁山居侍养图

平生最服太丘长，谓其高祖乃锡先生，国初为洪经略收复黄州山寨，以功授沅州副将不就。末叶乃有陈元方。直避时荣守家学，况馨晨膳近朝阳。尧翁辞枢直，奉母山居，今已十年，太夫人以今夏九十大庆。北堂冠帔松筠上，东祝诗篇水石旁。东祝堂，乃锡先生诗集名。为语庆基今既启，用《汉书·陈实传》赞语。正须日日奉霞觞。

朝暾赫奕蓬莱东，照见碧湘门巷中。尧翁住碧湘街。左对孺人右稚子，人歌燕喜世庞鸿。为祈蕘室千年寿，聊息鹏程九万风。更羡白头阿姊贵，承欢儿有黑头公。石梧宫保太夫人，尧翁之女兄也。

叠韵留别石梧宫保

芋园小阁何清寥，邺侯仙宅衡山高。岂徒议疏斡元化，即论诗律穷秋豪。名厨每设穆生醴，嘉饯仍持毕卓螯。行矣别公犹眷眷，殷怀何况圣心劳。

叠韵送景乔舍人北上

城南径路纡以斜，古井无波通白沙。沿街直踏碧湘路，乘兴即过素臣家。与子同为幽谷草，此行当看上林花。似闻朝议亟贤哲，旦晚入告谋猷嘉。

叠韵示琮儿

平生不肯教儿谄，晚境尤思闭户高。蜗角虚名何足慕，雕虫小技讵堪豪。丈夫正要飞食肉，老子何妨坐擘螯。西望长安忽大笑，驶车莽莽策尘劳。

少年浪掷麻姑米，老去难寻葛令砂。颇道丰颐为食子，未嫌历齿是农家。但教不误金根字，差胜荣看杏苑花。便作公卿亦何味，能安贫贱即堪嘉。

余戏作叠“高”“沙”两字韵示琮儿，诗意盖有在，杨紫卿不欲余存，而石梧宫保见之，以为昌黎示符诗不是过也。因再叠“方”“中”二字韵为示，兼呈紫卿、石梧两君子，当亦有慨乎余言也

世间尽有梯荣法，家世犹存守约方。风起云飞有行色，石梧宫保书联语赠琮儿，盖促其赴礼部试也。康庄坦步多迷阳。岂无志在鼎钟外，亦有躬亲腧厕旁。老望殊荣吾已倦，天寒且尽手中觞。

打包行脚惯西东，老占南村一亩中。世事偶然征梦鹿，人生大抵似飞鸿。爪痕踏遍天涯雪，枕畔惊回午夜风。只有狂名吾不

受，免教光禄见呼公。戏用《南史》颜氏父子传语意。

附琮儿和作　　此会倡和诗甚多，不能尽附，别刻为《城南倡和诗》。

雪泥鸿爪认微茫，久别何缘并一方。要遣林泉娱老辈，故教风日放重阳。秋归古阁疏钟里，人倚高城落木旁。尘世百年无此乐，相期岁岁醉飞觞。

衮衮江流日向东，无端张触到胸中。渚宫寂寂迟归燕，泽国萧萧剩断鸿。暂遣牢愁付杯酒，旋听笑语落江风。兹晨末座叨陪侍，争奈文章愧巨公。

强把茱萸慰寂寥，十年今始一登高。先兄孟华，以己亥九日卒于京邸，罢登高者已十年矣。胜游杖履输谁健，诸老风流倍昔豪。顾影凄凉怜独雁，新诗磊落换双螯。凭阑下瞰湘流碧，莽莽川原送目劳。

回首寒林落日斜，哀鸿历历下平沙。愁生霜发三千丈，秋老江城十万家。尚许高年追白社，共陪佳节看黄花。兹游可待成图画，未必江山逊永嘉。

附兄子瑶和作　　十月廿六日，陈岱云同年过鄂，得家书，知老亲安善，八弟新归自武冈，九弟侍叔父在长沙作重九有诗见寄，情见乎词。因忆昔人九日诗有“百年骨肉抛三地”之句，感而有作，次韵分寄两弟。时余广南之行不果，亦理归棹矣。

思亲苦忆家千里，忆弟遥怜天各方。忽睹双鱼来五渚，始知三地作重阳。谁将江汉滔天水，并入潇湘古渡旁。昨夜梦魂飞渡处，分明色笑侍萸觞。

杼柚连年赋大东，况教时事满怀中。漏天咫尺劳羲驭，泽国经年叫断鸿。老去好游兼好客，长途愁雨复愁风。维摩眷属尤多病，好速归装护乃公。

万事不如归计好，吾生奚止为名高。剧怜佳节他乡惯，惭负题诗满座豪。对酒当歌愁大户，监州无味嚼空螯。调九弟也。弟每以酒致病，余切规之。近又以谋养故，欲就州佐职，分发为部议所格，遂不果，然窃为弟幸也。殷勤寄语长头弟，莫惮承明著作劳。

偷儿屡索长安米，仙令曾求句漏砂。诸老风流规百代，冬烘面目认三家。空山久断金银气，门荫犹馀桃李花。荼苦荠甘随分定，却蒙神惠卜休嘉。瑶以教谕待选，叔父为占得《易林》："桃李花实，甘美可食"之繇。

宿壶天追录旧作

儿时惯听说壶天，投老重过一惘然。故宅燕泥馀废垒，外家麦饭剩荒烟。渊源尚识西流水，壶天涧水多西流。古道谁知南国贤。市有古南宫，又吾郡为古南国，先大父自署曰"古南居士"，殆本此也。归语松堂诸后嗣，勉追先泽事陈编。

壶天拟赎归刘氏故宅有作并序

刘氏宅在壶天者有三。其一为先子诞降所，今屡易主矣。先云渠兄尝访得其地为文以记，拟赎归刘氏，以守外家先茔未果也。己酉十月二十五日携琮儿宿此，思成夙约。刘氏后仅一人名绍富，穷老未有家室。有邹氏子者，亦刘所自出也。自言其家买得刘氏老宅，确指为先人毓灵许。琮闻拟即立券，有尼之者，复不果。归途作此诗并示瑶、璩诸子，庶几终成之乎！

荒江老屋荜萝门，想见先人诞降尊。堕地已知宅相贵，授书犹记外家恩。未能归骨时馀憾，尚有遗文忍食言。今日弥甥思赎取，一抔当共数椽存。巨野公尝言儿时读书外家，刘氏舅妗云：他日甥兄弟为官，必归外祖父母骨于新化。其时不知其言之悲也！先子每语及泫然泣下，盖深以外氏先茔无主为痛也！先云渠兄尝记其语，见所作《记刘氏宅》文。

见瑔、琮次韵和张立之城南图咏诗，亦作二首寄立之长沙，兼呈沈栗老

我昔骖鸾曾六载，君来吊屈定何时。余客粤时，立之尚未冠也。平生最服朱伯厚谓君乡濂甫侍御。晚节乃识元紫芝。尘寰扰扰老可厌，桂岭迢迢见已迟。为我吟诗兼作画，此意唯许沈侯知。

沈侯别我正伤足，时有子春之厄。终日兀坐衔深杯。正须玉雪儿郎侍，无奈风尘计吏催。令子彦征方计偕北上。骥子飞黄腾踏去，天门诜荡及时开。独惭驽足难驱策，莫怨明时弃不才。瑔、琮二子均以病废春试。

附原作　　　　　　临桂张玉森立之

江天九日开诗境，恰好霜浓蟹壮时。有客重簪仙令菊，登高争咏故山芝。先生家园产芝甚多，尝索画征诗。胜游此日应怀旧，晚节于今莫厌迟。不写群贤秋色里，画禅冷趣倩谁知？

瘦生湘畔采兰回，也举重阳初度杯。四十已伤寒雁老，一官未就白驹催。事如流水去不返，人似秋花落更开。争得龙门尝问字，皋比频诲济时才。

附瑔作

写出空江欲暮景，携来高阁共登时。满城秋色迷湘草，诸老苍颜

映楚芝。缚蟹天晴虫语早，卸帆波软客来迟。俱见卷中。凭栏无数佳山水，要遣倪黄老笔知。

鸿爪东西往复回，十年七度此衔杯。叔父去官后，每来省门即寓此，今七度矣。面原省识无须画，图未写真。诗本天成不待催。立之诗画俱速而工。和雨和烟聊写此，野花野草为谁开。立之有野花诗四首为时传诵。似闻郑侠图尤富，能济时艰是此才。

附琮作

一阁凌空抱江出，枫丹橙绿菊黄时。先生腕有千寻势，曾貌吾家五色芝。立之曾以所画芝菊便面赠家大人，有诗，并许作家园芝本连理图。乍见烟云挥手疾，别来猿鸟怨归迟。昨宵一帧重摩拭，惟有窗前远岫知。杨巨源诗："莫放窗中远岫知。"

宝山始悔是空回，多病深知误一杯。琮归自长沙，一病两月，入春始差，医者归咎于酒。已判渊明将酒止，莫教潘老被租催。百年身世谁长健，九日风花逐岁开。多谢人间张有道，好将仙诀护非才。立之知医，为余诊病，力劝节饮，今知戒矣！

刊城南倡和诗成，仍叠原韵四首分寄诸子，即简石梧宫保，时庚戌之清明前日也

此事千秋亦渺茫，且欣一卷萃殊方。手民来自今梧野，刻匠招自永州、宁远诸县。纸价高于古洛阳。各有性情梨枣外，岂无光焰日星旁。朱张倡和吾乡事，欲为诸公重举觞。

一毡还坐邵陵东，时事惊心到眼中。绝痛髯攀天上驭，剧怜星急北归鸿。时石梧宫保请谒梓宫，书来将以三月就道。四郊况复增深垒，

馀山宫保方持节驻武冈督剿逆匪。列郡何缘复古风。为语临边诸将帅，共承新命力趋公。

苍生正望谢安石，乡里谁知龙伯高？七子漫为垂陇会，诸公不仅楚中豪。独惭空嚼无馀味，颇讶横行有巨螯。调彭晓杭学博。连日闭门征逸事，苦吟酣战不辞劳。

错落珠玑整复斜，摩挲老眼认麻沙。旗亭画壁干何事，乐府歌饕定几家。传遍鸡林原有价，拈来江管尽生花。刊成且作铙歌唱，好听蛮酋报获嘉。

寄呈馀山宫保武冈行营，时奉命剿办新宁逆匪，驻节武冈也。次杨紫卿韵二首

天南列郡半岩区，豁峒纷岐不一途。群盗岂能安井里，诸公各欲保枌榆。公谍知逆匪有回夫夷之讯，谕令义勇诸人各归防堵。遥遥岭瘴通蛮徼，渺渺湘波浸渚湖。同是尧封荷丹注，况闻鹤语泣苍梧。

欣闻新政玉音传，三镇谆谆望接连。已遣疆臣飞措饷，不教元老坐忧边。时有旨谕令楚、粤、黔三省交界处合力防剿，又论粤督拨饷二十万两飞致行营，听公调度。征兵正赖咸丰岁，时已奉明年改元咸丰之诏。破贼先期大有年。连日梦秋枷鼓竞，穷村父老正欢然。时麦秋大有，人心遂安。

附原作　　　　宁远杨季鸾紫卿

潢池盗弄亦区区，狐兔偏令窜远途。父老正思迎节钺，诸军仍望补桑榆。一行素墨传枢府，四海同声泣鼎湖。北望诸陵身万里，空怜此地对苍梧。

稍闻谍报远音传，群盗披猖尚结连。岂为升平稀用武，急须大略备防边。旌旗一变临淮垒，府卫因思武德年。五岭瘴烟忧不细，尚书两鬓正苍然。

喜闻官兵大捷，粤境首逆指日可获，仍次前韵二首寄呈宫保

谁教狡兔失前驱，坐遣潢池满道途。且喜悬军逾岭徼，可能一战堕关榆。“边霜一夜堕关榆”，唐人句也。十年几度烦专阃，诸镇谁犹似两湖？多少材官备鞭策，争先用命敢枝梧。

闻道炎关吉语传，东来骁卒市韶连。广勇骁锐无敌，皆市自韶、连间。收京不意资回纥，办贼先宜重里边。书月可符来复兆，“须我王孙，四月来复。主君有德，蒙恩受福。”《易林》䷀卦繇词也。余于节旌初到时占得此课，决四月成功，今不远矣。改元正忆获嘉年。元和圣德敷天颂，四海苍生已帖然。

闻金紫山大捷，首逆李沅发生擒，馀党尽数击毙无得脱者，时四月二十三日也。喜而有作，仍次前韵寄呈馀山宫保

附录闻捷贺启：窃惟此贼起自一隅，中历三边省之遥，偷息七阅月之久，裹胁至五千馀人，蹂躏至三千馀里。命将出征，先帝为之焦念；老师縻饷，今皇为之动容。乃肇自水头，灭于金紫。终始一邑，若有数存。指顾成功，岂关天幸，兹盖伏遇云云。神机独运，妙算无遗．知狡兔之窟有三，决鼠首之端惟两。途穷计变，久旅必还其家；事急诈生，拌死不离其穴。于是网开一面，宽其途以诱之归；聚而毕歼，拘诸原而致之死。极七擒七纵之神策，实百战百胜之奇勋。岂龟谋筮告之毕从，乃烛照计数而无误。老谋入告，喜气盈天；吉语传来，欢声动地。盖惟圣主知人善任，决蔡州非晋公不能平；而在督师出虑发谋，知此虏若鬼章之必获。举无遗策，中必叠双。

依山穷寇各争区，吉语遥知在道途。岂但风霆振枯槁，直教

袄裬静长榆。“戎机习短蔗，袄裬静长榆。”亦唐人句。军声已自威三镇，德泽由来洽两湖。夹道欢呼迎虎节，桓桓将帅尽魁梧。

初闻谍报秘音传，丑类纷纷互结连。已决妖狐还故穴，不教困兽斗穷边。成功正及纯阳月，“四月来复”之占遂验。献捷还欣大定年。时海疆大定，今皇继体，政治一新。老我州民思纪述，丰碑拟待勒燕然。

同晓杭送馀山宫傅于古杉木铺，别后追作四首，仍次前韵寄呈，兼简紫卿永州有序

邵州为古南国，甘棠渡、召伯祠在焉。近守土者于郡东七十里之杉木铺建宋陈参政祠，作重台以护双杉，重其为千年物也。庚戌端午后二日，同彭学博洋中恭送节旌于此，公下舆憩古杉下，摩挲嗟玩，循檐周览，徘徊久之始去。显鹤州民也。感《角弓》封殖之义，诵《甘棠》茇说之诗，不可无言，仍用“榆”字韵，追赋四章，略志梗概。时公已奉晋秩宫傅，留办善后之旨矣。蠢尔边郡，如蛮如髦，所望于还定安集，出水火而登衽席者，未有已时。作歌抒怀，聊以告哀，丰功骏烈，固未暇及也。

古驿枯杉识别区，吏民遮道拥归途。江边旧种依依柳，陶公手种柳在武昌城外。天上新栽历历榆。时奉旨保举中外臣僚甚众。棠荫久亲三使节，布帆稳泛两重湖。“精吟五个字，稳泛两重湖。”唐裴说《湖上送人入阁》句也。回头南国忧方大，铜鼓芦笙接郁梧。

一封朝出万方传，稽古酬庸晋秩连。朝望首推隆独坐，公晋太子太傅。宫衔兼领逮诸边。蜀黔两抚均太子少傅。北门锁钥仍三镇，东土绸缪已十年。等是疆臣思报称，老成忧国倍殷然。

夫彝山县岂殊区，忍令荆榛满道途。乱后人家栖败苇，峒中熟户屑枯榆。莲潭旧已防营道，“万古堤防”四字镌莲潭石壁上，相传周子书也。桂海终思志石湖。《桂海衡虞志》，范石湖守粤时作也。多少疮痍待收恤，莫将经略视藤梧。用《唐书·王翃传》语。

槃瓠遗氛俗递传，省民生户漫钩连。水头立县原防乱，宋于水头立县。独偏西南隅者，以瑶峒聚处县之西境，非全势无以镇压之耳。盆口为村本备边。盆溪八十里山，县西南一大村，为溪峒要害，楚粤门户，往时立四隘以备边，实首于此。盆溪亦称盆口。八十里山巫蛊窟，廿千馀户庆光年。新宁户口见于司册，庆光间，户二万六千一百，庙寺一百一十二。近蓝雷诸逆起事皆在庵寺，此(段)〔役〕善后有议“尽毁各村庙宇，勒令僧众回俗，籍其产充官”者，其言亦似可采也。筹兵四度逾旬岁，湘草湘花共黯然。新宁自道光丙申至庚戌凡十五年，四动大兵，此(段)〔役〕蹂躏尤甚。

有临湘黄生者，挟所业远来相访，阅之斐然。余老矣，无以副其来意，为作二诗送之归，即用见赠原韵，生名先行，字默初

虚子远来意，惭余老至何！文章交有道，岁月疾如梭。大路无榛塞，空山足啸歌。身名谁不灭，万古此江河。

时势亦云亟，穷途奈尔何！石田空把耒，鲛女泣停梭。漫作非非想，徒劳得得歌。谁能大润泽，涓滴贷洪河。

附原作　　　　临湘黄先行默初

大雅凭谁作，滔滔奈逝何。天方尊教铎，世乃艳吟梭。望古无穷感，忧时且放歌。吾生昧蠡测，敢惮涉关河。

卷第二十四

邵警庵棻刺史绘所藏赵忠毅公铁如意图索题，老友沈栗仲、宋于庭先有诗，警翁亦有诗纪事甚详，次老栗韵书图后归之

邵翁贻我书尺半，一握乌云星斗遍。云摹忠毅手制器，到眼寒芒触霄汉。惟公落落万夫特，此铁铮铮百僚惮。天乎谁令公如意，遗器徒供人世玩。铭词况复逸公名，铁锈冰花露廉悍。款书万历甲辰秋，餐霞主人名足羡。公时屏退亦已久，时局眷眷增忧患。心知水火沸朝端，眼见流亡遍畿甸。指麾世事枉填膺，击碎唾壶徒扼腕。铸错已聚神州铁，养生聊习柳下锻。拌将山岳归陶冶，运以阴阳付炉炭。遂令非穗非蝶文，三十三星明篆彖。繄公铁石古心肝，再起拜疏击奄宦。至今借贬人艳说，犹有东方未明研。吁嗟论世神熹际，二曜晦蚀五纬变。补天浴日需巨人，谁如公意酬素愿。惟公崛强不屈挠，朝经千锤暮百炼。此器流传落翁手，摩挲星物亦几换。吾侪尚论贵卓识，岂有古鼎淆真赝。读翁记与沈宋诗，展卷未竟光先见。两翁诗笔亦铁体，翁词较然同愤惋。我才薄劣奈铁何，百不如意徒嗟叹！邵记云："杜秀才茂枝为余言，赵忠毅公幼时喜制铁如意，大者尺余，次或数寸，极小盈寸，银涂镂饰，具河洛、八卦、五岳诸图。嘉庆辛酉，杜游云中，获如意一枝于其地康氏，康之先在明为提镇，得之于公，传于其裔，真忠毅手制也。背有篆铭，字体峭劲，与世所传形模略同而款识迥异，此不镌恭毅姓名，亦无'天启壬戌张鳌春制'一行，而铭尾有'万历甲辰秋餐霞主人制'十字。杜家赞皇与高邑赵氏世为婚姻，其说当不诬。杜长于余而与余友善，临别

举以相赠，真希世之珍也。又云旧藏铁如意纪以诗，有句云：‘但知匠氏有鳌春，不知手制出忠毅。’盖因前人题咏皆不明其为手制也。沈归愚《咏铁如意》云：‘年月日与姓名备。’余所见友人家藏有年无月日，余所得有年月无日，据此，流传已鼎足而三。此外，故家所宝，不识尚存其几？姑就见闻所及，款识颇有不齐，而铭篆纤微弗爽，足征高邑幼时喜于手制，杜生所述可无疑耳。”宋诗自注：“按忠毅于万历二十一年仕考功郎削籍。甲辰为三十二年，里居已十二年，餐霞主人当其自号也。”又云：“人间所传铁如意铭未有忠毅姓名，背有‘天启壬戌张春鳌制’八字。按壬戌为天启二年，忠毅拜左都御史之后，为吏部尚书之前，无暇自制，因倩鳌春依仿为之，而俱镌旧铭，复识之以名姓。”

得劳辛陔方伯新宁书却寄，即送其之任湖北

持节曾为万里行，归途又复赋东征。辛陔使安南回，旋有督师之役。经过雁户皆安集，粤中多楚人。坐使邻封见太平。几辈苍头成宿将，敢将白面视书生。回头岭瘴忧难释，定变还须仗老成。

犹是重湖父母邦，雄藩坐领众心降。滔滔江汉国之纪，扰扰荆襄俗易哤。士习可能离学问，民风先要靖纷庞。只愁物力多衰竭，支拙何由独力扛？

得石甫扬州书兼惠近刻，时已奉起用之旨矣。喜而有作

贾生痛哭救时策，管子羞称定霸才。相隔二千馀里路，俄惊二十五年来。著书已遍地中海，石甫所著书，言地中海四天下甚详，多在魏默深《海国图志》未出之先。阅世真探劫底灰。老我闭门闻见断，双眸今忽为君开。

今皇屡下求贤诏，公论同推拨乱才。鼎鼎台衡为时出，区区

盐策令公来。人间不少持筹策，世上犹多未死灰。已决馀年见平治，预将笑口对君开。

见石甫后湘续集，始知汪孟慈死矣！作诗哭之，即简石甫有小序

忆丙戌出都，孟慈送我于南城外，大哭不已。问其故，则以其时二曲先生方格议瞽宗，而余见摈礼部，国人无有过而问者。余时笑其痴，不谓其言之痛也！今读石甫诗，述其被逮时，孟慈闻之，至大哭呕血，作书勉以千古。盖其生平以友朋为性命，风义如此，今不可得矣！

记得驱车出国门，汪侯泣送古城垣。直将盩厔神明恫，并作潇湘哀怨论。生死音书淹岁月，浮沉身世信乾坤。因君更触无穷痛，凄绝唐衢泪眼昏。

雪堂听雨图为兄子瑶作有引

七侄伯昭之官麻阳，临行，出其客黄州时《雪堂听雨图》请题，为书四诗于后，时云渠兄下世已十年矣！念山房对榻之情，感彭城风雨之约，俯仰今昔，为之泫然！岁在庚戌夏四月中浣，南村老人并识，时年七十有四。

海内争传听雨图，相携过迈侍髯苏。而今孤露各谋食，凄绝南村一老夫。

黄州鼓角听仍旧，白岭烟岚望欲迷。白岩岭在舍北。莽浪临皋山下路，凄凉独坐雪堂时。

四十之官汝未晚，衰年作客我犹堪。此声又向沅西听，泪洒沩西古竺庵。古竺庵，一名松竹庵，在沩宁西郭，昔年与云渠兄游宴处，今所刻行

《南村图咏诗》中有《西园雅集图》即指此也。

一门群从小于菟，谓琮儿也，琮于群从中，年小而多病。多病应知幻念诬。一样潇潇春阁雨，听来还胜出山无。时春夏之交，望雨綦切。

重题张蓉裳三分水、二分竹、一分屋图，为王丽生治模广文作有引

庚戌夏，丽生来邵州，快晤之下，出先友张蓉裳图卷见示，既念故人身后零落，又喜此卷之得所归也。卷中作画题诗者，凡七人先后归道山；今在人间者，惟余与沈栗翁耳！子桓有言，既痛逝者，行自念也，感而成诗，兼寄栗仲长沙。

结庐种竹成虚愿，读画分题忆啸歌。此卷仍留在天地，其言应不废江河。湘潭憔悴风流歇，蓉裳湘潭人。云海苍茫感慨多。丽生有《看云观海图》。为问寓贤今有几？好揩老眼共摩挲。

黑雨有小引

邵阳小东路雨黑两昼夜，池水如墨汁，三日始清，时辛亥二月二十五日也，诗以纪之。

咸丰元年春，二月日壬午，邵阳小东路，连夜下黑雨。池塘暨中田，沟浍连洲渚，一黑无寸白，墨点不少住。井汲哗叟童，釜淘讶翁姥，倾胶澄不清，万灶煤同煮。惨黯天无颜，冥濛色共沮，不知推何祥？但觉面如土。我闻天雨血，兵戈兆流杵；亦闻天雨菽，饥馑代拯哺。雨石星陨变，雨粟鬼泣语；雨黑天何为？其事征在古。稽之五行篇，厥咎黑眚侣；吁嗟楚粤间，连年困征伍。宵旰不遑暇，诸将劳边圉；大军络绎来，中宵檄飞羽。兹地本乐郊，比户称安堵；相率狃逸谚，渐致失古处。乃有太守贤，

为民振聋瞽；持法或过峻，居心实循拊。保甲本善政，捐谷为积贮；而复多讹言，污蔑及府主。是非了不明，黑白茫莫剖。嗟尔蚩蚩氓，天日真莫睹；乃为之雨黑，谆谆代觇谈。上以箴墨吏，使之饬簠簋；下以诫墨客，使之循规矩。凡尔士与农，以及工商贾，各精白乃心，一现光明腑。毋随黑暗狱，毋造黑瘴蛊；庶几旧染涤，不致干天怒。作诗警愚顽，兼用告官府。

偶感示琭、琮

胸中但觉海无界，世上焉知天可阶？岂有鹓雏真吓鼠，未妨蛮触共争蜗。塞翁何遽不为福，子弟正欲使其佳。为此寂寂吾家事，且莫乱笑子阳蛙。

渔樵争席古原有，鹓鹭同盟今更无。老我一生犹懵懂，从渠百辈竞撇揄。寒暄未必因人热，嗜好多因与俗殊。漫说敌贫如敌寇，遗山老子语非诬。

夏憩亭观察廷樾官湖外久，其兄干臣观察廷桢方守汉阳，书递往返，无间时日，因取“汉水湘云递雁声”语意作图索题，为赋是篇

滔滔江汉南国纪，渺渺湘波隔烟水。洞庭春老云四垂，独雁一声天万里。君家兄弟皆人豪，季典方州昆建旄。羽仪四国音问阔，南北相望心郁陶。经年消息乏尺鲤，三十六鳞空复尔。无端云外一声声，递人行役书生耳！朝来满纸书平安，湘深汉永静不澜。雁飞不到波叠起，屠鲸驱鳄犹等闲。功成晋爵天颜动，翠羽熠熠恩光重。上林捧出金雁飞，雝雝喈喈欢语送。君以崇阳之役赏戴花

翎。以新宁之役晋秩观察。即今天南犹用兵，衡阳雁断哀鸿鸣。看君秋鹗腾踔出，一扫妖鸟隳欃枪。粤事起，君时有防堵之役。君家况是廉吏后，谓君祖润堂先生守吾郡时，却石氏金事。世德门风敦孝友。世以孝友敦穆称。勒鼎铭彝亦常事。功业何如性天厚。君不见，陆家兄弟世莫当，入洛声价减三张。云间信只凭黄耳。莼羹千里胡由尝？又不见，苏家兄弟念畴昔，风雨彭城感飘瞥。终焉雷儋两别驾，何曾久恋高官职。我亦心怆听雨房，偶耕素愿终莫偿。余与先云渠兄有《听雨》、《耦耕》二图，题咏甚多。中宵孤雁悄自语，凄绝天半书一行。羡君兄弟好身手，咫尺云泥复何有。功成亟望遵渚鸿，莫恋黄金印如斗。

东岭即事二首

老境消磨无别物，春光领略有孤筇。饭馀写正群经字，睡起听残古寺钟。风月窗虚闲讲《易》，雨花台圮漫寻踪。东山寺有雨花台，今圮。十年东岭吾何恋，一半句留六岭峰。

去犹未去嘲狗曲，年复一年笑笼东。生徒渐集催上学，口耳欲敝难为功。圣主正思勤念典，近有旨复日讲。迂生仅可发童蒙。独惭学究縻官廪，翘首苍穹望岁丰。

谢松友惠鲫

世间名士多于鲫，此地鲜鳞少似虾。忽枉　盆看泼刺，饱餐两顿胜爬沙。老贪乡味馋涎惯，贫愧荒厨宠贶加。便拟溧阳诗一卷，不偿劳读亦堪夸。“有如食小鱼，所得不偿劳。”坡翁《读孟郊诗》句也。

素食

老至而今愧致饔，空庖连日绝肥脓。稍烦马齿园官送，生怕猪肝邑宰供。贫国自知谋粒食，近奉功令劝捐积谷，渐有成效。馀年何幸际时雍。只愁牵饩疲输运，翘首天南未息烽。

可叹二首

村氓竞效黎丘鬼，里社争喧田舍翁。家抱斗山人议祀，不知当代有韩公。

先民邈矣遗民晦，梅峒馨香久不闻。三百年来旷典绝，未应一瓣徇榆枌。

可哭二首

六君子狱焰熏天，六狂生名海外喧。绝痛遭逢尧舜世，书生无罪被奇冤。

一代才名谢茂秦，哀湘吊郢泣沾巾。如何急难哀原侣，不及寒盟眇目人。

四月十一日作

旌旆悠悠甫出城，风波蓦地满城惊。双清六岭惨无色，棠渡莲池怒有声。载酒东山方问字，驰书西粤正谈兵。可怜一老无情绪，咄咄终朝意不平。

四月二十三日作

钩丝能得几回络，大厦全凭一木支。满眼烽烟无半策，填胸肝胆向谁披？稍闻褒鄂犹酣战，颇望虞刘共出奇。西盼苍梧又徂夏，去年此日正班师。

又一首，用四月十一日韵

九载低徊白善城，盱衡时事几回惊。济师只遣迁延役，赋服徒闻太息声。箝口不言逃语阱，蟠胸有物触心兵。侧身西望忧尤大，何日馀年见太平？

赴永舆中作有寄

读书自得友朋乐，急难无如兄弟真。此事终凭天有眼，尔曹莫谓秦无人。狱成正坐能通律，衅起非关不令臣。为语鄹聊诸子弟，莫将小忿废周亲。

石甫观察自长沙使人来邀会于永州，于是与石甫别二十六年矣。欢晤之际，辄形于言，即送其之粤西戎幕时石甫以湖北盐道奉命赴粤军。

投书老竟渡湘水，石甫足迹遍天下，其渡湘实今日始也。作记今谁似柳州。辛苦卅年图一面，绸缪永夕话千秋。全消反侧凭杯酒，石甫过洞庭筊卜吕仙祠，有“反侧全消杯酒中”之句。尚有馀闲到唱酬。隔旦征车又西发，不堪别泪向君流。

到永寓紫卿新宅，次日邀同石甫观察游柳祠，遍寻愚溪、钴铟潭诸迹。赵秀才为具舟楫至朝阳岩，拟游绿天庵未果，返宿濂溪精舍，絮语达旦

城角斜通曲巷阴，一廛何必入山深。南邻地逼墙犹直，古井波寒气自沉。举室已哗儿女语，前荣未息斧斤音。孤踪落落谁堪并，来往愚溪一棹寻。

沿溪最近柳侯宅，数武即窥钴鉧潭。有客频经沧海外，居人遥指绿天庵。寻诗且溯元丰上，朝阳洞有天禧、元丰诗刻。读易谁知吾道南。余近取周子“闲坐小窗读周易”句，名所居为“读易窗”。留与濂溪作佳话，你文旧事莫轻谈。

永州得李石梧宫保凶问，诗以哭之，即呈石甫、紫卿

初闻屏息待雷霆，“惟有屏息，以待雷霆之至。”公家书中语。又报高原陨大星。回首城南如昨梦，前岁城南之会，公诗兴最豪。伤心堂北有衰龄。太夫人在堂。未能灭贼含犹视，见说移营节未停。四月初二日移营武宣，十二日即薨于舟次。独使至尊思将帅，谁将特笔纪勋铭？

雍容儒将踵文忠，林少穆先生薨于军，得谥文忠，公实踵其后也。群盗如毛满粤中。人望出关同狄帅，帝思平蔡藉裴公。狐裘岂料违初愿，马革真教裹蠹衷。勋业未成身已逝，似闻天语谅元戎。

冷水滩行别紫卿，兼简姚石甫观察桂林，何子贞编修道州，时约游九疑未果有引

五月朔日离永，紫卿拉舟送我于冷水滩，时石甫先一日赴粤，子贞尚留滞道州。余以故人在系，仓皇告归，为赋《冷水滩行》，兼寄二君，不自知其言之长也。

昨日朝阳洞，今日冷水滩。冷水滩头湘水冷，照我两人湘影单。两翁孱影冷于水，中有万古冰雪之心肝。相别一何易，相会一何难；世路况多阻，时事况多艰。浯溪之约今几年，我来君去相避然。昔年与紫卿订会于浯溪未遇。前年会城南，欢悰未毕烽燧传；城

南之会极盛，以闻新宁警报而散。去年会东岭，贼徒虽溃师未班；去岁紫卿访余邵州，信宿东岭，其时夫夷之役尚未竣也。今年来愚溪，兵气狱气徒纷缠。时粤氛甚恶，邵中又兴大狱。旦送昆仑去，夕瞻贯索还。不知冷云疑岭在何许？但闻冷水呜咽声溅溅。水溅溅，思漫漫；哭无泪，笑无端。何时冷水滩化热水滩，浇我冰雪心胆寒；一洗兵甲湔烦冤，普天四海皆安澜；使我胸中郁积抑塞不平气，化作千岩万壑之云烟。九疑联邈重华攒，窈窕濯影修痕斑。君乘虬驷我骖鸾，左拂玉琯右云鬟。下瞰苍梧九点浮云端，大呼姚合何点同跻攀，区区五岳咫尺间！

端午日黄海华太守文琛率僚属诣濂溪祠为元公作生日，百年旷典也。诗以纪之，简彭学博同作

圣主改元日端午，太守率属肃祠宇。敬为元公作生日，此事今无昔未睹。我编周子全书成，首载度尚公年谱，大书营道诞降日，天禧元年五月五。维时大定方典郡，谓今大定守黄惺斋宅中也。作为五言谕所部。邦人罕见狃旧闻，岁以天贶哗堂庑。俗言荷花是日生，爱莲有祠公实主。遂以斯辰误诞日，万柄荷花笑起舞。爱莲说岂谓是与？里巷游谈真吃语。陋邦猥屑何足辨，要见公神在斯土。缅维公生五星聚，天产真儒嗣尼父。讲学图书抉秘奥，居官政事务循拊。中由永判摄邵事，其时邵学困囹庾；公见怵然议改迁，揆方正景召徒旅。至今资邵溪峡旁，迁学一记照胶序；公乎一脉启闽洛，道州实为道学祖。夫岂邵人所得私，而乃琐琐谋簋簠。揆之公忌亦越日，先生卒以熙宁六年六月七日。数典都忘谁订补？我闻光风霁月度，山谷老人首推许；朱子事状详载之，定论无私遂千古。海华诗老涪翁嗣，继大定后光斯举。岂非邵人获所天，

如钟振聋金刮瞽。是日天朗气清淑，倾城冠盖趋荒圃。新蒲荷叶相参差，簪艾焚香齐伛偻。我抱遗书随后拜，手五色芝代角黍。是日以手订公《全书》及新采五色芝敬献。濂泉甘冽公所嗜，神之来兮应不吐。作诗纪事告同志，期以至诚感白甫；年年是日登斯堂，祓灾起痼邀神佑。勉为公门墙内人，毋作神羞玷尊俎。庶几斯道光天中，风匹洙泗人邹鲁。彭宣固是景濂徒，谁其尸之吾与汝！

寄左季高湘阴闻有书见寄未到，甚惆怅也。

不见左思又八年，湘阴深处自耕田。尺书寄我落谁手，世事如今休问天。我已甘为无口瓠，君须勉学结跏禅。宵占贯索晨占彗，何日馀生得晏然？

寄严仙舫观察，时同石甫赴粤先后过永，未及见也

几年不见严夫子，对面无缘接啸歌。二使偕来占益部，三台明处动星河。来牛去马参辰避，藤峡梧关枕席过。且晚姚崇同擘画，好开岭瘴待镌磨。仙舫名正基，时以淮海道奉命同石甫从军。

寄劳辛陔方伯时由湖北调粤西，兼权粤抚事。

大星陨后寇争流，十二日元帅薨于军，十六日贼全股窜出流入象州、修仁各县。想见馀氛扫尚稠。未必突围乘守懈，贼窜出，冲贵州营逸，当事委罪黔镇，飞章参劾。要知办贼仗人谋。天亡此虏宜今日，帝倚书生胜列侯。早晚炎关须献捷，可能借箸亟前筹。

见说

见说长城蹙贼酋，倾巢四出势难收。便探虎穴擒虎子，迅扫

炎州向象州。贼窜出，有窥象州之意。一矢未闻加虏背，尺书先已落旄头。请兵益饷非奇策，何日能纾庙社忧。

荫庭太守魁联典郡一载，旋檄赴岳州承办军差，时重臣大队将入楚矣。奉寄二诗，兼讯丽生消息

堂堂上相拥旌旄，几队貔貅戒驿骚。扉屦咄嗟应立办，指麾谈笑可忘劳。人来大漠风尤劲，天入重湖气倍豪。已卜荆关衔辔过，沿湘草色映征袍。

来何勇决去何匆，落角摧牙事未终。太守治郡尚严，甫下车，擒治猾盗数百馀人，捣毁盗薮百数十区，开通武、邵间米卡三百馀里。治乱由来用重典，尚严原自具深衷。陋邦好恶何曾定，贫国疮痍尚待公。建仓积谷八千馀石，未终事而去。老我州民思叔度，时揩病眼望王充。

寄书紫卿系以二绝句

传经最爱伏生女，拥絮无惭王霸儿。想见全家谈笑里，月岩风趣雪矾诗。

饱看门巷潇湘色，行尽溪山蒋柳祠。便拟移家入图画，九疑深处结茅茨。

谭婿建宅从戎粤西，行后两日作此寄之

今汝飘然去桂林，杉湖旧迹已难寻。瘴乡几处添新戍，古驿何时遇捷音。对面可能妨盗贼，依人不必计升沉。书生故有从戎例，望尔平安抵万金。

久不得沅州报

不见沅西字一缄，时穿望眼对低檐。表哀应向涪翁诵，谓黄虎翁。尺素多因泽畔淹。时驿递多水阻。累汝远行因我老，怜余多病为儿添。琮病新起。归来一洗麻衣泪，无数琅函正待签。时新刻诸书皆已开刷。

附录

和湘皋先生四月十一日作　　　　新化邹汉勋叔绩

翕然绝迹古梅城，不受风尘半点惊。亲爱每教勤有业，蠹伤何讵哭无声。旧经篇已多闻义，群从雠原后执兵。孟博无言横见逮，深纫诗老为持平。

狱中谢三学诸友

不甘污下策难前，抱牍空山岁复年。昆弟望休谁愿戚，友朋多义更祈全。伤心六行蒙无睦，惭愧诸君任已先。甚勿建幡成盛举，九华嘉颂默为传。

阅邸钞见曾侍郎封事

事关君父谁能说，迹涉嫌疑敢易论。圣代本无庸谏草，清时讵可废昌言。一封能使朝廷重，片语兼令阃外尊。闻说姚严均特简，敕书先已出宫门。

闻姚、严两君子新授广西按察使、右江道之命

吾生结识两贤杰，晚岁同为百粤行。共道将军重揖客，岂知帝意向书生。备兵陈臬衔新命，决胜持筹仗老成。已觉英谋动岭外，相公亲驻象州城。

点定黄海华太守诗集付刊，缀以二律

当代论诗称健者，涪翁岂但博时名。问天远嗣骚人响，张楚还为大国声。后世谁知丁敬礼，此生低首谢宣城。年来纸价正愁贵，耐可新编附骥行。

汉阳宗派溯虞姚，俎豆南雷永不祧。忠孝名家真典重，文章在世屏纤佻。芒寒色正经天纬，响寂音沉古乐韶。读罢因君发长慨，好收先集共镌雕。海华之先为虞姚人，于黎洲先生为近支族裔，时有重刊《南雷遗集》之议，故次首及之。

寄朱伯韩侍御、江岷樵大令军中，时二君方在戚也

疾恶如风朱伯厚，黯然赋别江文通。墨绖从戎原古谊，赤手杀贼皆才雄。诸军渐集宜催战，群盗如毛贵善攻。五岭地形天下险，更将全局贮胸中。

送光松秋试用进退格

麻鞵且谒试官去，蕊榜能分一粟无？四世科名今望汝，百年门户剧愁予。有才不必过痴叔，小得犹堪慰老夫。好为衰宗延世泽，而翁傺侘亦聊舒。